La piel infiel

Lara A. Serodio

La piel infiel

NdeNovela

NdeNovela, un sello editorial de Editorial Planeta, S. A.
Diagonal, 662-664, 08034 Barcelona (España)
www.ndenovela.com
www.planetadelibros.com

Primera edición: enero de 2024
Depósito legal: B. 20.582-2023
ISBN: 978-84-10140-01-1
Composición: Realización Planeta
Impresión y encuadernación: Rotoprint by Domingo, S. L.
Printed in Spain - Impreso en España

Para Emma, que nació el mismo día que yo me senté frente a la primera página en blanco de esta historia, a quien le robé el nombre y convertí en mi heroína.

—We're not gonna suddenly wake up
one day and be back where we were.
—I was trying to make things nice.
—Well... you can't. I'm sorry.
But things aren't «nice» anymore.

Rabbit hole, DAVID LINDSAY-ABAIRE

En el fondo, sin embargo,
no es capaz de creer que lo ocurrido
en esa habitación de hotel sea
en verdad malo en sí mismo.
¿Se trata, tal vez, se pregunta,
de la típica excusa del adúltero?

La fatiga del amor, ALAIN DE BOTTON

Pues no, señor, el deber no es eso, el deber consiste en sentir lo que es grande, gozar lo que es bello, el único deber que tenemos es el de rechazar todos los convencionalismos ignominiosos que nos impone la sociedad.

Madame Bovary, GUSTAVE FLAUBERT

PRÓLOGO

No sé si es martes o miércoles por la mañana. De lo que estoy segura es de que no es lunes, porque nunca madrugo los lunes. Agradezco que la luz del sol se cuele por la ventana de la cocina y me fuerce a darme cuenta de lo que tengo a mi alrededor. Aún sin vestir, oscilo de una estancia a la otra enfrentándome al dilema de qué ha de ir primero, si acicalarme y luego desayunar o prepararme cualquier cosa y, tras el café, vestirme en cinco minutos.

Opto por comer algo primero y rescato la mermelada de arándanos del fondo de la nevera. Abro el bote para extender su contenido sobre las rebanadas de pan tostado y es cuando me acuerdo de él. Hacía tanto que no me venía su imagen a la cabeza que la idea casi me despierta de un bofetón.

En mis planes no entraba pensar en Alexei, ni mientras dan las ocho en punto ni en ningún otro momento. Necesitaría estar más despierta para ser capaz de contar el tiempo exacto desde la última vez que lo vi. ¿Es posible que ya me haya sucedido esto con anterioridad?

Me pasa de manera habitual que, cuando pienso en algo, creo una escena y, una vez imaginada, la repito en mi cabeza, por lo que a veces no recuerdo si es que ya la he vivido. Por eso me cuesta identificar qué ha venido antes, si la necesidad de pensar en él o el capricho de una casualidad, un engaño de mi mente.

Es como si el aroma de la mermelada, sin razón ni lógica aparente, lo hubiese traído a la cocina; su olor corporal dulzón, esa mezcla de jabón y perfume no especialmente memorable pero siempre presente cuando él aparecía y se marchaba. Estoy segura de que esto justifica por qué un arándano me lleva a sus dedos.

Lo más jodido es que no debería gastar ni un segundo más pensando en él, más los que sé que voy a emplear mientras coma la tostada sentada en el balcón, fijando la vista en las fachadas contiguas. Soy consciente de que el asunto debería quedarse entre la butaca, el desayuno y yo, en ese instante y nada más. Pero Alexei (o Alexis, como muchas personas lo llaman para normalizar un nombre «no muy de aquí») viajará conmigo el resto del día.

Lo sé porque sacármelo de la cabeza no fue algo fácil de hacer y me consta que en cuanto me vista y me baje el vestido por los hombros lo estaré mareando de un lado a otro de mi mente, sin su consentimiento. Cuando me agarre al barrote del vagón de metro y me sude la mano, pensaré en sus muñecas y querré rozarme contra mi antebrazo porque soy así de estúpida, y el nudo que se habrá creado en mi estómago ya será de tamaño considerable como para ponerse a desenredarlo. Me sentaré frente al ordenador afrontando una jornada que se verá copada por pensamientos sobre su persona, su vida, su imagen. ¿Cómo tendrá el pelo ahora? ¿Se habrá comprado ya unas zapatillas deportivas nuevas o seguirá teniendo las mismas con un agujero en cada planta por culpa de los pedales de la moto?

Soy una adicta al drama y a las complicaciones. Esta mañana se me ha dado un hilo y podría haberlo devuelto de manera ordenada al carrete..., pero he decidido tirar de él y enmarañarlo. Y la cuestión reside en que nadie lo sabe: a ojos del mundo soy la misma persona ataviada con un colgante llamativo y gafas que cada día se sienta en este rincón de la oficina y apenas aparta la vista del ordenador. Desde fuera nuestros secretos no son perceptibles; nadie sabe nada de nosotros en verdad. Nadie sabe lo que somos capaces de liar con un simple hilo. Por eso mi mente aparentemente en calma se ha convertido esta mañana, con la irrupción de Alexei en ella, en una de esas guirnaldas que guardas ordenada en un cajón con la intención de reutilizarla en un próximo cumpleaños pero que, cuando al año la recuperas, inexplicablemente es tal el enredo que prefieres tirarla y hacerte con una nueva.

Cuando te subes a una montaña rusa, todos los vapuleos son emociones y sensaciones sin orden ni sentido mientras que, desde fuera, las subidas y bajadas no tienen más misterio que el de unir el principio con el final. Tal vez la idea de revisar todo lo que pasó en orden, una cosa tras la siguiente, y no de la manera caótica en la que mantengo los recuerdos en mi cabeza, haría que al final todo tuviese sentido. Que él tuviese sentido. A lo mejor solo tengo que pasar el tiempo necesario con el nudo entre mis manos y, a base de forzar la vista y no perder la paciencia, se convertirá en un hilo.

PARTE 1
LA DUDA

1

Cuando me levanté aquella mañana para ir a trabajar y miré a mi alrededor, enseguida me di cuenta de cómo me transformaba en casa cuando Nico no estaba: la montaña de platos crecía, la manta del sofá permanecía arrugada, la cesta de la colada rebosaba... Era como si en su presencia fuese la persona que a todos nos gustaría ser y en su ausencia me convirtiese en la alumna descuidada que aprovecha que el profesor sale de clase para vaguear.

—Emma es la ordenada de los dos —había dicho él un par de noches atrás en una cena con una pareja amiga, que había querido quedar para darnos la invitación a su boda.

Recuerdo que asentí pensando en lo falsa que estaba siendo.

—Santa Emma... —respondió Eulalia, mi amiga de la infancia, riendo.

Le di un trago a la copa de vino sintiéndome la peor persona del mundo.

En realidad, nunca me he considerado mala persona. Sé que soy débil, construida a base de fallos, que cometo errores... (muchos, cometí muchos por aquel entonces), pero no soy mala necesariamente. Tampoco es que sea una persona extraordinaria, desde luego, no para que Eulalia me llamase «santa», eso seguro que se lo debo a la imagen que ha debido de proyectar de mí durante años.

En aquella cena podría haber desmontado con apenas

unas cuantas razones que, en efecto, no tengo nada de asombrosa. De hecho, las pensé y listé en mi cabeza mientras masticaba:

No sé cocinar. Quiero decir que no poseo ninguna habilidad específica; no tengo interés más allá que el de la supervivencia y las cuatro cosas que sé que me gustan.

Me da mucha pereza desmaquillarme al final del día. Como tampoco sé maquillarme bien, la almohada mantiene bastante el tipo al final de la semana.

No hago deporte, lo siento (bueno, no, en verdad no tengo por qué pedir perdón por ello; no me gusta y nunca me apetece).

La prueba definitiva: siempre trabajo mucho y, lejos de coparme de felicidad, hace que me sienta bastante gilipollas porque me invade la sensación de que nunca tengo un duro y no llego a nada, estoy constantemente cansada, las horas del día se me cuelan por los dedos cuando intento controlarlas. Así que me he rendido: he aprendido a no luchar contra ello, porque cuando lo intento, acabo con ansiedad.

—En realidad... —carraspeé—, no plancho. Nunca. —Me pareció la mejor manera de rebajar la imagen que Nico había dibujado de mí frente a nuestros amigos, aunque no fui capaz de dejarlo ahí—: Tampoco entiendo por qué la gente lo hace...

Las miradas de Eulalia y su prometido Juan se cruzaron con la de Nico, descolocados, como si su novia, y no su amiga, hubiese dicho la mayor locura: ¿cómo no va a planchar la gente en la treintena?

—Bueno, no con la que me relaciono, al menos.

No estuve atenta a la respuesta o al cambio de tema para que nadie se sintiese ofendido.

Como decía, no creo que nada por entonces hiciese mi vida extraordinaria. Sin embargo, durante aquellos meses, el año que estaba a punto de vivir, todo pareció increíblemente intenso. Caótico también. Ese tipo de caos que le da la vuelta a vidas enteras.

La historia que puso la mía del revés empezó la última semana de un mes de marzo, en una jornada de trabajo normal, como llevaban siendo todos los días desde hacía tiempo. Yo tenía treinta y cuatro y en lo que quedaba de año cumpliría los treinta y cinco. He decidido poner esa semana en particular como punto de partida porque fue la semana en la que Oliver, mi compañero de departamento, me hizo el traspaso de todas sus cuentas para poder cogerse una baja paternal que iría seguida de un año sabático con permiso para regresar al puesto. Había pedido todo ese tiempo para que el proceso de adaptación de su hijo, al que acababa de adoptar, fuese lo más fácil posible.

Yo llevaba ya un par de años a su lado siendo la recogemierdas de aquella agencia de *marketing* con ínfulas de gran empresa, y entendía su decisión: los irrisorios días que tenía por ley eran una vergüenza, en especial cuando los padres son una pareja homosexual. Así que Oliver se iría por la puerta ese viernes y yo no sabía cuánto tiempo me dejarían sola al frente de todas las cuentas y clientes a la vez. Casi le sabía peor a él que a mí, lo cual era bastante ridículo.

A quienes no parecía quitarles el sueño era a nuestras jefas, que no veían la necesidad apremiante de gastarse un dinero, que presumían no tener, en levantar la maravillosa piedra del mercado laboral y sacar un par más de *project managers*. Total, el término no podía estar más prostituido y en la profesión proliferábamos como el moho.

Mentiría si dijese que en el momento guardé un recuerdo especial de esa semana, porque cada una comenzaba con la esperanza de ser tranquila y acababa sepultándome en montañas de tareas y horas extras que nunca verían su recompensa. No me era posible diferenciar los días en ese aspecto, aunque empecé a poder distinguirlos en cuanto Oliver puso el pie fuera.

Pasé a comer sola, a no disfrutar de la hora entera, a llevarme conmigo un libro del que nunca conseguía pasar la página porque enseguida tenía que atender la llamada urgente del cliente de turno.

La idea de que Oliver se fuera me hacía sentir mayor rencor hacia la agencia, una empresa de *marketing* más que empleaba nombres de grandes clientes en su página web para aparentar, pero que luego gestionaba su docena de empleados como fichas de tablero dispensables.

No había dinero para que Oliver y yo tuviéramos ayuda en el Departamento de Cuentas y Gestión de Clientes, pero lo había para impresionar con pantallas planas llenas de logos y desplegables con marcas de renombre internacional en cada pared.

Para ignorar esa rabia, en vez de tragármela me pasaba muchos minutos muertos ensimismada, prestando atención a la vista que me proporcionaba estar en la esquina de la última planta, contemplando el mundo desde aquel chaflán del Eixample, los coches peleándose por la prioridad en el cruce.

La jornada avanzaba y yo seguía allí hasta ver los últimos resquicios de luz del día. Supongo que así es la vida adulta para todos los que compartimos el atasco de vuelta o el asiento en el metro.

Siento más amargas mis palabras de lo que en verdad deberían ser. No siempre estuve tan desencantada con mi profesión. Pero entiendo que, en algún momento del camino, los días comenzaron a hacerse cuesta arriba y poco pasó a importar ya que me gustase o no mi trabajo; esa emoción no conseguía arrastrar el peso de todo lo que llevaba a la espalda.

La agencia se situaba en la quinta planta de un piso del Eixample Esquerra. Chimaera —*marketing*, comunicación y eventos— había comenzado su andadura en el piso de la abuela de una de las fundadoras y, con los años, la planta entera se había ido reformando para hacerle hueco a mesas de trabajo.

Las habitaciones destinadas antaño a miembros de una familia acomodada se habían transformado, por magia de la herencia familiar, en estancias por departamentos, y la cocina, en el *office* donde calentar los táperes a mediodía. Así, el salón era la sala de reuniones; la entrada y el pasillo con baldosas de suelo hidráulico se habían convertido en un exquisito y moderno recibidor y sala de espera. Contabilidad tenía como despacho otro gran salón; Diseño y Creatividad, una habitación doble con balcón; el Departamento Digital, otra; y Noelia y Sofía, las fundadoras, contaban cada una con una gran *suite* (baño privado incorporado).

Los dos que formábamos Gestión de Proyectos, en cambio, estábamos situados al fondo del largo pasillo, expuestos al ruido de la calle, cerca del baño, cerca de la cocina, cerca del ascensor, cerca de la sala de reuniones donde cada día entraba y salía gente sin parar... Éramos la oveja negra de la familia, relegada al destierro, pero, eso sí, con balcón.

La semana que Oliver me iba a dejar huérfana y sola en mi propio cuarto, se había pasado horas traspasándome todas las cuentas que había llevado desde sus inicios. El funcionamiento entre ambos había sido magnífico: él tenía unos clientes asignados, yo otros, y ambos gestionábamos los proyectos que se llevaban a cabo con cada uno de ellos. Cuando uno de los dos estaba con el agua al cuello, nos echábamos una mano..., porque poco se le podía pedir al equipo al fondo del pasillo.

Para ellos éramos los que les exigían trabajar (como si fuese nuestra voluntad que el cliente pidiese cosas para anteayer y decidiese cambiar de opinión quince veces en el proceso). Moverse y caminar los veintidós metros de pasillo era pedir demasiado a la docena de personas que se encontraban en el mismo piso que nosotros, por lo que Oliver y yo solo éramos dos nombres en un encabezado de correo electrónico, en un chat de empresa.

No había sido hasta entonces cuando el nombre de Alexei se coló por primera vez entre frases. En el momento no presté atención porque no había razón para hacerlo; estaba recibiendo decenas de invitaciones a carpetas compartidas llenas de datos y cada palabra era similar a la anterior.

—Emma, *darling*, no me odies —me dijo Oliver desde su mesa, a escasos centímetros de la mía, dándole la espalda a la ventana—, pero el último *folder* que te he hecho llegar deberías pasarlo a cuentas activas porque me suena que, en este mundo de caos y confusión donde somos el último mono, en algún momento hayamos arrancado nuevos proyectos con ellos.

—Genial, más trabajo, ¿por qué no? Total... No tenía suficiente con mis cuentas como para que me endosasen tu montaña de mierda... —respondí con el ceño fruncido, sin levantar la vista de la pantalla de mi iMac.

—Vendré a desayunar contigo —añadió él con una mirada lastimera.

—Vendrás a alimentarme a través de la reja mientras saludas desde el otro lado con un bebé adorable. Sácales la cáscara a los cacahuetes y yo abriré la boca. Con suerte aciertas.

El humor de perros no me abandonaba porque me había parecido una locura que en todo el traspaso nadie hubiese sugerido buscarle un sustituto a Oliver. Dos personas de Contabilidad y nuevo negocio, un programador con becario, tres directores de arte, un experto en digital —cuyo trabajo nunca tuve claro—, un especialista en audiovisual..., ¡dos CEO, incluso! Y una persona sola —yo— para atender a todos los clientes (sus peticiones, sus presupuestos, los tiempos de las entregas...).

El año que se me venía encima estaba a punto de volverse más y más negro por momentos... hasta que me llegó agendada la primera reunión. Unos cuantos días más tarde, él apareció en la oficina.

Cuando lo vi por primera vez era un día aburrido. No sé si era mañana o tarde, solo sé que era aburrido y que llevaba días sintiéndome muy sola, sin la voz de Oli cantando algún éxito comercial estúpido para amenizar la jornada laboral. Recordaba que, antes de su marcha, Oliver se había asegurado de hacer varios comentarios para nada sutiles sobre él: «Ya lo verás...». Gracias a ellos, me había quedado claro que se trataba de un tipo atractivo, con una empresa que facturaba números que tal vez dentro de las estadísticas de mercado no eran fuera de serie, pero que para mí suponían cifras que jamás pasarían por mi cuenta bancaria en toda una vida.

Ah, sí, y que tanto su manera de ser como su forma de trabajar no eran «convencionales».

—Te darás cuenta enseguida de que no está dentro de

ninguna etiqueta que hayamos podido ponerle al cliente típico: no es el modernete de bambas divertidas, ni el sesentón que le roba la *hoodie* a su sobrino, ni el directivo de turno que lleva un Hugo Boss de dos mil pavos y no se entera de nada —había añadido Oliver en uno de sus últimos momentos, dejando su mesa con los pósits ordenados y los bolígrafos con la tapa que correspondía—. Está muy encima de cada paso que damos, pero se hace agradable y para nada pesado.

Por esas razones no supe que él era «él» hasta días después.

Tan solo vi a una de mis jefas —¿había sido Sofía?— pasar por delante de mi zona junto a un hombre desgarbado que llevó la vista a mi rincón nada más girar el pasillo camino a la sala de reuniones. Recuerdo unos vaqueros, unas zapatillas, una chupa, una montaña de pelo repeinado acabado en tupé y unos ojos azules. Levanté la vista y la volví a hundir sin inmutarme porque era probable que se tratase de un proveedor ofreciendo sus servicios.

Al rato escuché a Sofía despedirse con un «Mañana nos vemos, entonces» y la vi acercarse hacia mí con unos documentos entre las manos. Me dijo el nombre de la compañía, nombró a Alexei señalando el umbral de la puerta por el cual había cruzado él hacía escasos minutos y me urgió a que a la mañana siguiente estuviese al día de nuestras colaboraciones pasadas y tomase notas en la reunión.

—En el caso de este cliente, suelo ser yo la interlocutora. Tu presencia será puntual, Oliver hacía lo mismo. Solo te necesito como apoyo —sentenció antes de adentrarse en el pasillo camino a su despacho.

Y así fue como terminé sentada frente a él al día siguiente, al otro lado de la gran mesa de reuniones de su empresa, en unas modernas oficinas del 22@. Lo observé mientras Sofía mantenía una distendida charla y él explicaba los proyectos que habían arrancado de su mano «tras el parón».

Parecía una persona seria, profesional. No estaba muy convencida de ver en él todo lo que Oliver había dejado caer. ¿Poco convencional porque llevaba ropa informal en un ambiente donde los presupuestos siempre eran, como mínimo, de entre cinco y seis cifras? Posiblemente esa chaqueta costase más que un traje de marca. Eso sí —y esto es algo que he de concederle—: no se trataba del estilo de vestir, sino de la actitud que parecía llevar puesta encima.

Entre apunte y apunte, en mi asistencia a aquella reunión tuve tiempo de escudriñar que en verdad sus achinados ojos eran grises y no azules. Que su piel blanca destacaba bajo las pecas que poblaban su cara de manera disimulada. Tal vez no era tan alto o fornido como dejaba en el recuerdo, pero irradiaba una potencia física que intimidaba. Salí de mi error en cuanto a su cabello al levantarme y despedirme de él, oportunidad que aproveché para observar más de cerca que ese espeso pelo, corto por los lados, pero acabado en tupé, era de un pelirrojo oscuro. Quise tender mi mano para estrechársela, pero él apoyó la palma en mi brazo con familiaridad y se inclinó para darme dos besos.

—¿Emma, era? —preguntó sin esperar respuesta, acompañándonos hasta la salida sin apartar la mirada, dejando durante unos segundos todo el aire a nuestro alrededor bañado de su perfume.

De vuelta a la agencia, aún con su olor dando vueltas pegado a mi ropa, pensé en que hay personas que emanan sexualidad allá por donde pasan como quien va repartiendo semillas en un campo: las hay que germinan, las hay que caen fuera y se secan antes de dar fruto. Alexei cumplía con claridad el perfil de persona coqueta, de conquistador que se gustaba y necesitaba gustar, aunque no fuese, en aquel primer instante, algo a lo que yo me creyese vulnerable.

Gracias al primer par de llamadas y a su siguiente visita a la oficina, me encontré con la información en mi camino (¿o la había ido a buscar?) de que la razón de su nombre y un color de pelo poco común para la población peninsular era un abuelo ruso.

Tal vez se empezaron a colar por pequeñas rendijas muestras de que Alexei no era, a fin de cuentas, tan convencional. Cuando se trataba de la mayoría de clientes, muchos ignoraban a la chica del despacho en un rincón frente a la sala de reuniones, «la de piel morena y corte *bob* que se sienta al lado del gay». ¿Qué hacía? ¿Era importante? No, en realidad no lo era, pero él siempre me miraba a los ojos y se tomaba el tiempo de desviarse los tres metros desde el pasillo hasta el marco de mi puerta abierta para darme los buenos días y preguntarme qué tal estaba.

Comencé a ver que Oliver tenía razón: él estaba encima, presente... Quizás era una cuestión de control, una necesidad de supervisar, de ver en qué cesta estaba poniendo los huevos de su negocio. O tal vez era alguien a quien le entusiasmaba su trabajo y disfrutaba con «ser uno más del equipo» (la falacia que los clientes venden a las agencias de *marketing* cuando las contratan, y que cae por su peso cuando algo sale mal «con los de arriba», su cabeza está en juego y nosotros somos los primeros en ser ofrecidos como sacrificio).

No me sorprendí, pues, cuando en los primeros correos Alexei comenzó a ser igual que en persona; un silencio común entre montañas de *e-mails* que no sería posible diferenciar de los centenares previos... hasta que en la bandeja aparecía un mensaje suyo.

Alexis: Gracias, Emma. Va a ser un placer trabajar contigo, estoy seguro de ello.

No hace falta hacer hincapié en el hecho de que muy pocos respondían personalmente al remitente en copia encargado de los deberes menores. Alexis —como empecé a llamarlo yo también pese a que así había sido como se había presentado— estaba mostrando una cualidad de la que muchas otras personas de mi entorno carecían. No solo era atento; existe gente atenta, pero a la que sigues considerando igual de relevante que una columna de *parking*. Acostumbrada ya a los gilipollas con los que había lidiado en los últimos diez años de carrera en el mundillo, el hecho de que él me mirase a los ojos fue un punto de inflexión.

Puede que pasaran un par de semanas en las que, no lo voy a negar, yo no había comenzado a trabajar con él muy convencida de si me agradaba esta cercanía o no. Tampoco es que tuviera opción. La nuestra era una relación de poder. Yo trabajaba para él y mi labor era, al final del día, satisfacer al cliente. En cierto modo, y tal vez fue por eso por lo que sentí que Alexis supuso una irrupción en mi vida, fue él quien vino a mí; yo ya estaba allí, sentada, viendo a la gente pasear por el chaflán de enfrente desde hacía tiempo, subiéndome las gafas con el dedo índice cada vez que se me resbalaban por la nariz y respondiendo correos electrónicos desde el teléfono, que me llevaba al lavabo por si surgía algo en esos tristes minutos de ausencia. Yo no me movía, estaba plantada, mis ramas llegaban hasta el final de mi escritorio, poco más podían considerarse mis dominios... Fue él quien, volando cerca, un día se posó.

Las primeras semanas en las que arrancamos los proyectos de lanzamiento de los nuevos productos de su empresa —varios *softwares* y plataformas—, no me molesté en tratar de entender qué vendía. Más bien estas se sucedieron mientras me dedicaba a extraer su personalidad a base de detalles. Con cada visita a su oficina, llamada o reunión improvisada en la que en vez de conectarse a una pantalla él prefería salir del despacho y pasarse por la agencia (Sofía lo llamaba en confianza «culo inquieto»), fui descubriendo pequeñas cosas sobre él.

No parecía que pudiese sacar mucho de pinceladas tan aleatorias y, sin embargo, en un periodo corto supe que era una persona poco fotogénica y que no conseguía transmitir en una imagen la impresión que causaba en persona (mi trabajo, en parte, consistía en buscar el impacto de su marca e implementar la estrategia de *marketing* planteada por el resto del equipo; imágenes de su cara se habían colado en mi ordenador sin haber hecho yo siquiera un clic).

—Puedes dejar el casco en la entrada —le indicó Sofía, sofocada por la sorpresa de su aparición.

—Tranquila, estoy acostumbrado a llevarlo colgado del brazo —le aseguró él mientras se llevaba la mano al cabello y se lo peinaba con los dedos.

En ese gesto recuerdo que percibí los cambios en el color de su pelo. No sabía si se debía a la luz del día o al peinado en cuestión. Juraría que había veces que me parecía más rubio, otras más castaño, y en ocasiones veía con claridad el pelirrojo característico.

No me había percatado de la cantidad de canas que lucía su cabello; desde luego, no tenía la impresión de que hubiesen sido tantas al principio, cuando lo conocí. También le salieron *a posteriori*, durante todo aquel tiempo, y yo no me di cuenta, como tampoco había reparado en ellas de cerca.

De hecho, no sabía que un pelirrojo pudiese tener canas; tal vez él era el único. Fantaseé con la idea hasta que un día me sorprendí a mí misma buscando la respuesta en internet para salir de la duda. Para ser alguien que iba a generar una carga de trabajo colateral en mi día a día, estaba más presente en mi mente de lo que hubiera imaginado.

Lo cierto era que Alexis parecía cortejar a cada persona con la que se relacionaba. Ya podía estar pidiendo la hora o dando las buenas tardes, nunca parecía tan solo un simple interés por su parte en ser estrictamente educado. Viéndolo interactuar con Sofía al inicio, me convencí de que quería algo más con ella, o al menos de que esos dos besos que le daba eran los de una persona que buscaba llevar el cariño un paso más allá. Había resultado todo de una primera sensación, ya que luego fui incapaz de pasar por alto su anillo en el dedo índice de la mano izquierda, esa que tamborileaba sobre la mesa en las reuniones y con la que gesticulaba explicando en profundidad algún proyecto. A lo mejor estaba siendo mal pensada: me sentía culpable al juzgar a un hombre felizmente casado cuya naturaleza podía ser, tan solo, cercana. En realidad, lo había visto también rodeado de hombres y provocaba el mismo efecto.

No solo la apariencia desaliñada podía dar pie a considerarlo como alguien informal, también tenía un gran sentido del humor. Hacía bromas cuando menos te lo esperabas y pronto dejó colar en la superficie, junto a todos esos detalles y esa voz atenta, que era una persona que no escondía el hecho de que le gustaba, en definitiva, pasárselo bien.

Me llevó poco tiempo admitir que todos sus rasgos me parecían atractivos, no solo en el trato, sino físicamente. No era la primera vez que me sentía atraída por alguien estando en pareja, aunque tenía otras prioridades en mi vida lejos de tirarle la caña a un pelirrojo de cuarenta y siete años. Tal vez por eso, porque en ese momento tendría que haberme concentrado en mis necesidades más profundas, en mis problemas de insatisfacción diaria con la vida que me arrastraba desde las ocho de la mañana a la una de la madrugada, lo que hice fue evitar pensar en ello... y dejar que gobernaran mis deseos más superficiales.

II

Volvía a casa al final del día, tras veinte minutos de traqueteo de metro y otros diez caminando entre guiris que visitaban la Sagrada Familia y calles que parecían sucias pese a no estarlo; entraba en casa y todo estaba en orden. Los trapos de cocina, limpios y bien colgados, las sábanas revueltas sobre el colchón, lo que no suponía ningún drama doméstico, y, si Nico se había ido con prisa, existía la posibilidad de encontrar rastros de su marcha, lo cual era harto improbable, ya que nunca se marchaba con prisa.

Las semanas en las que me enfrenté a mi nueva carga de trabajo, Nico estaba fuera, como venía siendo común en los últimos dos años. Lo habían ascendido en la consultora y se veía obligado a salir del país mucho más que al inicio de nuestra convivencia. Teniendo en cuenta que la casa era grande para dos, cuando uno de nosotros no estaba —básicamente él—, se me hacía más grande aún. Podía pasarme días sin tener ninguna razón para entrar en el despacho o ir al comedor. Con Nico, el uso de la casa estaba más instaurado: cocinábamos, nos turnábamos las tareas, comíamos en la mesa, frente a frente, hacíamos la cama casi cada mañana.

Sin embargo, en el mundo que suponía ese territorio para mí sola, las reglas cambiaban, y la cama, los platos, los horarios de comida eran marcados en función de mi humor. Solía estar demasiado cansada para hacer nada más que subir las bolsas de la compra, ducharme, preparar una comida rápida para el día siguiente, recalentar lo que me sobraba del táper de mediodía, comerlo con las piernas cruzadas sobre el sofá viendo un par de capítulos de alguna serie de abogados y hacerme una bola con el edredón en mi lado de la cama, hasta caer dormida con el punto de libro que rescataba de milagro la última página que había atisbado. De hecho, echaba de menos los días que alargaba la lectura sin importarme la hora que marcase el reloj, con tal de avanzar página tras página. Mi pasión por los libros se había visto diluida en una lectura siempre a medias, sobre la mesita de noche, de la que me avergonzaba antes de caer rendida.

Por mucho que pudiese dormir cinco de siete noches a la semana sin un hombre de casi dos metros en el otro lado de la cama, jamás salía de mi esquina cuando él no estaba. Tal vez era por la fuerza de la costumbre: nueve años acomodándote al cuerpo de otra persona son suficientes para entrenar un hábito.

Había aprendido a respetar el tipo de vida que llevábamos para que su ausencia no alterase nuestros biorritmos. Durante los primeros meses, desde que le había tocado recorrer el mundo en horarios infernales, había tratado de mantener mi vida con Nico intocable, aunque él no estuviera para acusar el cambio.

—¿No echas de menos hacer la cucharita cuando no estoy? —me solía preguntar algún que otro viernes por la noche, o cuando volvía a casa de un viaje largo.

—La cama es demasiado grande para mí... —respondía yo acomodándome en su hombro, bajo su brazo que me rodeaba la espalda.

En realidad, hacía tiempo que algo se había visto alterado. Cada vez más a menudo yo amanecía con el estómago revuelto, enfadada con su presencia en el lavabo o la cocina. Me despertaba con el ceño inevitablemente fruncido, como si me incomodase la naturalidad con la que vivíamos el hecho de estar separados. Cuando el requerimiento de los viajes había comenzado, me había sentido muy frustrada ante sus ausencias. Hablábamos por videollamada cada noche si el cambio horario lo permitía y nos contábamos cada anécdota tonta —«Oliver ha descubierto que quiere ser Lady Gaga, y lo peor de todo es que la emula en el lavabo»— en mensajes que siempre nos hacía ilusión rescatar en medio de una reunión.

Sin embargo, los silencios se hicieron cada vez más largos.

Yo le mandaba un mensaje insustancial para hacerlo partícipe de mi rutina ante los ya desgastados «¿Qué tal tu día?». Él también tardaba en responder, aunque en su caso lo acusaba al cambio horario. Tampoco profundizaba: «Acabo de ver el gato más grande del mundo en una calle de Brasil y creo que si lo traigo a casa y lo hacemos *youtuber* podemos vivir de rentas el resto de nuestras vidas #FatCatRules».

La vida con él lejos me parecía, en su momento, insoportable..., hasta que, como a todo, me acostumbré.

Luego no. Pasé a agradecer el espacio que me proporcionaba su ausencia. Me gustaba la persona que era cuando estaba sola. Puede que sea algo duro de decir y, en cierto modo, yo misma no me permitía admitirlo, pero sabía que no ansiaba ya su vuelta.

Sí, Nico volvía y retomábamos nuestra rutina, pero hacía tiempo que no me había parado a pensar si en realidad mi vida estaba resultando lo que yo anhelaba. Buscar una explicación, ahora en la distancia y de manera fría, se me antoja mucho más sencillo que tratar de quitarle la venda a la Emma de por aquel entonces. Nunca he sido una persona a la que le agraden los cambios. Mentiría si dijese que estaba cómoda con una vida alejada de la persona a la que quería, pero no era capaz de resistir el tumulto de lo opuesto. Era más fácil esforzarme por complacer y no alterar la vida que habíamos creado Nico y yo desde hacía casi una década que ponerme a pensar en qué quería realmente yo en aquel momento.

En ese sentido, ambos éramos iguales. Los dos tratábamos de alejarnos del conflicto en vez de enfrentarnos a él, y todo gracias a nuestra eterna predisposición de complacer al otro.

—¿Ponemos una peli? —pregunté vagamente después de llenar el lavavajillas una noche que él había vuelto de un viaje de una semana en Alemania.

—Vale, pero no prometo que aguante despierto.

—Yo tampoco —bufé agotada.

—¿Alguna sugerencia?

Me tumbé en el sofá a su lado y cambié de canales en el satélite para evitar tener que entrar en alguna plataforma de *streaming*: sabía que la elección podía robarnos fácilmente el tiempo de visionado y acabaríamos, hartos, yéndonos a la cama sin haber tomado una decisión.

Entonces me topé con la última película que había dirigido Stanley Kubrick recién empezada.

—¿Qué te parece? —le indiqué señalando con el mando la pantalla.

—Kubrick siempre es buena opción.

Nico no tardó en cerrar los ojos y cabecear —roncaba cuando se dormía en cualquier posición que no fuese horizontal—, y yo, entre el sueño y la vigilia, lo observé dormitando al lado y acerté a comparar nuestra relación con el film: Nico y yo éramos como *Eyes Wide Shut*. Todos los elementos, siendo analizados por separado, funcionaban a la perfección. Buena fotografía, buena dirección, buenas interpretaciones, un guion preciso que seguía una estructura profunda y llena de lecturas que no podía fallar... Y, aun así, en conjunto la película no funcionaba y, en mi opinión, desde 1999 nunca lo ha acabado de hacer.

—No queremos hacer nada grande —dijo mi amiga Eulalia tomando una cerveza en un bar a un par de esquinas de la agencia—. Será un evento informal, una cena más, pero con muchos invitados.

No era la primera vez que, a mi edad, escuchaba a un conocido decir aquello y luego dejarse llevar por la rueda imparable de una organización que los acababa convirtiendo en expertos en fundas de sillas alquilables.

—Me alegro —suspiré.

—Ya sé que no te gustan las bodas —añadió ella casi disculpándose—, pero ya verás que esta será distinta. ¡No pienso ni ir de blanco!

—No es que odie las bodas... —Eulalia levantó una ceja—. Es solo que yo no me veo en una como novia.

Nico y yo no estábamos casados ni existía ningún papel oficial sobre nuestra relación, pero teníamos toda una vida en común que imitaba a la de un matrimonio y no se diferenciaba de él más que en la vertiente legal. ¿Hacía falta algo más? Habíamos comprado un coche, teníamos una cuenta bancaria conjunta y en cuestiones funcionales pensábamos a la par. Además, en ese sentido, todo esto era definitorio de su carácter: él era una persona solucionadora, fiable, práctica.

—¿Y Nico? —preguntó entonces ella—. ¿Lo habéis hablado?

—La institución del matrimonio es una convención que nunca nos ha interesado.

Mentí. Una en la que *yo* nunca había estado interesada. No era justo para Nico que hablase en plural porque me constaba que él, no tan en secreto, no opinaba lo mismo.

Es posible que, a este respecto, nuestro entendimiento del matrimonio como extensión del amor se hubiese visto secuestrado por todos los momentos iniciales de nuestra relación. Es tan sencillo distraerse con ese entusiasmo original que es fácil confundirlo con la manera en la que se ha de amar a otra persona.

—Eres una cínica del amor —sentenció Eulalia con una sonrisa dando un trago a su copa de vino.

Me tomé unos segundos para pensar y defenderme.

—Es que creo que con el tiempo todo se vuelve aburrido y nos decepcionamos porque tendemos a la comparación con lo que creíamos que era amor al inicio. Idealizamos la relación con ese estándar y...

—Sí, pero no es lo mismo enamoramiento que amor.

—Bueno, yo solo digo que, tal vez, la única manera de no sufrir llegados a cierto estadio de nuestras vidas es dejar de exigir la idea de amor y buscar más la idea de compartir la vida con alguien.

Eulalia asintió mientras buscaba el teléfono móvil en su bolso.

—Vengo ahora —me señaló levantándose para coger la llamada fuera del local—. Amoooor...

En su ausencia reflexioné: yo creía tener más que cubiertas mis necesidades en cuanto a relaciones (o al menos me sentía fiel a mi propia teoría). Pensaba que había alcanzado el equilibrio, que estar junto a ese compañero de viaje suponía un talento bien alejado de los momentos iniciales, cuando la sola presencia de Nico me sobrecogía y me hacía sentir protegida. Cuando su practicidad me parecía un valor seguro de cara a mi futuro... Claro que esa era la Emma que acababa de cumplir veinticinco años y empezaba a ver que le salían las cosas tal y como había planeado. La Emma que vino después se tuvo que enfrentar al hecho de que la vida avanza con o sin ti y le importa una mierda que tú hayas ido tachando en el camino los puntitos que unen la línea temporal que te lleva de la juventud a la madurez.

«La teoría de los puntitos» fue como acabé por llamarla, primero en mi cabeza y luego en conversaciones con mis amigos más íntimos —Eulalia entre ellos— o en cenas con Nico. Se define por el instante en el que te das cuenta de que ya no eres (tan) joven y te encuentras en un momento de tu vida en el que ves que te quedan muchas fases por cumplir, como ingredientes dentro del carrito de la compra que has de ir tachando sobre el papel, pero cada vez cuentas con menos tiempo para hacerlo. Pasas los treinta y todavía no tienes un trabajo estable, una hipoteca, unos ahorros en el banco, un plan de futuro, una boda por todo lo alto en una masía, la idea de tener un hijo o dos...

Y está bien, no pasa nada, no has de haber tachado todas y cada una de las cosas que has querido/quieres/te toca hacer a estas alturas. El problema está cuando sufres pequeños ataques de ansiedad al darte cuenta de que el tiempo para tacharlos se va acortando y la lista no se reduce ni hay planes de que eso suceda. No puedes permitirte fallar ahora que has construido el castillo de naipes; te quedan tramos por elaborar y cada vez has perdido más tiempo jugando esta mano de cartas.

Por eso, por esa presión estúpida de sentir que no estaba consiguiendo nada más que comer mal, robar ratos de lectura y ver mucha televisión, tenía que mirar hacia otro lado cuando me asolaban pensamientos tales como que vivía al lado de alguien que estaba distraído de manera perpetua mientras yo había dejado de asistir a una fiesta por quedarme a su lado.

Dudas que me perseguían en noches como aquella, junto a Eulalia, cuando entre líneas me preguntaba que por qué no me quería casar con Nico. Dudas furtivas que me parecían tan correctas y comunes a todos los mortales, tales como qué pasaría si cualquiera de los dos cayésemos en la cuenta de que nuestra relación acaso era un error, que llegados a cierto punto no se parecía en absoluto a la idea y a las esperanzas que habíamos depositado en ella y que tal vez, solo tal vez, podríamos estar teniendo una vida mejor en cualquier otro sitio.

—He pedido otra ronda y algo de picar. ¿Tienes hambre? —preguntó Eulalia al regresar de su llamada—. Por cierto, ¿cómo está tu abuela?

—Como una rosa.

Cuando regresé a casa, un poco achispada tras haber ingerido más bebida que comida en mi encuentro con Eulalia, mi mente todavía viajaba por esos derroteros. Nico había llegado antes de uno de sus viajes y me había esperado deshaciendo la maleta y duchándose.

—Se suponía que eran siete horas de vuelo, pero el piloto ha podido echarse el viento a favor y hemos recortado bastante en ruta —exclamó él tras la mampara de la ducha mientras yo hacía pis a escasos centímetros.

No existe ninguna relación en el mundo que no pase por baches, pensé al instante. El objetivo de las turbulencias es que nos asusten lo suficiente como para agarrarnos fuerte al asiento; y, sin embargo, lo que me hacía sospechar que el vuelo no estaba siendo del todo tranquilo era precisamente lo rara que resultaba la calma en una travesía tan larga.

Más o menos por la misma época que Oliver se fue y yo empecé a verme sobrecargada de tareas (la época en la que

Alexis hizo aparición en mi vida), se nos estropeó la lavadora en casa. Pasé cerca de ocho días sin hacer nada al respecto hasta que la montaña de ropa comenzaba a hablarme desde un rincón y mi mente mantenía una conversación futura con Nico a su vuelta. No me estaba aleccionando (bueno, un poco), pero su voz dejaba claro una vez más que yo me permitía desatar en demasía mi vertiente caótica en su ausencia. Así que llamé al casero, orgullosa de mí por haber ganado una batalla mental inexistente, para que viniera a solucionarlo lo antes posible. Mientras nos mandaban a un técnico, tuve que buscar por la zona una lavandería. Ni siquiera había reparado en la existencia de una tan cerca de casa; cuestiones, imagino, de necesidad.

Al entrar, me sentí como recién salida de una película americana o una de las decenas de series de televisión que dejaba de fondo mientras cabeceaba en el sofá los días que no conseguía llegar con dignidad a la cama. Cargar con la ropa, las monedas y, sobre todo, la espera. ¿Qué se hace con el tiempo perdido de lavandería, mientras custodias la seguridad de tus sábanas y bragas de algodón durante hora y media? Me giré mientras introducía la ropa dentro del tambor y vi como un par de personas, auriculares enfundados, tenían la cabeza metida en sus móviles; otra leía una novela. Ya que no había tenido que enfrentarme a aquel hecho, no se me había pasado por la cabeza llevar un libro encima, por lo que me senté delante de aquella lavadora industrial a ver mi ropa dar vueltas.

La noche anterior había tenido de nuevo un sueño muy parecido a otros que se habían sucedido con anterioridad. No sé si podría llamarlo recurrente, pero llevaba una temporada notando que, aunque los escenarios y las personas no fuesen las mismas, la acción acababa reduciéndose a algo similar. En aquel caso, tenía que encerrarme en una casa grande debido a una amenaza externa. No recordaba qué era en particular (¿asesinos?, ¿zombis?), pero mi miedo a salir era tal que aquella amenaza iba invadiendo más y más estancias hasta el punto en el que me veía recluida en el espacio más reducido. En todas aquellas situaciones, al igual que había pasado aquella noche, siempre me despertaba antes del «final».

Viendo las sábanas en centrifugado y quedándome sola después de que el último cliente abandonase el lugar, pensé que tal vez no había un final para el sueño; tal vez la cuestión residía en que mi encierro era cíclico, porque la amenaza suponía tan solo estar atrapada y no hacer nada al respecto, siempre a la espera de algo peor, sin darme cuenta de que, de hecho, lo peor ya estaba pasando.

¿Era un mensaje subliminal que mi estado de inconsciencia trataba de mandarme? Me llevé la reflexión a casa, cargada con la ropa limpia y seca, hecha una bola dentro de una bolsa azul de Ikea, esperando a ser doblada cuando entrase por la puerta. No era tonta, lo sabía. Hacía tiempo que mi vida se reducía, en la medida de lo posible, a conseguir pasar el día, y así uno tras otro cada semana. Que muchas veces, ensimismada como me quedaba en el chaflán opuesto mientras hacía la pausa para el café, o veía el mensaje de turno de Nico en el móvil, era consciente de que deseaba estar en cualquier otro lugar. No sentía el caos apoderarse de mi mente porque todo era correcto. Nada fallaba a excepción de mi lavadora. Entonces, ¿por qué sentía que el barco flotaba a la deriva?

III

Comenzó a darse el caso de que un día con noticias de Alexis era un día feliz. Así de simple. Tal vez estoy siendo demasiado agradecida con el recuerdo; no era en esencia feliz, pero disfrutaba de un placer momentáneo que me hacía sonreír durante más segundos de los que me podía entretener, por ejemplo, un vídeo de gatos o un mensaje de Oliver con una foto de su hijo —quien, por cierto, estaba exultante de felicidad en su nueva condición de padre—.

Había semanas en las que Alexis no ponía un pie en nuestras oficinas ni nosotros teníamos la necesidad de ir a verlo, pero aun así estaba presente a través de videollamadas y correos que nos intercambiábamos en copia junto al resto del personal involucrado en su cuenta. No parecía querer disimular su interés en mí, un interés que comenzó a ir más allá de dar los buenos días de manera educada de camino a una reunión. Era increíble cómo la distancia entre dos personas se puede ver acortada sin necesidad de un acercamiento físico, tan solo con dos frases en un correo electrónico de vez en cuando. En un periodo corto me sentí vinculada a él y noté que nuestra relación se había estrechado gracias a ese interés superficial del uno por el otro.

Así consiguió él, poco a poco, colarse en mis días, respondiendo con un comentario tonto, abriendo la puerta a una vía de comunicación que pareció imprescindible en cuestión de semanas. Pronto se sucedieron los mensajes de «¿Qué tal estás hoy?» o las llamadas en las que yo tenía que hacerle alguna consulta a alguien de su equipo y, tras mi petición, él mismo decidía contactar en vez de delegar:

—Deja de responder mensajes a las ocho de la tarde y vete a casa —lo escuché decir al otro lado de la línea nada más contestar su llamada en mi móvil de trabajo—. Seguro que hay algún plan más interesante esperándote, como beber una copa de vino tinto mientras escuchas alguna ópera de Bellini.

—Si crees que tras doce horas encerrada aquí vuelvo a casa con ganas de alimentar el alma de manera tan erudita es que me ves con mejores ojos de lo que pensaba —respondí mientras trataba de dejar mi escritorio lo más organizado posible.

—Lo de mirar con buenos ojos, seguro... —añadió y dejó con total maestría que una pausa se colara en medio de sus palabras.

No tardé en teclear en el buscador «Bellini» y «ópera» con el objetivo de darle una respuesta que estuviese a la altura y, de paso, ganar tiempo para reaccionar a sus flirteos. Porque no podía estar equivocándome, ¿cierto? Estaba flirteando.

—¿Crees que *Norma* puede competir con Netflix? —le pregunté.

—Solo hay una manera de averiguarlo —añadió él.

—En ese caso —dije—, cambiaré el vino tinto por blanco. Soy más de blanco.

Lo escuché chasquear la lengua de manera cómica a modo de lamento.

—¡Lástima! Ahora conseguiré con toda probabilidad que se fundan los plomos de tu cerebro, si es que queda alguno en activo... Pero no soy un acérrimo amante del vino.

—¿Blanco? ¿Tinto? —pregunté.

—Ninguno... Soy hombre de cerveza.

—¡Ah! O sea que la chupa y el rollo motero te lo has ganado a pulso... No es solo fachada.

—Qué caña me metes —señaló con una carcajada.

—Porque sé que puedes aguantarla, hombre —respondí.

—No, si no era una queja precisamente...

Veinte minutos después colgué, recogí mis cosas y cerré la puerta de la agencia con una sonrisa estúpida, repitiendo en mi cabeza aquella conversación mientras buscaba en Spotify la *Norma* de Bellini para que me acompañase en el trayecto de vuelta a casa.

Qué fácil es gustar a alguien que no tiene ni la más remota idea de quién eres, cuáles son tus pensamientos, tus miedos, tus traqueteos, tus impulsos. Empecé a sentir una suerte de confusión. Cuando la presencia de la otra persona es tan profunda, comienzas a poner en duda la integridad de tus pensamientos. Había caído. Me había dejado encantar y no era del todo fácil tratar de lidiar con ello en mi cabeza, como si fuese algo malo que no pudiese hacer y contra lo que tuviese que luchar. Pero ¿qué tenía de malo?

Tal vez él era así con todas las mujeres. No me afectaba lo más mínimo. Yo solo me limitaba a disfrutar de sentirme especial por sus atenciones, que me hacían más llevadero el hecho de quedarme una media de dos horas más cada día en la oficina respecto al resto de compañeros.

En general, tendemos a ponernos tensos y nerviosos cuando estamos seduciendo a una persona que nos interesa y, sin embargo, esa ansiedad desaparece cuando la seducción es de cara a alguien por quien no nos preocupamos demasiado. Yo no tenía ningún tipo de agenda con Alexis, solo disfrutaba de verlo guiñarme el ojo de soslayo de camino hacia alguna reunión, sin que nadie se percatase. Cuando salíamos de esas reuniones de equipo y permanecíamos entre el umbral de las puertas de salida, afinando los últimos comentarios para avanzar en nuestro trabajo, él se quedaba mirándome mientras los demás se despedían, clavando los ojos con intensidad un par de segundos más de los que tocaba.

Mantener el tipo los minutos posteriores tras momentos así era algo difícil. No conseguía concentrarme demasiado y mi cabeza rebobinaba el instante como hacía de adolescente con los casetes utilizando un bolígrafo para repetir mi canción favorita.

Cuando lograba alejarlo de mi mente, cuando ya habían pasado días y su ausencia en mi vida ayudaba a dejar en reposo esa sensación de ligera alteración, aparecía un nuevo correo sin leer en mi bandeja de entrada.

Alexei: ¿Qué tal Bellini?

Emma: Romeo y Julieta la espichan ambos al final de su versión. Muy italiano todo.

Alexei: Bien, bueno es saberlo para no llevarse sorpresas. ¿Mucho trabajo esta semana?

Emma: Necesitaría un par de manos extra, no te voy a mentir...

Alexei: En ese caso, veo necesario remangarme y echarte una mano, aunque no sé muy bien cómo. Algo encontraría en lo que ayudarte, seguro.

Emma: Ah, pero ¿lo dices acercándote y todo?

Alexei: Claro, entiendo que si me acerco tú me dejarías...

Muchas veces las conversaciones se quedaban ahí, eran como pequeños destellos, tan pronto se encendían como se apagaban. O bien no había necesidad de llevarlas más allá o él pasaba a otra cosa o yo volvía a no tener ni un segundo para prestarle más atención y responder al último correo. En cualquier caso, ninguno parecía tomarse en serio las insinuaciones que se colaban de manera puntual en nuestros intercambios.

Iba averiguando más cosas que nadie sobre él en aquella oficina gracias a nuestros intercambios semanales. Podía parecer una tontería, pero saber que a alguien no le gusta el vino era un tema que no ha de surgir necesariamente en un contexto laboral en el que un cliente le pide a un proveedor un servicio. Hablábamos de *jazz* y de los Beatles (él era de Paul y yo de John), de los tipos de tapas que solíamos pedir los domingos para acompañar el vermut, de pequeñas minucias que iban conformando su imagen en mi cabeza más allá de lo que me proveía el verlo repasar con atención una propuesta de comunicación y sugerir cambios. Claro que aquella nimia sensación se vio evaporada cuando Oliver, a finales de abril y tras un mes de paternidad, vino de visita con un carro lleno de bártulos y un bebé en brazos.

Tras cuarenta minutos de gente exclamando sobre la belleza de la criatura, Oliver por fin consiguió ponerlo en el carrito a descansar y tomarse un café conmigo en el bar de la esquina. No llevábamos ni unos segundos poniéndonos al día sobre cómo yo apenas lograba mantener con pinzas todas las tareas al final del día cuando, para mi sorpresa, al otro lado del cristal vi pasar a Alexis.

No teníamos ninguna reunión planificada —lo sabía porque estaba al tanto de la agenda del proyecto y, en consecuencia, prestaba un poquito más de atención a mi atuendo—. Sin tiempo de coger mi teléfono y comprobar que, en efecto, estaba en lo correcto y que aquel encuentro era fruto de la casualidad, Oliver se inclinó para verlo pasar.

—Madre mía, míster Harley Davidson... ¡Quién lo iba a decir! Está mejoradísimo, al menos desde la última vez que lo vi. —No pude evitar reírme ante la naturalidad de sus comentarios—. Bueno, es que después de todo lo que pasó, lo extraño es que tenga tan buena cara. Desde luego, no me lo esperaba tan cañón, míralo...

Durante un segundo dudé si preguntar, pero imagino que mi ceño fruncido le dio una pista a Oliver sobre la incógnita que me había generado su comentario.

—Ah, claro, querida, imagino que no te lo han contado —puntualizó cambiando el tono de voz y llevándose la mano a la boca—. Hará dos años, su empresa paró todos los proyectos y, en consecuencia, se congeló su cuenta. Fue por la muerte de su hija.

No supe cómo reaccionar ni qué añadir. Me quedé mirando la acera por la cual lo acabábamos de ver desaparecer.

—No creo que sea un tema de conversación que Sofía saque contigo —añadió Oliver—, y yo lo sé porque estábamos en plena campaña de lanzamiento de uno de sus *softwares* por aquel entonces.

Sin hacer mayor hincapié en el asunto más allá de un par de comentarios lastimeros por parte de Oliver en los que recordó el nombre, la edad de la niña y el mes del suceso, al poco rato nos despedimos y regresé a mi puesto. Todavía tenía pendientes un par de cosas antes de regresar a casa, donde desde aquella misma mañana me había quedado sola de nuevo para las próximas cuatro noches.

No pude evitar darle vueltas a la noticia, que había caído sobre mí como el típico chaparrón que no te esperas tras una tarde bochornosa. La muerte siempre es algo que le pasa a los demás, algo lejano, distante.

Era difícil relacionar la breve narración que Oliver me había proporcionado con la faceta que yo conocía de Alexis. En ningún momento hubiese acertado a atisbar algo similar a lo que me acababa de contar. Alexis era intenso, decidido, resolutivo; en esa lista de adjetivos no se me hubiese ocurrido en ningún momento añadir que, además, estaba roto. Buscaba rastros de alguien hecho añicos y solo llegaba a la conclusión de que todo lo que pudiese estar viviendo a raíz de la pérdida de su hija lo llevaba por dentro.

Ya me había fijado en alguna ocasión en que, pese a ser alguien que pareciese dominar todo el aire a su alrededor, tenía pequeños resquicios de timidez, como si de la nada se volviese un joven de veinte años sin idea alguna de qué hacer frente a las respuestas atrevidas de una chica morena. Hasta la fecha me habían fascinado esos momentos porque me abrían puertas hacia trazas escondidas detrás de la primera impresión. Lo que no me esperaba era que, si seguía abriendo y cruzando una tras otra, encontraría a alguien cuyo pasado reciente incluía el haber experimentado uno de los golpes más duros que la vida podía arrear, tan aterrador que ni siquiera existía un nombre para definirlo.

No sé qué tipo de persona debía considerarme por ello, pero las novedades sobre el pasado de Alexis hicieron que, en cierto modo, él me atrajese más. Cuantas más vueltas le daba al asunto, más sentía la necesidad de conocerlo, de querer saber, de profundizar, de conseguir que me dejase abrir esas puertas.

Nada cambió entre Alexis y yo a raíz de la visita de Oliver. Digamos que yo no cambié mi comportamiento, ni me dediqué a ladear la cabeza con semblante lastimero. Aunque hubiese querido sacar el tema, no habría sabido cómo, ni estaba convencida de poseer la sensibilidad necesaria para enfrentarme a ello. Colgué en la pared de mi cabeza destinada a su persona un cartel más con esa información y continué mirándolo de manera furtiva. Cada sonrisa desvelaba un día más en nuestro tonteo; cada mirada hablaba un poco más del interés que teníamos en dar vueltas en círculos, oliéndonos.

Es probable que hoy en día tildase de idiotas las sonrisas que me nacían en la cara cuando veía su nombre en la pantalla, ya fuese del móvil o del ordenador —y no eran pocas al final de la semana—, pero la realidad era que no veía maldad ninguna en haber hallado una manera de sobrellevar mejor los días. Me encontraba más animada y sabía que mi ilusión a ese respecto tenía un límite, el marcado por la posible culpabilidad... que por aquel entonces no parecía asomarse por ningún rincón.

Una de las cosas que me engancharon un poco más a «nuestra historia» fue el hecho de que todo aquel juego se desarrollase en secreto. La distancia entre nosotros se había tornado exquisita, y fue entonces cuando empezamos a explotar esa conexión como si fuese un juego.

No fui yo la que lo puso en marcha. Es más, estaba convencida de que nadie tenía por qué saber que él era simpático conmigo, y pretendía guardarme esa información solo para mí, disfrutarla como un caramelo, poco a poco. Sin embargo, fue él el que un día, la segunda vez que visité su despacho, si mal no recuerdo, estableció la dinámica.

Llegué con Sofía en un taxi que compartimos en silencio. Ella enseguida sacó a relucir su sonrisa más impostada para Alexis, gesto que no se iba a molestar en simular para mí. Él, en vez de guiarnos hasta la sala de reuniones que ya conocíamos, nos recibió en su despacho y mantuvo las distancias, actuando de forma apropiada en todo momento... hasta que nos abrió la puerta para dejarnos pasar y, una vez que Sofía nos hubo dado la espalda, se inclinó sobre mi oreja con la excusa de cerrar.

—Bienvenida a mi territorio... —susurró.

Traté de no ruborizarme, pero fue imposible. Él, con dominio de la situación, giró el pomo y se dirigió hacia su silla mientras que Sofía ya nos esperaba sentada.

Intenté concentrarme en el contenido de la reunión, no dejarme arrastrar por la cantidad de información a mi alrededor a la que quería atender para sacar más y más datos sobre él. Aquellas eran sus paredes, la habitación en la que más tiempo pasaba al día. ¿Qué podía decirme de él? ¿Habría alguna foto enmarcada?

El corazón me iba a mil, me latía en la garganta. Notaba el pecho henchido, estaba pletórica. La tensión y la diversión del momento me llegaron a excitar. Alexis había instaurado la dinámica de dirigirse solo a Sofía e ignorarme, hasta que mi jefa bajaba la vista, anotaba algo o buscaba en su teléfono un dato. Entonces él usaba ese par de segundos para rozarme el pie por debajo de la mesa, casi como si fuese un accidente.

—Disculpa, Alexis —le dijo Sofía, ya de pie y recogiendo su bolso con intención de marcharnos—. ¿Está cerca el lavabo? Ya sabes, vejiga diminuta.

—Claro. —Él se inclinó y le señaló el pasillo—. Al fondo a la derecha, no es muy original.

—Vuelvo enseguida. —Sofía sonrió, aunque en su paso esa frase pareció una amenaza, como si yo fuese una niña pequeña a la que pedía que se comportase en su ausencia.

Alexis no tardó en aprovechar el momento a solas.

—¿Has visto qué borde puedo parecer cuando quiero? —dijo dando un paso más y apoyándose en el otro canto de la puerta.

—Ya he visto —respondí incapaz de contener una sonrisa—. Aún va a pensar mi jefa que no te gusta trabajar conmigo...

—Muy al contrario.

—No soy yo a la que tienes que decírselo.

—Pero... —no pudo reprimir la sonrisa—, ¿y lo divertido que es?

Sofía regresó y su amabilidad se dilapidó en el momento que salimos por la puerta y cogimos el taxi de vuelta a la agencia. No me importó. Su frialdad no podía con el calor que llevaba yo dentro.

De hecho, desde ese día, vernos en reuniones de toda índole y entrar en el juego de ignorarnos dejó claro, casi a modo de declaración de intenciones, que entre nosotros había algo. Digamos que ese «algo» adquirió estatus de existencia en el momento en el que tanto Alexis como yo nos tomamos la molestia de tratar de ocultarlo.

Tenía claro que nuestros entendimientos privados me enganchaban cada día más. Cada vez que nos veíamos, ambos sufríamos ante el deseo de compartir una intimidad que no se nos estaba proporcionando.

La adrenalina de percibir la tensión al rozarnos con el canto de la mano mientras nos acercábamos un documento sentaba tan bien que la separación, como una droga, me producía ansiedad en los momentos posteriores.

Quería más.

Por suerte, el efecto acababa calmándose cuando retomaba mi vida y me olvidaba de cómo eran los instantes en los que estaba a su lado.

El deseo sexual es motivado por el anhelo de establecer una cercanía que, obviamente, viene dada por una distancia preexistente. Cuando Alexis y yo comenzamos a recortar esa distancia, cometí el error de llevármelo a casa. No de manera literal, quiero decir. Metí su imagen y la idea de quién era en la bolsa que cada día viajaba desde el trabajo hasta el piso y me olvidé de seguir una de las reglas que hasta entonces me había funcionado tan bien: reducirlo a una fantasía de oficina.

Aquello se tradujo, casi de manera inevitable, en un fantaseo que yo consideraba sano. Porque cuando se anhela el cuerpo de otra persona, la mente es capaz de crear pequeñas trampas para alcanzar lo que busca. Y eso fue lo que hizo mi cabeza una noche entre semana, después de haber coincidido con Alexis en una videollamada en la que había esperado a que todo el mundo se esfumase de la pantalla para guiñarme un ojo antes de desaparecer. Con esa imagen en mi cabeza, estiré el brazo hacia el otro lado de la cama para tocar el torso de Nico. Las luces estaban apagadas desde hacía rato, pero ninguno de los dos dormíamos.

—¿Todo bien? —me preguntó él.

Seguí acariciando con la palma de mi mano su pecho hasta deslizarla debajo de la camiseta del pijama. Su parsimonia se vio sorprendida por mi voracidad. Sin mucha más dilación, colé los dedos debajo de su ropa interior para no tener que responder a su pregunta.

—Mmm..., sí... —suspiré acercándome a él mientras continuaba acariciándolo por debajo de la cintura.

Su asombro era natural: yo rara vez tenía energías para el sexo entre semana, mucho menos como para ser la que arrancase el acto. Sin embargo, con los ojos cerrados y los labios entreabiertos, me abalancé a por su boca.

Sí, usando mi cabeza como escondrijo, aquella noche metí a Alexis en la cama y, al sentir un brío nuevo en el roce de mi cuerpo con el de Nico, comencé a ser incapaz de no dejarlo colarse en mi mente cuando nos acostábamos. En realidad, no sucedía a menudo: Nico estaba la mayoría del tiempo fuera. Por esa misma razón, la masturbación —a la que antes ni me molestaba en acudir— comenzó a parecerme de lo más interesante.

La estructura de mi vida me permitió tocarme pensando en Alexis las siguientes semanas mientras Nico arrastraba una maleta por un aeropuerto desconocido a miles de kilómetros de nuestro hogar.

IV

Las pocas horas que estaba al lado de Nico las pasaba inconsciente. Dormía abrazada a él y trataba de aprovechar ese momento porque era el único que el tiempo nos proporcionaba. Pronto acababa, por fuerza, marchándose una vez más, y cada día que él me estaba esperando en casa yo llegaba un poco más tarde que el anterior. Mientras tanto, los tramos intermedios se acortaban.

Estaba sentada en la taza del cuarto de baño una noche, a solas, cuando escuché a Nico ponerse a preparar la cena al otro lado del pasillo.

—¿Echo más arroz y así te llevas el resto mañana al trabajo? —preguntó desde la cocina alzando la voz para que pudiera oírlo.

—¡Vale! —grité mientras releía el último correo de Alexis, que había recibido apenas diez minutos atrás.

El hilo de *e-mails* había empezado hacía un par de horas por una cuestión profesional y, pronto, las respuestas se acortaron en el tiempo a medida que se volvían más personales. Era nuestra propia manera de mantener una conversación.

—¿Queda arroz negro? —Nico asomó la cabeza por la puerta del lavabo asustándome con su pregunta.

—¿Qué? —reaccioné, confusa, levantando la mirada de la pantalla, con mis bragas por los tobillos y las piernas ligeramente dormidas.

—Es igual, tarda mucho en cocinarse y se me va a hacer tarde, que mañana tengo que salir al aeropuerto a las seis... —Con un gesto regresó al pasillo, pero enseguida volvió a colar la cabeza entre el marco y la puerta—. Espero que eso no sea trabajo.

Su dedo señaló mi móvil antes de desaparecer.

Por un segundo el estómago me dio un vuelco. «Lo es», pensé tranquilizándome para mis adentros. Sin embargo, no fueron los nervios del tonteo de las últimas líneas de Alexis lo que me hizo alterarme, sino el canturreo de la voz de Nico al otro lado de la casa. Ya había empezado, inevitablemente, a compararlos.

Porque con Nico me sentía segura. Nunca, en ningún momento, incluso en aquellos de duda que todos pasamos en según qué etapas, había puesto en entredicho la fiabilidad de mi pareja. Existía algo en su constitución, sus gestos, su forma de ser que tanto lo definía, que me había hecho sentirme protegida desde el primer día.

Por su parte, Alexis era capaz de hacerme sonreír con apenas su presencia: su alegría magnética me desubicaba y atraía a partes iguales. Con su aparición, hacía que me olvidase de la rutina de una forma u otra. Por otro lado, a pesar de que en muchos momentos era capaz de iluminar mis días, contaba con un aura y una manera de moverse que me hacían sentir amenazada, como si se tratase de un depredador. Me atrapaban sus gestos, su modo de calcular las distancias, de controlar el terreno. Y lo peor era que, aun sabiéndolo, iba directa a sus fauces. La idea de saberme la presa de alguien como él me parecía de lejos la mejor opción de entre todas las que me ofrecía la vida en aquel momento.

De alguna manera, sin acabar de entender muy bien por qué, el pasar de la seguridad de la presencia de Nico al magnetismo peligroso de Alexis me hizo reflexionar sobre cómo una persona, a fin de cuentas, no puede serlo absolutamente todo para otra.

«Hoy ha sido un día de mierda, pero ya no...».

No recuerdo si esa frase la pensé tan solo o la llegué a enviar en alguna respuesta. Únicamente tengo presente la gravedad del momento. Acepté con aquella afirmación el cuelgue adolescente que tenía por aquel hombre. Lo había empezado a sospechar al darme cuenta de que me iba al baño con el teléfono para sacar apenas unos minutos y poder tener la calma de pensar una respuesta. Para darle vueltas a si debía responder ya o dejar pasar un par de horas. A veces veía la luz durante cinco minutos y me sentía ridícula midiendo el tiempo de nuestras comunicaciones para no parecer ansiosa. Pero entonces, al poco, su nombre aparecía en la pantalla o su voz se asomaba por el teléfono, si bien no era que su presencia lo tiraba todo por la borda, y entonces mi cerebro ignoraba esos momentos de cordura.

Las únicas veces que teníamos la excusa de estar ambos en la misma sala a la vez era cuando Sofía y Noelia organizaban reuniones de equipo. Solíamos ir a su despacho porque a Alexis le gustaba vernos las caras en directo, odiaba las videollamadas. Y no en pocas ocasiones prefería pasarse por la agencia.

—Ya te he dicho que no tenemos problemas en ir a tu oficina... —le indicó Noelia con falsa modestia recibiéndolo en la entrada.

—A veces es más práctico que se mueva uno a que lo hagan cinco —apuntó él peinándose con los dedos el cabello revuelto por el casco.

—¿Aunque ese «uno» sea el cliente?

—No te preocupes —le dijo apoyando la palma de su

mano en el brazo de ella con una cercanía ya habitual en él—, con la moto me planto aquí en un segundo.

Sofía me hizo un gesto seco con la cabeza al pasar frente a mi despacho, camino a la sala de reuniones. Como si hubiese arrancado mi marcha un minuto tarde; como si debiera besar el suelo que Alexis pisaba. Aceleré el paso para coger de camino a Toni, de Digital, quien seguía el ritmo de las jefas como un perrito faldero.

Lo cierto era que me estaba resultando cada vez más común no tener presente qué pasaba con exactitud en esas reuniones. Apenas recuerdo lo que pensaba compartiendo con él esa sala de dieciséis metros cuadrados.

De reojo lo vi apoyarse en el respaldo de la silla, asintiendo ante el desarrollo de la estrategia audiovisual que Sofía presentaba apoyada de un vídeo creado por el equipo de Diseño.

Solo pude centrarme en los dedos de Alexis repiqueteando la mesa, en su mano frotándose la mandíbula con los dedos índice y pulgar, en su ceño fruncido. De repente, deseé con fuerza que ese hombre se enamorara de mí. En la ficción de mi mente, debía girarse, dejar de prestar atención a la pantalla y clavarme su mirada para darse cuenta de que yo era eso especial que todavía no le había pasado en la vida.

Como si con mi pensamiento lo hubiese invocado, en la oscuridad de la sala apenas iluminada por el brillo de la pantalla, Alexis apartó la vista de la presentación y nuestras miradas coincidieron. Pareció como si me hubiese ido a buscar a sabiendas de dónde me había sentado, prestando atención por el rabillo del ojo a mis movimientos.

En ese instante sonreí de forma sutil y bajé la vista hacia la libreta, fingiendo que tomaba notas, mientras me reafirmaba en mi idea de que aquel hombre ya se había empezado a colar por mí, más de lo que había planeado cuando había empezado a jugar conmigo. Y, quizás, tal y como hacía yo, no era capaz de admitirlo.

Había llegado el calor, o al menos sus primeros rastros. Los días tenían más horas de luz y era, de alguna manera, más duro tener que ver ponerse el sol a las nueve de la noche y sentir que el día se había escapado sin comprender cómo ni por dónde. El cambio no habría supuesto en sí una tragedia si no hubiese sido porque, en mi caso, me convertí en testigo de cómo Toni y Jordi salían con mayor frecuencia de la agencia camino a un partido de pádel juntos. Escuchaba desde mi mesa cómo compañeros y demás seres normales eran libres para irse de cañas y cócteles a las siete de la tarde de manera regular mientras yo anhelaba un clima vital que no tenía porque nunca había creído en la importancia del *afterwork*, al menos hasta que Oliver se había ido con el par extra de manos que hacían la mitad del trabajo y yo había visto bloqueadas esas horas al final del día.

Era un miércoles por la tarde cuando Alexis había tenido una reunión con Sofía para chequear a qué altura estaban sus proyectos y qué estrategias había que implementar en función de los presupuestos. De refilón lo había visto entrar y lo había visto salir al baño un par de veces, momentos en los cuales había aprovechado para desviarse y venir a decirme alguna chorrada, una de ellas tan solo resoplando en la distancia al cruzarse en el pasillo con Jordi, el programador.

Una hora después, aunque habían parecido veinte minutos, Sofía salió sola de la sala y se acercó a mí:

—Tengo que irme a una reunión de urgencia con los perfumistas, que vuelven a estar en crisis, y luego tengo evento. No creo que vuelva. Alexei se queda hasta que acabe de repasar y así ya me deja todas sus notas dentro de la sala o aquí fuera, depende de si ya te has ido o te quedas hasta tarde.

No dije nada ni hice ningún gesto porque Sofía, pese a coordinar el trabajo de Oliver y repartirse tareas de dirección en conjunto con Noelia, su socia, nunca había sido desagradable conmigo ni mucho menos. Lo que pasaba —ambas lo sabíamos— era que, al igual que en el último par de meses, me iba a quedar porque no había opción de lo contrario.

La vi marchar volcándome de nuevo en unos presupuestos de proveedores y agaché la cabeza hasta que la alerta de un nuevo correo electrónico me hizo buscar la pantalla.

Alexis: Me aburro.

Dirigí la vista de manera inevitable hacia la puerta de la sala, donde podía imaginármelo tecleando desde su iPhone, a solas, reclinado sobre el asiento. No tuve ni tiempo de pensar en una posible respuesta cuando un nuevo correo entró en la bandeja.

Alexis: Me aburro y creo que necesito alcohol.

Enseguida entré al juego. La tensión que llevaba acumulada sobre los hombros por saberlo a una decena de metros sin posibilidad de interactuar se disipó en una sonrisa mientras tecleaba:

Emma: Pues tenemos un problema. Yo soy de vino, tú eres de cerveza.

Cliqué para enviar y traté de centrarme en los documentos que tenía entre manos para sobrellevar la espera de una respuesta que no tardó en llegar.

Alexis: Estoy seguro de que existe el punto intermedio donde podemos encontrarnos, y ese lugar se llama gin-tonic. Trabajamos demasiado.

Emma: Me gusta ese punto intermedio. ¿Cómo podemos hacer para encontrarnos allí?

Tecleé esas palabras con dudas. ¿Me estaba invitando a abandonar juntos la oficina para ir a tomar algo o todo aquello era un juego más, que se quedaba, como todas nuestras palabras, parpadeando en líneas de una pantalla?

Alexis: Lo ideal sería que te trajeses aquí dentro un par de vasos con hielo y cerrases la puerta.

No sabía qué me alteraba más, si la idea de ir con él a un bar o encerrarme en un cuarto sin cristaleras, sin miradas, con nuestras manos sobre dos vasos y nada más. Tras un par de intercambios en los que ninguno hizo el ejercicio de levantarse y acercarse hasta el otro por no romper la magia, parecía que la fantasía se iba a quedar en otra suculenta oferta de acercamiento por completo irreal. Hasta que leí:

Alexis: Lo digo totalmente en serio: tengo una petaca con ginebra en la chaqueta. Tú solo has de poner la tónica.

Emma: Hecho.

Puse en reposo el ordenador, cogí la cartera de mi bolso, bajé al bar de la esquina y me hice con dos latas de tónica. A mi regreso recorrí el pasillo de arriba abajo y me asomé a los despachos de Noelia y Sofía, vacíos por completo. Me hice con los vasos de cristal para las visitas que estaban en la cocina y, en silencio, ante la calma de un edificio que se iba desocupando, llamé a la puerta de la sala, le mostré mi botín y cerré a mis espaldas.

—No esperaba menos de una chica tan resolutiva como tú... —me dijo Alexis.

Enseguida se puso en pie y, para mi sorpresa, recorrió la distancia que nos separaba sin contención hasta rodearme para estirar el brazo y echar el cerrojo de la puerta. Escuché el pestillo a la par que mi garganta tragando saliva. Aquel gesto era lo más real que había vivido con Alexis, y el *shock* que supuso tenerlo tan cerca, verlo romper las distancias, me confirmó que aquello se alejaba cada vez más de ser un juego.

No dejé que la confusión me asolase y en la silla contigua a la esquina donde él parecía estar sentado tiré de la palanca y recliné el respaldo lo máximo posible. Me recosté y apoyé las piernas sobre los papeles de la mesa mientras lo veía sacar una pequeña petaca metálica de forma ovalada y lacado negro.

—Cómo no, el motero amante de la cerveza lleva una petaca en la chaqueta.

—¿Sabe tu jefa que te tomas este tipo de libertades con los clientes? —respondió bromeando mientras echaba ginebra en ambos vasos.

—Por eso me contrató, de hecho.

Brindamos y bebimos, nos miramos y me fijé en cómo recorría con sus ojos la forma de mis piernas. Rozándonos la mano de refilón en algún comentario, con nuestras extremidades espatarradas sobre la mesa de la sala de reuniones, hablamos de Francia y Rusia, de viajes de negocios y de placer, de un pequeño pueblo en la campiña británica donde Alexis había probado la mejor pinta de *ale* de su vida. Crucé las piernas de manera informal sobre la silla y él intuyó mis bragas en el gesto. Pensé en obviar el momento, pero hice referencia a ello con una mirada y él no rehuyó el asunto, añadiendo un «Es inevitable no mirarte».

Había algo en él, en la manera expansiva en la que se sentaba, en cómo tomaba la inclinación para acercarse a mí, en su modo de dominar el espacio, incluso estando sentado dos sillas más allá: su calma y su necesidad de soltarse un poco se palpaban en el ambiente. El sol se ponía y las ganas, imperantes y casi incontrolables, estaban ahí, domadas, aposentadas como las hojas que residían sobre la mesa; inmutables, pacientes.

No sabía qué esperar ni cuál era el siguiente paso hasta que él se acercó el reloj que horas antes se había desprendido de su muñeca y, en un par de gestos demasiado rápidos, recompuso lo distendido de la escena recolocando la silla y levantándose.

—Se está haciendo tarde —dijo—, y a mí no me conviene seguir bebiendo...

No lo insté a quedarse y tomar otra porque en el fondo, por mucho que desease beber y emborracharme a su lado hasta caer rendida sobre aquel suelo de parqué, las responsabilidades y el resto de mi vida me llamaban al otro lado de la puerta.

—Espero que nadie lo note. —Se refería al alcohol, no al hecho de que hubiésemos estado más de una hora allí encerrados.

—Descuida, hace rato que estamos solos.

Esperándome en la puerta, corrió el cerrojo y, antes de llevar la mano al pomo para girarlo y dejarme salir, dijo:

—Mejor hacer una comprobación. —Dio los pasos pertinentes que nos separaban y, a tres centímetros de mi boca, abrió la suya para que le oliera el aliento—. ¿Y bien? Ahora tú.

Hice lo propio, todavía descolocada. Salí y, antes de

verlo cerrar la puerta, giré mi cabeza para sonreírle una última vez, como si estuviésemos sellando un nuevo pacto de silencio sobre lo que acababa de pasar.

Sabía que, una vez instaurado aquel juego de oficina, iba a ser difícil parar. Lo que no había visto de manera tan clara mientras recorría la distancia entre la sala y mi despacho era que todas las luces de aquel camino indicaban que él y yo nos acabaríamos comiendo la boca de verdad.

Sentía deseo. No quería engañarme porque hubiera sido contraproducente y porque no tenía sentido mentirme en la soledad del salón, en la soledad del despacho, en la soledad de los táperes a mediodía mientras observaba el chaflán.

Ese sentimiento espontáneo me parecía mucho más certero y válido —merecedor de todo mi respeto, incluso— que todos los demás que podía intuir, simplemente porque ignoraba los procesos normales de razonamiento. Era un deseo energético, latente, irracional. Lo cargaba con peso a casa, lo llevaba encima, no lo notaba si se amoldaba a mi calma y despertaba cuando Alexis hacía aparición en mi vida de una manera u otra. Aunque él y yo no tuviésemos nada en común. Aunque quisiese a Nico y estuviese cómoda junto a él. Me sentía atraída por su energía, por la excitación en extremo de la idea de Alexis, por el hecho de que suponía un sabor diferente. El flirteo y fantaseo habían abierto la veda a altas dosis de energía sexual que nunca había manejado en presencia de Nico y que, en consecuencia, me hacían buscar esa reacción fuera de casa.

Una mirada de Alexis era suficiente. Lo fue para que un mediodía, masticando los macarrones al pesto bajo el aire acondicionado de una primavera demasiado calurosa, y con la mirada perdida en lo que hubiese más allá de la ventana, me diese cuenta de que la idea del adulterio alrededor de la cual había estado jugando tanto el último par de meses se había materializado como la única opción.

Sí, había tomado la determinación.

Quería tener a Alexis, de la manera que fuese.

Tenía la intención de ser adúltera si la posibilidad, tal y como apuntaba todo, se iba a dar.

Las circunstancias eran las correctas, había mascado la situación como un chicle y hacía horas que no tenía forma ni sabor.

No había sido uno de esos casos en los que el calor del momento nubla el juicio de alguien y por consiguiente ese estado vale como justificación. Yo estaba tomando la determinación en frío como fría estaba la comida en el plato y las paredes de aquel despacho. No necesitaba pensarlo, no quería acercarme a esa primera idea del adulterio como algo malo, perturbado, pecaminoso o que supusiese la traducción de que el amor había fallado entre Nico y yo. No tenía nada que ver con él. No era un efecto secundario cuya causa tuviera su origen en el aburrimiento marital, en la necesidad física o en la obsesión por poseer a otra persona.

No olvidaba el hecho de que alguien que huye hacia algo está, inevitablemente, huyendo de otro algo, pero eso no me interesaba.

Quería poder entrecerrar los ojos y que la nitidez de las cosas se tornase borrosa, como borrosos veía a los demás desde mi mesa. En el fondo, me gustaba esa perspectiva. A pie de calle la vida era otra, una más nítida, real; las personas paseaban entre aceras cubiertas de arboledas y sobre las baldosas tan típicas de Barcelona. Allí, delante de mi ordenador, perdía ecos de realidad en pos de una claridad que me parecía conveniente.

Sí, quería vivir aquello.

La intimidad entre nosotros pasó de formal a erótica en tan poco tiempo que solo pude achacar el cambio al hecho de haber roto la distancia aquel día. Sin embargo, cuando creía que lo tenía calado, que su juego era ir cubriendo todos los flancos para ponerme a prueba y llevar el tonteo un paso más allá, lo pillaba en un momento de vulnerabilidad que no me esperaba y que me dejaba fuera de combate.

Recién salidos de una presentación, noté que Alexis había estado más ausente de lo normal, en la inopia, a medio gas en respuestas y, lo que más me afectaba a mí, menos atento a nuestras interacciones. ¿Estaría cansado? ¿Le habría pasado algo? Me vi tentada de escribirle un correo corto y rápido: «¿Estás bien?». Ni tiempo tuve de descartarlo en mi mente, ya que al volver a mi escritorio vi que tenía un correo suyo esperando.

Alexis: Hay días que son una mierda...

Según mis cálculos, debía de haberlo tecleado en el móvil desde el ascensor o ya sobre la moto, en el chaflán. No me incliné a buscarlo con la mirada por la ventana, tan solo me apresuré a responder porque entendí que, con un mensaje tan inusual en el que en cierta manera se exponía, quería mi hombro. Lo necesitaba.

Emma: Justo te iba a preguntar si estabas bien, pero te has adelantado.

Alexis: ¿No tienes a veces la sensación de que todo lo que haces es inútil?

Alexis se había bajado la careta de cliente y estaba siendo el hombre, simple y llanamente.

Emma: Qué te voy a contar. Y que lo digas. ¿Puedo hacer algo para mejorar ese día de mierda?

Alexis: Créeme, haces más de lo que crees para que no todos los días sean así. Gracias.

Respondí, sonrojada, y él no volvió a contestar, cortando así ese breve intercambio. Me sentí gozosa, porque de entre todas las personas con las que interactuaba a lo largo del día, Alexis había decidido compartir conmigo ese momento, ese instante de fragilidad, y se había abierto un poco más.

Podía ser muy tonta por llevarme aquello a mi terreno y echármelo a favor de la narrativa que yo dictaba, pero pensaba: «No todo el mundo lo ve vulnerable». Compartir un momento así creaba una intimidad entre ambos en otro aspecto que todavía no existía y, por lo tanto, me hacía sentir especial. Claro que podía ser otro de sus trucos... Con el tiempo descubrí que tenía muchos.

Por aquel entonces, la sensación de sentirme cazada seguía latiendo en mi piel, el instinto me lo decía, era algo innegable. Conjeturaba al respecto, pero no tenía certeza de nada. Las dudas no hacían más que acrecentar mi deseo. Saber si el sentimiento era mutuo, si él también veía claro que la espera solo estaba resultando exquisita, se convirtió para mí en un reto crucial. No estaba ciega: era consciente de que el tonteo le proporcionaba la oportunidad de alimentar su ego —un ego que, no vamos a engañarnos, era básico en la definición de su carácter—. Yo también había vivido nuestro acercamiento con ese mismo objetivo en sus inicios, aunque había decidido reconducir toda aquella energía hacia un fin. Y por esa razón, por la de querer dejar de sentirme una presa, pasé a la acción cual depredador y tomé la decisión de hacer algo al respecto.

El ritmo de comunicaciones decreció. Me hubiese empezado a comer la cabeza si no hubiese visto que Sofía y Noelia habían aumentado la carga de trabajo y él, que siempre respondía a todos los correos de todos los departamentos, había comenzado a proporcionar el mismo tratamiento a los demás. Cuando me decepcionaba con la idea, aparecía algo del estilo a «¿Cómo está mi *barwoman* favorita?» en un correo, lo que hacía que la intranquilidad se aposentase durante unos días.

A veces era seco en las respuestas o no respondía a un coqueteo abierto. Lo poco que lo vi durante las siguientes dos semanas parecía confirmar que nada había cambiado la manera en la que me miraba, lo cual me cubrió, durante aquel tiempo, de mensajes contradictorios. Llegué a la conclusión de que habíamos cambiado de velocidad, pero no de rumbo.

Emma: No se te ve la melena pelirroja por ningún lado.

Alexis: Porque he visto en fotos que mi abuelo tenía el pelo de Tolstói; si no, ya estaría preocupado por quedarme calvo de seguir a este ritmo.

Emma: Tengo un par de latas de tónica esperándote en el cajón, pero si no vas a por ellas, tendrán que ir ellas a por ti.

Alexis: Si tan solo tuviera el tiempo...

Emma: Eso es fácil, te comento: abres la agenda, tachas lo que tengas el jueves a las 20 h, pones «gin-tonics y charla amigable» y lo que surja.

No respondió. Había puesto el plan, y por ende mis intenciones, sobre la mesa y él había respondido con un silencio que abrió una serie de interrogantes. ¿Sería una cuestión de decisión contra indecisión? ¿Había estado jugando sin intención de hacerlo real y yo, fuera de sus planes, había propuesto sacar de aquellas paredes nuestro tonteo para dejarnos llevar? A lo mejor Alexis era el tipo de persona que siempre calentaba un plato que no se acabaría comiendo. A lo mejor estaba cómodo en el terreno de las palabras. Es posible que él no se hubiese esperado que yo siguiese el juego hasta las últimas consecuencias. ¿Se había acobardado o habría yo interpretado aquello de la manera incorrecta?

Incapaz de contentarme con obtener un silencio por respuesta, en el siguiente correo aproveché de pasada para retomar nuestro uso del *gin-tonic* como herramienta liberadora: «¿Qué me dices?».

Así me convertí yo en la cazadora. Con tres palabras y dos signos de interrogación.

La respuesta, entre alusiones al trabajo y al calor del incipiente verano, cayó en forma de adjetivo masculino singular: «Complicado».

Era complicado, sin duda. No se lo podía negar, no iba a rebatirlo.

Había conseguido pasar por alto muchas semanas seguidas el dilema que le podía suponer a él, quien parecía el cazador experimentado, el hecho de cazar presas cargando con un anillo en el dedo. ¿Por qué había dicho que no si nada de lo que hacía o decía daba pie a imaginar una negativa? Tal vez quisiese evitarse complicaciones y huir de mí y de las posibilidades, del drama que podía suponer lo que yo había sugerido. Ambos sabíamos que dos, tres, cuatro *gin-tonics* en un rincón de un local oscuro, acercándonos cada vez más, no hubiesen supuesto tan solo amigables copas al salir del trabajo.

Pensé que Alexis había hecho prevalecer la cabeza por encima de los impulsos. Al fin y al cabo, no nos debíamos nada, no habíamos explicitado de manera verbal el interés de llevar aquello a otro estadio. Si no lo nombras, no tienes por qué asumirlo. Él no parecía querer enfrentarse a ello, lo que —estoy convencida ahora— me hizo ser más valiente. Quise algo y fui a buscarlo a sabiendas de todo lo que implicaba.

V

Con aquel «Complicado» él había demostrado ser más cobarde a la hora de enfrentarse ya no a sus sentimientos, sino a las consecuencias de sus actos. Me quedó claro que ni él mismo sabía lo amenazado que estaba por sus propios deseos. Desde mi posición de espectadora, lo vi luchar contra ellos sin entender su proceso, tal vez porque yo había tomado la decisión mucho antes.

Esa palabra retumbó en mi cabeza de nuevo cuando la siguiente reunión tuvo lugar en las oficinas de la empresa de Alexis. Noelia y Sofía tenían la agenda ocupada y me pidieron que fuese como ejecutiva en su nombre para presentarle las propuestas de comunicación con su primer *feedback* aplicado.

En cuanto puse un pie en el ascensor sentí cómo el revoloteo de mi estómago se hacía cada vez más grande con cada piso que subíamos. Toni, de Digital, que nunca antes había tenido que trasladarse al edificio, me acompañó en aquella pequeña excursión para exponer las novedades.

—Vaya pasada de oficinas —espetó cuando nos quedamos solos en el rellano de la planta, mirando alrededor cómo un almacén portuario del siglo XIX se había convertido en el sumun de la innovación en la ciudad—. Ya querría yo vestuarios y estas instalaciones en la agencia...

—No somos lo suficientemente *tech*, me temo —dije yo con ironía tratando de sacudirme los nervios de dentro.

Una pareja de jóvenes nos guio hasta la sala de reuniones, rodeada de grandes columnas y con un enorme ventanal que daba al mar.

Alexis nos esperaba dentro. Enseguida me decepcioné al comprobar no solo que todo rastro de sintonía e intimidad entre nosotros parecía haberse esfumado, sino que evitaba que nuestras miradas se encontrasen..., y esta vez no parecía ser parte del coqueteo.

—Necesito que vayamos rápido —indicó con la mirada fija en la pantalla congelada mientras Toni lanzaba la presentación desde su dispositivo—: Tengo otras reuniones y no puedo entretenerme.

Su tono seco no ayudó en nada a nuestra presentación, que resultó torpe por parte de ambos. Toni acusó su inexperiencia y yo me dejé invadir por la rabia no solo los apenas veinte minutos que estuvimos en las instalaciones, sino en todo el trayecto de vuelta al Eixample. Regresé a mi mesa todavía llena de ira porque su negativa había dejado de ser tal para convertirse en una declaración de intenciones: aquello no iba a pasar entre nosotros.

Pasé el resto de aquella semana con el ceño fruncido, incómoda en cualquier silla que me sentase. Anhelaba escapar de esa terrible sensación que me acompañaba, del nudo en el estómago que había creado en mí la frialdad con la que Alexis había decidido congelar nuestra conexión. Odiaba la idea de haberme dejado pillar por sorpresa por un deseo que no sabía que tenía para más tarde decepcionarme al ver que no iba a ser posible alcanzarlo.

La presencia de Alexis en mi vida me había golpeado de repente, como un vendaval. Sin la más remota pista de cómo, su figura se había colado en mis pensamientos y el deseo que sentía de quererlo más era lo único a lo que conseguía prestar atención más de diez minutos seguidos. Alexis fue un deseo que me eligió a mí, no yo a él. Sin plan de acción, sin lógica, todo se había ido al garete tan rápido como había aparecido. Yo no quería aquello, y ahora que sabía que lo necesitaba, no lo iba a conseguir.

Porque yo estaba bien... hasta aquel «Complicado».

La decepción se extendió cuando noté que el espacio que Alexis había puesto entre nosotros alcanzaba todo más allá de aquella incómoda reunión. No solo había dejado claro que esa frialdad era con la que iba a tratarme a partir de entonces, sino que la posibilidad de que pasase algo entre él y yo había muerto.

No había otra razón a por qué él ya no prestaba tanta atención a mirarme esos segundos de más; a por qué calculaba sus correos, sus saludos antes de salir por la puerta, calibraba las miradas, que tampoco devolvía ya tan a menudo, enviaba mensajes que semanas antes hubieran sido llamadas para escucharme la voz.

Con sutileza, siempre con una posible excusa, casi con elegancia, yo no podía evitar sentir que había aumentado el perímetro de seguridad en un par de metros más. Por si acaso.

—Emma... —La voz de Sofía retumbó en las paredes de mi solitario despacho, despertándome del ensimismamiento—. ¿Estás bien? Te he escrito por el chat y no me has respondido nada.

—Sí, perdona. Estaba enfrascada en gestionar el presu de la productora para el rodaje de los perfumistas.

—*Okey*, pero date prisa, ¿no?

Mi entrecejo le hizo saber a mi jefa que no sabía a qué se refería.

—La *call*. —Señaló con la mano la sala de reuniones.

—¡Ostras!

—Estás en las nubes, chica...

Sofía se alejó y yo removí la mesa en busca de mi libreta de notas mientras despejaba la pantalla del ordenador para confirmar que en apenas un par de minutos teníamos una reunión con cliente sobre el rodaje que llevaba semanas presupuestando y gestionando en paralelo..., y que no me había preparado en absoluto.

Lo único que tenía en mente cuando abría un cajón en busca de un caramelo, cuando llegaba un correo nuevo, cuando en el chat de empresa la luz de su cuenta se iluminaba con nuevos mensajes... era que él me había rechazado y que yo necesitaba barajar mis cartas para exigirle cambiar de idea. Quería conquistar aquel castillo como fuese, aunque fuera tan solo por acabar teniendo la razón, por salirme con la mía.

Había pasado de creer que un día la distancia entre nosotros se rompería así, sin más, a querer tenerlo todo, aunque ese todo significase nada. Quería ser especial para él, aunque no fuese nadie. Sentirlo pendiente de mí, reclamar sus atenciones, conseguir que se volviese loco por mí. Sin embargo, allí estaba, en mi escritorio, sola.

—¿Vienes o qué? —El timbre de la voz de Sofía se agudizó de manera que pude entrever su molestia. Era una persona controladora que, pese a no supervisar mi trabajo, tampoco soportaba que yo no llegase preparada y a tiempo a las cosas.

Cogí la libreta y me levanté, tropezándome y rozando la cadera contra la esquina de la mesa, un golpe que iba a dejarme marca en la piel de seguro. Mi torpeza causó un suspiro en Sofía, quien, como si supiese de qué hablaba, se pasó toda la videollamada con cliente interrumpiéndome y extendiendo mis palabras mientras yo me limitaba a leer datos de mi libreta de notas.

Aquellos hombres al otro lado de la pantalla no eran Alexis. Me eran irrelevantes.

Me sorprendía a mí misma el ansia con la que vivía aquello: una cosa era saber que no iba a luchar en contra si dejaba que algo pasase entre nosotros, otra muy diferente era enfadarme ante su decisión.

Podía hacer el ejercicio mental de ponerme en su posición (irónico como pudiese parecer, no era capaz de hacer ese ejercicio conmigo o con Nico), pero, por mucho que empatizase con la sensación que podía tener de no estar siendo justo con su mujer si se lanzaba a las primeras de cambio hacia mí, yo seguía en mis trece, creyendo que la suya había sido una mala decisión. De cualquier modo, no estaba en posición de decir o hacer nada; no era mi vida, a fin de cuentas.

Desde mi perspectiva, nada de aquello era complicado. Claro que lo mismo podría haber pensado, y no hice, de mi situación. Desde dentro todo estaba tergiversado y confuso. Podía aplicar luz a los demás, pero yo, en mis adentros, era como un chicle masticado que, para ahorrarme el viaje de tirarlo, me había tragado.

Casualidades del destino, las mismas semanas que Alexis había estado casi invisible, Nico disfrutó de más tiempo en casa debido a una rotura fibrilar que le exigió movimiento moderado durante un tiempo. Tuve un remanso de paz al que acudir, una isla donde resguardarme. Si en su ausencia alargaba mis jornadas en el trabajo porque allí se encontraba lo que yo quería ver, como por un golpe de viento centré el rumbo en estar en casa, presente física y mentalmente, tratando de buscar el camino de vuelta.

Cada noche cenábamos un plato caliente, hablábamos sentados a la mesa del comedor, fregábamos la vajilla, le pasábamos un trapo a la cocina y nos tumbábamos en el sofá con una tableta de chocolate a ver una película. Me iba más tarde a la cama. En muchas ocasiones no conseguía llegar al final del film despierta; en otras era todo lo contrario, y mi mente, si no estaba atenta a la trama, se iba por sus propios derroteros.

Nico cabeceó sobre el cojín una de aquellas noches de verano y yo, dejando que la película continuase, lo observé respirar de manera acompasada, ajeno al diálogo, al ventilador, a mí, que reparaba en su pecho que subía y bajaba. Por un instante quise jugar con la idea de cómo sería tener a Alexis en aquel mismo sofá, tumbado, un poco despeinado, cruzando los brazos cubiertos de pecas cómodamente a mi lado. Presté atención a cada uno de los gestos de Nico, que yacía indefenso, seguro, descansando con los pies sobre mis muslos, y me planteé si acaso no le había hecho daño ya a aquellas alturas.

¿Eran ya cuernos las imágenes que había visitado mi mente las últimas semanas? No pensaba solo en mis fantasías, sino en mis deseos frustrados. Planeaba siempre sobre un área segura porque tenía la conciencia tranquila de no haber traspasado ninguna línea. Me agarraba al hecho de que la conexión que había surgido entre Alexis y yo no era ese algo que me hacía cruzar el límite; al fin y al cabo, ese tipo de cosas son incontrolables. Sin embargo, lo controlable, lo evitable, había sido precisamente lo que había buscado y no había sucedido. Había abierto la puerta para dejarlo entrar y me había preparado para que todo pudiese pasar. Todo. Había encendido una cerilla sin calcular que, una vez hecho, no habría vuelta atrás, no sería reutilizable, no podría pensármelo y dejarla de nuevo en la caja junto a las demás. ¿Cómo afectaba eso a Nico? ¿Se sentiría dolido si le confesase que había encontrado una magnífica conexión con otra persona y tonteábamos?, ¿o se vería traicionado si le dijese que había tomado la determinación de engañarlo, pero, por suerte para él, no se había materializado?

Llevaba ese tipo de preguntas hasta el salón de Alexis, dondequiera que este estuviera dentro de la misma ciudad. Lo podía visualizar sentado, como hacía en las reuniones, con el control de la situación, sin el más mínimo atisbo de duda, pensando que no había nada de lo que preocuparse. Mientras, yo —con la cabeza en su sofá y el culo en el mío— pensaba que algo que no empieza es algo que no muere. No le habíamos dado la oportunidad a aquello de desarrollarse, equivocarse, colarse por caminos, perderse, encontrarse, descomponerse y desaparecer. Como no había sucedido, podía transformarse, alargarse en el tiempo, retomarse u olvidarse, pero no morir.

Era muy fácil cargar sobre las espaldas el peso de algo cuyo nombre desconocía.

La película terminó y, sin tiempo de hacerme con el mando a distancia para apagar el televisor, indiqué a Nico que se arrastrara conmigo a la cama, donde ambos nos hicimos una bola en apenas unos segundos. Él cerró de nuevo los ojos; yo no pude evitar mantenerlos abiertos y acabar aquella conversación pendiente conmigo misma: si mis intenciones y mi determinación no eran cuernos, al menos tenía claro que *aquello* había existido. No le iba a dar la espalda a la realidad como acababa de hacer con Nico al girarme hacia mi lado de la cama. Todo lo anterior era y existía, aunque fuera algo indefinido, una incógnita en tierra de nadie, una mancha borrosa poco definida. Nuestras palabras, nuestras miradas, nuestra conexión, nuestra ligereza: no me lo había imaginado y no quería obviarlo ni borrarlo. Había podido llegar a tener la duda, pero en el fondo primaba la seguridad sobre el pensamiento. Nada de lo que había pasado había sido fruto de la malinterpretación: era una verdad certera, verificable. Existían correos, fechas de reuniones. Podía y era capaz de reconstruir el rastro de nuestro flirteo, de nuestro interés. Ese nudo en mi estómago, ese golpe de energía que me subía hasta la garganta cuando leía su nombre existía y era tangible.

Quedaban aún diez minutos para marcharme y ya lo tenía todo a punto para apagar el ordenador. El sonido a mi alrededor era silenciosamente ensordecedor; el ascensor en alguna subida o bajada ocasional, el constante zumbido en el aire acondicionado que servía de línea musical de fondo a los pequeños ruidos de mi silla. Diez minutos para irme de vacaciones, un momento que no veía llegar semanas atrás. Buscaba, pendiente de caer en la cuenta, algo que hubiera pasado por alto, como si me faltase un documento por guardar o un cajón por cerrar. Diez minutos y todavía conservaba la estúpida esperanza de que Alexis, de algún modo, recordase que aquel era el día en el que yo iba a desaparecer durante semanas y, en un último guiño, me desease buen agosto. La ventana del correo fue la única que mantuve abierta cuando se cumplió la hora. Ya nada me ataba allí, pero traté de alargar el acto de recoger mis cosas, de cerrar las puertas, con tal de ganar unos segundos, de regalarle el beneficio de la duda un par de minutos más.

No quería ser tan precisa, pero hacía diez días que no sabía nada de él. Había prestado más atención de la que se me había requerido cuando, en una conversación en segundo plano mientras esperábamos a que todo el equipo se conectase a una videollamada, había oído cómo Alexis le contaba a Noelia sus planes para el verano.

—En principio, iremos todo agosto a la montaña —había dicho él—. Si no sale algo que me obligue a volver, ya sabes...

—Sí, estamos todos un poco igual —la oí responder a ella—. Pero, oye, han sido años difíciles, estás con mil cosas encima y no paras nunca, que respondes correos tanto a las once de la noche como a las seis de la mañana. Desconecta el teléfono, céntrate en tu familia y todo seguirá en el mismo sitio cuando vuelvas.

—Eso seguro —añadió él.

No vi extraño que no me desease buen verano porque pensé que volvería a pasar por la oficina antes de que acabase el mes de julio, o que hablaríamos más tarde. Porque creí que extendería la cortesía. Habíamos intercambiado tres o cuatro llamadas en aquellas últimas semanas previas a las vacaciones por un par de gestiones, pero nada del otro mundo. Yo tan solo había dejado caer que aquel viernes recogería los bártulos más rápido de lo que se dice «¡Ponme otra!» en un bar y él había hecho referencia nuevamente —y ya había perdido la cuenta— a la cantidad de trabajo que tenía.

Aunque su frialdad no se había visto mellada por el calor del verano, me permití comprobar el correo una vez más mientras cargaba las maletas y bolsas en el coche a la mañana siguiente. Hasta ahí fantaseé con que aquello no había dado sus últimos coletazos; en efecto, si no había podido morir, se había disfrazado de relación estrictamente laboral. La decepción que arrastraba conmigo estaba centrando todos sus esfuerzos en aquel silencio.

Lo pensé en tramos intercalados de los 865 kilómetros que nos llevó llegar a Piamonte. Estaba dolida, pero no tenía otra alternativa que enterrar el móvil y, por ende, la ventana que este suponía a Alexis, y centrarme primero en la carretera, luego en las siguientes dos semanas y después en la vida que habría de retomar.

Aun así, supe que no le estaba poniendo especial empeño cuando, en la parte en que había decidido yo llevar el coche, cambié la selección musical de Nico.

—¿Te has cansado ya de tanto pop? —preguntó él abrochándose el cinturón del copiloto.

—He de decir que a un treintañero de casi dos metros como tú no le pega para nada semejante afición a Taylor Swift —reí.

—¿En serio vas a juzgarme? Soy un hombre ecléctico.

«No realmente...», pensé, pero no lo dije en voz alta porque mi entonación no hubiese sido lo suficientemente casual o jocosa.

—Sorpréndeme, ¿con qué vamos a cruzar la frontera, pues?

No respondí, tan solo trasteé en el móvil y dejé puestas un par de óperas de Bellini.

Mientras Nico se burlaba de mi gusto por el drama y la ironía de entrar en Italia escuchando las composiciones de un hombre llamado Vincenzo Salvatore Carmelo Francesco, yo me dejé arrastrar por *La sonámbula* y la voz de Maria Callas.

Lo llevaba encima. Por mucho que intentase soltar trozos de él a cada kilómetro que me distanciaba, parecía que iba a tener que rascar algo más que la superficie. Tenía catorce días para hacerlo, debía poner de mi parte, si bien no para olvidarme de la existencia de Alexis, sí para cambiar la percepción de la misma en mi cabeza.

Tras la primera noche en el apartamento, adormilada, esperé a que la cafetera acabase mientras admiraba el lago desde las increíbles vistas de nuestra terraza. Nico había madrugado e imaginaba que no tardaría en volver con algo para desayunar y una narración sobre el pueblo y sus calles, lo que nos íbamos a encontrar cada mañana al irnos y cada tarde al regresar de nuestros paseos o excursiones por la región.

De camino a echarme en la taza el café que ya humeaba, acerté a ver mi imagen en un pequeño espejo del salón. Pálida, ojerosa todavía, el ritmo de trabajo de los últimos meses parecía haberse instalado en mi rostro e iba a llevarme más de una noche durmiendo a pierna suelta reparar mi cara agria. Despeinada, arrugada, cansada... Nico entraría y no vería nada raro. Se acercaría por detrás mientras yo le daba pequeños sorbos al café, apoyada en la puerta corredera de la terraza, y me besaría la cabeza desde las alturas. Nos habíamos visto en lo mejor y en lo peor, y mi cuerpo un poco marchitado por el ritmo de los últimos meses no iba a cambiar en absoluto su percepción de mí. Sus caricias en mi hombro, la manera de abrazarme por las noches, de besarme la raíz del pelo, de pasarme la toalla por encima de la mampara de la ducha: la normalidad en cada gesto me hacía pensar en los deseos tan diferentes que ambos teníamos.

En los últimos nueve años Nico había dejado de sentirme como un objeto deseado y yo había olvidado lo que era ser un sujeto deseante, con calor, con impulsos, así como el poder que aquello conllevaba. Me gustaba el rol que me conferían las ganas que se habían instalado en mí de tener un amante; me hacían prestar atención a cómo era percibida por cada una de estas dos personas en mi vida.

Con sus diferencias, con la lógica aplicada que supone el comparar a alguien nuevo y excitante con tu pareja de siempre, me gustaba la Emma que tomaba las riendas de su deseo y lo alimentaba, y no la Emma que había dedicado años a sentirse deseada, sin más, dentro de una seguridad, con control, en una relación estable donde todo se había vuelto monótono y cómodo.

Los parterres verdes de las macetas de la terraza me recordaban a nuestros pequeños balcones del piso. Allí de pie me sentía del mismo modo que un domingo vacío en Barcelona, percibiendo la necesidad de calma de la ciudad segundos antes de proponer hacer algo juntos y disfrutar del día libre.

¿Sería esa mi vida? ¿Conseguiría llenar de algún modo el vacío que sentía dentro, algo que aquella taza de café y unas vacaciones por Italia no iban, por lo visto, a conseguir?

Apoyándome en la barandilla junto a las margaritas amarillas y azules, vi un par de veleros dirigirse lentamente hacia una de las pequeñas islas situadas en medio del lago que veía desde aquella parte de la montaña. Quería subirme a uno de ellos y sentirme en movimiento. Planeé decírselo a Nico en cuanto entrase por la puerta. Hacer cosas así juntos, que me cogiese de la mano, que se pegase a mi espalda y me cubriese con sus brazos por completo. Alejarme lo máximo posible, dentro de su abrazo, de la opción de serle infiel y enterrar muy fuerte todo aquello que había contemplado como única opción de aliciente para mi vida. Podía controlarlo, pero para ello necesitaba a Nico y su tranquilidad cerca.

Llevábamos cuatro días en el pueblo cuando, una de las noches, decidimos aparcar el coche y bajar caminando los treinta minutos que nos separaban de la villa más cercana. Era una carretera de gran pendiente, pero compensaba por las vistas del atardecer sobre el lago. Nico me había rodeado el hombro con el brazo e íbamos descendiendo a buen ritmo cuando nos cruzamos con una familia con tres niños a los que les faltaba el aire por la subida. Nico acercó su boca a mi oreja.

—Esos seremos nosotros en el camino de vuelta.

Presté atención a la niña, la más pequeña, que observó con curiosidad la altura de Nico y se escondió detrás de su madre, quien con una sonrisa nos murmuró algo en italiano entre sofocos.

—*Ciao* —saludó Nico, amable, a la niña, que seguía la subida al amparo de su madre.

Sin haberlo previsto, yo pensé en Alexis: esa podría haber sido su hija.

Di vueltas a la idea de su pérdida, al hecho de que quizás su actitud conmigo, tonteando, jugando al borde de un terreno en el cual no tenía intención alguna de entrar, lo hiciese a veces olvidarse de que, a sus espaldas, en su propia finca, existía el recuerdo constante de aquella niña que ya no estaba.

Fueron veinte minutos más de bajada, hora y media de cena en una terraza con arboleda, paseo por el puerto a pie de lago y más de cuarenta minutos de regreso al apartamento, en los que no logré evitar, en los silencios que se colaban entre Nico y yo, pensar en todas las razones que se habían podido agolpar en la mente de Alexis cuando yo, abiertamente, extendí una invitación a un *gin-tonic* y a dejarnos llevar y él decidió que aquello no iba a pasar, interponiendo una distancia gélida entre nosotros que me había dejado mal cuerpo.

Ambos teníamos una estabilidad, unas cuentas que rendir, un trabajo que nos unía y que mantenía a flote el resto de nuestras vidas. Una pareja. A veces conseguía olvidar el hecho de que él estaba casado, de que su predisposición hacia un posible *affaire* dejaba en segundo plano la vida real que llevaba en casa, con una mujer, un hogar y los posibles veinte años de vida en común a sus espaldas. Claro que aquello también abría la puerta en mi mente a otra posibilidad: al hecho de que aquel «algo» entre nosotros no fuese solo eso; a que la razón por la cual Alexis había puesto aire, espacio y menos palabras de por medio se debiera a que él, al contrario que yo, se hubiera adelantado a los hechos y hubiera contemplado la opción de que se nos fuese de las manos.

Aquella noche, ya tumbada junto a Nico después de un polvo no muy extenso pero bastante correcto, no fui capaz de aparcar el hilo de pensamientos que había despertado la visión de aquella niña subiendo la cuesta. Mientras daba vueltas en la cama, mi cabeza llegó a la conclusión de que si Alexis hubiese accedido a un *gin-tonic*, a dos, a ponerme la mano en la rodilla, a besarnos, a acostarnos, todo hubiese sido mucho más retorcido, profundo y turbulento.

Había dejado que mi apatía fuese dominada por mis instintos y no por la cabeza. Podía repetirme desde el primer momento que jamás iba a haber nada más allá de aquello físico que nos debíamos, pero en el fondo sabía que existía el riesgo de que, si empezábamos algo juntos, yo acabara enamorándome de él. Porque era así de estúpida. Porque Alexis había movido mi suelo y yo, con tal de no volver la vista y mirar lo que dormía a pierna suelta al otro lado de la cama, había preferido abrir la puerta a encapricharme de otra persona y plantearme en serio otras opciones de vida en vez de asumir que tenía un problema grave al que enfrentarme.

PARTE 2
LA MUERTE

I

Antes de lo sucedido, lo que él veía cuando se subía los pantalones cada mañana y acababa de arreglarse frente al espejo era lo mismo que apreciaban los demás a su paso. Su educación de universidad pública llevada con elegancia, su manera de haberse hecho a sí mismo, el *shock* inicial que suponía el tener delante a alguien poderoso, con consistencia económica... Alguien que prefería que su parte más inconformista hablase por él gracias a camisetas de grupos de música a los que había ido a ver en directo hacía veinticinco años y que no se dejaba en el cajón aun a sabiendas de que podía tener reuniones con personas como él, pero que no concebían la vida de lunes a viernes fuera de un traje de chaqueta.

Pensó en esto mismo al bajar del coche que acababa de aparcar en el garaje de su casa. Pensó en la elección que suponía su atuendo cada mañana, como si vestirse con unos simples vaqueros y una camiseta ligeramente raída (azul aquel mismo miércoles) fuese algo fuera de lugar solo por el hecho de que su interlocutor supiese (o sospechase) la cifra que se embolsaba en el banco cada mes gracias a su empresa. Apretó el botón del séptimo piso a la par que sopesaba lo que creían los demás que veían en él.

Apenas unos segundos después de que la puerta se abriese, Alexei sacó las llaves del bolsillo y en un último esfuerzo consiguió abrir la cerradura. Se recompuso. Estaba agotado, como venía siendo habitual. Pero agotado de una manera común, vulgar, como se sentían los demás, esa gente con la que se cruzaba por la calle, los que esperaban ante un semáforo en rojo en sus vehículos a medio metro del suyo. Le gustaba esa sensación; le hacía sentirse ordinario, conectado con las personas normales. «Normal»: esa era la palabra. Las personas con las que compartía aire y espacio las horas que estaba fuera de esa casa. Dentro estaban su mujer Zoe y sus recuerdos. La cena ya preparada lo esperaba en un plato cubierto con papel de aluminio dentro del microondas porque, a lo tonto, el reloj se acercaba peligrosamente a las once de la noche y, sin duda, aquel era el día que más tarde había vuelto a casa en lo que llevaba de mes. Procuraba llevar un control, como un deportista que mide sus esfuerzos. Tenía que ser cuidadoso con el tiempo que pasaba fuera de allí para que la balanza no se desequilibrara y, por un momento, creyera que su existencia callejera, por la que deambulaba de manera errante, era su vida de verdad.

Mientras dejaba las llaves y el teléfono móvil en la mesita de la entrada, se dio cuenta de que tenía un mensaje de Zoe sin leer. Hacía treinta minutos le había preguntado por segunda vez si esa noche también iba a llegar tarde. Ya no hacía falta responder, su mujer habría escuchado la puerta. Aquella casa, y por ende todo su entorno familiar, era importante por la armonía diaria y por el equilibrio que proporcionaba a las cosas desde hacía un tiempo. Volver a casa implicaba una acogida, un sitio donde Alexei encajaba, donde se le esperaba. Era el lugar al que no podía dejar de acudir cada noche, como la pieza del puzle perdida que restaba para completar la imagen final del día. Él era lo que faltaba para que ese hogar no estuviera cojo, como lo estaba el resto del tiempo, cuando él no estaba allí y Zoe trataba de aguantar el techo ella sola. No sabría explicarlo. Mientras se quitaba el reloj de la muñeca y dejaba sus zapatillas deportivas bajo la silla, pensó que, a pesar de lo dolorosas que podían ser cada una de aquellas paredes, allí dentro todo estaba donde correspondía: nada caía fuera de lugar porque nada se movía desde hacía dos años.

Zoe salió del lavabo y llevó la mirada al fondo del cuarto, donde vio a su marido, que se deshacía de los calcetines.

—Hay berenjenas rellenas en el microondas —dijo al tiempo que se agachaba y le acercaba las zapatillas de dentro del armario.

—¿Has cenado ya? —preguntó él.

—Piqué algo a media tarde...

Alexei se ahorró cualquier reacción. Habían vivido aquella escena demasiadas veces como para dejar que siempre acabase de la misma forma. Cogió de las manos de Zoe las zapatillas e inició el paso hacia la cocina.

—Hay que anular la sesión de mañana con la psicóloga —anunció al sacar el plato del microondas y comprobar que todavía estaba templado—. No he podido cambiar de día la junta de inversores y no se puede posponer más, ya damos luz verde a los proyectos del próximo año...

Zoe se había sentado y casi en un acto reflejo le había acercado el tenedor y la servilleta antes de que él cogiese asiento.

Alexei no pensaba que ella lo hubiese estado escuchando más allá de «anular la sesión». Había días en los que la tarea de predisponerse a una mejor comunicación mutua para trabajar en su vínculo de pareja, tal y como les repetía la psicóloga, se hacía cuesta arriba. Había días en los que podían ser un matrimonio normal, que no se habla ni se desea, que no profundiza en nada y acaba harto de todo antes de besarse e irse a dormir pronto. Alexei quería a su mujer, pero últimamente se había olvidado de decírselo. Llevaba dos años olvidándose, cayendo en un comatoso estado de piloto automático donde ambos daban por hecho muchas cosas que ya no tenían fuerzas de reiterar.

Halagar al otro, seducirlo, buscar el tiempo e invertirlo en detalles, trabajar en la pareja... Todos esos objetivos no estaban en la hoja de ruta. Alexei sentía —y sospechaba que Zoe estaba en la misma página que él en ese sentido— que no podía satisfacer sus propias necesidades, por lo que tratar de satisfacer las del otro era tarea casi imposible. Tan solo tenían que estar presentes, estar allí dentro.

Acababa de cumplir los cuarenta y cinco cuando Lara murió. Ahora llevaba dos años tratando de conocerse de nuevo y tenía la certeza de que le iba a llevar el resto de su vida hacerse con esa nueva persona que habitaba su cuerpo, alguien completamente diferente al que había sido antes de la muerte de su hija.

¿Dónde estaba el Alexei que conocía? ¿El que había sido durante más de cuatro décadas y media y había visto con mal gusto las canas aposentarse en su pelo? Lo buscaba dentro, como abriendo una pequeña compuerta a su interior, y lo buscaba fuera, bajo el cemento del suelo que pisaba. Parecía haberse deshecho y mimetizado con el ambiente. No se había marchado, pero ya no existía de la misma forma. Había manifestaciones de aquel duelo, su duelo, al que tenía que referirse como tal, usando la palabra a la que ya se había acostumbrado y que parecía parte perenne de quien constituía su persona hoy en día.

Independientemente de que no notase su cuerpo como suyo y sintiese un estado de agotamiento constante, con lo que más le había costado lidiar había sido con el hecho de ver desvanecerse parte de su identidad. Aquel duelo, como la psicóloga le había indicado durante meses, era el más exigente al que se podía enfrentar una persona. Un duelo que lo obligaba a afrontar una realidad cruel e ilógica, una realidad de la que Lara ya no formaba parte; un duelo que lo había forzado a construir una vida en la que ella no se hallaba de manera física, pero que sí habitaba en el recuerdo cada día de su vida.

Llevaba haciéndolo dos años; le tocaría hacerlo otros cuarenta. Aquello era la definición de un nuevo sentido de vida. Estaba todavía en pañales: hacía poco que se había hecho a la idea de que tenía que darse permiso para expresar su dolor. Le habían dicho —porque, aunque no lo pareciese, había estado escuchando— que contenerlo lo hacía más difícil, pero para él la clave residía precisamente ahí: en ir impecable, cuidar de sí mismo, no abandonar lo poco que todavía conseguía reconocer de él.

Cada mañana al madrugar se metía en la ducha y trataba de limpiarse bien la piel para que brillara de nuevo, para sentir como si hubiera capturado un momento de sol y este todavía pudiese proporcionarle algo de energía. Se peinaba con esmero y no se permitía ni un descuido. Tan solo él podía cargar aquel interior cubierto de un dolor individual, intransferible, que llevaba bien enterrado cuando salía por la puerta y se dirigía de nuevo al coche que hacía escasas horas había dejado descansando en el *parking*.

Disfrazado, ese dolor subjetivo viajaba con él, le cubría la piel por dentro, bien cerca de los asientos de la tapicería, y casi rozaba el respaldo de la silla de su despacho. Había días que pesaba menos, había días que no molestaba, pero nunca se desvanecía esa fina capa. Alexei había aprendido a aquellas alturas que el dolor nunca se terminaría. Aunque, con el tiempo, se acabaría transformando.

Le gustaba cantar en el coche cuando viajaba solo. Era algo de lo que tenía que prescindir si amanecía y sentía que la moto era más adecuada para moverse por la ciudad. Le había gustado cantar con Zoe en el coche durante años, pero aquello se había ido reduciendo de manera paulatina con el paso del tiempo, con la llegada de Lara primero y con la enfermedad después, y había desaparecido por completo con su muerte. Por eso, cuando se encontraba atascado en la ronda yendo o volviendo, no importaba la hora del día, no importaba la dirección, se regalaba dos o tres minutos para que la música le hiciese sentir algo, o al menos le recordase lo que era dejarse tocar por ella.

—«But I know that she won't take the train»...

Alexei dejó viajar su intento de voz rota entrecerrando los ojos mientras tomaba la curva previa a llegar a la oficina. Lo dejó en apenas aquella frase y se concentró en entrar al *parking* por segunda vez aquel día. Pese a tener una voz bastante radiofónica —no era la primera vez que alguien se lo remarcaba—, no poseía especial talento para la música más allá de haber sido, en el pasado, un ferviente melómano.

«Mi hermano dice de pasar el fin de semana en su casa», leyó en su móvil mientras subía en el ascensor y recuperaba la cobertura. «Hace mucho que le estamos dando largas...», apareció en su pantalla sin haber tenido tiempo de responder al mensaje anterior. «OK, hablamos luego», tecleó con velocidad.

No podía decir que no porque llevaba demasiado tiempo evitando volver a la casa de su cuñado los fines de semana. No por nada relacionado con él, había superado hacía tiempo el pánico a poder juntarse con otros y reírse llanamente. Lo había instaurado como un acto natural, a diferencia de Zoe, que no había entendido su capacidad para socializar tan pronto. Él había visto la posibilidad de activarse como un regalo, fuese rodeado de ocho personas sentado a una mesa o en una bicicleta bajando las empinadas calles hasta la playa. Pero ella no había seguido el mismo proceso y al evaluar su duelo, comparándolo con el suyo propio, le había echado en cara demasiadas veces la suerte que suponía el poder mover sus músculos cuando ella estaba cansada de estar cansada.

No sabía hasta qué punto el hermano de Zoe había insistido o si las ganas de su mujer eran genuinas, pero Alexei entendió que el hecho de que sugiriese una actividad ya era un tema más de conversación entre ellos, un asunto para ocupar un par de días más en esa tediosa espera hacia la nada.

Su mujer y él, pensó, ya no sabían qué decirse, qué hacer. ¿Qué se puede hacer y decir en un salón, en una casa, en unas vidas que por fuerza ya no son las mismas? Nada, tan solo seguir con su existencia. Levantarse, trabajar, comer, sudar, agotarse, quitarse la ropa, saberse rodeado de otras personas y moverse entre las estancias hasta cerrar los ojos. Sus días eran más fáciles ahora, se dijo secándose las manos en el lavabo y volviendo a su despacho, donde estaría otras dos o tres horas concentrado en una tarea que lo alejaría de aquellos pensamientos intermitentes. Pero el camino no había sido tan fácil si recordaba todas aquellas peleas que habían surgido de la nada con tal de que uno de los dos pudiese liberar su enfado. Lo habían deseado con vehemencia: culpar al otro de todo, sin medida, para liberar aquel dolor abrumador. Había sido un ejercicio revelador el aprender a volver a relacionarse primero con la gente y luego entre ellos mismos. Habían olvidado cómo hacerlo, cómo hablarse, cómo tocarse. Tener instintos primarios había supuesto un conflicto mayor del que ninguno hubiese imaginado. Él jamás habría pensado que nadie pudiese sentirse culpable por querer experimentar placer. La intimidad alterada por un tiempo ya demasiado prolongado era la banda sonora desde hacía meses; la propia relación con el cuerpo y sus deseos se había visto trastornada de manera que el sentido del tacto, tan básico, tan orgánico, había parecido esfumarse.

No es que hubiesen estado preparados para el impacto que perder a Lara iba a suponer en sus vidas, pero para lo que no habían estado preparados era para la ruptura tan grande que habían sentido por dentro y, por ende, entre ambos. Alexei había sido testigo de cómo Zoe se había abrazado a su luto con todo el derecho a enfangarse. El duelo, para ambos, había supuesto acomodarse bondadosamente a la incómoda realidad de vivir junto al otro: junto a la única otra criatura de la tierra que había escuchado de la misma manera la fractura crearse dentro cuando Lara se había ido.

¿Cómo eran las niñas de siete años? Cuando los cumplían, cuando su cuerpo se estiraba un poco más y sus facciones se alargaban, afilándose. El día había acabado y, como la noche anterior, Alexei recorría las calles sin apenas tráfico, en silencio, haciéndose aquella pregunta un tanto cruel mientras su mano activaba el intermitente con automatismo. Recordaba los carrillos de su hija y jugaba a imaginarse cómo hubieran sido si hubiese llegado a cumplir los siete años. Tratar de borrar la imagen de aquellos mofletes, dejar marchar aquel recuerdo, no iba a ayudarlo. Como sus reacciones, como las imágenes congeladas en la memoria que nunca fueron captadas por ningún dispositivo más, como su olor..., se acabarían yendo. Tenía pánico a que aquello pasase y, sin embargo, tenía más miedo a estar presente cuando sucediese.

Entendía el doble juego de la vida de Zoe, inmutable en casa, pendiente de no alejarse mucho de aquel cuarto por miedo a volver un día y no ser capaz de reconocer su olor. No había cosa que le diera más miedo en el mundo. Después de vivir la muerte de cerca, los seres humanos nos contamos una historia de cómo creemos que ha sido nuestra culpa. Formamos una relación entre la culpabilidad y el dolor, pero no de una manera egoísta o depravada, sino porque siendo culpables de algo es más fácil tener cierto control sobre los hechos.

Alexei no había tenido la culpa, Zoe no había tenido la culpa y, sin embargo, algún día ambos volverían a casa y encontrarían que un trozo de Lara se había escapado por la puerta. Y elegirían sentir el remordimiento dentro para poder ser dueños de su dolor. Por eso, Alexei, de nuevo con las llaves en la mano, se paró unos segundos frente al umbral de su casa, tal y como había hecho veinticuatro horas atrás, e inspiró antes de abrir la puerta. Tenía miedo de comprobar que algo no siguiese allí desde aquella mañana.

II

Era curioso que una persona tan abierta y social como Alexei trabajase mejor al margen de los demás, algo que había sabido aprovechar en los últimos dos años. En cierto modo, y siempre en comparación con cualquiera de las personas que componían su compañía, él hacía lo que quería, cuando quería, como quería. Contaba con una libertad muchas veces atada a un nivel de responsabilidad tan alto que era fácil olvidarse de que, aparte de mandar, no podía hacer otra cosa que trabajar sin parar. La clave que lo había llevado hasta allí había sido ser pasional, involucrarse, haber tenido una idea y tirar del carro, arrastrando consigo a cada vez más gente, hasta que habían alcanzado un éxito relativo. Así había logrado dirigir lo que al inicio había sido una pequeña *start-up* (ahora sabía que se llamaban así; por aquel entonces se había conformado con la palabra «emprendedor») y que en ese momento tenía una junta de accionistas, una plantilla de decenas de personas y un puesto privilegiado en uno de los *hubs* tecnológicos más prestigiosos de la ciudad.

Porque si a él no le apasionaba algo, no hacía el esfuerzo. Si arrancaba un proyecto, lo hacía para comprometerse en todas las fases, desde el desarrollo hasta su comercialización. Tal vez por eso pasaba quince horas diarias fuera de casa: porque era incapaz de no estar en todo. Por esa razón, Sofía y Noelia se habían alegrado de manera genuina cuando habían recibido su llamada para retomar su colaboración y ser la agencia de *marketing* y comunicación de los *softwares* que estaban en camino después del parón tras la muerte de Lara.

Tener a Alexei de nuevo a bordo había resultado para ellas una de las noticias más gratificantes de aquel año, y no solo en términos económicos. Era muy fácil rodearse de alguien como él, que poseía encanto y gratitud. Trabajar a su lado era exigente pero enriquecedor.

—¿Puedo ser honesta contigo? —había añadido Sofía en aquella primera reunión del mes de marzo—. Eres un lujo de cliente... —Alexei la miró con coquetería—, no me malinterpretes. Es un placer trabajar con alguien que se involucra como tú, pero también es gentil en la libertad que proporciona. Esto habla mucho de confianza, que hayas vuelto a confiar en nosotras después de este tiempo...

—Esencialmente, no me gustan los cambios, ¡para qué mentir! —rio Alexei—. Y tengo un sentido innato de la justicia: no hubiera sido justo cambiar tras... —Hizo una pausa—. Siempre nos hemos entendido y nuestra relación ha sido del todo fructífera, ¿por qué no volver?

Aunque ninguna de las dos lo dijo, tanto Noelia como Sofía habían intercambiado una mirada fugaz vacilando sobre el mismo pensamiento. Tal vez los recuerdos de una vida anterior eran demasiado para él, los pasillos donde les había mostrado imágenes de Lara creciendo. Ambas habían supuesto, como hacía mucha gente en un ejercicio de empatía, lo que significaba ser él en cada paso.

—Ha habido unos cuantos cambios, hemos ampliado el equipo, subdividido los departamentos... Todo funciona mejor —había retomado Sofía la conversación—. Estamos deseando tenerte merodeando todo el tiempo —sonrió ella a sabiendas de que, basado en los años de colaboración, él era una persona que gustaba de que se le quisiese y, además, se lo dijesen.

—Pues ¿cuándo empezamos? —preguntó él.

A Alexei, que se sabía atractivo, apenas le había costado reparar en la chica morena del despacho de la esquina junto a la ventana.

No recordaba que aquel espacio de la oficina tuviese tanto movimiento, pero, tal y como le habían dicho, la empresa había cambiado. Y él también. Resultaba difícil percibir las cosas como habían sido antes; la memoria guardaba muchos engaños escondidos. De lo que estaba seguro era de que ella no estaba allí antes. Lo miraba con curiosidad, sin saber nada sobre él, tan solo que cargaba con el casco y dejaba la chupa en el perchero del pasillo, muy cerca de su mesa, cuando iba en moto. Pronto se la habían presentado. Emma: así se llamaba. Y había pasado a tomar la ventaja de aquellas miradas; no era la primera vez que jugaba a tontear cuando percibía atención por parte de la otra persona.

Aunque Alexis fuese alguien muy consciente de su presencia, de sus movimientos, sus gestos hablaban de una manera, proporcionaban datos y a veces perdía el control sobre el mensaje. La mirada de Emma, eso sí, le decía de manera manifiesta una cosa que hacía tiempo que no escuchaba: la limpieza en sus ojos pasaba por alto lo que significaba conocer a alguien en pleno proceso de duelo como él. Emma se estaba quedando con su faceta laboral, con su manera de caminar segura, con su ligereza a la hora de responder a los correos, con el hombre y no la pérdida.

La manera en la que aquellos ojos redondos y oscuros lo miraban, la imagen de esas manos que tecleaban una respuesta con vivacidad y coqueteo, la corta cabellera negra sutilmente enredada que rozaba los hombros de ella cuando había empezado a hacer calor... Todo el conjunto de alguien que se le antojaba atractiva le había valido para llenar de manera diferente ese pequeño hueco que compartía con el dolor. Le gustaba la persona que era en la mirada de Emma: le recordaba quién había sido; lo unía a quien podía volver a ser, aunque fuera durante apenas unos minutos al día.

Sabía que estaba jugando con ella, porque su voz siempre sonaba diferente cuando lo hacía, y era por eso por lo que se alejaba con el móvil si la tenía que llamar o contestaba a uno de sus correos con galanterías inocentes. Hacía años que ese tipo de palabras no le salían de manera natural. Por eso había decidido forzar el encuentro, estar más presente en el proceso de comunicación y fase final de sus productos. Por eso había querido empujar un poco más lejos las sonrisas, llevarlas hasta una zona de duda, una zona donde todo le hacía sentirse un poco más vivo.

—¿Cómo estás hoy? —había preguntado ella dejando su asiento en uno de aquellos instantes en los que, a solas, antes o después de una reunión en su oficina, ella tardaba más en recoger sus cosas.

—Bien, ¿y tú?

—Cansada... ¿No lo ves? Creo que estoy empalideciendo; no sé si alguien tan blancuzco como tú ve las diferencias de tonos en una piel como la mía, pero hoy hasta me he asustado y todo.

—¿Qué dices? Siempre tienes una cara preciosa. —Pese a sentirse halagada, no había permitido que él se regodease en el efecto de un piropo fácil—. Si es así como estás en un mal día, no quiero saber cómo eres cuando tienes buena cara...

—¿Siempre regalas zalamerías de este modo? Ya se te ve, ya...

—¡Ah! —fingió sorprenderse él—. Se me había olvidado que por cualquier cosa que diga o haga me vas a meter caña.

—No te victimices —se defendió Emma buscando su bolso en la silla contigua.

—Pues déjate regalar más...

—¿Más aún?

Ambos se habían quedado callados y él había reído con el lateral de su boca, dando una palmada en la mesa y alejándose cuando había visto a alguien acercarse por el pasillo.

—Más... —le había susurrado en la distancia antes de colarse entre un par de personas para ir al lavabo y volver a ponerse la careta de tipo serio.

El mismo tipo serio que tan pronto aprovechaba para mirarla como se olvidaba de ella el resto del día.

Responsable. Así era como se había sentido Alexis cuando, en una considerable montaña de trabajo con problemas de años anteriores que le habían salpicado, Emma, la chica morena de su agencia de comunicación y *marketing*, la chica que le hacía no sentirse culpable por sonreír alguna que otra semana seguida, lo había invitado a tomar algo. A beber. A reír. A sentarse juntos sin mirar la hora, sin responsabilidades ni preocupaciones, sin control, con ganas de estirar la mano y que nadie la apartase. ¿Quería? Claro. El deseo no va de la mano de la voluntad en muchas ocasiones. Pero ante la perspectiva que se había dibujado en su mente, la que había visualizado la tarde que había recibido un segundo correo de Emma con aquella pregunta abierta en el aire, había sopesado las consecuencias.

Estaba en la moto y, aunque el sol del incipiente verano había dejado de pegar como lo llevaba haciendo todo el día, todavía recibía bastante calor. No podía escuchar música viajando en moto, solo sentía la presión del casco y la imagen de la piel dorada de los hombros de Emma. Decir «no» y alejarse no suponía no verlo plausible, sino más bien retorcido. Se había sorprendido porque hasta que había intuido el deseo en ella no se había dado cuenta de lo real que podría llegar a ser aquello. ¿Sabría Emma, cuando visualizaba tan bien como él cómo serían sus pieles al rozarse, que Lara había existido y que su marcha lo había dejado hecho un barrizal por dentro? La inocencia en los ojos de la chica contrastaba con los días malos que Zoe tenía cuando no se sentía capaz de enfrentarse a la idea de su vida tal y como era.

Y no es que no le gustase la idea de meter sus manos pecosas entre la espesa melena negra de Emma y tirarle con levedad de la cabeza hacia atrás para levantarle la cara y verla abrir la boca en un gemido. Lo que no le gustaba era la idea de Zoe en casa, incapaz de dejar que esas mismas manos la volviesen a recorrer. Lo que tampoco podía saber Alexis era que Emma sí que estaba al tanto de su situación —del titular, al menos— y que, por extraño y retorcido que pudiese llegar a verse el pensamiento que se le creaba a ella en la cabeza cada vez que fantaseaba con él, se sentía atraída hacia sus problemas.

III

Aunque no se había encontrado de humor para hacer la maleta aquellas vacaciones, tenía que verle el lado positivo a poner unas cuantas pertenencias en el maletero del coche y salir de la ciudad a respirar aire fresco durante unas semanas. Las ganas con las que iba a arrastrar el equipaje seguirían siendo las mismas con las que arrastraba sus pensamientos a lo largo del día, pero, al menos, el ambiente de fondo en sus paseos en bicicleta iba a ser más agradecido. Zoe y él habían decidido salir la mañana del sábado pese a que Pol, el hermano de su mujer, los hubiese invitado a pasar el fin de semana entero. Era la primera parada en la Costa Brava, donde el cuñado de Alexis tenía una pequeña casa, para luego seguir con el coche hasta la Cerdanya.

Cada año alquilaban la misma casa cerca de las montañas donde habían visto a Lara caminar por primera vez y, durante el par de años siguientes, disfrutar de la pequeña piscina y cantar sobre el césped, paseando con la toalla como si fuese un vestido con cola mientras Alexis leía, cada tarde en la misma tumbona, un libro tras otro dejando su tupé despeinarse al viento. Aquel año habían decidido volver a veranear en la zona. Aunque Zoe había sido tajante con la idea —le parecía bien mantener sus vidas como habían sido, con las estaciones en orden—, se negó a volver a ocupar las mismas estancias. No podía hacer acopio del impulso necesario para girar el pomo y empujar aquella puerta de madera, como tampoco había sido capaz de coger el teléfono y había dejado en manos de Alexis (más bien de su equipo) el proceso de búsqueda y reserva, que antes cada verano recaía en ella.

Tras cerca de dos horas de trayecto, el coche tomó la curva y subió la cuesta desde donde ya veían la fachada de piedra de la casa. Había dos coches aparcados, lo cual no sorprendió a Zoe porque ya sabía que no eran los únicos invitados del fin de semana. En parte, esa había sido una de las razones por las cuales habían preferido pasar el día únicamente y el domingo tomar dirección a Andorra tras el desayuno.

—Allá vamos... —susurró Alexis. Abrieron su puerta y salieron a abrazar a la familia.

Dejaron las cosas en la que solía ser su habitación: el cuarto de invitados. La muda, el neceser, las chancletas en la puerta, todo con el cansancio y la precisión de quien entra y sale de hoteles en estancias cortas y asépticas. Se sabían en una prueba más, veinticuatro horas agradables que debían pasar antes de volver al silencio que se creaba cuando estaban a solas. Como si interactuar con más gente, especialmente en un fin de semana de verano como aquel, se les antojase uno de los retos más difíciles.

Una vez que salieron a la piscina con los trajes de baño puestos, las dos parejas los recibieron con un vermut en la mano y los primeros fuegos que cogían forma para dar paso a las brasas de la barbacoa. No sabía muy bien de qué se trataba, pero ante aquella imagen que tantas veces habían vivido en veranos de antaño Alexis notaba algo diferente. Como si la instantánea estuviese descolorida y el azul de la piscina fuese más pálido y los objetos se hubiesen diluido como el hielo en los vasos de Pol y Laura, sus cuñados.

Viendo a Zoe saludar a los amigos de su hermano, reparó de nuevo en cómo sentía que ella había cambiado la manera de hablar con la gente ajena a su entorno. Como si toda la efusividad y rotundidad con las que dejaba caer las palabras y los gestos hubiesen perdido intensidad y ahora la hiciesen moverse a cámara lenta.

—¿Me ha dicho Pol que os vais directos de vacaciones? —preguntó Sara, la mujer de la otra pareja invitada.

—Sí, a la Cerdanya —respondió Zoe escondida tras sus gafas de sol.

—Huyen de la costa camino a la montaña... —añadió Pol acercándose a ellas con un plato con un poco de embutido—. Siempre van al mismo sitio. Bueno, a la misma zona, este año ya no van a la misma casa. —Con rapidez, la incomodidad se hizo tangible en su voz.

Por suerte para él, el hijo de los amigos de Pol apareció y, entre gritos infantiles y risas histriónicas, se hizo con el control de la colchoneta en la piscina, reclamando la atención de las tres parejas. Alexis se había acercado hasta Zoe para ofrecerle un Bitter Kas mientras observaba ondeando bajo el agua el estampado de ballenas del bañador del niño.

—¿Cuántos años tiene? —preguntó.

—Cumple cuatro la semana que viene... —respondió Sara sin apartar la vista de la piscina.

—¿Qué día? —se apresuró Zoe a preguntar. Alexis enseguida se percató de la razón de la pregunta.

—El viernes, día 5.

Ninguno de los dos lo dijo en voz alta, pero ambos compartieron el mismo pensamiento: «El mismo día que Lara».

—Es leo, como su padre. Son los dos puro nervio, pero luego tienen un corazón que no les cabe en el pecho —añadió la mujer mientras Pol no perdía detalle del rostro de su hermana.

—¿Estás bien? —le susurró a Zoe tomando asiento a su lado mientras Alexis se acercaba hasta el borde de la piscina y se hacía con una pequeña pelota de plástico que empezó a tantear entre sus pies—. Ya sé que el cumpleaños es una de las fechas más duras...

La madre del niño no tardó en atar cabos y su rostro adquirió un rictus serio. Sara quiso pedir perdón, pero no sabía cómo ni por qué. Sin entender muy bien la razón, se sentía culpable de que su hijo hubiese nacido un 5 de agosto.

Mientras Alexis retaba al niño del bañador de ballenas a salir de la piscina y jugar con él a la pelota, Pol y Laura y Sara y Sebastià, tumbados en las hamacas, trataron de cambiar con sutileza y velocidad de tema ante la incomodidad que se había aposentado en ellos. Lo que no entendía ninguno era que a Zoe y Alexis no les importaba hablar de ello, de ella. Mencionar que Lara hubiese cumplido nueve años aquel verano. Ya habían pasado por el 5 de agosto en el que hubiese cumplido siete, aunque ninguno de los dos quería ni podía recordarlo, como si los primeros seis meses sin ella los hubiesen vivido a oscuras. El segundo verano sin Lara, cuando ella hubiese cumplido ocho, se habían pasado las vacaciones encerrados en casa. Ahora estaban en una piscina, a apenas unos kilómetros de Calella de Palafrugell, y ninguno de aquellos tres agostos había pasado sin que ambos proyectasen cómo hubiese sido Lara en todas sus edades. Cómo hubiese crecido y saltado, jugado a la pelota con su padre y gritado en un berrinche a su madre si no la hubiesen perdido aquel frío febrero dos años atrás.

La gente como Sara y Sebastià imaginaba que estar rodeados de otros niños los iba a perturbar de algún modo. Por ello trataban de pasar de puntillas por el tema. Sin embargo, Zoe y Alexis deseaban hablar de su hija. Querían poder pedirle a la gente que les dijese si había algo que les recordaba a ella, como Zoe estaba segura de que Pol la rememoraba chapoteando en aquella misma piscina. Cuando alguien la nombraba, les habría gustado poder decir que no hacía falta huir de su nombre. Lara había existido: borrarla de las conversaciones no eliminaba el dolor de haberla perdido.

Aquella noche, durante la cena, Alexis pudo comprobar cómo

los amigos de sus cuñados eran un ejemplo del tipo de personas que, sin conocerlos, sin haberles siquiera preguntado, creían saber su historia. Y por ello iban bordeando el camino, evitando enfrentarse al tema. Los seis estaban disfrutando de licores tras el postre, sentados todavía en la mesa de la terraza junto a la piscina. Con el dedo dando vueltas a su hielo en la copa de crema de licor, Alexis recordó una anécdota de Lara unos cuantos veranos atrás, cuando más o menos tenía la misma edad que el crío que, entre los brazos de su madre, había caído rendido recién acabada la cena.

—¿Os acordáis...? —intervino Alexis interpelando a Pol y Laura mientras esta alcanzaba la botella para rellenar un poco el vaso.

—¿De la cala del Golfet? —había preguntado su cuñada sabiendo a qué anécdota se refería. Pronto los cuatro empezaron a reír, incapaces de contar la historia en orden ante el asombro de Sebastià y Sara, que se sentían perdidos en aquella conversación.

Ahogando las risas, Alexis trató de resumirles la anécdota de la primera y única vez que se les había ocurrido dejar suelta, paseando, a su hija de cuatro años por una playa nudista, donde la criatura se había dedicado descortésmente a llamar la atención de los adultos que la ignoraban, tirando con toda naturalidad de lo que veía que colgaba entre sus piernas. Con la imagen de aquel día soleado de playa, Alexis se frotó los ojos, dejando la risa desvanecerse mientras le daba un sorbo a su copa y comprobaba la tensión en el rostro de aquellos dos desconocidos. Parecía que les chocase el hecho de verlos felices ante el recuerdo de una niña fallecida. Hacía tiempo que tanto él como Zoe habían aceptado el hecho de que su pérdida podía hacer sentir incómodos a los demás. Comprendían que lo que les había pasado ponía en riesgo el sentido de seguridad de las vidas que los demás llevaban, ya que dejaban entrar en su pacífica existencia pensamientos que jamás tendrían. Como si ambos se hubiesen convertido en el nubarrón en un día de verano del que todos se alejaban al verlo aparecer por el horizonte, recogiendo los bártulos sin prisa pero con determinación. Incluso bajo aquellas risas genuinas de un buen recuerdo, la pérdida siempre estaba de fondo, hasta por debajo de aquella supuesta capa de felicidad momentánea. Alexis y Zoe lo sabían: para recordarlo no tenían por qué verlo reflejado en las miradas tristes de dos desconocidos con quienes habían compartido un sábado de barbacoa. Increíble como pudiese parecerles, la aflicción era compatible con la risa distendida, con la capacidad física de seguir riendo. El dolor, aunque jamás pudiese ser evadido, en días como aquel, en instantes como los de esa cena, se aprendía a sobrellevar.

Poco después de que el sol hubiese salido y todavía estuviese lejos de pegar de pleno en la costa, Alexis había visto como Zoe se había levantado para poder darse un baño a solas en la piscina. En silencio, en calma, mientras el resto de la casa dormía. Él se había despertado poco después y, mientras le concedía ese momento de soledad, había entrado en la cocina a preparar la primera cafetera del día. Desde la ventana prestaba atención a cómo las puntas del pelo de su mujer rozaban el agua en cada brazada, siendo la única parte de su cabellera mojada cuando, llegando a una de las paredes de la piscina, cogía impulso con el pie y regresaba sin sumergir la cabeza.

Mientras el calor de la vitrocerámica proporcionaba propulsión al agua dentro de la cafetera italiana, Alexis evocó la larga melena rubia y lisa como una tabla que años atrás Zoe se recogía en un moño alto en días de piscina y playa para evitar mojársela. Desde la muerte de Lara no había vuelto a intentar dejarse el pelo largo; aquel corte recto, pasada la nuca, era la máxima longitud que sus mechones contemplaban. Al mínimo descuido, Zoe acudía a la peluquería a recuperar el corte *pixie* de flequillo largo que le caía sobre la cara desde poco antes de que Lara se fuese.

En más de una ocasión, Alexis había pensado en sugerirle que volviera a dejarse la melena, incluso había fantaseado con la idea de que abandonase el rubio ceniza y probase aquel castaño rojizo con el que la había conocido dieciocho años atrás. Pero entendía la razón del mantenimiento estricto de aquel cabello corto, lejos de atender a una cuestión de comodidad. Durante las largas visitas en eternos meses de hospital, Lara había conseguido paliar la espera y los dolores especializándose en peinarle la larga cabellera a su madre. Ambas buscaban juntas trenzados y coletas imposibles en el iPad y luego, con un neceser lleno de accesorios que incrementaba cada semana que pasaban allí, su hija ponía en práctica con mayor o menor acierto los pasos de los tutoriales. Cuando Lara ya no había podido abandonar el hospital y había perdido las fuerzas en las manos para peinarla, Zoe no había podido soportar que la niña, viéndole la cabellera, tratase de alcanzarle las puntas y jugase con ellas, aunque estuviese lejos de poder sujetar ni siquiera un cepillo.

Si su hija no iba a llegar a crecer, su cabello tampoco.

Los pelos en la nuca de su mujer habían sido la aceptación definitiva de que nada iba a ser como antes. Poco a poco, en la fuerza que se había ido perdiendo y colando por las manos de su hija, habían visto venir el final sin ser capaces de aceptarlo o resignarse. Lara no iba a volver a casa y Alexis no podía evitar flagelarse, durante noches enteras sin dormir, por un sentido de justicia universal quebrantado en el momento en el que aquel castigo que el destino les había lanzado no lo iba a pagar él, sino su hija. Durante todos aquellos meses, cualquiera hubiese pensado que Zoe iba a derrumbarse ante la inaceptable idea de que lo inevitable estaba por pasar. Sin embargo, en todo el proceso hospitalario Zoe sacó fuerzas y reaccionó, se aferró a nadar aquella travesía, en aquellas aguas a las que los habían lanzado sin previo aviso y donde seguían chapoteando tiempo después. Alguien tenía que agarrar fuerte a Lara, y esa había sido su madre.

IV

No habían hecho bien los cálculos sobre la gasolina con la que contaban en el depósito y a treinta kilómetros de la casa de alquiler tuvieron que parar. Laura y Pol los habían convencido para que se quedaran a comer y al final no habían partido de la costa hasta pasada la media tarde. Eran cerca de las nueve. Haciendo cola en la gasolinera para pagar el tanque lleno que había repuesto, Alexis pensó en si debían hacerse con algún sándwich para poder encerrarse hasta la mañana siguiente nada más llegar. Podía oír la que sería la respuesta de Zoe desde el coche, refiriendo a alguna posible tienda de pueblo.

Tres cuartos de hora después habían llegado al apartamento y, tras comprar varios cartones de leche para el desayuno y un par de víveres insustanciales, ambos yacían en el sofá, absortos en la primera película que había aparecido en la guía televisiva. Las luces parpadeaban reflejándose en sus caras a la par que los últimos resquicios de luz se escondían tras la montaña, dando paso a un cielo azul oscuro. Zoe había pausado el filme para ir al lavabo en el piso de arriba mientras Alexis paseaba la mirada por las paredes, aún desconocidas para ambos, haciéndose a los objetos que los rodeaban. Habían tardado poco en abrazarse a una escena tan cotidiana de sofá como era una noche frente al televisor, pero él apenas había prestado atención todavía a su nueva casa. No reconocer cada rincón del apartamento le había sido de gran ayuda, lo había aliviado. Como si, al empujar la puerta, el hecho de entretenerse recorriendo nuevos pasillos lo hubiese alejado por un segundo de la idea de que

Lara no saldría corriendo de detrás de él en dirección a la que hubiese sido su habitación.

Alexis había esperado mucho para ser padre; no había sido hasta los últimos resquicios de la treintena cuando se había sentido preparado. Había querido esperar de manera consciente, teniendo cercano el ejemplo de unos padres que lo habían traído al mundo demasiado pronto, en plena década de los setenta. Él quería ser padre cuando supiese de qué iba la vida. Había esperado tanto para saberlo todo..., pero ese todo, al final, no le había valido de nada cuando Lara había enfermado.

Su llegada lo había transformado en relación directa con lo que él entendía por amor. Había trascendido todas las capas, una por una, que lo conformaban, por encima de él mismo. Lara le había enseñado que contaba con la capacidad de sacrificarse por otra persona; ese sacrificio que hubiera hecho encantado cualquier día en el hospital, pero cuya oportunidad no se le llegó a brindar. Había perdido lentamente, en cada lágrima del gotero de su hija diluyéndose en un riachuelo, aquella sensación. Sabía que existía dentro de él porque la había sentido, pero se había adormilado y, en su lugar, se habían instalado imágenes que jamás podría quitarse de la cabeza. Como el momento en el que había sabido que su hija se había ido. Ese instante se le aparecía ahora borroso, como muchas otras cosas de aquellos tiempos, pero la imagen..., la imagen no se iría nunca. Había que volver a aprender a vivir tras aquella imagen y, sin embargo, algo dentro le decía que nunca sabría cómo hacerlo del todo; nunca llegaría a volver a vivir de nuevo con plenitud. Iría a sitios, viviría situaciones, coexistiría con otras personas, pero algo dolería a cada paso, como una piedra molesta en el zapato por la cual no nos detenemos. El dolor, ese dolor, por fuerza lo mantenía vivo. Más puro que la tarde en la que había recolectado el peor recuerdo de su vida, aposentado con rigor. El dolor no se había calmado un ápice y, a modo de supervivencia, había tenido que acostumbrarse a él. Lo cargaba en aquel camino de vuelta que buscaba incesantemente para ser quien era. Se subía a la bicicleta de la misma manera, se calzaba cada vez empezando por el mismo pie. Si retomaba hábitos, si seguía el camino de las migas para regresar, a lo mejor conseguía reencontrar al Alexis de mucho antes de aquello. Pero no había manera: solo daba vueltas alrededor de sí mismo, como todas las mañanas que salía a pedalear con la bicicleta montaña arriba. Lo había hecho casi cada día de sus vacaciones. Siempre volvía a la casa, al mismo sitio, como si no fuese posible salir de aquel estado. Como si cada día fuese un ejemplo de la lucha que lidiaba en sus adentros; madrugar, tragar café, pedalear, frotarse la piel, digerir, pasar páginas, cortar legumbres, dormir... No, el mundo ya no era un lugar donde le gustase estar. No había salida. Tenía que encontrar la manera de acostumbrarse a la persona en la que se había convertido.

Decir que en septiembre tanto Emma como Alexis habían estado distantes en su reencuentro sería resaltar una obviedad. Cada uno, a su modo, había decidido volver a centrarse en el trabajo —acumulado, por otra parte— tras el descanso veraniego, como el salvavidas necesario al que sujetarse y, de paso, la excusa para no agitar más las piernas bajo el agua. Sin embargo, en aquel primer encuentro de apenas tres minutos, antes, durante y después de intercambiar dos frases corteses y un par de besos en la mejilla sin más ceremonia, ambos habían tratado de buscar los cambios en el otro.

Él estaba más moreno —había percibido ella—, aunque no en demasía y menos si lo comparaba con su propio tono de piel. Se había dejado barba, que —imaginaba— todavía no había querido afeitarse por acariciar los últimos resquicios del verano. Él, en cambio, había tenido dificultades para encontrar diferencias en la piel de ella, pero estaba seguro de que Emma tenía el pelo más largo y que le acariciaba más de cerca los hombros.

Se habían cruzado en varias ocasiones recién estrenado septiembre, pero la asiduidad de las reuniones del equipo de Chimaera con Alexis no parecía retomar la constancia previa al verano. En aquellas veces, y en el escaso trato que habían tenido en llamadas y correos, había imperado la distancia prudente, la rectitud. Emma había decidido jugar aquella carta, sin duda. La distancia era su aliada porque estaba convencida de que, como una de aquellas gomas elásticas que usaba para jugar en los recreos de su infancia, solo tenía que alejarse y estirar para que, al soltarse en el momento adecuado, volviera a ella.

—¿Qué tal estás? —le preguntó él en una de esas ocasiones levantando la vista en el *hall* de la agencia, mientras aguardaba allí sentado a que Sofía concluyese una reunión telefónica previa.

Emma decidió ignorar que él podría haber estado haciendo tiempo al borde de su mesa hasta que Sofía saliera, como tantas otras veces, pero que, por el bien de esa distancia instaurada, se había resguardado tras un número atrasado de una revista de novedades digitales.

—Bien, sin hacerme de nuevo al ritmo —le respondió a la par que daba un sorbo a su té con limón, que transportaba a todos lados dentro de un vaso de plástico rígido transparente—. ¿Y tú? ¿El verano bien?

—Bien, bien, no me quejo...

—Te has deshecho de la barba —señaló con la mano con la que sostenía el vaso.

—Había que volver a la realidad... —dijo él sin demasiado énfasis.

Ambos respetaron el silencio unos segundos más, afirmando con la cabeza, vacíos de la preocupación de tener que llenar aquel instante.

—¿Qué bebes? —preguntó él entonces mientras se acercaba un botellín de agua y daba un trago.

—Pis —espetó Emma.

Alexis rio ante la seriedad que mantenía ella tras su respuesta y se secó como pudo con la manga el agua que había resbalado por su jersey.

—¿No sabes que es bueno para la piel?

—No lo voy a poner en duda —bromeó él.

Emma ya había arrancado el paso de vuelta a su despacho cuando Sofía se asomó desde el pasillo para hacerlo pasar. Ambos compartieron los últimos metros hasta el umbral que los hizo tomar direcciones opuestas. En el segundo previo antes de que la puerta de la sala de reuniones se cerrara a espaldas de Alexis, cuando Emma hubo alcanzado de nuevo su silla, él se giró y sonrió. No por cortesía ni por compromiso. Sonrió como lo había hecho meses atrás, con una coquetería que se filtraba por las patas de gallo y la comisura de los labios. Un gesto que, en apenas segundos, semejó haber roto tenuemente la distancia entre ambos.

El ritmo de trabajo, que parecía no haber decrecido, hizo que Emma, alejada de los asuntos relacionados con Alexis durante las semanas previas a las vacaciones, tuviese que volver a asistir en la cuenta ante la alta demanda de sus proyectos. Alexis, por su parte, no había parecido dejar nada fuera del tintero a su vuelta y se había cargado el mundo a sus espaldas aquel septiembre. Si había algo denominado horas extras, había tomado la forma de su cuerpo. Fue así como ambos se vieron envueltos de nuevo en reuniones e intercambios de correos por necesidad. En todos ellos Alexis mantenía aquella frialdad que había reinado al inicio del verano, las semanas posteriores al correo con el que Emma había expuesto sus intenciones.

Debido a la ausencia de Toni, de Digital —afortunado él, que había esperado a septiembre para irse de vacaciones—, Emma se convirtió en la responsable de unas gestiones correspondientes a su departamento. Todavía la apenaba el desapego, pese a que Alexis, de vez en cuando, aún dejaba que se colasen entre ambos algunas miradas. Tras una de aquellas reuniones breves de revisión de estatus en las que Emma se escapaba hasta el *hub* tecnológico donde Alexis tenía su oficina, mientras recorrían juntos el pasillo hasta las escaleras, ella se pegó el iPad al pecho y tomó aire:

—Oye, estás un poco distante conmigo desde antes de verano...

—No, no es eso. —Alexis trató de esquivar la responsabilidad y disfrazarla de lo primero que se le vino a la cabeza—. Es que estoy con mucho trabajo y cero tiempo, no paro ni para comer.

—No pasa nada, lo entiendo. Si es lo que quieres...

—Que no es eso, de verdad. Es el curro, que estoy hasta arriba —suspiró.

Emma se detuvo al borde de las escaleras y apoyó la espalda en la barandilla para clavar la mirada en él.

—Al menos dignifícalo. Ser o no ser simpático, estar o no distante, no es una cuestión profesional, es una cuestión de voluntad.

—Digamos que, en este caso, es más bien una cuestión de responsabilidad —dijo él con rotundidad trazando de nuevo el camino de los últimos pasos, que lo llevaban hasta su despacho.

No hizo falta que añadiera nada más, solo la mirada triste que le regaló mientras Emma hacía tiempo antes de decidirse a bajar las escaleras y abandonar las dependencias.

—Descansa, anda... —le susurró ella antes de apoyar un pie en el primer escalón y emprender el camino de vuelta a la agencia.

—Tú también —respondió él con una mueca amable.

Responsabilidad. Alexis se había llevado consigo la palabra en cada uno de sus pasos por el largo pasillo desde el ala de visitas y reuniones hasta su despacho. La tenía presente y esperaba que Emma, ahora con la idea en su poder, supiese también que no se trataba de gustos o voluntades, sino de cargas y compromisos. Responsabilidad que sentía de cara a su mujer, filtrada en cada poro y cada gesto, en especial desde que ambos habían pasado a compartir más de lo que nadie debería compartir jamás. «¿Cómo le podría hacer eso después de lo que hemos pasado?». Era un pensamiento lógico, pero que lo asustaba porque implicaba que una posible razón por la cual no era infiel se basaba en el hecho de haber perdido a su hija, y no porque tuviese la idea de fidelidad marital como un concepto que respetar. Del mismo modo, lo asolaban hileras de dudas aposentadas en cada una de las teclas de su ordenador, dudas que retomaba en momentos muertos cuando se quedaba ensimismado.

Tal vez se encontraba ante la idea, precisamente, porque ya no era el Alexis que se había casado con Zoe dieciséis años atrás. Porque Zoe tampoco era la misma. Porque sus pieles se habían curtido y estaban hechas de otro material. Ya no se reconocían los olores, ya no se rozaban ni se medían las distancias. Tan solo se arrastraban en la presencia del otro porque los sentidos habían entrado en piloto automático y era el organismo el que había tomado el mando de sus cuerpos por instinto.

No obstante, algo había alterado aquel nuevo orden: había encontrado a Emma. Había acercado sus anchas manos a la chica y algo, en alguna parte, había reactivado el resto de los sentidos. Si no la hubiera rondado, si ella no se hubiera acercado un poco más para saber si él iba a seguir haciéndolo, tal vez no estaría luchando consigo mismo y con la irresponsabilidad de aquellos gestos. Sin embargo, estaba convencido de que no había sido casualidad haberse encontrado con ella en aquel instante de su vida. En los últimos dos años y medio no había aparecido alguien con quien compartiese tanta química, ante quien le saltasen las alarmas solo viéndola recogerse el cabello moreno. Las miradas no eran las mismas, el ambiente estaba cargado entre ellos, no era un aire más al que regalar olor a su paso. La tensión cuando se mantenían la mirada en silencio, aunque fuese apenas por milésimas de segundo, era un aviso de que su cuerpo había aguantado embestidas, y además le gustaban, pero ahora, apaleado y quebrado por todos lados, ya no podía ni parecía querer resistir.

—Emma, ¡estás sorda! —le espetó con una sonrisa impuesta Sofía desde el marco de la puerta de su despacho, junto a Alexis, tras haberla llamado un par de veces.

—¿Qué? ¡Perdona! —respondió ella un poco ofuscada—. Es que tengo mil cosas en la cabeza y no te he oído. ¿Me necesitas? —Llevó la mirada a Alexis.

—No, no. Tan solo te estábamos saludando. Te tenemos hasta arriba con todo lo suyo desde que no está Oliver, ¿verdad? —Sofía se giró hacia Alexis y apoyó de manera veloz su mano en el brazo de él, que lo tenía pegado al cuerpo, con las manos dentro de los bolsillos—. Le debemos la vida a Emma, Alexei. Bueno, se la debes tú.

—En ese caso, tomo nota —sonrió él a la par que emprendía el camino a la sala de reuniones.

Sin tiempo a recrearse en su intercambio de palabras, Emma bajó la cabeza y la mantuvo así durante las siguientes horas hasta el punto de no percatarse de la marcha de Alexis tras finalizar la reunión. No obstante, un par de días después, un paquete a su nombre llegó a la agencia, con matasellos de Barcelona pero sin remitente. Con curiosidad, y aprovechando que se levantaba a por agua, rasgó la pestaña de aquel pequeño sobre anaranjado para encontrar dentro una simple lata de caramelos y un pósit despegado.

«No son la vida, pero como te debo algo que sí te pueda dar...».

No iba firmado. No hacía falta. Le parecía curiosa la caligrafía de Alexis, no se había parado a pensar hasta aquel momento que lo había visto garabatear en las reuniones, pero jamás se había sentido apelada por un mensaje directo de su mano. Abrió la lata, tomó un par de caramelos y se la guardó en el bolso, donde la mantuvo a buen recaudo para, en los siguientes días, regalarse caramelos cada par de horas. Con la lata en la mano revisaba mentalmente la mirada que él le había lanzado la última vez que habían estado a solas, al despedirse, tras su uso de la responsabilidad como justificación de una distancia, ahora sí, más que constatada. Una mirada tan llena de matices que ella había podido desentramar la batalla interna que alojaba. Alexis siempre le había parecido una persona demasiado ocupada como para preocuparse por cualquier cosa que no fuesen los momentos presentes, en los que podía medir su impacto. Aquellos caramelos habían sido algo que afirmaba lo contrario y que lo probaban, a su vez, interesado en lo que ella pensase de él. Había una línea muy fina entre el detalle para quedar bien, necesario y público, y el detalle sincero, que profería una sonrisa como la que se le había dibujado a Emma en el rostro al sostener la lata de caramelos, de la que él no había podido ser testigo.

Con un caramelo en la boca y el traqueteo del metro agitando sus músculos, Emma volvió a casa con el móvil en la mano buscando la canción idónea para aquella semana. Pronto dio con la versión de Sinatra de *Call me irresponsible,* que tan acertada se le antojaba tras su breve charla con Alexis: sí, no soy de fiar, pero es innegable que estoy loco por ti de manera irresponsable.

Como hacía semanas que no se recreaba en la idea de Alexis, de su cara, de su persona, mientras la voz de Frank se colaba y jugaba con sus pensamientos, Emma tecleó el nombre completo de Alexis en el buscador de su móvil. Pronto los resultados le mostraron imágenes de él, imágenes de «antes». Sabía que esas fotos no pertenecían al último par de años porque veía la diferencia en sus ojos. No solo era perceptible el cambio en sus arrugas o en la aparición de canas. Había algo diferente en su mirada, como si sus ojos estuviesen atentos, despiertos, en aquellas imágenes. Ahora Alexis parecía estar entrecerrando permanentemente los párpados unos milímetros. Como si la tensión y la preocupación no lo abandonasen.

Emma pasó un par de imágenes hasta dar con una de él sonriendo con amplitud en un evento de hacía unos cinco años. Sí, lo tenía claro: aunque Alexis lo intentase hoy en día, sus ojos eran incapaces de sonreír. Había recogido en ellos todos los años que le quedaban por envejecer y los había disfrazado de cansancio constante. Deslizando el dedo de manera automática, Emma viajó entre imágenes más o menos similares —en una de ellas la cámara hasta lo había captado con traje—, hasta que sus dedos se detuvieron en una en la que llevaba en brazos a su hija, que debía de tener unos cuatro años, mirando a la cámara con la que suponía era su mujer, de pelo largo y liso.

Incómoda, como si sintiese que los vidriosos ojos llenos de entusiasmo de Alexis se clavaran en los de ella, Emma cerró el buscador para deshacerse de la imagen y pasó de canción. No sabía si debía preguntarle o no por su hija, hablarle de ello, hacerle saber que estaba al corriente de su pasado. Quería ser capaz de, frente a frente, preguntarle cómo se sentía, qué necesitaba. Pero su hija no era un tema que los uniese, no existía, no hacía falta sacarlo.

Enroscó los auriculares y los puso a buen recaudo en el bolsillo interior de su bolso. Podía ser también que él se sintiese solo y aislado por el hecho de que los demás, tal y como ella estaba haciendo, se asustasen de su dolor, tratándole como si nada hubiera pasado. Sin embargo, Emma no sabía cómo era el Alexis de antes, al igual que Alexis no sabía cómo ser el de antes. Eso sí era algo que ambos tenían en común.

Ese pensamiento también lo compartía Alexis los minutos diarios que se regalaba, breves como eran, para pensar en ella. A los ojos de Emma partía con una ligera ventaja; al igual que toda la gente que había entrado en contacto con él en los últimos dos años, ella era la prueba de que la vida había seguido a su alrededor, que los demás habitaban en un mundo distinto, uno al que parecía tener que adaptarse. Ya había hecho el esfuerzo de parecer estar bien cuando, en realidad, se encontraba en el lugar opuesto. Lo que no sabían los que buscaban a aquel Alexis que recorría el día de sol a sol sin quebrantarse era que él no podía darse tan siquiera el lujo de dejar entrar la tristeza. No se permitía pensar; si lo hacía, corría el peligro de venirse abajo, romperse y darse cuenta de que no había manera posible de volver a juntar todas las piezas.

Así, ignorando esa tristeza que se negaba a ver en sus ojos reflejados en el espejo, fue como la siguiente vez que estuvo en presencia de Emma la vio chupando un caramelo, uno de sus caramelos, y se acercó a ella.

V

Alexis dio el par de pasos que lo separaban de la puerta y se acercó hasta el escritorio de Emma.

Ella dejó sobre la mesa el móvil en el que estaba tecleando un mensaje y, nada más verlo, pasó el caramelo con la lengua al otro lado de la boca, como si quisiera que Alexis se diera cuenta.

—Gracias —dijo con dificultad tragando saliva.

—Veo que los has recibido... —respondió él señalando su boca.

Ella, entonces, sacó la lengua, exhibiendo en el centro de la misma un ovalado caramelo de color naranja intenso. Alexis rio al ver su boca tan expuesta y segundos después Emma continuó chupando el caramelo sin apartarle la mirada.

—Ya me harás saber si son suficientes para saldar la deuda.

—¿La deuda, que era, si no me equivoco, la vida? —dijo graciosa. Él hizo una mueca con suspicacia.

—Veo que no son suficientes.

—Están muy buenos, de eso no hay duda. ¿Quieres uno? —ofreció.

—Quizás luego...

Sin decirle nada más, Alexis le guiñó el ojo y volvió a recorrer los pasos que lo separaban de la puerta para ir a buscar a Sofía, con quien se encerró la siguiente hora en la sala de reuniones.

Emma había percibido la presencia de Sofía en el pasillo tiempo después, pero no había prestado atención a sus idas y venidas. Además, se había pasado con el número habitual de tazas de té y había visitado el lavabo de manera constante, por lo que, llegadas las siete de la tarde, había dado por hecho que se había quedado sola —por lo menos en ese lado de la oficina—, hasta que, mientras escuchaba la música en el altavoz en vez de en sus auriculares, apareció Alexis.

—Creía que estaba sola... —se disculpó ella bajando el volumen.

—¿Me das ahora uno de esos caramelos?

Sin preguntar, sin querer saber más sobre el porqué de su presencia allí, Emma alcanzó la lata que reposaba sobre su mesa, se levantó y se la ofreció para dejarle escoger. En aquel acercamiento —ambos de pie en el umbral de la puerta—, ella pudo apreciar la confusión que le producía la mezcla del olor dulzón de los caramelos con el ímpetu y la frescura del perfume de Alexis, aún presente de manera intensa a aquellas horas. Dudó si conservar la observación para ella sola, pero pensó que la Emma de después de vacaciones distaba precisamente en aquel tipo de decisiones de la Emma de antes de vacaciones y, cerrando la lata tras verlo llevarse un caramelo a la boca y prestar atención a cómo sus dedos se habían rozado los labios en el gesto, se dispuso a hablar:

—Es increíble que todavía huelas así de bien a estas alturas del día... Pareces recién salido de la ducha.

—Me lo tomaré como un cumplido.

—A ver —trató de explicarse Emma—, no todo el mundo consigue a estas horas mantener el olor corporal a raya, y de paso la dignidad.

—¿Vas por ahí oliendo al resto de la gente de la oficina? —preguntó él en una mueca divertida. Emma rio desprevenida.

—Hablo desde la experiencia de lo que me llega —respondió ella—, no es un gesto que haga de manera voluntaria; para ello tendría que estar más cerca.

—¿Significa eso que estás ahora lo suficientemente cerca de mí como para olerme?

—Tienes trato preferencial...

—Pero solo porque huelo bien.

—Pero solo porque hueles bien... —repitió Emma—. Si no fuese así, no me acercaría.

—Es bueno saber entonces que me puedo acercar sin que te alejes.

—Te podrías acercar aunque hubiese una catástrofe nuclear y te convirtieses en zombi... —Sin darle tiempo a responder, Emma señaló a su alrededor y preguntó—: ¿Qué haces aquí?

—Evitar una catástrofe zombi. ¿Me ayudas?

Con un par de bromas más, Emma recogió unos papeles sobre su mesa y se hizo con un par de botellines de agua mientras veía a Alexis dentro de la sala teclear delante del portátil. Sin decir mucho, sin cuestionar por qué continuaba con su jornada laboral en la agencia en vez de irse a su despacho o a su casa, se sentó a su lado y repasó en silencio sus papeles hasta percibir que él, con la espalda y los brazos estirados y el cuerpo apoyado en el respaldo, la miraba con curiosidad.

—¿Qué? —preguntó ella deteniendo el bolígrafo.

—¿Son las gafas que te desvirtúan las ojeras o tienes cara de cansada?

—Caray, qué detalle por tu parte; yo te echo piropos y tú te recreas en mis desgracias.

Alexis se levantó a cerrar la puerta y de vuelta apoyó sus manos en los hombros de Emma, para alentarla a que relajara el cuerpo. Con rotundidad y sin dudar, movió los pulgares sobre su cuello.

—Te lo agradezco —susurró ella mientras se deshacía de las gafas e inclinaba la cabeza hacia atrás.

—Si solo supiese lo que estoy haciendo, ya sería la bomba.

—No es difícil, déjame que te enseñe.

Ella, con un ligero temblor en los tobillos que había comenzado cuando lo había visto desviarse a cerrar la puerta, lo instó a sentarse y se situó a su espalda. Era más fácil lidiar con él si no tenía que mirarle a los ojos.

Alexis reposó los brazos sobre la mesa y ella comenzó a masajearle los hombros por encima del fino jersey color borgoña de manga larga que él vestía. Aludió un par de veces a la tensión de su espalda y él hizo referencia de manera neutra a las jornadas laborales eternas que arrastraban su cuerpo a modo de saco de pienso en una granja.

—No estoy todavía trabajando a estas horas por gusto... —dijo, pero enseguida añadió, girando la cabeza para verla de reojo—: Bueno, ahora sí.

Aprovechó el momento para explicarle que la compañía había decidido pedirle presupuesto a Sofía de tres proyectos más, proyectos que él estaba ultimando allí en ese mismo instante para dejarle preparados los *briefs* a una de sus jefas. Si todo salía bien, en una semana estaría dando más guerra.

—¡Genial! Lo que me faltaba... —espetó Emma con ironía—. Sin ofender, ya sabes, pero es que me veo fines de semana trabajando y a Oliver ignorando mis mensajes.

—¡Cierto, Oliver! ¿Qué tal está?

Alexis preguntó por él porque, pese a que hasta que ella lo había nombrado no recordaba su nombre, sí que tenía presente la figura. Emma apenas prestó atención a la respuesta. Estaba concentrada en los movimientos circulares de sus dedos, en el contacto con la tela de la ropa de él y en cómo, según el ángulo, podía llegar a rozarle apenas un momento el vello que le cubría la piel del cuello, un vello rubio sobre una piel todavía tostada y cubierta de pecas. Nada ni nadie le impedía clavar los ojos en él sin miramientos, percibiendo cómo la línea de corte del pelo era tan perfecta que hasta casi parecía dibujada sobre la carne. Las canas entremezcladas con el resto de cabellos de diferentes tonalidades de rojo se hacían paso de manera creciente hasta el centro de la cabeza, donde un remolino luchaba por liberarse de la gomina con la que Alexis le daba forma cada mañana. Reparó en una doblez de una de sus orejas, un detalle que no había llegado a apreciar antes.

El traqueteo del metro la devolvió a casa no mucho más tarde con una sensación de mareo. Llevaba los auriculares puestos, pero aún no había acertado a pulsar el botón para reproducir música. Consiguió teclear y buscar una canción para las últimas paradas, hasta que un picor en la ceja la urgió a levantar la mano y rascarse. Fue ahí cuando interpretó la sensación de mareo y pesadez, la impresión intensa que cargaba desde que había salido de la oficina, instalada en sus manos. Olían a él. No un ligero ápice, no en partes. Al completo. Se llevó ambas manos a la nariz e inspiró con fuerza —todo lo disimuladamente que pudo— para empaparse del olor. Era increíble cómo podían estar tan cargadas de su aroma, de una mezcla de perfume, fibra de ropa y él. Cargaba el olor en las manos con una intensidad tal que casi le pesaban. Se sentía confusa, algo culpable, y más cuando, habiendo llegado a casa veinte minutos después de lo habitual, trató de frotárselas con jabón para darse cuenta de que, aunque la intensidad había mermado, Alexis no había desaparecido del todo.

En efecto, la semana siguiente tres proyectos más hicieron aparición y enclaustraron en la oficina a todo el equipo los primeros días. Los ojos le picaban. Emma no sabía discernir los días de la semana, ya que, ante el aumento de la carga de trabajo, ella había sido una de las primeras damnificadas. «No te lo pediríamos si no fuera necesario», le habían dicho sus jefas, pero ella solo trataba de verle la ventaja, y era que Alexis estaba casi cada día presente en sus jornadas, bien al otro lado de una mesa, bien al otro lado de la pantalla. A veces al teléfono, otras tantas rodeados de cinco o seis personas más, o en aquel mismo instante, por ejemplo, solos, cada uno en una esquina, centrados en la pantalla de su ordenador con la puerta abierta del despacho de él y el sonido de la calefacción filtrándose desde los recodos. Ella había abandonado un par de veces la vista de su pantalla para observar cómo él levantaba el móvil de la mesa de manera habitual y, reaccionando a lo que leía, lo volvía a posar. Sentados frente a frente en un mutismo prolongado, ambos albergaban una inútil sensación de orgullo al comprobar que eran capaces de aquello, de trabajar, de avanzar, de quedarse extrañamente en silencio confinados en el mismo espacio sin alterar la calma, sin estar en alerta constante por la presencia del otro. Como era comprensible, había intercambios de miradas, sonrisas, algún que otro juego. Alexis se ofrecía a ser el que se levantase cada vez a por agua y era el primero en entornar la puerta a su vuelta un poco más; no obstante, nunca la acababa de cerrar. Tenía claro cuáles eran los momentos de ocio y cuáles no, y en aquel territorio tan ajeno a ella era algo que se encargaba de constatar con un gesto tan sencillo como el ángulo de una puerta.

La observaba, cuando ella no lo percibía, posándose los dedos en los labios y jugando con ellos de manera inconsciente si se concentraba en algo. Le chiflaba su modo de fruncir el ceño si se enfrentaba a algo que la atascaba o si estaba cansada. Ambos resoplaban, se estiraban o emitían pequeños gemidos de fatiga mezclados con bostezos que hacían sonreír al otro. Pero ninguno se aprovechaba de aquello. Parecían saber que esos instantes se repetirían y alguno de entre todos ellos sería el adecuado para despertar la tensión adormecida.

Esa tensión era la que escondía Emma en cada músculo de vuelta a casa. Había reparado en que su selección musical reciente, fruto de las largas jornadas que pasaba encerrada en aquella sala, daba como resultado una lista de canciones que narraban directamente la tensión con la que salía de allí. Quería volver a tocarlo. Percibir su presencia en la oficina ya no le era suficiente si había podido tragarse su olor a bocanadas. Necesitaba más. Las voces de Elvis Presley o Etta James le subían unos grados la temperatura corporal mientras ella chupaba caramelos uno tras otro, con tanta ansia que sabía que pronto se le acabarían, incapaz de dilatarlos en el tiempo.

Pronto había pasado de *A little less conversation* a *Fire*. Usaba las letras de las canciones para medir su deseo, para subirlo o bajarlo, como una herramienta de control. Para elevar la impresión que le producían aquellos días de trabajo y jugar con ella en casa, a solas o en los segundos antes de tener que salir del ascensor y enroscar los auriculares hasta el día siguiente.

Por su parte, Alexis no negaba el apetito que le despertaba repetir en su cabeza las imágenes que recolectaba durante el día: cómo Emma se mordía el labio mientras tecleaba, su mano de tez morena rascándose esos hombros que había osado acariciar sin saber si podría poseer el control mucho más tiempo. Venía de estar dos horas frente a Emma y abrió la puerta del apartamento todavía con la imagen de su piel tan cerca, tan accesible. Tenía que dejar al otro lado ese pensamiento, no podía colarlo en casa, con Zoe; mezclarlo con todo lo que ellos dos vivían allí dentro solo lo haría más complicado. Podía entender que su mujer no quisiese luchar con la inapetencia sexual ni quisiese lidiar con los pensamientos que le producía el saber que sentir placer le iba a hacer sentirse culpable directamente. Él, en cambio, había visto su apetito dispararse por la necesidad de luchar contra esa misma frustración, como modo de canalizarlo, en parte porque le había surgido la oportunidad de, como mínimo, pensar en ello. La fascinación que le producía un camino lleno de obstáculos se daba de bruces con su circunstancia actual, y ni siquiera por el hecho de que ellos se encontrasen en aquella situación particular. Ya no solo se trataba de la visión catastrófica que podía tener de su vida sexual. Era más bien el hecho de que sabía que, si en general el matrimonio tenía la capacidad de domesticar el sexo hasta el punto de que el exceso de intimidad entre dos personas que lo conocen todo la una de la otra podía llevar a matar el deseo, la idea de que ambos tenían razones para no sentir ni padecer nada los condenaba a una vida sin otra visión posible que la de contentarse. Ya no existiría jamás la fascinación.

Alexis sabía que si había algo que uniese más a una pareja que el amor, eso era la pérdida. Aunque el techo de aquella casa se le viniese encima y el olor de Zoe le pasase desapercibido, jamás se alejaría de ambas. Al igual que ella, no podía soportar la idea de que, por algo, la perdiese también. En el caso de Alexis, el pensamiento lo abocaba al miedo: miedo a tener que salir de allí, de su matrimonio, y con ello a perder lo poco que le quedaba de Lara. Estar con Zoe era mantenerla presente, aunque fuese a través del dolor. Zoe era la única otra persona del mundo que podía recordarla como él lo hacía. Estaban unidos por el mismo sufrimiento, y ese dolor, por insufrible que fuese, era más potente que el sexo.

Por cuestiones laborales, Alexis tuvo que pasar una semana fuera de Barcelona, y, aunque físicamente no pudiese personarse en las oficinas, su presencia no se había visto afectada por la distancia. Cada día había un intercambio infinito de correos en los que Alexis y Emma se veían envueltos con cinco personas más en copia. Emma, desesperada por las interrupciones de las respuestas de cada uno de los departamentos, no era capaz de ocultar el carácter agrio que le había producido la carga de trabajo sumada a la ausencia de Alexis, cuya presencia le servía sin duda de incentivo. En uno de aquellos correos, él había quedado en adjuntar la última revisión que había tecleado en un par de horas muertas en la estación del AVE y Emma, al ver su correo, pero no el documento, se lo reclamó de manera privada.

> **Alexis:** Ya, voy —siento la expresión— de culo, se me ha pasado por completo. ¡Adjuntado! Postdata: También ver imagen adjunta para demostrar que, en efecto, voy de culo.

Con una sonrisa, Emma dudó a la hora de abrir la fotografía. No sabía qué se iba a encontrar en su pantalla tras el doble clic si Alexis era fiel a la expresión. En cambio, recibió una divertida instantánea de su cara tomada con el teléfono en la que trataba de hacer hincapié en sus ojeras con rostro lastimero.

Emma: ¡Anda ya! Si esa es tu peor cara, que me niego a aceptarlo, incluso así estás tremendamente guapo.

Alexis: Te agradezco el piropo, aunque ambos sabemos que no es verdad. De todos modos, a este ritmo mi cara no puede ir a mejor, así que...

Emma: Solo se me ocurre una manera de solucionarlo, cuanto antes mejor, para evitar la catástrofe.

Alexis: Soy todo ojos (porque te leo, no te oigo).

Emma: Esas ojeras, galante conde Alexei Vronsky, no son nada que no se pueda remediar con otra buena sesión de masajes.

Alexis leyó aquellas palabras y detuvo el intercambio de correos durante unos minutos. No era la primera vez que alguien hacía alusión a su nombre y al del personaje de *Ana Karenina*; claro que sí era la primera vez que tenía lugar en un contexto en el que el nombre no solo era lo que había en común con la novela de Tolstói. Cerró la pantalla del portátil y, con él en la mano y el billete en el móvil, se dirigió hacia la puerta de acceso para poder subir al tren, donde una discreta cola delante de él lo hizo abstenerse de responder durante quince minutos; minutos en los que Emma se sintió demasiado lanzada en su sugerencia.

Una vez dentro del tren, y habiendo pedido un agua con gas a falta de cerveza, volvió a desplegar su ordenador para teclear una respuesta.

Alexis: No te creas que no me parece buena idea...

EMMA: Tardabas tanto en responder que ya pensaba que te había dado por huir del país camino a la estepa rusa.

ALEXIS: No es eso. Si no te respondo (hoy, o en cualquier otra circunstancia) no es porque me hagas plantearme la emigración. Dejémoslo en que tengo momentos en los que soy más prudente que otros.

Complicación, responsabilidad y ahora prudencia, pensó Emma.

EMMA: Entendido.

ALEXIS: Eso no quita que tu propuesta para erradicar mi mala cara me encante. Pero, querida Madame Bovary, también entraña ciertos riesgos..., ¿no crees?

La que tuvo que tomarse el momento entonces para responder fue ella. Había leído bien. Estaban hablando del tema sin tapujos, escondidos bajo sus nuevos apelativos. No solo estaban haciendo referencia a algo más que un masaje, sino al hecho de la complicación que entrañaba ese ir y venir que había copado el aire entre ambos desde hacía unos cuantos meses. La lucha interna debatiéndose contra la responsabilidad de lo correcto, viajando entre la búsqueda de razones que justificasen el hecho de querer y no poder. Todo parecía demasiado complicado, e incluso peligroso. Sin embargo, ¿cómo consigue uno lo que quiere portándose bien a la vez?

Igual que Alexis compartía espacio con sus palabras perdidas en un correo que imaginaba viajando de su ordenador al de ella, Emma tanteaba la idea de una respuesta que la llevaría ante la posibilidad de abrir una puerta por la que hacía tiempo que quería pasar. Por mucho que le diese vueltas al tema, como si él le hubiese pedido en sus palabras la razón que ambos necesitaban para justificar lo que podía pasar, ella no era capaz de encontrar un modo de convencerlo. Temía hacerle saber que una de las cosas que la habían atraído de él había sido su dolor. ¿Era esa una de las razones plausibles que proponerle?, ¿que podía curarlo, aunque fuese apenas durante unos minutos, de lo que fuese que cargase por dentro y que no lo dejaba caminar sin arrastrarse? Sabía que «curarle» no era una opción, pero podía hacerle el dolor más llevadero. Como si la intensidad de aquel flirteo lo pudiese consolar no solo físicamente, sino a través del tiempo. Como si el deseo de poseerla fuese algo que aliviase la herida de la pérdida, ese deseo del que ambos ya no se podían deshacer. Y eso que lo habían intentado: había demasiado, por las dos partes; estaba presente en cada uno de los caracteres de las palabras que se hacían llegar... No podían ahuyentarlo ni sustituirlo por nada más.

El deseo, por lo tanto, implicaba esa parte de riesgo a la que él hacía referencia. La palabra se había interpuesto entre ambos en aquel intercambio de correos a cientos de kilómetros de distancia, en movimiento, y traía consigo la duda de qué era lo que se estaban jugando el uno y el otro, de hacerlo posible. Riesgo era la palabra que los había acercado más, casi sin querer, junto con la idea de dolor que ambos interpretaban a su manera. «Querida Madame Bovary, también entraña ciertos riesgos..., ¿no crees?». No, esta vez Alexis no estaba huyendo de la invitación ni negando el significado de su pregunta. Conocía a la perfección la idea, la visión que estaba lanzando al aire. Emma, en cierto sentido, no tenía que convencerlo, solo tenía que invitarlo y hacerle saber que, en aquel instante, todo lo que estuviera en riesgo le daba igual.

Emma: ¿Quién dijo miedo?

VI

La semana había comenzado y, por ende, las distracciones habían vuelto a tomar un segundo plano. Alexis se había visto de nuevo arrastrado por aquella sensación de que los días pasaban rápido, pero no lo hacían avanzar. ¿Qué día de la semana era? Había sido el jueves cuando había encontrado, tras acudir a una reunión fuera de la oficina a primera hora, un paquete sobre su mesa. Ligero, ovalado, no reparó en él hasta hacer un par de llamadas y, estando al teléfono, decidió abrirlo. Dentro encontró una nueva lata de caramelos, similar en tamaño y contenido a la que él le había hecho llegar a Emma, con una nota: «Vitaminas contra el agotamiento y para la responsabilidad».

Su rostro dibujó una sonrisa y apartó el regalo hasta haber acabado la llamada. Nada más colgar, se hizo de nuevo con la nota y la releyó. Contra el agotamiento. Para la responsabilidad. Acercándose el teclado, abrió un nuevo correo y tecleó la dirección de Emma.

Alexis: Muchas gracias por las vitaminas, las acabo de recibir. Para el cansancio puede que ayuden, ahora mismo voy a comprobarlo, pero no acabo de entender su segunda función. ¿Seguro que ayudan para lo otro?

La respuesta de Emma no se hizo esperar.

Emma: Son anti-«lo otro». ¡Tú verás!

Alexis: ¿Qué he de ver?

Tecleó con velocidad mientras abría la lata y se metía un caramelo en la boca. Comprobó en el reloj de pulsera que contaba con cinco minutos antes de acudir a una reunión de junta y, si no recordaba mal, aquella tarde tenía programada una videollamada con Noelia y Sofía para que le presentasen al nuevo diseñador gráfico en plantilla, contratado solo a raíz de la reciente expansión de su relación laboral.

Emma: Si quieres ser responsable o no... Te tomas una y te ayuda con el cansancio, pero me temo que te quita la responsabilidad.

Alexis sonrió ante su respuesta y, agitando la nota, la guardó en un cajón mientras volvía a ponerle la tapa a la lata.

Alexis: Ya entiendo.

Emma: Ahora estarás chupando, pensando: «¿Qué he hecho?».

Alexis: Jajajaja.

Emma: ¿Te está empezando a hacer efecto?

Sin mucha dilación, tecleó un mensaje rápido a las jefas de Chimaera para hacerles saber que se pasaría por su oficina en vez de llamarlas.

Alexis: Algo noto, la verdad.

Emma: ¿Algún cambio?

Alexis: No sabría interpretarlo.

Emma: ¿Notas la imperiosa necesidad de ser masajeado?

Alexis: Sí, justamente, algo así.

Emma: Te puedo ayudar en eso.

Dejó en reposo el ordenador sin responder al mensaje y acudió a la reunión que tenía agendada. Se llevó la lata para dejarla a buen recaudo en la guantera del coche y fue robando caramelos de vez en cuando a lo largo del día hasta que dejó el automóvil en el *parking* de siempre, bajo los pisos que lo separaban de su reunión ahora presencial y, por consiguiente, de Emma.

Antes de bajar del coche, abrió la lata, se llevó a la boca el primer caramelo que sus dedos alcanzaron y cerró las puertas.

Sorprendida, Emma levantó la vista, primero al ver pasar a Noelia con el diseñador gráfico nuevo y luego al escuchar la voz de Alexis en el pasillo respondiendo a las preguntas de rigor de Sofía. Saludó a ambos en su camino a la sala y miró a Alexis con complicidad cuando nadie más los observaba. Justo antes de que él cerrase la puerta a sus espaldas, la miró desde el umbral y le sacó la lengua, enseñándole uno de sus caramelos; luego le guiñó el ojo antes de comenzar la reunión.

Sobresaltada, Emma apenas se pudo concentrar la hora posterior. Cualquier ruido, palabra que alcanzaba sus oídos o alteración la hacían levantar la vista, esperando la salida de Alexis de aquella sala y algún tipo de interacción, tal vez la continuación de la conversación que habían comenzado aquella mañana por correo electrónico. Al poco, y mientras ella se entretenía con uno de los últimos caramelos que le quedaban en su caja, escuchó una risa y vio salir a los cuatro de la sala, de camino al pasillo. Cerca de su puerta Alexis la miró y el resto del equipo le hizo un gesto para despedirse. Escuchó cómo Sofía le preguntaba si tenía el coche en el *parking* de la misma manzana y se ofreció a acompañarlo al portal. Un par de minutos después la calma había vuelto a reinar en la agencia y la decepción hizo aparición. La luz de la sala de reuniones se había quedado encendida, por lo que Emma se acercó a apagarla. Percibió enseguida el inconfundible olor de Alexis y, sin temor a que nadie más se diera cuenta del gesto, inspiró para llevarse en las fosas nasales lo único que parecía haber dejado él allí para ella aquella tarde. Observó la mesa vacía de Oliver, que cada semana la chica de la limpieza repasaba con esmero; su compañero cada vez tardaba más en responder a sus mensajes y había comenzado a desaparecer en el silencio.

Sin perder más tiempo en pasear y lamentarse, volvió a su espacio de trabajo y acabó el par de tareas que se había asignado, no sin dejar un ojo pendiente en la bandeja de entrada de su correo por si Alexis añadía algo.

Ya había ido despidiendo uno a uno a todos los compañeros que habían tomado el ascensor para marcharse a casa, sus jefas incluidas, cuando escuchó unos pasos. Alexis se asomó por la puerta.

—¿Estabas a punto de irte? —le preguntó pillándola por sorpresa.

Ella, que había tratado de disimular su asombro, se llevó la mano al cuello y se lo frotó en un gesto de cansancio.

—Dime que llevas la petaca en algún bolsillo de esa chupa.

—No, pero llevo caramelos. —Sacó la lata para ofrecerle uno—. Tú también los necesitas.

—Para el cansancio —apuntó ella.

—Claro, claro.

Alexis sonrió mientras ella dejaba sobre su mesa la chaqueta y se acercaba a por uno. En silencio, delante de él, se hizo con uno de limón y se lo metió en la boca sin perder en ningún momento contacto visual.

—No queda nadie más en la agencia, ¿qué haces aquí? —le preguntó Emma alejando los dedos de sus labios mientras paseaba el caramelo por su lengua.

—He tomado unos cuantos caramelos... He venido a por mi masaje.

Dejaron la chupa de Alexis sobre la mesa de trabajo de ella, la chaqueta y el bolso de Emma en el sillón, y se adentraron en la sala de reuniones, donde fue Emma quien cerró con llave esta vez.

Alexis reclinó el respaldo de una de las sillas y le dio la espalda a Emma, ofreciéndole sus hombros. Antes de que ella posase las manos sobre él, lo vio llevarse los dedos a los dos botones superiores de la camisa negra y soltarlos, mostrándole un poco más de su piel. Emma, aliviada por no tener que enfrentarse a su mirada en aquel momento, aquella mirada que la ponía nerviosa, comenzó a frotarle los hombros y hacer círculos con sus dedos sobre los omoplatos por encima de la camisa. Aunque ella no fuese en aquel instante la persona con más control sobre sus emociones, juraría que él también estaba ligeramente nervioso. No tardó en salir el tema que los había conducido hasta allí.

—Es obvio que no tiene sentido a estas alturas que ninguno de los dos niegue nada —dijo ella mientras sus manos recorrían el borde de su camisa con la intención de colarse dentro.

—No, no pienso negarlo. Pero entiendo que sabes que esto es complicado, que estoy casado... —En un gesto obvio, Alexis levantó su mano izquierda para mostrar su anillo.

—Y creo que tú no sabes que yo también —respondió Emma—. Bueno, no de manera civil, pero tengo pareja estable desde hace mucho tiempo.

—No, no lo sabía. —Él se sorprendió ante la noticia.

No había surgido el tema, y aunque Alexis no hubiese hecho nunca referencia a su mujer, sí que era cierto que llevaba un anillo que hacía el trabajo por él, mientras que ella jamás había visto la oportunidad en sus conversaciones de dejarlo caer. En cierto modo, Emma sentía que proporcionarle aquella información haría cambiar un poco la visión que él podía tener de ella, como si el hecho de saber que había otra persona en casa ignorando que aquella escena estaba teniendo lugar los hiciese verse, en cierta manera, de igual a igual.

—Nueve años, más o menos... —añadió ella invocando a Nico, una imagen que no quería que se colara en aquella sala.

No quería tener que relacionar a Alexis y su cuerpo caliente que notaba bajo la tela con la visión de Nico, quien, días atrás, había cogido un caramelo de la lata y había hecho un sencillo e inocente comentario sobre lo buenos que estaban.

—No sé si tiene sentido que te lo diga, pero he pensado en ti, en esto... —confesó él—. Y quiero que sepas que si no estuviéramos en este contexto laboral, y si no tuviéramos nuestras vidas... Ahora mismo mis manos no podrían estar quietas.

Emma recibió la sinceridad de Alexis con un vuelco en el estómago. No conseguía tranquilizarse. Fue por eso por lo que coló sus manos por debajo de la camisa, comenzó a masajearle el cuello y llevó sus dedos al nacimiento de su cabello, para pasar las yemas entre los primeros mechones mientras él cerraba los ojos. En un gesto con el que pretendía serenarse, reclinó la cabeza y la apoyó en el pecho de Emma.

—Bueno, no creo que haga falta que diga que, por mi parte, nunca he escondido nada —añadió ella mientras pasaba las manos al rostro de Alexis y recorría con la punta de los dedos cada una de las pecas que lo poblaban—. He entendido que estabas casado, tampoco he querido presionar ni forzar nada que no tuviese que surgir... solo.

—No sé cómo —dijo Alexis—, pero desde el primer día que te vi he tenido la sensación de que esto acabaría siendo inevitable.

Esa palabra. Inevitable. Se encontraban en un lugar donde la curiosidad los iba a empujar hasta el borde y ninguno de los dos sabía la forma que iba a tomar, tan solo querían prestar atención a aquel punto de salida excitante. Ignorar las consecuencias para ser capaces de dar el salto. Predecibles como habían sido, ni Emma ni Alexis habían podido resistir la tentación de verse en la piel del otro, en las sensaciones que iban a destilarse de ello, la idea de la aceptación que cada uno abrazaba estando en aquella sala, enfrentándose a su atracción mutua; la promesa de que —en el tacto— la pena, la soledad, la insatisfacción llegarían a un final.

—¿Estás cómodo? —le preguntó ella al cabo de unos instantes de silencio, mientras Alexis respiraba de manera acompasada.

—Estoy de maravilla...

Él entreabrió los ojos, balanceando la cabeza ligeramente para sentirla contra sus pechos. Emma, recorriendo el cuello de él con las manos por última vez, se alejó sin saber muy bien qué hacer con su cuerpo entonces.

Alexis recuperó la postura e impulsó la silla con sus piernas, para separarse de la mesa y cederle a Emma el espacio mientras se situaba frente a ella para poder verla. Esa mirada depredadora que a Emma la hacía sentir vulnerable. Esos ojos que habían alcanzado un punto de no retorno. Ninguno tenía dudas ya; era una cuestión de excitación ante lo desconocido.

Emma apoyó las manos y se sentó sobre la mesa mientras veía cómo Alexis, en una pausa, se abrochaba uno de aquellos botones sueltos con los que ella acababa de juguetear. Le palpitaba el estómago.

—¿Qué? —preguntó cuando vio que él levantaba la vista con las manos estiradas, cubriendo los reposabrazos de la silla.

Preparado, Alexis se levantó empujando en el gesto la silla hacia atrás.

—Creo que los caramelos al final han hecho efecto... —dijo Alexis.

Se llevó la mano al pelo y, mientras que con el gesto se recolocaba el tupé despeinado de haber jugado con su cabeza sobre el cuerpo de Emma, devoró los pasos que lo separaban de ella. Cogiéndole la cabeza con una mano, la besó; luego la empujó contra la mesa sin medida, golpeándola contra la madera, mientras Emma separaba una pierna para dejarle espacio suficiente al cuerpo de Alexis para ajustarse al suyo. Su lengua se perdió dentro de él sin control. Serían solo diez minutos, pero ahora que por fin se habían alcanzado, se iban a destrozar.

PARTE 3

EL SEXO

I

Los detalles de cómo, o de qué exactamente, deberían quedarse para nosotros dos, para Alexis y para mí, confiando en que nuestros recuerdos guardarán una versión más o menos fiel de lo que pasó allí dentro. Deberían quedarse en nuestras mentes y jamás abandonarlas... Y, sin embargo, aquí están mis palabras al respecto. Fue Virginia Woolf quien dijo que los acontecimientos de nuestras vidas se borran y pasan como si no hubiesen llegado a existir si no dejamos registro de ellos. No quiero que las horas se traguen aquel momento y lo difuminen con la incertidumbre y el titubeo de la imprecisión.

Aquel fue el inicio literal del *affaire*, al menos como yo lo concebí. Sí que es cierto que se podría llegar a pensar que para que ambos nos hallásemos en aquel instante, en aquella sala, hicieron falta muchas cosas que nos empujaron hasta los segundos previos en los que Alexis se levantó de aquella silla, cuando ambos sabíamos con exactitud desde hacía una hora qué iba a pasar. Lo que yo no sabía era la extensión ni el impacto que iba a tener.

Puede que fuese un poco inocente por mi parte, pero, pese a saber que jugaba con fuego, una parte de mi pensamiento llegó a creer que, como mucho, nos acabaríamos dando dos besos más o menos bruscos, magreando por encima de la ropa y apartándonos con agitación, arrepentidos o al menos con necesidad de respirar y anteponer una pausa o una reflexión al descontrol encadenado del acto.

Todavía recuerdo el choque tosco de nuestras caras, la sensación, aquel primer latigazo en el estómago que se siente con alguien que no has tocado nunca y a quien has de adaptarte en un periodo corto. Aquella locura compartida se me fue de las manos en el momento en el que noté la palma de su mano derecha buscando los botones de la blusa en mi espalda. Hasta aquel instante todavía había creído que había un mínimo control, que aquello podía no pasar. Pero sus dedos en mi espalda desabrocharon tres botones, cuatro, los suficientes como para no abrir la blusa por completo, pero sí para permitirle alcanzar la visión de mi sujetador. Su boca me recorría el cuello y su otra mano buscaba hacerse camino por debajo de mi falda. Para asistirle en la tarea, me levanté la falda, arañando la tela sobre mi piel, y volví a llevar mis brazos hasta su espalda; no quería que se alejase. Sin embargo, él aprovechó el espacio que había quedado entre nosotros para separarse de mí y contemplarme. Lo oí bufar, lleno de excitación. No parecía él, no parecía una persona.

Pronto se abalanzó sobre el pecho semidescubierto, acercándoselo con las manos a la boca como si tuviese miedo de que se le escapase. Yo conseguí enroscarme la falda hasta la cintura y reposar las nalgas desnudas sobre la mesa mientras inclinaba la cabeza hacia atrás. Alcancé con una mano el hombro todavía cubierto por la blusa y me despojé de ella. No recuerdo qué había pasado para que el sujetador estuviera enroscado a mi cintura, pero ya no nos molestaba.

Alexis observó cómo yo me recostaba sobre la mesa un poco más, con las piernas abiertas, exponiendo mi coño. Despeinado, sin apartar su mirada casi perdida en la enajenación, vi cómo sus manos desabrocharon el cinturón y lo ayudaron a bajarse el vaquero. Escuché la hebilla tocar el suelo, golpear el parqué, mientras sus pies se arrastraban hacia mí. Volvió a acercar mi boca a la suya con una mano, pero se quedó a apenas unos centímetros, jadeándome en la cara, mientras con la otra mano buscaba entre mis piernas, donde se abrió paso con sus dedos. Los metió y los sacó un par de veces, las suficientes como para perder la cabeza y decidir penetrarme en el momento. Yo solo pude doblar un poco las rodillas porque todavía llevaba los zapatos y las medias se enrollaban en mis tobillos, estirándose mientras él me abría y se hacía paso. Se sirvió de mi cintura para agarrarse y yo apoyé toda mi espalda contra la mesa, mirando al techo, sintiendo cómo la cremallera de la falda se me clavaba en las cervicales, cómo sus dedos se hundían en la carne de mis muslos mientras me arrastraba hacia él. Yo trataba de jadear sin gritar, luchando por controlarme. No quería seguir allí tumbaba, lo notaba demasiado lejos. Quería comérmelo. Me incorporé y acerqué con mi palma su cabeza para lamerle los labios; casi acabé mordiéndole, pero no tuve tiempo. Sus manos, todavía clavadas en mi cintura, me arrastraron hasta él y, sin tiempo a más, salió de dentro de mí, me bajó de la mesa, me giró, me inclinó contra ella y se agarró bien fuerte a mi culo para volver a penetrarme desde atrás. Mi cara, al respirar contra la mesa, empezó a deslizarse por el sudor. Juraría que resbalaban gotas entre mis piernas en cada golpe de mis muslos y caderas contra la mesa. Cerré los ojos apenas un segundo y emití un gemido. Alexis apoyó su mano izquierda cerca de mi cara, mientras alcanzaba mi hombro con la otra para no perder ni un ápice de fuerza en cada embestida. Le vi la mano resbalando por el sudor, la mano con el anillo de casado en el dedo, y no pude controlarme; la acerqué, metí su dedo índice en mi boca y lo chupé con los labios entreabiertos. Él no pudo aguantar más y, sin tiempo a preguntarme por mi propio placer, con un jadeo se apartó de mí, recuperó sus manos y se corrió sobre mi muslo.

Acabábamos de follar sobre la mesa de la sala de reuniones de la agencia. No creo que ninguno de los dos fuese completamente consciente de lo que estaba pasando hasta que terminó. Fue entonces cuando, casi sin mirarnos a la cara, nos apresuramos a recomponernos y vestirnos. Me limpió el semen de la cadera con un par de pañuelos e hizo con ellos una bola que dejó encima de la mesa. Con agitación, me incliné a alcanzar mis medias enrolladas y, en el gesto, lo vi subirse los pantalones y guardarse el pene dentro del pantalón. No había caído en la cuenta de que no lo había visto hasta ese momento. Incapaz de pensar en ello, me hice con las medias y las desenrosqué, mientras prestaba atención a todos y cada uno de los pelos que poblaban mis piernas sin depilar: me golpearon de realidad con la visión mundanal con la que habían hecho aparición. Al abrochar los botones de la espalda de mi camisa antes de volver a ponérmela, vi a Alexis resoplar, poniendo orden a los cabellos desorganizados de su tupé.

—¿Qué hemos hecho? —lo oí susurrar sin preguntármelo a mí, tan solo pensando en voz alta. Estaba agitado, alterado. En comparación, yo parecía sentir una extraña calma en mi interior, como si estuviese todavía en *shock* y no creyese que lo que acababa de pasar hubiese sido cierto—. Se nos ha ido la olla...

Por primera vez desde que habíamos acabado nos miramos con incredulidad, de manera fugaz, casi con incomodidad, para romper el rictus de nuestros rostros desencajados.

—Será mejor que me vaya yo primero, por si nos cruzamos con alguien, no sé... —dijo tomando una gran bocanada de aire.

—Vale.

Me quedé allí de pie mientras escuchaba la puerta cerrarse. Se había apresurado tanto en marcharse que hasta que no pasé unos cuantos minutos sola en aquella sala no comprendí la razón de su huida. Digamos que el efecto tardó en golpearme, más o menos hasta el momento en el que leí un mensaje que Nico me había enviado media hora atrás para avisarme de que ya había aterrizado y estaba de camino a casa, donde nos veríamos para cenar.

Tan banal era la escena dibujada por Nico que, en contraposición con la brutalidad y surrealismo de lo que acababa de vivir, fue entonces cuando empecé a sentir la ansiedad. Comencé a notar por todo mi cuerpo los rastros de lo que acababa de acontecer. Me sentí expuesta, como si no me hubiese llegado a vestir todavía. Él se había corrido, se había puesto la ropa y había salido corriendo de allí, incapaz de hablar. Yo iba a hacer lo mismo. Fui al lavabo con torpeza y traté de frotarme las manos, de frotarme la nalga con jabón y papel de váter. La espera del ascensor se me hizo eterna. Era incapaz de escapar al momento: lo repetía en bucle en mi cabeza. Mientras descendía, en silencio absoluto pero con un estruendo atroz en mi cabeza, me preguntaba con qué tipo de hombre me acababa de acostar, como si me hubiese dado cuenta en aquel instante de que no conocía de nada a Alexis.

Saqué el teléfono y tecleé una respuesta rápida para Nico, diciéndole que nos veríamos en casa. Estaría aguardando a mi llegada... y yo llevaba el semen de otra persona pegado a mis células, el olor de su sudor en mi cuello. Él llegaría de un viaje de nueve horas mientras yo volvía oliendo a otro. Decidí ir caminando para airearme; estaba muy alterada y no sabía cómo reaccionar. Por más que me restregaba las manos contra la ropa era como si Alexis hubiese cubierto todo mi cuerpo y lo llevase escrito en la tela, en el pelo, bajo las uñas. Cada poro era sexo; no sabía qué hacer para agitarme y quitármelo de encima. Cruzaba los dedos para que el aire que se había levantado aquella tarde-noche de octubre fuese suficiente para arrancarme de la piel lo que acababa de hacer y desprenderme de ello, pero, a cada paso que daba, el olor y la sensación seguían más presentes todavía y el nerviosismo aumentaba.

Me detuve en un cruce y me fijé en una bolsa de panadería desgastada dentro de una papelera. No sé si fue la enajenación del momento, pero me pareció la mejor de las ideas: me hice con ella, metiendo las manos dentro, rascando sus migas y frotándomelas con las manos en el cuello. Oler a grasa, a comida mordida y desechada por una boca ajena era lo mejor a mi disposición. Hice lo propio el resto del camino a casa, que no había resultado ser un trayecto corto a pie, pero que, por la alteración, hice casi al trote. Me froté contra la corteza de los árboles, contra las farolas, hasta llevé mis bailarinas a una mierda de perro arrastrada bajo un árbol y la restregué contra mi zapato. Sí, oler a mierda, a peste, oler a algo asqueroso que no fuese él.

Poco más había conseguido hacer hasta que me planté en el portal de casa. Los nervios no habían cedido ni un milímetro de mi cuerpo, que se sentía quebrado. Todo lo que me habían enseñado a lo largo de mi vida iba en contra de aquel momento, de lo que había hecho. Como mujer, como pareja. La culpa pesaba toneladas y me hundía en cada paso porque no tenía herramientas con las que enfrentarme a ella: «Lo que has hecho no está bien». Mientras mis manos buscaban desesperadamente las llaves, me crucé con gente, vecinos, turistas, personas corrientes que volvían a casa, que salían de comprar o se dirigían a cenar. Nadie me miraba por la calle; la vida había seguido su curso, el mundo no se había detenido por mis acciones. En cambio, aunque ahí fuera nadie se percatara de que yo no era la misma ni me sentía igual, por dentro toda mi vida se había visto volcada.

En un último intento, decidí ignorar el ascensor y subí a pie, deseando que las escaleras me regalasen un poco más de sudor que desprendiese de mi piel la fina capa que había creado el encuentro. Estaba cubierta, lo llevaba tatuado. Necesitaba envolverme con otros olores, pero hasta que entré por la puerta y Nico me saludó de la manera habitual —como hacía cada vez que volvía de un viaje, como había hecho siempre— no me di cuenta de que la sensación no era por culpa de un olor que ya no sabía si todavía existía o que yo percibía únicamente de manera tergiversada. No olía a sexo, no olía a Alexis. No había nada sobre mí. Lo que me perseguía era el remordimiento.

Confusa, me fui a la ducha y, pese a frotar hasta dejarme las carnes rojas, no sirvió de nada. Podría haberme duchado tres veces seguidas y aun así hubiese seguido llevando la impresión cosida al cuerpo. Estaba dentro de la piel, aquella sensación de suciedad, una suciedad que sentía como si tras haberme lavado me hubiese vuelto a poner ropa sudada, sobada y desgastada durante semanas. El miedo a lo que había hecho me había golpeado de tal manera que no lo había visto venir y tuve que convivir con él toda la noche mientras Nico sonreía, me acariciaba o se tumbaba a mi lado para descansar. Una noche donde cada centímetro de cama que mi cuerpo rozaba me hacía sentir dolor, en cada movimiento o giro. Tal había sido la brutalidad del encuentro que mi cuerpo se había visto vapuleado, apaleado. Nunca, jamás en la vida, me había sentido de aquella manera después del sexo.

A la mañana siguiente, tras una nueva ducha, volví al trabajo, evitando tener que entrar en aquella sala, pero incapaz de no estar pendiente de la puerta. Tras el *shock*, seguía enfrentándome a las consecuencias. Después de aquel encuentro estaba convencida de que todo el mundo a mi alrededor lo notaría. Ya no se trataba tan solo del olor: el tipo de cosa que había vivido estaba escrito en la cara, en la mirada. No solo me había marcado el cuerpo, sino también los movimientos, la voz, el temblor en mi respiración... Sofía llegó a preguntarme si me encontraba bien o si quería marcharme. Me sudaba la frente y lo único que pude hacer durante gran parte de mi jornada laboral fue quedarme mirando la pared constantemente. Mi mirada fija no era capaz de conducirse hacia otra cosa o prestar atención a nada más, solo a aquella pared, donde proyectaba imágenes, reproducía una y otra vez los hechos. Me levantaba, trataba de interactuar, de hacer que las horas pasasen deprisa, pero me veía a mí misma en la cola de la cafetería de abajo para pedir un café, salpicada por el *flash* de mis manos golpeando la mesa cuando él me había girado. Me quedaba frente a la impresora y, mientras veía salir los folios, notaba la cremallera de la falda clavándose en mi espalda. Tuve curiosidad por saber si el dolor persistía y llevé la mano hasta allí. Noté una molestia al pasar los dedos y decidí ir al lavabo a comprobar si tenía alguna marca. No fue hasta que me bajé las bragas y me giré hacia el lateral para alcanzar el papel que los vi. Sus dedos marcados en mi cintura. Pequeñas manchas rojas y moradas, en orden, en igual número a cada lado. La sangre siempre consigue hacerse camino, no se sabe cómo; el cuerpo siempre acaba revelándose.

Mientras pasaban los días y las marcas se iban disipando más rápido de lo que pensaba, Alexis y yo no hablamos y evitamos entrar en contacto. No podía ni sabía qué decirle. Más allá de que las consecuencias físicas del encuentro se fuesen evaporando, de que pudiese ya dormir sin que me doliese el cuerpo, de que la herida de mi espalda hubiese desaparecido, las consecuencias emocionales no tardaron en manifestarse. Veía a Nico vagar por casa, deshacer la maleta, volver por la tarde y fregar los platos, repasar papeles, cargar con la bolsa del supermercado, plancharse la camisa del trabajo. La vida seguía en cada uno de sus movimientos. Tranquilo, paciente, me miraba y lo miraba. Pensaba que esa calma, su felicidad, sería a costa de lo que yo había hecho.

Ese era el primer precio a pagar de mis acciones. Solo tenía que abrir la boca.

Sin embargo, me pregunté si los remordimientos que me carcomían podrían morar en mí eternamente. Tal vez esa era la esperanza: que pudiese vivir con lo que había hecho. Esa culpa no era más que la respuesta institucionalizada que daba una sociedad patriarcal en la que medios de comunicación de masas justificaban comportamientos tóxicos y liberales dentro de una relación, siempre y cuando viniesen por parte del hombre, mientras que la mujer infiel no tenía excusas para actuar de manera egoísta. El maldito sesgo de género que me presentaba a mí, mujer, educada en el control y la castidad, como la mala y la culpable por lo que había hecho, víctima que había normalizado la dependencia emocional y un sinfín de mitos sobre el amor romántico.

Había conseguido algo que había deseado y, vamos a decirlo, hasta en cierto modo, perseguido. De hecho, no era capaz de pensar en cómo hubiese sido a la inversa, si hubiese sido Nico el que, en sus decenas de viajes, hubiese tomado la determinación de romper nuestro tácito acuerdo de fidelidad. ¿Se hubiese sentido culpable? Por mi bien, decidí huir de la idea y no pensarlo. Flagelarme como lo estaba haciendo no ayudaba a nadie: ni a Nico a seguir con su vida, ni a mí a avanzar con la mía.

Hacer lo que hice rompió una concepción entera sobre cómo creía que era, sobre cómo pensé que reaccionaría tras ser infiel. Siempre me consideré el tipo de persona incapaz. Pero cuando lo hice, cuando tuve que seguir con mi vida pasado el vapuleo inicial, solo pude contemplar dos opciones: que era mala persona o que todos lo somos y no lo sabemos hasta que cruzamos al otro lado.

Al ver cómo navegaba día a día y noche tras noche las cada vez más pequeñas oleadas de culpabilidad, empecé a pensar que mis procesos mentales solo tenían como objetivo la justificación final de lo que había ocurrido. Quería poder dormir tranquila, pero no podía. El remordimiento aún me perseguía. Por eso comencé a convencerme de que, en realidad, de lo único que era culpable era de que me produjese placer algo prohibido.

Me di cuenta de que no quería justificar lo que había pasado con las razones habituales: que la monotonía, el aburrimiento, la distancia y la frustración sexual me habían llevado a aquel momento de debilidad en el que había cometido un error. ¿Podía ser cierto? Sin duda, pero no estaba cómoda en esa posición. ¡Qué injusta para mí! «Porque me aburría, porque la rutina me había hundido, había acabado engañando a mi pareja». Podría haber sido emocionalmente más inteligente y haber identificado que mis necesidades no estaban siendo cubiertas de ninguna manera, en ningún ámbito, y analizar por qué había reaccionado a ello como lo hice. En cambio, hui de la idea por supervivencia y alejé el foco de la responsabilidad femenina.

Una noche, me encontré pensando en esto mientras pulsaba los botones del mando para reproducir el capítulo siguiente de la serie que estaba viendo aquella semana, de nuevo a solas. A solas era capaz de gestionar las emociones que sentía dentro, justificarlas y llegar a creerme que no me arrepentía de lo que había hecho.

Lo había hecho por deseo: no tenía ninguna otra razón.

Me dije —allí sola sentada en el sofá, mucho más calmada y reflexiva— que, así como Alexis contaba con una de las mayores excusas a la hora de justificar aquel hecho entre nosotros, yo no tenía a mis espaldas nada tan poderoso que me hiciese consolarme o escudarme. Sin embargo, buscar una excusa para sus acciones me amparaba en las fragilidades de Alexis, especialmente si yo no era responsable de ellas. Le daba vueltas y entendía que él hubiese acabado lanzándose a mi cuello para no pensar en nada más durante un breve momento, mientras que yo..., yo era lo único en lo que pensaba el resto del tiempo para no enfrentarme al hecho de que algo no iba bien en mi vida.

No había llegado a acostarme con él por amor o en el proceso de enamorarme de él. Tenía eso claro porque mi cuerpo, durante un segundo, mientras estaba pasando y veía cómo Alexis perdía la capacidad de controlarse, había rechazado la idea. No sé explicarlo muy bien, pero una vez que había ocurrido y me había calmado, con la perspectiva de los días, había visto cómo el hecho había llegado a removerme tanto que había necesitado pensar: «¿Ya está? ¿Es solo esto?». Además, ni siquiera había llegado a correrme; el placer del acto había estado en la idea del mismo, más que en el acto en sí. ¿Qué más había? Trataba de hacer una lista en mi cabeza de las posibles cosas que podían venir después, de las cosas que quería que vinieran después, y batallaba con aquella imagen de rechazo que por un segundo había sentido. Tenía la responsabilidad de alimentar sin parar mi propia naturaleza retorcida. ¿Qué quería sacar yo de todo aquello? ¿Sabía lo que estaba en juego si quería seguir tirando del hilo?

En realidad, además de mis quebraderos de cabeza, creía que lo sucedido se iba a quedar en aquel único encuentro desenfrenado que se nos había ido de las manos y nos había dejado a ambos en *shock*. Resultaba obvio que yo aún contemplaba la necesidad de hablarlo, de comentar los detalles sobre lo que había pasado entre nosotros y saber qué opinaba él al respecto, pero una parte de mí veía claro como el día que lo mejor que nos podía pasar era que ninguno volviese a sacar el tema nunca más.

Hasta que él, una semana y media más tarde, me escribió.

Alexis: ¿Estarás hoy en la oficina a última hora?

Emma: Sí.

Alexis: Voy y hablamos.

Tal y como había hecho el día en el que nos habíamos acostado, Alexis esperó al final de la tarde, hasta que la agencia se hubiese vaciado, para acercarse con su moto y llamar a la puerta con un golpe de puño casi sigiloso. Tan solo sentir sus pasos me había puesto nerviosa, y traté de ensamblar todas las partes de mi cuerpo descompuesto antes de abrir y verlo al otro lado.

Sin intercambiar ni una sola palabra, se adentró por el pasillo con el casco en la mano, lo apoyó en el sillón de la recepción y se acercó hasta la ventana, desde donde me dio la espalda, ensimismado en la fachada del edificio de enfrente. Su seriedad me hizo temer, por un instante..., y ya no solo por una cuestión emocional. ¿Y si el arrepentimiento había hecho que nuestros actos fuesen a tener una consecuencia profesional directa en mi trabajo?

—Nos hace falta hablar —le oí decir con un tono de voz que no disipó mis dudas.

—Definitivamente. Sigo bastante en *shock* —añadí todavía de pie, a sus espaldas.

—Yo también. Un poco por la rapidez y el desenfreno de todo.

—La situación, en general —le dije.

—Imagino que entiendes que no te haya dicho nada estos días, no me parecía que fuese el momento para hablar de «ello».

—Estoy de acuerdo.

Finalmente se giró hacia mí y señaló la sala de reuniones, mirando primero a los pasillos y a nuestro alrededor, como si se sintiera expuesto. No íbamos a tener aquella conversación sin guarecernos un poco.

—¿Te espero dentro?

Un cierto titubeo en su voz, junto con el temor en su mirada ante aquel espacio que se le antojaba de golpe ajeno, me hizo tranquilizarme: él se sentía igual que yo.

Estaba sentado en una esquina de la mesa cuando entré poco tiempo después, tras asegurarme de que toda la planta estaba vacía. Hice una mueca incómoda y eché el cerrojo tras de mí con obviedad. Me senté a su lado y apoyé las manos sobre la mesa, como si nuestra reunión fuese a comenzar. Quería preguntarle qué tal estaba, comenzar de manera fácil aquella charla, pero antes de poder abrir la boca él se adelantó.

—No sé si sabes que perdí a mi hija hace más de dos años. Es algo que nunca hemos hablado, no te lo había dicho.

—Sí, lo sé —confesé con honestidad. No tenía sentido jugar a hacerme la sorprendida—. Ya me lo habían dicho.

—Vale.

Me pareció curioso que quisiese comenzar la conversación con ese tema, pero no tardé mucho en darme cuenta de por qué.

—Cuando perdí a mi hija dejé de creer que las cosas suceden por algo. Digamos que cuando pasas por algo así la razón es lo último que aplicas; mucho de lo que pasa a tu alrededor pierde sentido.

—¿Puedo decirte algo? —lo interrumpí—. Cuando me lo dijeron, me sorprendí mucho. No pareces alguien que haya sufrido tanto. Tampoco es que sepa lo que se siente, pero me resultó difícil de... imaginar.

—Bueno, una cosa es lo que ves por fuera y otra cosa es cómo es por dentro —sentenció con rotundidad tratando de sonreír con tristeza.

—¿Es por eso que... que pasó lo que pasó entre nosotros? —le pregunté—. ¿Por eso cambiaste de opinión?

—Dejémoslo en que desde entonces soy de los que piensa que la vida es muy corta...

No añadió mucho más: bajó la vista a su muñeca y empezó a jugar con la correa del reloj. Tal vez estuviese tratando de mantenerse a flote, de agarrarse a la cordura momentánea de dejar la mente en blanco o llenarla con cosas opuestas a esa tristeza apabullante que residía en el fondo y a la que no era capaz de enfrentarse. Entendí que, para él, lo que había pasado entre nosotros era una de aquellas cosas que uno hace para no pensar. Comprendí, tras todo lo que había pasado, que el hecho de que él acabase agarrándose a mis caderas con tanta fuerza solo era el resultado directo de algo muy difícil de comprender y también de explicar.

—Quiero enseñarte algo... —Me levanté la camiseta blanca y busqué en mi cintura algún rastro de sus dedos—. Han pasado ya días, no sé si queda alguna...

—¿Alguna? —preguntó extrañado.

—Marca. De tus manos. —Di un par de vueltas con la mirada sobre la parte de mi cuerpo expuesta, pero no encontré nada—. Se han borrado ya. —Levanté la cabeza y le observé fijamente—. Llevo días con tus dedos marcados en mi cintura.

Se hizo el silencio entre ambos, unos segundos que él empleó para procesar la información. Pensé que le impactaría de algún modo, pero vi su rostro pasar de la sorpresa, por lo que acababa de decirle, a un tipo de calma que solo la excitación puede proporcionar. Se quedó mirando mi piel y, cuando traté de bajar la camiseta para volver a taparme, con un gesto recorrió la distancia que nos separaba para, rozándome con sus manos, dejarme la camiseta levantada, justo como la había tenido yo, con la cintura al descubierto.

—Mejor déjala así —dijo sonriendo, entrecruzando sus manos, reclinándose hacia atrás.

Pensé que íbamos a hablar más de ello, que Alexis iba a intentar adentrarse en el asunto, a conducirme por los procesos mentales que lo habían llevado un martes a las ocho de la tarde a mi lugar de trabajo para enfrentarse a nuestro momento de locura momentánea. Creía que iba a arrojar luz sobre qué habíamos hecho y cómo íbamos a comportarnos al respecto, si iba a tener algún impacto directo sobre nuestro día a día. Pero, a juzgar por su mirada, no parecía que tuviese intención alguna de continuar conversando.

Eché un vistazo a mi camiseta, levanté la vista y, mientras clavaba mis ojos en los suyos, arrastré mis dedos por la tela hasta alcanzar el borde y levantarla un poco más, reposándola justo por encima de mis pechos, dejando mi sujetador al descubierto. Alexis aguantó sentado apenas unos segundos; enseguida se puso en pie y, con determinación, lo primero que hizo, antes incluso de besarme, fue arrancarme la camiseta de un tirón y tirarla al suelo.

Sí, teníamos que hablar... Pero lo haríamos después.

Sabía que Zoe, su esposa, tenía pánico a perderlo. No había otra manera más directa de exponerlo. Él lo racionalizaba, a solas o con ella, cuando iban a su sesión semanal de terapia. Perder a Lara no había sido lógico, no había cumplido ninguno de los objetivos que ambos habían planificado cuando habían decidido crear una vida en común. Por eso Alexis entendía hasta cierto punto la dependencia de Zoe hacia él. El pánico de una mujer que se había vuelto demasiado controladora. Las horas en que él estaba fuera de casa eran las horas que ella pasaba dentro, a solas en una vida en la que antes había una pequeña niña pálida y pelirroja de ojos grises que había dejado muchas cosas atrás y se había ido a un sitio donde su madre no podía alcanzarla.

A su lado, junto a él, Zoe parecía más resolutiva. En cambio, era la distancia física lo que le proporcionaba una inseguridad que nunca había estado allí antes. A Alexis no le era difícil recordar a la Zoe de años atrás, fuerte, dura, curtida, independiente. De algún modo, esa persona se había roto de tal manera que, por mucho que tratase de mantenerse a flote, su viaje había sido a la inversa del de Alexis. Ella, a diferencia de él, se había hartado de pisar firme y mostrarse fuerte, así que se había entregado a lo que fuera que le apeteciese sentir en el día a día. ¿Por qué no? ¿Le podía pasar algo peor que ir a la deriva? Y así había llegado a agarrarse a Alexis cada noche, hiciese frío o calor, a engancharse a su cintura o a su dedo, a rozarle los pies con los suyos, a no soltarlo mientras ambos descansaban y dejaban la conciencia y el cuerpo en reposo. No podía no estar alerta ni verlo alejarse... también.

Él, en cambio, que no tenía miedo de admitir que siempre había sido una persona orgullosa de ser sentimental y sensible, se sentía emocionalmente tan machacado viendo a su mujer así que había cogido el relevo de las manos de Zoe cuando ella había perdido la fuerza como para sujetar nada en absoluto. Su mujer tenía una tarea; él, dos: llorar a su hija y controlar sus emociones, enterrarlas, nadar. Nadar por ella cada vez que recibía un mensaje suyo si había tráfico y llegaba una hora más tarde de lo habitual. Nadar cuando a ella le molestaba que él sonriese. Nadar cuando él, por la noche, en la cama, se giraba hacia ella y le acariciaba la fina piel que apenas cubría sus huesos, pasando la mano desde la cintura hasta la cadera, y se acercaba a besarla como sabía ella que lo hacía cuando tenía la intención de llevar el acercamiento más allá. Nadar cuando ella lo apartaba todas y cada una de las veces, incapaz de entenderlo, incapaz de no sentirse culpable, inmóvil, mientras él volvía a su lado de la cama frustrado y cansado de no poder quejarse por querer seguir sus instintos y follar con su mujer.

Podría decir que tras aquel segundo encuentro asentamos enseguida como una especie de bases. Era obvio que, sin la necesidad de querer hablar ni profundizar en lo que habíamos vivido, ambos habíamos dado por hecho que nos estábamos embarcando en un *affaire* en el momento en el que ninguno de los dos quiso obviar que habíamos follado, que había sido algo indescriptible y que teníamos pensado seguir haciéndolo porque la adrenalina que nos proporcionaba era una sensación inigualable. Concluimos de manera silenciosa que no iba a haber melodrama, no iba a haber posesión, no iba a haber culpabilidad ni la idea de la misma se iba a colar por ninguna rendija. La única regla era disfrutar haciéndolo... y mantenerlo oculto.

—¿Cómo haremos? —pregunté abrochando los botones de mis vaqueros y tomando aire; estaba agotada del polvo intenso que habíamos echado.

—Yo creo que de momento nos funciona bien así —respondió él llevando la vista alrededor de la sala de reuniones, un gesto suficiente que me hizo entender que la fórmula preestablecida en aquel par de encuentros iba a ser la que siguiésemos llevando a cabo—. Ya iremos viendo —añadió anudando los cordones de sus zapatillas deportivas y rescatando el jersey de encima de una silla.

—Ah —musité yo sin nada que poder objetar—. ¿Algo más? ¿Algo que deba saber? —pregunté.

—Si te refieres a mi salud, si tienes miedo de que te pueda pasar algo...

—No, no. No me refería a eso —le aclaré sentándome sobre la mesa—. Aunque es bueno saberlo.

—Por eso no tienes que preocuparte... —Lo vi titubear, como si quisiese extender la información, pero lo dejó en aquellas palabras. Acabó de pasarse el jersey por la cabeza y volvió a peinarse.

—Yo tengo un DIU puesto, si te sirve la información también de algo.

—De acuerdo —asintió—. Eso sí, tendremos que tener cuidado con los correos y llamadas.

—¿A qué te refieres?

Acabó de recolocarse el tupé y se rascó el cuello, acercándose hasta mí y posando la mano sobre mi pierna.

—Digamos que mi mujer está muy pendiente de mi teléfono. Me lo coge a menudo. No querría que se encontrase con nada. Sé que nos mandamos correos de trabajo, pero sería mejor que nada de mensajes, al menos fuera del horario laboral, para no arriesgarnos.

—¿Es muy celosa? —pregunté sorprendida. Yo tenía toda la confianza del mundo con Nico y, precisamente por ello, nunca se me había ocurrido tomarme una libertad como aquella.

—Es complicado, Emma. Está más pendiente de mí tras lo que pasamos, como si a raíz de aquello hubiese empezado a dudar de todo. Digamos que así se siente más tranquila, que no le entra la paranoia, ¿qué le voy a hacer?

—*Okey*, nada de mensajes fuera del horario laboral.

Se acercó a mí y me recolocó uno de mis mechones rebeldes tras la oreja. Seguimos la conversación unos minutos más, minutos en los que Alexis no alejó su mano de mi rodilla: jugó a acariciarla por encima del pantalón y luego colocó su palma por dentro de mis muslos. Me puse nerviosa con aquellos gestos, con su proximidad, la barrera de todas las distancias posibles difuminada, rota.

Es cierto que podemos llegar a pensar que el miedo y la inseguridad de acercarnos a otra persona solo se sufre una vez. Sin embargo, medir la distancia corta una vez más y ganar la seguridad que necesitamos para quedarnos en ese sitio es un ejercicio que se lleva a cabo de manera constante. Es una cuestión de reafirmación, de si seguimos siendo deseados por el otro, una prueba. Estar en aquella posición reafirmaba nuestro interés mutuo, se alejaba de aquel primer pensamiento mío de que el miedo a enfrentarnos a ello haría que pusiéramos tierra de por medio.

Cada vez que Alexis me tocaba, no durante el sexo, sino una vez que nos habíamos vuelto a poner la ropa, era una victoria en la que momentáneamente me sentía elegida. Era como si, con cada acercamiento, su mano que frotaba con afecto mi rodilla, mi cuello, mi brazo, mi pierna, me estuviese dando permiso para poseer a aquella persona durante un tiempo limitado; una persona que siempre había estado fuera de mi alcance y que hasta me había estado prohibida, pero que ahora parecía a mi disposición. Allí era como si lo tuviese prestado por unas horas, su atención secuestrada. Y me gustaba. Es más, me encantaba. La sensación me elevaba del suelo, estaba pletórica.

Lo peor de todo era que mi reciente gusto por lo complicado me había arrastrado a aquella situación en la que, lejos de querer huir, la idea de emprender ese algo prohibido juntos me parecía hacerlo todo más atractivo. La culpa se había difuminado de un plumazo en aquel segundo encuentro, siendo sustituida por una suerte de placer que me daba la situación en sí. Si yo hubiese estado separada o él soltero, nada de aquello hubiese sido la mitad de potente de lo que estaba resultando ser. Es más, sabía que había algo que me bajaba a la tierra de manera constante, y era el hecho de que hubiese perdido a su hija. Una cosa era que tu amante estuviese casado y cómo podría, llegado un punto, todo su matrimonio quedar relegado al pasado o suponer una fuente de conflicto suficiente como para tirar por tierra todo lo arriesgado. Pero no lo que él había vivido: él había perdido a una hija. Había algo en él relacionado con este tema que hacía que nunca fuese a estar libre de nada, y eso, en cierto modo, me tenía atada al suelo cada vez que notaba su mano rozarme la piel o apartarme el cabello de la cara.

Se nota cuando dos personas han follado. Ellas dos creen que no, pero lo que pasa es que no saben que han perdido todos los límites, han perdido el control de la distancia y de la intimidad. Aunque no se toquen, aunque eviten mirarse..., el aire entre ambos ya no tiene la misma densidad.

Eso sentía cada vez que Alexis y yo compartíamos el mismo espacio, fuese durante un agónico periodo de tiempo si estábamos rodeados de otras personas, o durante unos breves instantes si tenía que estar cerca de mí sin prestarme atención. El aire que nos separaba en cualquier contexto era espeso, compacto, tenso. Pesaba a nuestro alrededor si coexistíamos en la misma habitación. Obviamente, en esos terrenos el flirteo se vio limitado. Imagino que el miedo a que esa densidad abandonase nuestra percepción y alcanzase la de los demás hizo que hablásemos solo a través de pantallas. En persona ni nos mirábamos. Cuando te embarcas en un *affaire*, cuando ya ha explotado, lo guardas debajo de la alfombra y rezas para que tu excitación sea como el polvo o las pequeñas porquerías que acaban haciéndose hueco hasta ocultarse sin que nadie las note al pisar.

El olor era una de las cosas a las que todavía no era capaz de acostumbrarme. Los nervios parecían haberse apaciguado tras el tercer encuentro, que había seguido una dinámica similar a los dos anteriores: él aparecía por la puerta de la agencia y, en silencio, siempre en el más estricto de los silencios, nos deslizábamos y ocultábamos tras la puerta de la sala de reuniones. Sin embargo, yo salía de allí con Alexis alojado en una capa más profunda de mi piel. No importaba que lo lavase, no importaba la ducha posterior, me calaba y viajaba conmigo, incapaz de deshacerme de él. El golpe era tal que, aunque nuestro momento a solas no llegase a una hora, lo arrastraba mucho tiempo después. Tanto fue así que yo, que jamás había sido capaz de soportar perfume alguno, el primer fin de semana tras aquello fui al centro a buscar una fragancia con la que cubrirme y superponer mi olor al suyo. Así pasé a oler a piña, pomelo y pimienta, a naranja tangerina y notas de fondo de almizcle. Si no podía deshacerme de él, de su presencia persiguiéndome física y emocionalmente, tendría que confundirlo al menos.

El día después de nuestro tercer encuentro recibí un correo electrónico enviado desde su iPhone.

Alexis: ¿Estás entera, Bovary? ¿Te has vuelto a despertar con mis manos marcadas en alguna parte de tu cuerpo?

Emma: No, ya está, aquello fue algo circunstancial fruto de la represión. Todo está controlado ahora, fuerte como una roca. Aunque..., si te soy sincera, tendría que hacer un repaso exhaustivo. Quiero decir que puede que haya alguna parte de mi cuerpo que se me escape.

Alexis: Cierto. Me preocupa el asunto. Tendré que revisarte a fondo, acercándome mucho.

Emma: Es por mi salud, si no ya sabes que ni lo sugeriría.

Alexis: Lo sé. De hecho, no debería tardar en hacerlo, ¿no crees? Por tu salud.

Emma: Totalmente de acuerdo, Vronsky.

Aquella revisión de cada rincón de mi piel tuvo lugar la semana siguiente. Como si ya fuese algo habitual, de la nada, Alexis tanteaba el terreno, me escribía y hacía su aparición. Podía hacerlo coincidir con una reunión presencial que él forzaba que fuese en nuestras oficinas para aprovechar así la visita y quedarse, siempre bajo algún pretexto, o simplemente podía aparecer por la puerta. Tras la visita (aquella en particular había destacado por el uso diestro de mucha mano, algo de saliva, cada prenda de ropa que vestía el parqué mientras nuestros cuerpos desnudos al completo escalaban la mesa), como también venía siendo habitual, nos sentábamos a recuperar aire y comentar a veces el polvo, a veces nuestras vidas. Solo nos faltaba la botella de vino y un par de copas con los cristales ya rallados para completar la imagen. La sensación era mágica; el nudo de emoción no abandonaba mi estómago, como una adolescente.

En aquel momento, cuando hacía unas semanas ya que nos acostábamos, no pude controlar mi duda y me pareció oportuno lanzarla al aire:

—¿He de creerme que no has hecho esto antes? —Apoyé mis piernas sobre la silla en la que estaba él recostado, prestándole mis tobillos para que jugara con ellos.

—Bueno... —suspiró—. Ya sabes...

—¿Qué sé?

—Fue una vez. No es lo que piensas... —Sonrió y bajó la vista a su camiseta desgastada de un grupo musical que no acababa de reconocer—. Fue hace mucho y me pillaron. Ella me acabó perdonando.

—Ahhh... —Asentí con la cabeza.

—Las cosas son diferentes ahora —añadió.

No sabía si se refería a su vida tras la muerte de su hija o a entre nosotros, pero no quise indagar. Algo me había hecho creer desde el principio —no sé por qué— que, pese a su lucha interna, él siempre había sido fiel. Aunque ahora que lo sabía me parecía improbable que alguien con un instinto animal como el suyo hubiese conseguido mantener a raya a la bestia tanto tiempo. Y digo «la bestia» porque había visto en lo que era capaz de convertirse cuando la excitación se apoderaba de él. Había sido testigo la primera tarde y no había dejado de observarlo. Lo dominaba y parecía otra persona, fuera de control. Sin embargo, eso no le restaba fascinación al hecho de que el resto del tiempo supiese no recrearse cuando no tocaba y, llegado el momento, aplicase una frialdad extrema a la hora de volver a ser Alexis. En un segundo yo podía estar sentada a horcajadas sobre él, restregando mis bragas contra sus vaqueros y con sus manos en mis caderas, como dos adolescentes sobre un banco del parque sin pudor, incómodos en las sillas que ya llevaba tiempo diciéndole a Sofía que teníamos que cambiar, y al segundo siguiente lo veía volver a peinarse el tupé, tomando por lo menos dos metros de distancia entre nosotros porque le tocaba irse. No había rubor, no había angustia, tan solo la calma después del sexo, el respirar tranquilos y charlar, como si nos hubiésemos encontrado en un café, y un simple beso casi aséptico de despedida porque a la mañana siguiente la conversación volvería a ser profesional.

¿Era una táctica? ¿Era la manera de ponerse a salvo de un posible peligro, de un mayor vínculo, incapaz de dejarlo escaparse por cualquier hueco, para tener a tiro los «por si acaso»? Lo que yo me llegué a plantear en el albor de todo aquello fue si nuestra situación se extendería en el tiempo o se trataba tan solo de algo circunstancial, algo que tan pronto como había ardido acabaría extinguiéndose. En cualquier caso, el porqué, el cómo, el objetivo y la duración no nos interesaban; la incógnita molestaba. Quizás por eso, con el objetivo de librarnos de ella, enseguida la dinámica hizo que el planteamiento de nuestro *affaire* fuese encontrarnos y, si eso, luego, hablar. Hablar siempre por encima, rodeando, sin profundizar, sin margen a escarbar y encontrar algo allí debajo que nos gustase demasiado.

El romanticismo había convertido cualquier interés extramarital en una amenaza a la que no quería prestar atención porque habitaba una burbuja de ilusión; un *affaire* implicaba vivir con la constante duda de que ese algo físico, natural, animal, pudiera ser algo cercano a una catástrofe emocional. Y, en cierto modo, una parte dentro de mí fantaseaba con las estúpidas ganas de tener poder, de poseer algo y de que al final de aquel camino, como al final de la película, él acabase enamorándose de mí, aunque yo no buscase nada similar. Era una contradicción difícil de explicar y un deseo oculto ridículo.

No tenía tampoco que preocuparme por el fin de algo en su inicio. Era como pensar en que una serie de televisión se iba a acabar nada más empezarla, agobiada por no saber si la trama iba a llevarme lejos durante siete temporadas o iba a verse cancelada tras unas audiencias pobres en los primeros capítulos. Uno no comienza a comerse un helado pensando que acabará chupándose los dedos pegajosos al final y lavándose las manos, sino que disfruta de cada lametón. Pues eso iba a hacer yo, disfrutar de cada lametón.

Alexis: Buenos días, Bovary. ¿Cómo estás hoy?

Emma: Hoy huelo MUY bien y estoy MUY suave.

Alexis: Cambio la pregunta. ¿Llevas algo debajo de la ropa? La respuesta debería ser NO.

Emma: Vronsky descarado. Siento decepcionarte. La respuesta es SÍ, pero son cosas suaves. Me he esmerado hoy al salir de la ducha en que todo esté suave.

Alexis: ¡Ah, bueno! En ese caso...

Nuestra lavadora seguía estropeada. Nadie había venido a arreglarla y la respuesta por parte de la inmobiliaria y de los dueños a veces era vaga, a veces inexistente. Tanto Nico como yo habíamos llegado a la conclusión de que lo mejor era hacernos con una nueva, pero ninguno de los dos parecía sacar tiempo para ir a comprarla. Yo no conseguía librarme de mis horas en la oficina, ni quería llegar ni una tarde antes a casa por si Alexis sacaba hueco y venía por allí. Por su parte, Nico se pasaba el mes trotando por el mundo, enviado por la consultora tecnológica para la que trabajaba a atender al cliente más remoto del planeta y allí liderar proyectos en los que su *expertise* en automoción —que ponía en práctica en cuatro idiomas— lo convertía en un activo muy valioso para la compañía.

Por esa razón cada diez días más o menos volvía a esperar a que aquel tambor de lavandería industrial diese las vueltas necesarias con mis bragas y los calzoncillos de Nico dentro y los cargaba de vuelta a casa ya caída la noche. Había aprendido a llevarme conmigo un libro, pero, teniendo en cuenta los acontecimientos recientes de mi vida, era incapaz de concentrarme más de dos párrafos seguidos sin darle vueltas al tambor que también hacía la colada en mi cabeza.

Recogía del cesto la ropa de Nico y le daba un beso de agradecimiento cuando planchaba mis blusas con una parsimonia tan pasmosa que, en aquella reciente visita a la lavandería, me había encontrado a mí misma tecleando la palabra «infidelidad» en el buscador del móvil y leyendo al respecto. Como quien contrae una enfermedad y busca en internet aunque sepa que la información que va a encontrar no está cien por cien contrastada, yo leía sobre aquello en lo que me había convertido y trataba de entender el porqué. ¿Por qué, si besaba con el mayor de los cariños a Nico cada vez que se agachaba a alcanzarme y sentía una portentosa ternura cuando lo veía quejarse de que empezaba a tener coronilla o de que llegaba demasiado cansado de su práctica de pádel semanal, luego era capaz de dejarme arrancar las bragas con ansias y abría las piernas como una gata en celo cuando Alexis plantaba el pie en aquella ridícula y apática sala de reuniones?

Me sentía sexual, no me sentía enamorada. Mis pies jugaban con los cordones de mis zapatillas deportivas desgastadas y, para qué negarlo, bastante sucias (debería haberlas metido también en el tambor junto al resto de la ropa), mientras le daba vueltas a aquella afirmación. Estar envuelta en aquel tipo de *affaire* no tenía un significado claro. Era obvio que existía una relación más allá del sexo y, sin duda, quería esquivar el pensamiento de que debía interpretar mi infidelidad como un síntoma o la consecuencia de un conflicto sin resolver. Al menos, eso era lo que clamaba la sociedad en centenares de páginas web: que la infidelidad era un indicador de algo. ¿De qué? Me daba igual, lo que estaba viviendo era tan intenso e irreal que no estaba yo como para pensar en indicadores y soluciones. Entendía que la infidelidad lanzaba un mensaje diferente en cada uno de los casos. En el nuestro, me gustaba más fantasear con las razones de Alexis que con las mías propias, aunque en ambas situaciones pareciesen obvias. Tal vez queríamos poner nuestros problemas emocionales aparte y consolarnos con el hecho de que juntos sufríamos menos por ellos.

Otra cosa que odiaba de aquellos artículos de internet, y que me había entretenido en leer aquella tarde-noche de noviembre en la lavandería, era el hecho de la incapacidad de las mujeres de separar el sexo de las conexiones emocionales. De nuevo la sociedad patriarcal persiguiendo a la mujer con sentimientos y perdonándole la vida al hombre frío lleno de instintos.

En mi caso estaba convencida de que se podía y de que yo estaba siendo la prueba de ello. Claro que no podía levantarme y declamarlo, orgullosa: «Eh, ¡se puede! ¡Miradme a mí!». Hubiese sido gracioso hacerlo en aquel momento, rodeada del chico noruego vestido con pantalones de *tweed* sentado en el banco de al lado y de la familia coreana que aguardaba su colada en el de la esquina.

En mi espera, abrí un artículo escrito por una psicóloga sexual que dibujaba los diferentes tipos de engaños que residían en las infidelidades tipo.

—A ver... —susurré en voz alta.

«1. La exploración sexual». Era un engaño casual, sin conexión ni componente emocional, y se leía como una manera más o menos divertida de lidiar con el estrés de manera puntual. Como quien va al gimnasio, vaya, pero usando en ese caso desconocidos por complacencia o incluso pagando. Resultaba obvio que yo no era una infiel de tipo exploradora sexual. Seguí leyendo.

«2. Los compañeros sexuales». Eso sonaba más interesante. Se trataba de parejas ocasionales que se ven cuando es conveniente (*touché*). Casi la totalidad de lo que acontece entre ellos es en el plano sexual, y la intimidad emocional, aunque existente, es puramente superficial y se basa tan solo en el sexo. Vamos, los compañeros sexuales no se iban de cena juntos y, pese a conocer conceptos básicos el uno del otro, como por ejemplo que están en relaciones monógamas, la conexión y atracción que comparten (y que, por ejemplo, no hallan en casa) no va más allá porque no piensan dejar a sus parejas. Yo era una compañera sexual, lo vi claro. Cada palabra de aquel párrafo definía lo que Alexis y yo compartíamos. Me sentí decepcionada de encontrar definida mi relación complicada y oscura con aquel hombre triste en una página web mal maquetada sentada en una lavandería. Por curiosidad, leí el tipo que quedaba.

«3. La conexión romántica». Vínculo emocional y sexual que va de la mano. Inesperado. Se transforma en algo más... La traición en este caso se siente más grave y causa más daño porque se pivota el cambio emocional a otra pareja diferente con la que se tiene una conexión profunda. Tenía claro que yo no era de ese tipo de infiel, pero seguí leyendo. Solo se podía tener intimidad emocional siendo honesto y abierto; era por eso por lo que en ese tipo de engaño la intimidad compartida vigoriza la relación en el momento en el que no existen ya barreras de pensamientos y sentimientos.

Como si hubiese sido un test de aquel tipo de revistas que leía cuando era adolescente, taché la opción 2 como la correcta y bloqueé el teléfono para desterrarlo al fondo del bolsillo. Seguía pensando que el artículo estaba escrito en tono de moralina, desde la tradición que no tiembla en levantar la mano y lanzar una piedra ante la sola mención de la palabra «infidelidad» (ni que decir en las decenas de *posts* de blog vomitivos que descarté al instante y que sugerían a la mujer cómo resultar más atractiva para que su esposo no se fuese con otra).

Me puse a pensar en por qué no se normalizaba más la idea si, tal y como indicaba aquel artículo, más del treinta por ciento de la población era infiel: hablar de adulterio como quien habla de temas banales sin acabar siendo un ser apestado y malvado que la sociedad necesita reprobar en comparativa. Una cosa era ser infiel, otra cosa era tener una opinión al respecto y no poder pronunciarla.

Moralizar en contra del adulterio es negar la legitimidad de puntos sensoriales que van por encima de los clásicos «Lo vi, me enamoré y viví junto a él para siempre feliz». Era difícil dibujar en mi cabeza la defensa ante un jurado invisible, pero me levanté y, dando vueltas de un lado al otro frente a la lavadora, argumenté en mi cabeza lo mejor que pude la idea de que se puede querer a alguien y, aun así, escaparse para tener sexo con otra persona. Porque yo podía querer a Nico, y lo quería, pero eso no quitaba que no pudiese evitar el deseo de tener a Alexis cerca, tan cerca que era obsceno. Escuché entonces, procedentes del público imaginario en mi cabeza, los contraargumentos. ¡Claro! Es muy fácil ser un adúltero de sangre fría mientras se cuenta con la lealtad de la otra parte que te espera en casa. Contrataqué con el argumento de la posesividad hipócrita de una sociedad que tiene el deseo de hacer feliz a la pareja a toda costa sin tan siquiera pensar en lo que requiere uno mismo para ser feliz también. ¿Por qué, si no, se daban cada vez más casos de relaciones abiertas o poliamorosas? El clamor respondió que se trataba de una moda pasajera, una falta de compromiso por parte de las nuevas generaciones. Repliqué con una obviedad, y es que somos criaturas arrastradas por dos deseos esenciales que apuntan con fuerza tenaz en direcciones opuestas: la necesidad de estar en pareja y darlo todo por el otro y la necesidad de seguir el instinto animal que nos acaba aposentando con las piernas abiertas sobre una mesa, jadeando y escarbando la espalda de un hombre pelirrojo, casado, de cuarenta y siete años.

Concluí mi caso apelando a la naturaleza, saqué la ropa, la cargué de nuevo como hacía cada semana, en la bolsa azul de Ikea, y volví a casa con la cabeza alta. No sabía dónde se encuadraba mi fórmula —yo no estaba teniendo sexo fuera de mi pareja prioritaria con su consentimiento, ni participaba de múltiples parejas íntimas—, pero tenía claro que, en aquella batalla mental, en aquel instante, no había discusión posible. Emma 1, sociedad 0.

Alexis todavía recordaba la panorámica que su vista le había regalado de los pasillos la primera vez que habían pisado el hospital sabiendo que su futuro más inmediato se encontraba entre aquellas paredes. Cómo, llenos de practicidad, habían cargado las bolsas de ropa y útiles con la intención de mudar su vida allí. Aquella bolsa que todavía descansaba inerte y sin vaciar en el altillo del armario del cuarto de Lara, la que no dejaría jamás de ser la bolsa de hospital y a la que, por lo tanto, serían incapaces de darle cualquier otro uso. Cómo se aferraban a sus asas y a la mano del otro, con los dedos entrelazados, mientras recorrían la distancia que los separaba del ascensor hasta la habitación. Alexis y Zoe jamás habían estado más unidos que en el momento en que habían preparado aquella bolsa juntos. Juntos en una vida que se había reducido a las paredes del hospital, una vida que no parecía la suya real. Alexis había perdido la capacidad de discernir el día y la noche y los días de la semana mientras se maltrataba el estómago con vasos de café de la máquina de aquel mismo pasillo. Un pasillo limpio, aséptico, impoluto. Todo parecía estar en orden allí fuera mientras su hija perdía la vida a escasos metros y Alexis luchaba contra ese sentimiento por completo contradictorio. Lo que estaban viviendo era feo, sucio, oscuro, doloroso, no era compatible con paredes blancas y buen olor. A medida que pasaban las semanas allí dentro, la idea de que aquel tipo de vida podía llegar a ser cotidiano se instaló en su cabeza. En aquel reverso de la realidad, lo normal era cabecear junto a la cama de Lara en una habitación de hospital, como si el cuarto de su hija, allá en casa, se hubiese volatilizado y transformado en aquellas cuatro paredes incoloras y sin personalidad.

No comía en su cocina o en restaurantes, sino en la cafetería del hospital. No se arreglaba el pelo con sus productos en el baño de su casa, sino en un lavabo aséptico, sin ventanas, con iluminación pobre, entre las plantas tercera y cuarta, donde ya había aprendido que nunca había nadie. Allí observaba delante del espejo cómo el gris de las horas de hospital se había aposentado en él; no solo en su pelo, en sus manos, en su ropa. Aquel olor. El olor que llevaba pegado a la piel..., el mismo olor que hoy en día, años después, todavía sentía pegado al cuerpo, pese a que los demás percibieran un aroma perfecto de 8 a 22 horas. Aquella se había convertido en su casa; la compartía con gente que acababa de ser padre, con familiares de personas cuya operación acababa de salvarles la vida. Sus caras lo rodeaban en la cola del restaurante, sus risas eran la banda sonora mientras comía el menú en apenas quince minutos para turnarse con Zoe, si es que era capaz de convencerla para que bajase a tomar algo. Aunque no lo pareciese, en aquel sitio también pasaban cosas buenas cada día a apenas unos metros, mientras que él, paradójicamente, perdía a su hija poco a poco.

II

Estaba un lunes en la oficina escuchando a través de mis auriculares casualmente una de las óperas de Bellini para hacer más llevadera la jornada cuando me llegó un correo de Alexis. Le había escrito el jueves anterior y habían pasado cerca de cuatro días hasta recibir su respuesta. Me contaba que había estado enfermo y desaparecido en combate, pero hasta aquella misiva no me quedó claro que ya estaba de vuelta a la acción. Como siempre, porque eso nunca faltaba en un correo suyo, me preguntaba cómo estaba, como si obviar la preocupación del uno por el otro fuese demasiado insensible.

Emma: Sé que es lunes, y puede que sea la influencia de Bellini que resuena en mis tímpanos la que me confiere esta aura de mujer trágica, pero he decidido que hoy me tomaré una copa de vino (o dos).

Alexis: ¡Bien! Te apoyo. Si estuviera mejor de la barriga, yo también lo haría (con cerveza, eso sí).

Durante unos instantes pensé que iba a sugerir que, si estuviese bien, se tomaría la copa... conmigo.

Emma: No, tú te tienes que recuperar. ¿Estás malo de la barriga? No sé por qué, pero pensaba que, como la mitad de la población en noviembre, tenías catarro, tal vez por eso de ir con el culo al aire.

Alexis: Cuenta con que me tomaré un par de pintas cuando esté bien... Y no, estoy malo por comer cosas que no debo.

Emma: Peor todavía. Fíjate tú, yo también como cosas que no debo y estoy bien del estómago.

Alexis: Al parecer le está pasando a mucha gente últimamente.

Emma: ¿Hablamos de lo mismo?

Alexis: Creo que no todos han comido lo mismo que tú.

Emma: ¡Eso espero!

Alexis: Yo también, sinceramente.

Emma: Me asustaría.

Alexis: Y a mí me dolería.

Emma: Con razón vas siempre tan liado...

Alexis: Jajajajaja. ¿Sigue en pie vernos esta semana?

Emma: Sí, es posible que de aquí a allá me entre hambre. Postdata: ¡Qué bruta soy a veces! No me permitas ser tan bruta, ¡hombre!

Alexis: Intentaré mantenerme firme. Y no te preocupes, es posible que yo también tenga hambre...

Esta parte de la historia depende mucho de cómo la cuente. Podría pasar de puntillas, podría dibujar cuatro escenas y no acabar de definirlas nunca, sugiriendo imágenes de manera sutil. Pero la quiero contar así. De manera explícita. Porque nuestra historia era así y está hecha de nuestros trozos, de pedazos. Partes de un todo. Mordiscos que no podían ser profundos. Orgasmos que, de llegar, se quedaban a medias por la imposibilidad de gritar demasiado por miedo a que alguien hubiese vuelto a la oficina y nos escuchase.

Buenas noches y felicitaciones que habitaban un mundo posible, pero que no alcanzaban a la otra persona.

—¡Alexis! —escuché cómo exclamaba la voz de Sofía en el pasillo—. ¿Qué haces aquí?

—Venía a comentar la presentación que me habéis hecho llegar por correo... —respondió él mientras yo escuchaba el sonido del casco de la moto apoyándose sobre la mesilla de la recepción.

—Ehm... —Pude percibir que el silencio se tornó incómodo desde mi mesa—. Creía que habíamos quedado en que te la hacíamos llegar y ya la revisabas tú en tu despacho, con calma...

—Ah. ¿Os viene mal?

Me reí para mis adentros. Alexis estaba jugando la carta de cliente importante para ponerlas entre la espada y la pared, la carta de que la imprevisibilidad de alguien como él no podía ser rechazada así como así. Él era una prioridad para Chimaera y lo sabía, por eso se había personado en nuestra oficina por las buenas, para propiciar un encuentro entre ambos.

—¡En absoluto! Déjame que cierre un par de cosas y te veo ahora en la sala. ¡Emma! —oí gritar mi nombre—. ¿Acompañas a Alexis a...?

—Tranquila, que yo hago como si estuviera en casa —lo escuché decir, ya más cerca, girando el pasillo y dirigiéndose hacia la sala de reuniones mientras se volvía y me guiñaba un ojo como un niño tramposo.

Mientras Sofía se excusaba en una reunión de Skype, apremiando la explicación de la urgencia que la hacía incapaz de atender a sus responsabilidades, salí en su búsqueda y lo acompañé a la que ya era nuestra sala. No tuve ni tiempo de cerrar la puerta a mis espaldas, no hablemos de echar el cerrojo, cuando se abalanzó sobre mí sonriendo y, con calma, con su boca a unos centímetros de la mía, se hizo camino con su mano entre mis pantalones de pinza, buscando cómo colarse hasta mis bragas.

—Para... Está la oficina a tope y la puerta no está cerrada.

—Ajá... —Empujándome hasta la puerta, usó mi espalda como escudo para impedir que nadie tratase de abrirla desde el exterior—. Ahora ya está cerrada.

Quise rechistar, pero sus manos, diestras y rápidas, habían bajado la cremallera de mis pantalones y habían conseguido apartar mis bragas. De la nada, sin entender siquiera cómo era posible que yo estuviese tan húmeda, noté cómo Alexis introducía dos de sus dedos dentro de mí y subía la mano, levantándome con ligereza contra la puerta. Gemí. Su cuerpo sirvió como apoyo cuando se acercó a mí. Volví a gemir, esta vez echándole el aliento en la cara.

—¿Qué... haces? —conseguí decir—. Estás... loco.

—He venido hasta aquí solo para poder hacer esto.

—Ya, pero ahora te has ganado una reunión en nada... —Su mano se movió unos milímetros juguetones que me hicieron reír.

—Shh —me hizo callar.

Me mordí el labio, sin aguantar mucho más aquella situación, le lamí la boca, le mordí con sutileza los labios y planté las palmas de mis manos en su pecho para alejarlo. Noté que sus dedos abandonaban el interior de mi cuerpo y cómo la humedad se hacía paso donde ahora no había nada, más que un hueco vacío que se había despertado y tenía ganas de más. Nos separamos ligeramente y conseguí volver a posar las plantas de los pies en el suelo.

Respirando, poniendo distancia entre ambos, Alexis dio un par de pasos hacia atrás y recorrió la mesa por el lado opuesto.

—Voy a oler a ti hasta el final del día —me dijo.

—Vas a tener una reunión muy interesante —le respondí sin abandonar mi puesto contra la puerta, señalando el bulto de su entrepierna.

—Nuestra reunión puede seguir después... —propuso respirando fuerte, tratando de alejarse de mí y de la idea para evitar que Sofía fuese testigo de las consecuencias de lo que acababa de pasar entre ambos.

—Pues me temo que no va a ser posible.

—¿Tienes planes? —preguntó sorprendido apoyando las manos sobre la mesa, unas manos que todavía llevaban algo de mí y que estaban ensuciando la superficie.

—Tendrías que haber sido previsor. Si hubieses avisado de que ibas a aparecer de la nada... —dejé caer aquello con ligereza, pero como un aviso.

—Pensé que te gustaría la sorpresa.

Alexis tenía que saber que yo no iba a estar pendiente de él y de sus huecos de agenda cada vez que viese la oportunidad. Aunque mi vida se redujese a trabajo-casa y empezase a ser una rueda cada vez más pesada de mover, había ocasiones, como aquel día, en las que salía de la monotonía.

—Y me gusta, pero tengo una cena con una amiga y no puedo llegar tarde.

—No pasa nada. Pero es una pena. —Más calmado, recortó la distancia y se volvió a colocar en el mismo sitio donde había estado segundos atrás. Sin avisar, sin tomar aire, se hizo de nuevo con el dominio dentro de mis bragas y volvió a jugar con su mano dentro de mí.

—Shh... No, para. Para, que voy a salir muy jodida de aquí. Jodida y frustrada...

Llevé mis manos a su brazo y le sujeté la muñeca y el antebrazo con fuerza para que no me volviese a levantar. Cada segundo que me tocaba yo estaba un poco más lejos de conseguir controlarme. Era como si con aquella provocación estuviese tratando de convencerme de que llegase deliberadamente tarde a la cena... o la cancelase directamente. Pero yo no iba a dejar tirada a Eulalia, y menos a unos meses de su boda, por lo que volví a retirar su mano y a apartarme de él. Saqué un pañuelo de papel usado del bolsillo y se lo lancé a la mesa mientras lo veía alejarse y resoplar.

—Luego, si puedo, paso a decirte adiós —le dije en la distancia alcanzando con la mano el pomo y abriendo la puerta tras de mí mientras Alexis, acercándose a la mesa, se hacía con el pañuelo.

Volví a mi despacho con el corazón palpitando fuerte, pero, sobre todo, con la zona entre mis piernas latiendo. Debido al color de mi piel morena era muy difícil que se me notasen los coloretes, y aun así era consciente del calor en mis mejillas. Respiré y traté de concentrarme, calmarme los siguientes minutos, dominar la excitación que había sentido nada más percibir el roce de la silla al apoyar mi culo contra ella. Unos minutos después Sofía pasó a preguntarme por Alexis y no mucho más tarde, sin tiempo a decirle adiós, recogí mis cosas y me fui directa a mi cena. Calentarse y quedarse con las ganas había alcanzado un nuevo nivel aquel día. En el taxi que había decidido coger pensé que, pese a la frustración de la excitación que no se había visto satisfecha, la sensación no estaba mal.

Cuando llegué al bar no tardé más que unos segundos en encontrar a Eulalia sentada al fondo, frente a una copa a medias. Aproveché mi paso por la barra para pedirme una copa de vino tinto y me acerqué hasta ella, que bebía en una mesa larga de madera, cerca de la cocina, de la que ocupábamos tan solo un extremo.

—Siento llegar tarde —le dije sacándome el abrigo.

—¿Siempre sales tan tarde del trabajo?

—Sí... Bueno, no siempre... Pero últimamente es la tónica habitual... —Dudé de mis palabras.

Antes siquiera de planteármelo, el camarero puso la copa de tinto frente a mí y nos dejó las cartas para pedir. Mientras Eulalia las ojeaba, hablando de las pruebas de menú que ya habían comenzado para su boda, pensé en Nico. Sentada ante aquella tabla, en aquella esquina, y presenciando cómo el camarero acomodaba a una pareja en el extremo opuesto para aprovechar cada uno de los rincones del local, no pude evitar recordar que había conocido a Nico compartiendo mesa en un bar muy similar a aquel una noche casi diez años atrás.

—No está mal la oferta vegana —indicó Eulalia bajando la carta.

—¿Desde cuándo eres vegana?

—No lo soy, pero ahora me he convertido en una experta probando menús, que hay que tener opciones para todos y todas y... *todes*, ya sabes.

—¿Ya saben qué van a pedir?

El camarero preguntó a la pareja con la que compartíamos mesa y yo volví a recordar cómo estaba con una amiga casi una década atrás cuando las camareras nos habían pedido abrir la mesa para sentar a un par de chicos que acababan de entrar por la puerta, Nico y su mejor amigo. Veinteañeros, mal vestidos, tímidos. Habíamos sido nosotras las que, en una carcajada que les había hecho girar la cabeza, les habíamos pedido perdón y de paso iniciado la conversación. Acabamos hablando sentadas más cerca, cada vez más cerca, mientras la noche avanzaba y cambiábamos uno tras otro de local e iba averiguando a cada paso que Nico no era tan tímido como parecía al principio. Sus burlas silenciosas; los detalles que revelaban, quisiese o no, su interés en mí; mi manera de tocarme el pelo sin parar cuando nos rozábamos los brazos y me salía de dentro prestarle toda mi atención. No diré que me enamoré de él aquella misma noche, pero sí que me caló lo suficiente como para ir repitiendo aquel proceso durante semanas, ya solos, hasta que no pude deshacerme de la estúpida sonrisa que se aposentaba en el rabillo de mis ojos cada vez que lo veía entrar por la puerta y tenía que ponerme de puntillas para darle, primero, dos besos, luego tan solo uno; el primero en la boca, casi por casualidad y sin ceremonias, robado a la entrada del bar donde habíamos quedado un par de meses después de aquella primera noche de la mesa compartida.

—¿Qué tal Nico? —me preguntó Eulalia después de dejarme la última brava del plato—. ¿Por dónde para?

—Brasil otra vez.

—Me vas a tener que recordar qué hacía... ¿Ingeniero de... coches?

—*Performance car technology* —respondí repitiendo la definición que le había oído usar a él infinidad de veces.

Eulalia tragó el sorbo final de su copa.

—Me quedo igual.

—Exactamente yo tampoco tengo ni idea, es como un coordinador con experiencia técnica. Depende del momento y el país, pues a veces viaja para *training*, otras para hacer visitas a clientes, a ferias, eventos de presentación de producto, instalación de sistemas o simplemente reuniones con los distribuidores para redireccionar o marcar objetivos...

—Fascinante —bufó Eulalia poniendo los ojos en blanco de manera cómica. Estaba ligeramente achispada y el plato principal todavía no había llegado—. En realidad, lo que quiero saber es cómo lleváis pasaros tanto tiempo... Ya sabes...

—¿Separados? —pregunté inocentemente.

—Sin follar, pero vale. Sé romántica.

Me reí y bajé la cabeza. El sexo con él nunca había sido otra cosa más que tierno, en contraposición tal vez con la idea a la que podía inducir su físico fuerte, robusto. Nico nunca había usado aquella fuerza para desgarrarme y, si había hecho uso de ella para levantarme y cargarme de un cuarto a otro, siempre había desprendido delicadeza en sus movimientos. Aquello, por contraposición, me había encantado. Me fascinaba que alguien con la capacidad de arrastrar árboles prefiriese manejar miel.

—Me las apaño —respondí y un escalofrío me recorrió la espalda.

Era imposible no rememorar y comparar años de sexo delicado, seguro, curioso y atrevido muy de vez en cuando, cómodo y satisfactorio en cantidades correctas, compatible con una vida doméstica que continuaba antes y después de esos intervalos, con el sexo violento y apasionado que definía mis recientes encuentros con Alexis.

Siempre había entendido que hacer el amor suponía la traducción de tus propios sentimientos en un acto físico. Con Nico sentía dulzura; con Alexis, una suerte de desgarro.

Yo nunca me había notado insatisfecha junto a Nico, nunca hubiese dicho que nuestra manera de hacer el amor fuese insuficiente. Tan solo no sabía que Alexis podía hacerme desear de forma más oscura, con él me planteaba actos que ni siquiera había probado aún. La Emma de aquella sala sentía y hacía cosas por encima de lo que siempre había pensado que le era posible.

—Vamos, que te masturbas como una loca —rio Eulalia ya dando cuenta de su coca de verduras asadas—. Bueno, llegados a un punto de la relación es normal. Yo no recuerdo la última vez. Entre el estrés de la boda y ver las series que tenemos acumuladas, lo último que pienso en hacer por las noches es follar. Ya no recuerdo cómo se hace...

De nuevo, dudé de si abrir la boca para algo más que no fuese propinarle un bocado a mi cena. Las imágenes se me acumulaban en la cabeza y el pecho me ardía de impaciencia. Parte de mí necesitaba enterrar el secreto para contenerlo y parte se creía en el deber de compartirlo con todas sus aristas. Pero... ¿cómo definirlo? ¿Por dónde empezar? ¿Cómo podía describir a Alexis follando? Quizás una extensión de lo que era en la vida. Elegante, seguro, arrollador. En definitiva, intenso. Ambos lo éramos. Estábamos cargados de adrenalina.

Hablar de sexo y de Alexis conllevaría mencionar, por fuerza, su gran componente autodestructivo. Nuestra relación no solo ponía al límite cada una de las situaciones personales de ambos, sino que jugaba con la integridad física: algo me decía que existía la posibilidad de que el grado de violencia no fuera controlado, y que podía ir más allá de unos simples morados en mi piel. Su uso de las manos, de su boca, el ansia con el que movía ambas, buscando algo, buscándolo todo, buscando follarme de manera que pudiese fingir que nada terrible le había pasado. Pronto me di cuenta de que el ímpetu de aquel primer encuentro no había sido único ni se había debido a que se tratara de la primera vez. Cada encuentro subía la intensidad hasta el punto de que me avergonzaba recordarlo o pensar en encontrar las palabras para describirlo.

No, definitivamente, eran cosas que ni siquiera le hubiera dicho a Eulalia en voz alta estando muy borracha. Además, no iba a encontrar las palabras para que la buena de mi amiga, planeando su boda de ensueño y un «sí, quiero» para toda la vida, entendiese que un extraño me había concedido un deseo: el deseo de follar sin pensar. Y, de pronto, eso me había permitido sentir cada poro de mi cuerpo abriéndose, apreciar hasta el roce de los dedos de los pies contra el parqué buscando una guarida, las uñas de las manos contra la superficie de la mesa, los muslos contra los brazos metálicos de las sillas, los codos contra el respaldo acolchado, las nalgas contra la fría pared blanca, las rodillas rojas y entumecidas por la fricción contra la madera de la mesa. Él encima de mí; mi cuerpo entero revolcado, agitado, poseído, flotando en ese espacio. Me sentía rodeada de pequeños restos de nuestros actos, flujos, manchas, marcas. Estaba cogiendo la servilleta de papel en aquel restaurante para limpiarme la boca y no podía evitar pensar en ello, en cómo guardaba servilletas de más de donde me compraba la comida el día que no llevaba el táper preparado de casa para así tener papel a mano con el que limpiarnos después de acostarnos.

No, no podía explicarle a Eulalia que la verdadera razón por la que salía a menudo tarde del trabajo era porque esperaba, cada día, algo. Su presencia. El ritual. Él llegaba, lo llevaba a la sala, volvía a mi mesa, comprobaba que no quedaba nadie en la oficina, abría el cajón, cogía el neceser, agua, chicles y cerraba la puerta para, una vez dentro, desnudarlo. Después de follar, siempre hablábamos. Nuestro rato, sentados cerca, muy cerca, a veces yo encima de él, a veces con mis piernas sobre él, a veces con sus manos jugando a hacer círculos en mis caderas. Empecé a pensar que, tal vez, si alargábamos aquellos momentos, podíamos llegar a ser buenos amigos; teníamos cosas en común, nos medíamos en la distancia, controlábamos la información que compartíamos y, una vez pasada la sorpresa, las guarradas, las escenas de porno duro que interpretábamos bien metidos en el papel, también pasábamos a divertirnos, a hacernos reír, a regalarnos anécdotas, a comentar el acto incluso. Hablábamos después porque era el rato libre regalado, el momento que nos alejaba de ser animales y nos acercaba a ser civilizados. Después, porque si quisiésemos hablar antes de follar tal vez tendríamos un problema.

Tenía atravesado el recuerdo del traqueteo del tren de cuando era pequeña e íbamos a visitar a mi abuela a Francia. Al principio recordaba los viajes como puro disfrute, cuando con seis o siete años lo único que quería era pintar las plantas de la finca, subir al árbol central del jardín y columpiarme a la espera de una piscina prometida que nunca llegaba. Las explicaciones en francés de *mamie*, mi abuela, sobre las flores e insectos me maravillaban, y dejaba volar la imaginación creando platos con hojas y pistilos y cálices como ingredientes.

La adolescencia me hizo reacia a la idea de querer «subir» tan a menudo como mis padres imponían. Prefería quedarme en Barcelona, salir con mis amigos al centro comercial o escuchar música en mi cuarto. La única razón que me hacía sonreír después de un trayecto que siempre hacía de morros era el abrazo que me proporcionaba mi abuela cuando estábamos a solas. Se esperaba a que mis padres fuesen a su cuarto para cogerme la cara con sus manos cada vez más arrugadas y diseccionarme la mirada. Apenas unos segundos y ya había hecho una radiografía de mi estado de ánimo. Me fascinaba esa capacidad, casi mágica, de leer a la gente y comunicarse con muy pocos gestos.

Cuando no supe qué estudiar, cuando me dejó mi novio de la universidad, la vez que me enfadé con mi madre y dejé de llamarla durante meses... En todos aquellos momentos no dudaba del rumbo que tenía que tomar: norte, camino a las afueras de Toulouse, al abrigo de *mamie*, una mujer de pocas palabras pero siempre acertadas.

En comparación con aquellos viajes, los trayectos actuales eran más insulsos. Una vez más cruzando la frontera y ahora comprobaba en el reloj que todavía tenía hora y media de viaje por delante mientras el paisaje se transformaba a gran velocidad y me atrapaba la nostalgia de todas las escapadas curativas de mi vida. Las visitas a mi abuela se daban ya por compromisos familiares, como era el caso de aquel fin de semana en cuestión: el cumpleaños de un primo.

Mi abuela frunció el ceño cuando me vio dejar la mochila en la cocina, antes de ir a saludar a mis primos y tíos por parte francesa.

—¿Todo bien? —me preguntó.

—Sí —respondí de pasada, agitada, buscando mi teléfono móvil entre los bolsillos—. ¿Por?

—*Rien*, *rien*. Te noto como... más radiante. Sí, más resplandeciente que la última vez, que tenías unas ojeras de aquí a la frontera.

Escondí en una mueca una risa y mi abuela tan solo me propició un palmetazo en el brazo, lleno de complicidad.

—¿Qué? —reí avergonzada.

—Tú sabrás, Emmie.

Fruncí los labios, como mordiéndome la lengua para disuadirme de seguir hablando. ¿Debía decirle algo? Se me había olvidado que yo era transparente para *mamie*.

—Cada uno sabe lo que ha de hacer con su vida. —Mi abuela clavó sus luminosos ojos grises en los míos—. Solo crecemos a base de equivocaciones, y ya sabes que tú has de cometer las tuyas en tu camino también.

—*Mamie*, ¿pero qué...? —En realidad no sabía qué decir.

—Todo se reordena solo, ya verás.

Con esa frase mi abuela abandonó la cocina y enterró todo un tema que, en realidad, ni llegamos a sacar.

Cuando encontré el teléfono, busqué en la pantalla vacía

algún mensaje, por improbable que fuese. Aunque era sábado por la mañana, y las comunicaciones no eran factibles entre Alexis y yo los fines de semana, me vi tentada de teclear en un correo electrónico: «Estoy visitando a mi familia con tus manos marcadas en mis caderas». Aquella frase y nada más.

No era la primera vez que tenía la tentación de mandarle mensajes así, incapaz de quitármelo de la cabeza los fines de semana, aunque supiese mejor que nadie que él esos días no me dedicaba ni un ápice de pensamiento. Nuestra vida existía de lunes a jueves, normalmente a partir de las siete de la tarde.

Era el mejor antidepresivo para semanas en las que no tenía ni un segundo para pararme a pensar qué coño estaba haciendo tras aquel escritorio. Hacía ya bastante que Oliver no daba señales de vida y yo había dejado de intentar contactar con él. Además, aunque Sofía y Noelia me veían ahogarme, no mostraban apenas solidaridad o comprensión. Era por eso por lo que los dedos de Alexis marcados en mis caderas me procuraban una sensación de evasión idónea. Visualizar sus manos me alejaba de la realidad de aquella mesa como una espiral adictiva. Cuanto más trabajaba, menos pensaba en que no me gustaba una mierda lo que hacía y más me centraba en propiciar un encuentro y alimentar mi perfil erótico. Era el detonante simbólico de uno de mis mayores miedos; prefería pensar en ello que enfrentarme a otras cosas.

En realidad, era lo que iba a hacer en Toulouse: responder preguntas, enseñar fotos de Nico, dar explicaciones sobre la ausencia de bebés, mentir sobre mi supuesta felicidad. Los vería comer, reír, preocuparse por mí, rellenarme la copa de vino mientras yo pensaría en que las decisiones recientes de mi vida no serían aprobadas moralmente por la mirada de ninguna de aquellas personas, mi familia.

No existen decisiones buenas o malas, solo puntos de vista. Y en mi concepción de vida actual, así, sentía que no necesitaba justificar mis decisiones, y menos tener que defenderlas ante nadie. No obstante, imaginaba la guerra que desataría en mi familia si, en vez de responder que Nico y yo estábamos genial, aunque ambos tuviésemos demasiado trabajo y apenas nos viésemos, dijese con franqueza que lo que hacía mis días llevaderos aquel año era follarme a un hombre casado que había perdido a su hija y que aquello que compartíamos, aquel secreto, nos vinculaba de una manera extraña como nunca antes había tenido con nadie. Quizás *mamie* fuese la única comprensiva...

Pero no tenía que justificar aquello punto por punto: era como ambos, Alexis y yo, habíamos decidido vivir, y lo que nos pasaba, lo que hacíamos, no tenía que atender necesariamente a las razones correctas.

Empleé el trayecto de regreso entre Toulouse y Barcelona en visualizar pequeños detalles de aquellos momentos entre él y yo. Cómo, desde un primer momento, y pasando de puntillas por ello, habíamos entablado una relación sexual de plena confianza sin usar anticonceptivos; nos ceñíamos a cedernos el cuerpo el uno al otro sin resquemor. También hui de otro pensamiento al que no quería dar importancia, y era el hecho de que muchas veces mi placer radicaba en el acto en sí y no en la culminación del mismo. Rara vez me corría en nuestros encuentros, pero, lejos de exigir mi parte del pastel, descartaba la idea como un fin para el cual los medios no iban dirigidos, al fin y al cabo.

Acabé el viaje bajando mi mochila y saltando al andén, siendo honesta conmigo misma sobre una cosa que no estaba dispuesta a regalarle a Alexis, embelesada como estaba con él. Nunca me habían acabado de gustar sus besos, a decir verdad. Hay gente a la que besarías sin parar, como si tuvieses quince años, sin ganas de hacer nada más, tan solo besar con ansia. Nuestros besos eran brutos, sucios, húmedos y escasos. Con él, esa era una opción descabellada.

La siguiente vez que Alexis me vio yo tenía que entregar unos presupuestos de una campaña sobre la bocina y pasé cerca de cuarenta y cinco minutos corriendo de un lado a otro de la oficina sin poder prestar atención a su presencia mientras él, de manera repetida, salía de su reunión hacia el baño —otro encuentro que en un principio había forzado en nuestro terreno con la intención de vernos más tarde— para propiciar encontrarse conmigo, ya que se le había complicado el día con un compromiso que le impedía poder quedarse. No fue hasta que salió de la sala y se tuvo que ir cuando, habiendo apagado el fuego, pude intercambiar un par de frases con él a solas.

—Hoy estás muy sexi... —me susurró con picardía mirando hacia los lados por si alguien hacía una aparición inesperada—. Correteando de arriba abajo, concentrada, con el ceño fruncido.

—¿Te vas ya? —le pregunté con morros.

—Sí, escríbeme y cuadramos nuestra agenda, que estamos descocados...

Se marchó, no sin echarme una última mirada divertida al cruzar la puerta. Le escribí un correo en aquel mismo instante, que él respondió desde el ascensor.

Emma: Jueves salgo después de comer, que voy al administrador de mi finca. ¿Nos vemos fuera?

Alexis: Me encanta la idea. Tengo una reunión de junta, te diré algo, tendría que poder acabar pronto. ¿Dónde tendría lugar tan maravilloso encuentro?

Emma: Déjame que investigue. Siempre he fantaseado con hacer este tipo de búsquedas en internet.

Busqué en Google, encontré opciones; le hablé de ellas, le parecieron perfectas y sugerentes. Me imaginé el encuentro y me excité muchísimo visualizándonos allí dentro, rodeados de espejos, luces tenues y, lo más importante, una cama. No escapé del terror que me provocaba que alguien nos pillara, pero me dejé llevar más por la emoción que me proporcionaba lo ilícito del encuentro y me pasé el siguiente día y medio tan solo pensando en ello hasta el punto de que rescaté de mi armario unos tacones rojos y un conjunto de ropa interior que apenas me había puesto una vez tres años atrás. El jueves le mandé un correo con mi número de teléfono y salí de la oficina pendiente del móvil, alterada, sudada, inquieta.

Era curioso que llevásemos cerca de dos meses manteniendo un *affaire* y no hubiésemos follado todavía sobre una simple cama ni tuviésemos nuestros números de teléfono. Él no me había dado el suyo, pero sabía que podía ponerse en contacto. Salí del administrador y di una vuelta, tomé un café, escudriñé escaparates, me fui a casa, comí una madalena y me senté en el sofá. Alexis no me dijo nada, ni a la hora que más o menos me había dicho que podría acabar su reunión ni más tarde. No me habló tampoco a la mañana siguiente y, como era de esperar, su silencio se extendió durante todo el fin de semana.

Ese jueves Alexis había sido invitado a una cena con unos antiguos compañeros de una empresa en la que había trabajado hacía veinte años. Había sido uno de aquellos eventos sociales que no podía (ni quería) rechazar. Al saber que saldría, Zoe no había puesto la mejor de las caras, pero no había dicho ni hecho tampoco nada al respecto. Las horas se le habían pasado volando en el restaurante y habían cambiado de zona para ir a tomarse unas copas. Con su cerveza aún a medio terminar, accedieron a un apartado de sofás y carta especializada en *gin-tonics.* Alexis no pudo evitar tener el pensamiento: Emma.

Emma aquí.

En la segunda ronda de *gin-tonics* ya había empezado a notar que los labios se le adormilaban y la sonrisa se le había apoltronado en la cara. Uno de sus excompañeros hizo un comentario que él no consiguió seguir porque tenía la cabeza hundida en la fantasía de Emma a su lado, sorbiendo su tercera copa de balón, chupando caramelos, estirando la mano y acariciándole la rodilla por debajo de la mesa. Los demás estallaron en una explosiva carcajada a su alrededor a la que él solo se pudo unir en el coletazo final, sin entender nada de lo que estaba pasando.

—¡Vaya modorra que llevas! —le dijo un amigo dándole una buena palmada en el hombro—. ¿Te damos un masaje para que te acabes de relajar? Se nota que estamos perdiendo la costumbre de estas cenas...

De nuevo, el contexto fue incapaz de alejarle la mente de ella. Un masaje..., las manos de Emma recorriéndole el cuello y los hombros. Otro golpe en la espalda lo hizo volver, ya de manera definitiva, a la conversación y no la abandonó hasta subirse al taxi de vuelta a casa un par de horas después. Borracho, su mente se tambaleaba: poco caso podía hacerle a nada que no fueran las necesidades de su cuerpo. Estaba caliente. El alcohol y el pensamiento de ella habían activado su cuerpo..., y ahora tenía que llevarlo de vuelta a una casa por la que debía pasar de puntillas física y figuradamente, aquella noche y el resto de días.

Zoe cabeceó hasta recibirlo en el baño, donde Alexis trataba de lavarse los dientes. No quiso decirle nada, su cara transmitía el enfado por la hora, el olor, la incomodidad de las condiciones en las que había regresado, en especial un día entre semana. Lo esperó tumbada en la cama dándole la espalda. Alexis se coló entre las sábanas, todavía incapaz de dominar las exigencias de un cuerpo que, demasiado alcoholizado para llegar a conseguir nada, vacilaba entre las imágenes de Emma que le proporcionaban los recuerdos de su mente y la visión de un cuerpo a su alcance. Estirando el brazo, posó sutilmente la mano en la cintura de su mujer y Zoe se la apartó con brusquedad. No se volvieron a tocar el resto de la noche.

Zoe todavía no había conseguido deshacerse del enfado, como él tampoco había abandonado del todo las emociones que le habían dejado consecuencias en el cuerpo la noche anterior. La cara de molestia de su mujer, que trataba de ignorarlo con un té en las manos, lo hacía querer regresar al lugar feliz de su mente. Ese lugar al que acudía durante apenas unas horas cuando quería sentirse liviano. Estaba harto de cargar con la responsabilidad; la idea de la misma lo abocaba a un estado de insatisfacción e infelicidad tal que podía resultar peligroso. No quería, en momentos como aquel, repensar las reglas bajo las que operaba su matrimonio y, en consecuencia, lo que él había concebido como amor romántico durante mucho tiempo. La gente infeliz es peligrosa. Y los estallidos de placer que experimentaba estando con Emma, erróneamente o no, lo capacitaban para ver que no estaba viviendo acorde con su naturaleza, al menos no con su naturaleza sexual.

Apareciendo a sus espaldas, Zoe dejó su taza en el fregadero y él, a base de acariciarle la cintura y ofrecerle una tostada, acabó relajándole el rostro y echándole una mano, hasta conseguir que ella rebajara el tono y conversara con naturalidad. Estaba claro que, en el ideal de amor, ese que habían vivido durante dieciséis años de relación hasta la pérdida de Lara, el concepto de fidelidad estaba inscrito sin dudas por ambas partes. El sexo, hasta donde ambos lo habían concebido siempre, iba de la mano del amor. El problema al que se estaba enfrentando Alexis aquel año de su vida era que había visto con claridad la dicotomía entre ambos y había llegado a darse cuenta del error que implicaba la creencia de que el amor, para ser tal, tenía que conllevar bajo cualquier circunstancia fidelidad sexual de manera incondicional.

Cargué el enfado primero y la decepción después durante días; mi dureza se reflejaba en la fuerza con la que tecleaba cada una de las letras de los correos que tenía que enviar. La misma fuerza con la que aporreé el teclado cuando él me mandó, por fin, un correo el lunes en el que me pedía perdón. Había acabado muy tarde y había enlazado su reunión con una cena que no podía saltarse. Le sabía muy mal haber perdido aquella oportunidad. Ninguna palabra más que tratase de justificar el silencio del resto de días; con la disculpa ya había sido suficiente porque no había querido emplear un segundo más en desenredar algo con lo que yo me había pasado todo el fin de semana mareando mi cabeza. Había preferido saltar a la siguiente casilla.

Alexis: Mañana tengo una call con Sofía. Procuraré que se convierta en otra reunión presencial y que, casualmente, me vaya mejor en vuestras oficinas. No pases por delante antes de tiempo o puedes acabar desnuda en el rellano. Espero que esa lencería que habías guardado para nuestro encuentro todavía esté disponible, aunque, si te soy sincero, acabará toda por el suelo, para que no me digas que no te aviso. Si quieres mañana podemos hablar de intentar programar otro encuentro fuera.

Más de ochenta y siete horas dedicadas a estar incómoda con la idea de su silencio se esfumaron en los quince segundos que tardé en leer su correo. El nudo se deshizo y contemplé la posibilidad de tardar en responderle para no parecer ansiosa, pero enseguida desestimé esa opción, porque prefería obtener una respuesta en el momento, ahora que sabía que estaba frente al ordenador y su atención estaba en mí.

Emma: No pienso llevar nada debajo de la ropa.

Se suponía que me encontraba en el momento de mayor madurez de mi vida, de mayor estabilidad. No tenía problemas económicos, tenía un trabajo fijo, una pareja estable, facilidad para viajar y podía comer lo que quisiera. Luego, si se daba el caso, llegarían los hijos, las responsabilidades, los achaques, y volvería a no tener ni puta idea de qué se suponía que debía hacer. En teoría, aquel era mi momento de mayor claridad mental, de esplendor. Y, sin embargo, me había quitado las bragas en el baño minutos antes y había decidido comprar caramelos para que Alexis me viera chuparlos durante toda aquella reunión con mi jefa delante mientras él imaginaba mi entrepierna.

III

Comencé, como un animalillo condicionado, a emocionarme ante la idea de un correo en mi bandeja de entrada. En su mayoría estaba todo relacionado con el trabajo hasta que, una vez de cada tantas, veía la «A» seguida de la «L» y se me iluminaba la cara.

ALEXIS: ¿Cómo van las secuelas de nuestra última reunión de equipo?

EMMA: Pues más de las que había previsto en un inicio: llevo una semana con dolor de rodillas.

ALEXIS: ¡Vaya! Tendremos que vigilar más. Estaba pensando en agendar una reunión hoy, ¿crees que podrás reservarte el hueco?

EMMA: Apoyo la moción, siempre está bien reunirse y tratar asuntos a fondo.

ALEXIS: Estaba pensando en que podríamos estrenar algún otro rincón de la oficina.

Me sorprendió leer aquellas palabras teniendo en cuenta lo reacio que parecía Alexis al riesgo y las sugerencias nuevas; el formato que habíamos instaurado le parecía seguro y le funcionaba bien. Le respondí enseguida:

EMMA: Sería muy interesante. Déjame que piense, no es que sea un piso muy grande con tantos espacios... A no ser que quieras acabar en el cuarto de la escoba en posición vertical.

ALEXIS: Vertical suena perfecto. Así tendré las condiciones necesarias para recorrer todo tu cuerpo con detalle, ¿no crees?

EMMA: Pues tienes mucho trabajo, soy una chica bastante alta.

ALEXIS: No eres alta, Bovary.

Salvando la referencia al icónico personaje de Gustave Flaubert, aquello era lo que siempre me decía Nico cuando me ponía de puntillas a su lado y trataba de alcanzarle sin éxito.

ALEXIS: Igualmente, es posible que acabe concentrando mis esfuerzos en una zona muy concreta.

EMMA: Yo también lo creo, porque no se me ocurre otro rincón que no sea ese sin estar expuestos (y sin romper el material de oficina). ¡Ah! Y que sepas que esto cuenta como horas facturables que pasarle a la empresa.

Poco antes de que Alexis hiciese aparición recorrí cada una de las estancias con disimulo mientras veía a mis compañeros marcharse. Me asomé al pasillo donde el estrecho cuarto de la escoba acumulaba botes y demás útiles de limpieza. Tenía pestillo por dentro y una estantería al fondo. Podría servir.

—Estás tremenda... —le oí decir a mis espaldas cuando me incliné, marcando las curvas de mi falda de tubo en el gesto.

—¿Estás seguro de esto? —Sonreí y señalé hacia dentro.

Se acercó hasta mí. Posando su mano sobre mi nalga,

acarició la curva de la cadera mientras asomaba la cabeza y observaba el escaso espacio.

—Me parece perfecto... —Se sacó la chupa de cuero y nos empujamos dentro mutuamente, apagando la luz del pasillo.

En el interior del cuartucho, conseguí encontrar el interruptor de la triste bombilla que colgaba del techo, cerré el pestillo y pegué mi espalda contra la única pared libre. Alexis dejó colgada en una de las escobas su chaqueta. Luego, llevó con determinación las manos a mi espalda, buscando el inicio de la cremallera de mi falda sin apartar la mirada de mis ojos. Sujetó el borde mientras bajaba la cremallera y se ayudó de las dos manos para deslizar la prenda por mis caderas hasta dejarla caer al suelo. Suspiré y él acercó su boca a la mía, pidiéndome con un sonido que guardase silencio. Quise acortar la escasa distancia para morderle el labio, pero no me dejó y, sin tiempo de volver a intentarlo, lo vi llevar sus manos a mis medias y bajar su cuerpo con ellas. De rodillas, me hizo levantar un pie para retirar una pierna, luego el otro, y, con las medias hechas una bola en su mano, me cogió de las nalgas y sumergió directamente su cabeza entre mis piernas expuestas.

Noté el roce de su nariz y su lengua aventurándose a lametones por mis labios, recorriendo los bordes y deshaciendo camino para volver a la parte superior, donde mi clítoris temblaba. Tardé bien poco en estar empapada y él no hacía otra cosa que ayudar a la humedad con su lengua. Alcé mi pierna derecha y apoyé mi pie descalzo en la pared opuesta para abrirme más y darle más ángulo, cosa que aprovechó enseguida para retirar de mis caderas una de sus manos e introducirme los dedos con facilidad mientras seguía comiéndome el clítoris y lamiéndome con intensidad. No fui capaz de contener los gemidos, porque cuanto más alto los emitía, más fuerte me embestía con los dedos. Fruncía sus labios y enseguida abría la boca para lamerme de nuevo. Su lengua se confundía con sus dedos y, mientras me chupaba, llevé las manos a su pelo y le tiré del tupé para levantarle la cabeza, pidiéndole una tregua. Conseguí alejarlo un poco y bajé la vista; pese a la escasa iluminación vi que tenía la cara empapada y brillante.

—Para, para... Despacio —susurré.

—Me encanta comerte —le oí añadir segundos antes de que volviera a hundir la boca en mi coño.

Me abrí más de piernas y alcé el pie contra la pared; me ladeé un poco, sujetándome contra la estantería, mientras él decidía que la tregua no era una opción y se lanzaba de nuevo a comerme con intervalos de intensidad variable y sus dedos volvían a penetrarme al ritmo de sus lametones. Con mi mano sobre su cabeza comencé a mover la pelvis al ritmo de su mano, coordinando ambas, y empecé a apretar su boca más fuerte contra mí. Me clavaba la nariz, pero no me importaba: seguí moviéndome mientras él metía y sacaba sus dedos mojados, el único sonido que se podía escuchar allí dentro. Mis gemidos intensificados se tuvieron que ver acallados con mi mano: me corrí mientras me mordía el puño para no chillar y Alexis daba los últimos lametones a mi clítoris palpitante. Apartó la boca, pero no quise que retirase la mano de dentro y le sujeté la muñeca mientras cerraba los ojos y recuperaba la respiración.

Alexis se incorporó. Con la mano libre pero los dedos de la otra aún dentro, se deshizo del cinturón, de los vaqueros y la ropa interior, dejándolos a la altura de sus tobillos, y sustituyó los dedos de su mano por su polla. Lo noté penetrarme con un espasmo golpeándome contra la pared mientras mantenía mis ojos cerrados. Sentí su cara húmeda cerca y me lancé a lamerlo y besarlo, notando mi propio sabor mientras él gruñía y bufaba. Sin tiempo a más, levanté la única pierna que todavía tocaba el suelo y le rodeé la cintura con ambas. Alexis me sujetó por las nalgas y controló sus entradas y salidas aguantando parte de mi peso contra la pared. Su cara empapada rozaba la mía arriba y abajo y con su boca pegada a la mía lo vi abrirla y gemir.

—Estoy a punto... —susurró con la respiración entrecortada.

—¿Dónde te vas a correr?

—No lo sé... —consiguió emitir sin apenas controlar sus palabras, incapaz de detener sus movimientos.

Pensé en dejar que se corriese dentro. Sin embargo, bajé las piernas, me deshice de sus manos pese a sus lamentos y, empujándolo, conseguí el espacio suficiente para ponerme de rodillas y meterme su polla empapada en la boca. No llegué casi a acompañar el movimiento con mi mano. Se corrió dentro en cuestión de segundos y yo, resbalando mis labios y friccionando, en un gesto me tragué su semen. Le limpié poco a poco con la lengua los restos que seguían saliendo.

Incorporados y recuperando nuestra ropa interior, ambos pasamos la palma de la mano por nuestras bocas en un gesto similar, para secarnos. Lo miré incrédula y él se echó a reír.

—Guau... —dijo apoyándose en la pared para tomar aire.

Tras recuperar el aliento y adecentarnos cada uno en el lavabo correspondiente, nos reencontramos en la sala. Él resoplaba, echándose el tupé hacia atrás, sentado en una silla. Me reí, cerré la puerta con llave y acabé con las piernas apoyadas sobre la mesa, todavía agotada.

—Siempre me dejas para el arrastre... —le dije—. Creo que había un clavo en la pared y tengo la espalda machacada.

—Te quejarás... —se burló él.

—¡Imposible! Pero a lo mejor esto en una cama hubiera sido menos... incómodo.

—¿Y el morbo? —dijo Alexis.

Tenía razón. No podía negar que la adrenalina que proporcionaba lo ilícito de nuestros encuentros los hacían cada vez más excitantes. Sin embargo, traté de continuar con el tema y sugerir un nuevo intento de encuentro fuera de allí; las marcas de mi cuerpo no eran broma alguna: empezaba a tener más cardenales que la Iglesia católica y ya no sabía cómo justificar su continua aparición. Como había hecho con anterioridad, él dijo que sí, que veríamos la forma de encontrar el hueco; incluso sacó su agenda para estudiar las posibilidades, pero no acabamos de concretar nada y quince minutos más tarde nos despedimos hasta la próxima.

Me vi tentada de teclearle un correo de vuelta a casa, pero no quise parecer ansiosa, ni que tuviese presente que no podía dejar de darle vueltas a todo lo que habíamos hecho tras habernos visto.

«Te arriesgaste, lanzándote al fin. Tardamos meses, estuvimos dando vueltas, perdiendo el tiempo, y al final..., al final pasó. ¿Por qué no das un paso más y te arriesgas a follarme en una cama?».

No llegué a escribírselo, pero la idea me acompañó toda la semana, cada vez que me subía y bajaba las bragas cuando iba al lavabo o mientras me desvestía al final del día. Sí, el anhelo resultaba, en cierto modo, exquisito, pero esperar a que él estuviese disponible me volvía loca. En general, encontrábamos muchas dificultades para ponernos de acuerdo y la situación siempre se resolvía de la misma manera: él veía un hueco y lo aprovechaba casi unilateralmente. Le funcionaba a la perfección de esa manera. Sin embargo, yo empezaba a no estar cómoda con aquella dinámica de no poder ser la que escogiese, de no tener agencia sobre mi placer, aunque supiese de sobra que él lo tenía complicado por cuestiones de agenda, por la estructura de su vida tanto profesional como personal, por la situación en su casa. Imaginaba aquellos momentos en los que él regresaba a su apartamento tras nuestros encuentros. Visualizaba las caricias a su mujer, el beso en la frente, la preocupación por su día. Era raro embarcarse en un *affaire* debido a la indiferencia hacia el cónyuge. Uno, generalmente, se preocupa bastante por su pareja como para molestarse en traicionarla.

Me bailaba la lengua dentro de la boca cada vez que tenía que pronunciar su nombre por cualquier cosa en un contexto justificable. Sofía me mandaba correos, me preguntaba por los avances; parecía no tener problemas en cargarme con la gestión global de su cuenta y, por ende, del equipo. Por lo tanto, se diría que la palabra viajaba en mi boca constantemente, y a la mínima tenía una excusa para dejarla salir. «Mándale un correo a Alexis». «¿Has revisado el presupuesto actualizado de la última campaña de comunicación digital de Alexis?». «Creo que Alexis va a estar *off* las próximas dos semanas, así que aprovechemos esto para avanzar». Alexis. Alexis. Me cosquilleaba la garganta cuando veía su nombre escrito, en un correo o en la pantalla del teléfono. Me sorprendía cuando alguien lo pronunciaba y me ponía nerviosa cuando se hablaba de él.

Pasé a entender por qué siempre pillan a los asesinos de las series de televisión. Les puede el reclamo, el ego. Algo que es tan potente es difícil de mantener oculto, por mucho que dependa tu supervivencia de ese silencio. Me resultaba muy contradictorio el hecho de decirle y hacerle lo que quisiera a alguien como él de la manera en la que yo podía, sin límites, de un modo que nadie a mi alrededor era capaz de llegar a concebir. Todo tenía cabida entre él y yo..., menos hablar de ello con nadie.

Después de mi último encuentro con Eulalia, ni siquiera vacilaba con la idea de confesárselo a alguna amiga. No solo por las razones obvias —veía el sermón a leguas—, sino porque implicaría llevarlo a la vida real, al mundo fuera de la fantasía, donde la narración de los acontecimientos de esa burbuja, en contexto, tiraría por tierra toda mi vida, emocional, laboral, ambas. Era obvia la catástrofe que supondría en el terreno sentimental, pero en un terreno como el de la agencia sería la debacle final. Y ahí radicaba la diferencia entre qué se jugaba él con nuestro *affaire* y qué me jugaba yo. Si mis jefas supiesen qué hacíamos él y yo entre aquellas paredes, las consecuencias irían más allá de acabar de patitas en la calle. Las palabras, la decepción, los insultos. Lo que más me jodía era el desequilibrio total de nuestra situación. Tan obvio como que yo sería la guarra del comité disciplinario con despido objetivo, vergüenzas y habladurías a mi paso por el pasillo mientras recogía mis cosas; él —no solo por ser hombre, sino por ser cliente, intocable— se vería menos salpicado, y su vida, al menos en lo laboral, podría continuar tras un pequeño escándalo fácil de tapar.

Claro que yo no estaba siendo razonable, ni necesitaba serlo para tener aquella relación, ya que todo lo que vivíamos no tendría contacto con el mundo real mientras no traspasase esa barrera invisible. Si no lo pensaba, no lo conectaba con la realidad, no lo sacaba de allí dentro: ninguno de esos posibles miedos era real. Ignoraba las consecuencias como ignoraba la vida sentimental de Alexis, y él la mía. Me negaba a dejarme llevar por el posible sentimiento de celo ante las narraciones de cada uno de nosotros con nuestras respectivas parejas en casa. Las dibujábamos por encima si era necesario que salieran a relucir, pero solo eso. Prefería centrarme en todo lo demás que conllevaba. Sorprendente como pueda parecer, mi vida sin Alexis seguía. De hecho, yo no existía en la suya tampoco.

Recuerdo todas las veces que me duchaba, limpiaba y exfoliaba la piel en profundidad, me echaba crema y me hidrataba con cuidado con el único objetivo de estar siempre disponible, sentirme atractiva ante la posibilidad de un encuentro. Quería sentirme deseada, ser apetecible para él, un lienzo en blanco dispuesto a pasar por manos de un artista. Aunque él jamás llegase a admitirlo y el tema no saliese nunca, estaba convencida de que le gustaba marcarme el cuerpo durante los polvos, marcas que luego yo achacaba a una más que posible anemia por toda la cantidad de trabajo acumulado. Porque había algo más profundo y oscuro en el hecho de pasar por un acto sexual relativamente violento cargado de significado. Ambos, a nuestra propia manera, nos habíamos entregado a una relación dura, destructiva, llena de espinas.

¿Era posible que el dolor que nos causábamos a base de aquel placer tapase el dolor que sufría por su hija? ¿Podía ser que, infligiéndome dolor, pudiese obtener placer y así huir del que padecía él? No tenía la menor idea, solo la certeza de que para él —igual que para mí— el sexo era como una anestesia, un chute para seguir pendiente de esa adrenalina y no sentir lo demás. Y la propia idea de repetir los encuentros en la oficina le otorgaba a todo una excitación extra.

En ese caso, el adulterio era solo una puerta circunstancial que se había abierto para mí con el objetivo de poder escapar, como pensaba que también hacía él. Sin embargo, tenía miedo de que no fuese así y que, una vez que saliese por ella y volviese al mundo real, me llevase parte conmigo y me convirtiese en una persona capaz de ser igualmente infiel en cualquier otra circunstancia.

Esa gente, la que podía estar cruzándome por la calle, con la que podía estar intercambiando miradas en el metro, monedas en la cafetería, papeles en la oficina, podía ser como yo, ratas incapaces de sentirse culpables porque no les parecía que vivir tanto placer pudiese estar mal. ¿Era acaso la eterna excusa tras la que yo andaba: que el hecho en sí no fuese malo, sino sus consecuencias? Me fascinaba la capacidad con la que alguien podía pasar de ser amado —mientras cumplía las reglas monógamas del amor verdadero— a ser en cuestión de segundos un pervertido. A mí no me gustaba perder de vista que la persona que hacía esto era la misma que le daba las buenas noches a su pareja, le traía ibuprofenos de la farmacia o le llevaba el café a la cama por las mañanas.

Eso está siempre ahí. A veces incluso querer a alguien implica esforzarse por ser menos uno mismo. No podía borrar la idea de que él, Alexis, además de ser marido en casa también había sido padre: había hecho el tonto, había llevado a su hija en hombros y corrido por el pasillo. Mi realidad no cuadraba con la de aquella hija. Si todavía siguiese viva, ¿qué pensaría ella si supiese que papá, quien la protegía y hacía explotar el amor en besos sobre la barriga, era esa persona que se despeinaba y follaba violentamente contra una mesa a última hora de la tarde antes de ir a bañarla y acostarla? Pero ella ya no estaba para pensar eso ni él para hacerlo, y quizás por ello ahora se permitía ser ambas personas a la vez.

Unas semanas antes de que tuviesen que visitar al médico de manera regular, Lara había empezado a tener gestos y rasgos propios de una niña que había emprendido el camino para dejar de serlo. Se podía intuir ya en su rostro cómo le cambiaría la cara cuando se hiciese mujer. Cuando las rondas de medicación habían hecho aparición para quedarse en sus vidas, Alexis se había percatado de que su hija se estaba volviendo mayor por días, y odiaba no tener la certeza de saber si debía culpar a la edad o a la enfermedad. No le gustaba recordar a esa Lara pálida, no quería tener que visitar esas imágenes en su cabeza cada vez que el nombre de su hija hiciese aparición. Quería proyectar y reconstruir una Lara exaltada, imposible a ratos, caprichosa —no podía negarlo—, a la par que inspiradora. Pasaba de la muñeca al tren en cuestión de segundos y sus cantidades ingentes de energía creativa tenían que ser siempre canalizadas. Alexis había aprendido a dirigir a su hija, devolverla al camino cuando su comportamiento fantasioso e indisciplinado la desviaba por donde no debía ir. Aunque llegase el ocaso del día —cuando cualquier niño está al borde de sus fuerzas, contenidas para abrazar a su padre y poco más—, Lara tenía cuerda para mantener el ritmo un rato más y contarle todo lo que no había podido compartir con él.

Charlatana, soñadora, dispersa a ratos. Alexis bromeaba a menudo con Zoe sobre el botón que no encontraba para poder desconectar a la niña, y hasta cosquilleaba la espalda de su hija en busca del interruptor cuando ella parecía tener todavía cuerda. Le encantaba jugar con ella, estar presente para comprobar hasta dónde podía llegar su imaginación. Aprendía tanto de su hija como del resto del mundo. En aquellos casos en los que lo dejaba con la boca abierta, le seguía fascinando el misterio que suponía haberla traído al mundo. Sí, quería quedarse con la imagen de la niña sobre sus hombros, con las manchas que Lara le dejaba cuando jugaban a cazarse en el salón. Todavía podía dibujar una sonrisa si traía al presente el recuerdo de cuando era él quien la peinaba antes de ir al colegio y cómo Lara lloraba porque Alexis le dejaba el cuero cabelludo lleno de bollos el resto del día. «¡Tú no sabes hacerlo bien, que lo haga mamá!», gritaba llena de dramatismo, sentada en la taza del cuarto de baño. Aunque acababa por rendirse y dejaba que Zoe cumpliese sus expectativas, Alexis adoraba peinarle la melena pelirroja a su hija, y hasta había aprendido a hacerle unas pequeñas trenzas en el hospital. Claro que Lara, a aquellas alturas de su enfermedad, solo tenía fuerzas para sonreír cuando él le enseñaba el resultado. Cómo hubiese deseado él que su hija se hubiese rebelado, como había hecho durante años, ante la idea de que su padre la peinara. Sin embargo, lo único en lo que podía pensar ahora era en que su hija nunca llegaría a tener miedo a la humillación. Nunca dejaría atrás aquella mente imaginativa tan característica suya. Alexis no llegaría a ver a su hija alcanzar esas fases complicadas en las que el cuerpo le cambiaría y tendría que descubrir por ella misma muchas cosas. Jamás tendría que lidiar con el hecho de que su padre pasara de bañarla a tener que apartar la mirada cuando ella creciese y fuese por la casa cerrando puertas de golpe. Le hubiera gustado verla cambiar y desarrollarse como hacían los vivos, como hacían ellos mismos, visualizarla con todos los dientes, superando el metro setenta, siendo alta como su madre. Tenía la certeza de que siempre le pasaría, año tras año, hasta el fin de su vida, que niñas —pequeñas primero y luego mujeres— de la que sería la edad de su hija se cruzarían en su camino y él trataría de imaginar cómo hubiese sido ella. Pero no podría. Lara siempre tendría seis años.

IV

Como no podía ser de otra manera, cuando llegó el puente de diciembre apenas me pude coger un día para pasarlo en casa tratando de organizarme. Lejos quedaban los momentos, años atrás, sin responsabilidades, con euforia y ganas de poner cada segundo de mi vida personal en el asador a cambio de sentir que estaba forjando una carrera. Las cosas, recién cumplidos los treinta y cinco, distaban mucho de cómo había abandonado la década pasada, dedicada y con la motivación suficiente para sacar energía para todo. Mi objetivo por aquel entonces era llegar a casa tras mi jornada laboral de doce horas con ganas suficientes como para preparar algo más elaborado que pasta integral con salsa pesto. Que el desorden de casa no me molestase en demasía y que las desavenencias con Nico fuesen las mínimas como para no tener que emplear parte de esa poca energía en discutir con él. El impulso, eso sí, lo recuperaba cuando se trataba de pensar en un encuentro con Alexis; en la posibilidad de que, en una de las tardes de aquel eterno puente, pudiésemos escaparnos a algún rincón de la ciudad, perdido, discreto, fascinante.

Sin embargo, una vez más la palabra del año golpeó la mesa y, como una mano que lanzara todas las fichas de dominó, tiró por tierra mis planes.

—Complicado. Me voy de viaje a Londres a una feria tecnológica a presentar los nuevos productos.

—Tienes prohibido el uso de esa palabra... —añadí al otro lado de la línea girándome hacia el rincón más silencioso de mi escritorio al percibir un murmullo al final del pasillo—. Busca sinónimos.

—Estoy muy cansado como para que se me ocurra ninguno. ¿Peliagudo?

—¿Estarás fuera toda la semana? —le pregunté.

—Solo tres días...

—Setenta y dos horas suena a algo muuuuuy lejos.

Abrí la aplicación de calendario de mi Mac para ver que justo, al final de esas setenta y dos horas, haría aparición el maldito fin de semana. Hordas de trabajadores incansables deseando que llegasen las jornadas de descanso y yo solo anhelaba que pasasen rápido para volver a tener mis días laborables disponibles junto a él. Los findes ya no eran fascinantes: tan solo eran un estado comatoso en el que entraba hasta la ducha del lunes por la mañana.

—Nos veremos la semana que viene, encontraremos la manera —me dijo.

—¿Seguro?

—No todo ha de ser rompernos los huesos, que yo también estoy aún recomponiéndome de la última —confesó.

—Oh, la edad. Yo no estoy lejos de parecer un mapamundi: necesito algo mullido de vez en cuando. No te creas que lo pido por vicio.

—Ya imagino... —rio.

No quería insistir más porque había hecho ya un par de referencias recientes al ansiado colchón. Necesidad o no, ridículo como pudiese sonar, lo que estaba haciendo con aquella petición era alejarme del peligro que comportaba nuestra situación. Las marcas sobre mi piel eran la prueba del crimen, de hecho. No me daba por pensarlo, pero cuando visualizaba las consecuencias de ser descubiertos de un modo u otro, entraba en pánico ante la idea de tener que enfrentarme a aquellas supuestas conversaciones (con Sofía y Noelia, con Nico). En mi mente era menos peligroso escaparme a cualquier rincón expuesto de la ciudad que seguir buscando escondrijos en aquella oficina. Tal y como lo veía, era más fácil mentirles a dos personas (Zoe y Nico) que mentirle a más de una docena (contando con Oliver, aunque estuviera todavía de año sabático).

—Una lástima —añadí—. Rebuscando en mis cajones de cuando Madame Bovary era joven y casadera, he encontrado una cosa que puede atraer tu atención.

—Interesante. ¡Una pista, va!

—Es de encaje —susurré pegándome el auricular—. ¡Ah! Y si hace bien su trabajo, le harás caso aproximadamente durante quince segundos antes de arrancármelo.

—¡Me hago a la idea! Me gusta la expectativa...

—Eso sí, no lo pienso traer a esta triste oficina.

—Propongo que lo sometamos a votación. —Tomó aire y, antes de darme tiempo a intervenir en aquella pausa, reanudó su frase—: Sí.

—Me siento coaccionada... —reí antes de tener que dar por zanjada aquella conversación.

Los días alternos de trabajo y descanso pasaron más rápido de lo que había imaginado y, sin darme cuenta, ya estaba el lunes tecleando un correo a una hora razonable.

Emma: Lo creas o no, te quería pedir perdón por si te incomodé el otro día insistiendo en quedar en pleno puente. Sé que te ibas fuera de viaje y yo ahí, hablando de ropa interior...

Su respuesta, sorprendentemente, no se hizo esperar.

Alexis: Vale. Esta tarde me paso por allí a aceptar tus disculpas.

Emma: En serio, me supo supermal...

Alexis: Claro. Entonces tendrás que pedirme perdón de rodillas. (Joder, qué fuerte suena dicho así, ¿no?).

Emma: Peores cosas me habrás dicho. Que sepas que hoy estoy hasta arriba de curro, a lo mejor te ignoro bastante rato y te hago esperar hasta que supliques.

Aunque fuese un intento burdo, ya que poco le iba a importar si no lo hacía a aquellas alturas, quise dejarle presente que una de las razones por las cuales yo no levantaba cabeza era, en parte, una consecuencia de su persona. De ser una tarea puntual, había tenido que pasar a coordinar toda la cadena de proceso de la mayoría de proyectos de su cuenta. Sofía y Noelia se iban de comidas con clientes y se daban palmadas en la espalda la una a la otra mientras era yo la que estaba al día de cada uno de los movimientos. Relacionado con él, sin duda, pero me encontraba en un *impasse* en el que mi vida no parecía albergar nada más que trabajo.

Aquella tarde no miré el reloj ni levanté la vista del ordenador. Las horas volaron una tras otra y parecían insuficientes al ritmo al que conseguía tachar tareas de mi lista. Di por hecho que sabría a qué hora parar cuando Alexis hiciese su aparición en mi rincón, pero, en un momento en el que mi teléfono sonó con un mensaje de publicidad con promesas de grandes descuentos, me di cuenta de que eran cerca de las nueve y media de la noche y que él, lejos de venir, no había ni escrito para avisar que no iba a poder hacer su aparición como había prometido.

Tenía aún un par de coletazos que rematar y alargué mi marcha media hora más con una inútil esperanza. Idiota como me sentía allí dentro por ser la única luz encendida de toda la planta, no contemplaba la ilusión siquiera de que llegase señal de vida alguna. Me sentí utilizada, estúpida. Era lo que había anhelado desde hacía días y, llegado el momento, él ni se había molestado en llamar para avisarme de que no lo esperara; no tenía ni idea de qué había podido suceder ni por qué él no había invertido veinte segundos de su vida en hacérmelo saber. Lejos estaba la idea final de escaparnos de allí a aquellas horas, agazaparme en la parte trasera de su coche y conducir hasta una población de la costa alejada. Más lejos aún estaba la fantasía con la que había jugado los días de aquel pasado puente de poder despertarme a su lado en un hotel de montaña caro y apartado, con alguna excusa estúpida y las horas contadas, pero horas, en plural, al fin y al cabo.

Él me pediría perdón, lo sabía, porque en cuanto se diese cuenta de que me había hecho enfadar y sentir mal, trataría de corregirlo. En efecto, se disculpó la siguiente vez que lo vi en una reunión en su despacho, entre susurros, antes de entrar a un pase de las piezas audiovisuales concebidas por el equipo creativo. Nunca llegaré a saber si ya tenía pensado hacerlo o sucedió como reacción ante mi queja. Lo cierto es que, tocado como estaba por la desconsideración, me explicó todas las razones por las cuales no había podido aparecer ni avisar, y se adelantó a mis posibles reproches haciéndome saber que iba a ser lo más preciso y atento posible para que aquella situación no se repitiera.

—A partir de ahora te avisaré siempre, incluso los días que no pueda, para que no te quedes pendiente...

—Ni con las ganas —añadí.

—Bueno, tampoco a mí me gusta quedarme así... ¿Qué haces hoy a última hora?

—Trabajar —concluí sujetando mi libreta de notas y

entrando en la sala, donde la pantalla ya estaba dispuesta y las sillas se habían repartido en forma de teatro.

—*Okey*, me pasaré a supervisar que todo esté en orden —anunció adelantándose y pasando antes para coger sitio. Me sonrió desde la otra esquina de la sala mientras las luces se apagaban y el equipo comenzaba su explicación.

Verlo así, atento, interesado, me producía calma. Sin embargo, sentía que todo a mi alrededor se me venía encima; cada día cargaba un gramo más de ansiedad sobre mis hombros y lo que había sido imperceptible meses atrás había empezado a hacerse notar a medida que se acercaba el final del año. Cuando cualquier situación a mi alrededor me producía estrés, cuando se formaba un nudo en mi garganta ante una nueva semana llena de tareas que no tenía tiempo de tachar, cuando quería huir de un conflicto ridículo o de alguna pelea con Nico por mi falta de apetencia, ante todo debido a mi cansancio, me evadía con la idea de Alexis, mis manos penetrando su mata de pelo pelirroja, mis huellas dactilares dibujando formas imposibles, conectando las pecas de sus hombros. Nada más valía, solo el placer que sentía al percibir cómo su lengua rozaba la yema de mi dedo cuando cerraba la puerta a su espalda y llevaba el índice a su boca entreabierta para que me lo chupara.

No puedo contar las veces que releía sus correos. Aprovechaba cuando me colaba en el baño para volver sobre esas tres o cuatro frases breves que me regalaba desde su móvil. Las leía seguidas, con las rodillas dobladas, las piernas entreabiertas y las bragas por los tobillos. Con el codo sobre el muslo y el mentón apoyado en la palma de mi mano. No decían nada, no había nada más que leer entre líneas, su lenguaje era bastante explícito, pero les ponía su voz.

Es probable que él redactase esos correos como cuando

respondía para aprobar presupuestos o aceptar una reunión en su agenda. De camino al *parking*, de vuelta de una comida. Alexis nunca respondía a los mensajes fuera del ámbito laboral, en otro horario. Si había en mi bandeja de entrada un correo suyo a las diez de la noche, solo podía significar que seguía en su despacho, trabajando. A veces sentía que lo reducía todo de este modo a algo que tan solo existía debido a nuestra relación contractual. Él, como cliente, como «jefe», necesitaba organizar cada aspecto de su vida y, al tratarme como un tema más relacionado con los servicios que le proporcionaba nuestra empresa, lo nuestro pasaba a ser algo etiquetable y, por lo tanto, sin posibilidad de desperdigarse, descontrolarse o expandirse. Como se suele decir: «Si no sacas las canicas de la bolsa, jamás habrá posibilidad de perderlas». Tal vez busqué esa teoría con la intención de justificar aquella imposibilidad de planear e improvisar, de tratar de entender por qué nuestra existencia se veía definida por su horario. En definitiva, para poder sentirme más cómoda con la posición en la que nos habíamos encontrado pasados los meses, él con la sartén por el mango y yo a su merced.

Tal vez fue porque se acercaba la Navidad o porque su ausencia se extendería durante esas fechas más de lo que estaba acostumbrada... A lo mejor no tenía justificación, pero comencé a indagar sobre su mujer en la red. Imágenes, información, cualquier cosa relevante. Primero dar con el nombre, luego buscarla en redes sociales. No me supuso ningún esfuerzo: era experta en *marketing* y comunicación, por lo que sabía rastrear la huella digital de alguien hasta con los ojos cerrados. No lo hacía a menudo ni estaba obsesionada:

solo un par de veces había tecleado de incógnito en el buscador y había repasado las páginas de resultados con su nombre en busca de algún dato. Sus fotos juntos, las imágenes a solas de hacía un par de años, ninguna actual, sin embargo. Molestaba comprobar que ambos parecían salidos de una revista, combinados, guapos, brillantes. Escrutaba en el rostro de ella las consecuencias de lo que había pasado, el posible cansancio, pero ninguna imagen me iba a dar lo que estaba buscando. No podía ni quería enfrentarme al hecho de que, aunque ella no lo supiese, yo me había convertido en una pieza más de su vida, otro factor de sufrimiento. No pensaba en su hija, pensaba en su mujer, quien estaba casi tanto o más presente que Lara en la narración diaria de quién era Alexis. La sentía como una piedrecilla en mi zapato aunque él no la nombrase. Quería saber quién era la mujer a cuyo marido me estaba follando, porque hay una cosa relacionada con el adulterio, y es que es importante saber a quién le estas robando esos momentos.

Cuando la imagen de una posible Zoe desquebrajada llenaba mi cabeza, inmóvil, como en aquellas fotos de sus redes sociales, tenía que recordar que todas las consecuencias que le pudiesen afectar de nuestra relación eran asuntos entre él y ella exclusivamente, no entre ella y yo. No creía que la culpabilidad pudiese llegar a ser real en cuanto a su mujer en el momento en el que yo no era real para ella, lo que significaba que el posible dolor que le causaría mi existencia no se había formado todavía. No creo que nada de esto diga cosas buenas de mí, pero aquel pensamiento me calmaba.

Existía una gran diferencia entre su mujer y yo, de eso no cabía duda. Una historia de amor siempre surge no cuando alguien desea volver a verte, como era mi caso con Alexis, sino cuando esa persona decide que quiere pasar a verte el resto del tiempo. Ahí es donde estaba ella, en sus fotografías; aquí es donde estaba yo, al otro lado de la pantalla.

El siguiente pase de las piezas audiovisuales tras aplicar el *feedback* que Alexis y su equipo nos había dado se había saldado con una circunstancia turbulenta para ambos en el ámbito físico. Tras la visualización y comentarios, Alexis se había reunido con el equipo creativo para transmitirles sus nuevas notas y luego había salido de la sala buscando mi rincón. Delante de Sofía, que estaba en mi mesa reclamando documentos que yo no había tenido tiempo de finiquitar, había pedido reunirse a solas conmigo para saber mis opiniones, ya que confiaba, textualmente, «mucho en mi criterio».

—Si tienes un hueco... —había añadido ante mi estupefacción.

—¡Lo tiene! —Sofía se apresuró a responder por mí con tal de complacerlo—. Puedes acabar esto después. —Señaló sobre mi mesa los documentos que me estaba reclamando.

«Claro, después... A las diez de la noche, ¡no te jode!», pensé.

En silencio, me hice con la libreta y seguí el paso de Alexis, quien, nada más cerrar la puerta de la sala, tapó mi boca con la palma de su mano mientras que con la otra buscaba bajarme los pantalones. Sin ser capaz de emitir un solo sonido, me bajó los vaqueros hasta los tobillos, enroscó las bragas, se puso de rodillas y me propició un par de lametones.

—¡¿Qué haces?! ¡Estás loco, para! —susurré.

Inquieta y sobresaltada, salí de aquella sala un par de minutos después sin mi libreta y con las bragas mal enrolladas bajo los pantalones. Tratando de recuperar el aliento, aparté los papeles de Sofía y abrí un nuevo correo electrónico.

Emma: ¡Joder! ¡A ver con qué cara me pongo yo ahora a acabar el dichoso documento de la bruja de mi jefa!

Alexis: ¡Y yo a mejorar el contenido audiovisual de esta campaña!

Emma: Tú estás a salvo.

Alexis: Salvo que no puedo sentarme. Creo que te llamaré continuamente para que me aclares los cambios que quieres introducir y así te acabaré desnudando.

Emma: Con la oficina (MI OFICINA) llena de gente. En plena jornada laboral. Ole tú. Postdata: Quiero lamerte. No puedes empotrarme contra la pared porque no soy capaz de pensar, solo sé que quiero lamerte.

Alexis: Ven, me estoy bajando los vaqueros. Tú misma...

Emma: Quiero lamerte todo el cuerpo, no solo esa parte específica. No me gustaría dejar sin atender otras zonas.

Alexis: Las que quieras, no sé por qué estamos perdiendo el tiempo hablando.

Emma: ¿Qué parte no entiendes de que estamos en mi puesto de trabajo, en horario laboral, rodeados de gente?

Alexis: Aquí dentro estaríamos solos. ¿Ves alguna cara suspicaz ahí fuera?

Levanté la vista de camino al lavabo y tan solo me topé con Jordi, el informático, en su camino a la nevera. Seguí escribiendo:

Emma: Nadie señala, si eso es lo que preguntas. Pero me temo que vas a tener que revisar esos cambios MUY lentamente hasta que acabe yo con lo mío y esto se quede vacío.

Alexis: Te has dejado la libreta aquí dentro. Ven a por ella.

Emma: A lo mejor te castigo un poco más yendo a por ella... sin bragas. Mirar y no tocar.

Alexis: ¡Sí, please! ¡Castígame!

Veinte minutos más tarde, y cuando a mi parecer todo estaba más tranquilo, me dirigí hacia la sala con la excusa de recuperar mi libreta. De nuevo, nada más entrar, Alexis buscó hacerse hueco entre mis pantalones y descubrió al bajar la cremallera que, tal y como le había dicho, no llevaba bragas. Me las había sacado en el lavabo y estaban hechas una bola dentro de mi cajonera del escritorio. Con sus dedos dentro de mí y sus penetrantes ojos grises incapaces de perder contacto visual, conseguí susurrar con el control de mis gemidos:

—Hace poco fui a visitar a mi abuela a Francia —le dije al oído— y tuve un sueño erótico contigo: que me follabas en mi cama de la infancia de manera salvaje.

—Qué pena que fuese una cama pequeña —me respondió él—. Ya puestos a imaginar, podría haber sido enorme.

—No tiene por qué ser tan solo imaginación —solté clavándole con toda la intención mi mirada—. Una cama no sería un riesgo, como esto que estás haciendo ahora mismo... —Acabé la frase con un gemido.

—En el riesgo está la gracia de lo que hacemos. —Él, de nuevo, hizo el gesto de taparme la boca con la palma mientras seguía moviendo su otra mano entre mis pantalones—. ¿Por qué no reproducimos eso que me hacías en el sueño?

—Necesito un colchón —le dije—. Eso o que te estires sobre la mesa..., pero me voy a destrozar las rodillas.

—Pongo mi chupa debajo si hace falta... Aunque ahora mismo no tenemos tiempo para todo eso. Demasiadas ganas, demasiadas cosas, poco tiempo.

Movió sus dedos un poco más y me lamió la boca segundos antes de que le mordiese la lengua y el labio. Nos quedamos callados al escuchar unos pasos en el pasillo. Tratamos de contener el aliento.

—*Okey*, un sitio con cama y sin gente. Hecho —añadió cuando parecía que los pasos se alejaban.

—Me parece perfecto. Tengo pendiente gemir sin contemplación —añadí cuando noté que sus dedos empezaban a moverse a más velocidad y antes de tener que concentrar todos mis esfuerzos en respirar con rapidez sin emitir un solo sonido.

—¿Tienes una lista de deseos para ir tachando?

Cerré los ojos y asentí con la cabeza, reposándola en la pared.

—Nada... pretencioso —conseguí decir mientras su dedo corazón cogía velocidad acariciando mi clítoris.

Pegó sus labios a los míos y abrió la boca para dejarme jugar con su lengua mientras intensificaba el movimiento de su dedo, que, húmedo, estaba consiguiendo que estuviese a punto de correrme. Cuando empecé a gemir, me tapó la mano con la boca. Vi cómo sus ojos disfrutaban mientras yo me corría, incapaz de emitir un solo sonido de placer al respecto.

Retiró sus manos y sonrió al ver cómo yo recuperaba el aliento, con las piernas entreabiertas y temblorosas, el pantalón bajado y la espalda incapaz de abandonar la pared. Algo me hizo ver en su mirada el ansia que tenía de llevar más allá todas las oportunidades que se nos estaban brindando de investigar y poner a prueba nuestros deseos. Era obvio que él había buscado con ganas hacer aquello a escasos metros de más de una docena de personas. El escenario le había sido propicio y había dado un paso más en su propia lista de fantasías. «En el riesgo está la gracia de lo que hacemos». En efecto.

Por mi parte, la sonrisa placentera agazapada en el rabillo de sus ojos, junto a las arrugas que le conferían un mayor atractivo, me llevó a concebir aquel encuentro como un momento de intimidad que iba más allá del sexo. Un tipo de intimidad que crecía casi de manera física cuando dos cuerpos se conocen como los nuestros empezaban a hacerlo. Quizás había percibido mis carencias y había querido centrarse en mí, en mi placer. Verlo restregarse un pañuelo por los dedos con satisfacción me hizo pensar que a lo mejor era demasiado tarde, que a lo mejor la intimidad entre ambos era más potente que el sexo; que, a lo mejor, Alexis me gustaba más de lo que debía.

V

Un jueves a media tarde fue cuando tuvo lugar en la oficina el piscolabis de celebración de Navidad, lo que comúnmente conocíamos como la despedida previa a pasarnos dos semanas alejados de aquel sitio que, como el colegio cuando éramos unos críos, cerraba por vacaciones. Sofía y Noelia habían conseguido que lo que en un principio se había reducido a la plantilla tomando cava y procrastinando la última tarde antes de las fiestas resultase en un convite con *catering*, camareros y todos los clientes invitados repartidos por las estancias del piso-oficina.

—Todavía recuerdo cuando bajábamos al súper a por las botellas y todo esto era solo una excusa para ponernos como Las Grecas —dijo Oliver nada más entrar, lanzándose a mis brazos.

Como siempre, no se dejaba ningún aspaviento en demostrar su cariño hacia mí, pero hubo algo frío en aquel reencuentro, como si ambos supiésemos que él llevaba demasiado tiempo ignorándome y no por casualidad.

—¿Qué gracia tiene si tenemos que mantener la compostura delante de los clientes? —añadió estirando el brazo al ver pasar a un camarero con una bandeja—. Alegra esa cara y bebe, que estás muy pálida...

Me tendió una copa pese a tener yo ya una en mi mano y apenas intercambió conmigo cuatro frases antes de irse a saludar a otros compañeros, a quienes se pasó el resto de la tarde-noche mostrándoles imágenes de su hijo, fotografías que a mí ni se molestó en enseñarme.

¿Me dolía? Por supuesto, y no porque quisiera fingir ante cuarenta instantáneas idénticas y emitir sonidos de fascinación por los pliegues rugosos de los brazos de un bebé. Me molestaba que el único comentario que Oliver me había hecho había sido despreciativo hacia mi cansancio, en vez de hacer piña, como siempre, y preguntarme cómo aguantaba mantener su trabajo y el mío a la vez. Cero preocupación. Cada hombre es una isla: la suya estaba llena de pañales y monerías, lejos de la mía.

No quise darle más importancia y me centré en retocar frente al espejo del lavabo el labial rojo que se había ido desgastando entre sorbo y sorbo debido a la copa de cava. Volví a recorrer la entrada y los pasillos, buscando la mejor posición desde la cual poder ver a Alexis interactuar, jugando a ignorarme, manteniéndose alejado de mí el mayor tiempo posible. Era encantador, no había duda. Su flamante sonrisa, la mano en el brazo de la gente mientras hablaba, tonteando, siempre un paso más lejos de lo que era tan solo cortesía, dando dos besos en vez de estrechar la mano. Allá donde fuera, acababa levantando la vista y lo encontraba rodeado de gente, con una copa en la mano, saludando de pasada a alguien a quien prometía su atención más tarde. Lo vi tocarle el brazo a Sofía, ponerle la mano en el hombro y en la cintura a Noelia. Lejos de estar celosa, aquel acto me proporcionaba un acallado orgullo de posesión. Como si me confiriese la extraña posibilidad de acercarme a la mujer de turno que se sintiese en esos instantes especial y, apuñalando su felicidad, susurrarle: «Tontea contigo, pero me folla a mí».

Habíamos intercambiado un par de miradas intensas cuando, desde un rincón, tecleé un correo rápido en el teléfono y esperé su reacción.

Emma: ¿Es demasiado pronto en la tarde para decirte que hoy traigo liguero y medias de esas a media pierna?

Lo vi sacar el teléfono del vaquero y leer mi correo mientras le daba un sorbo a su copa de cava. Sonrió con discreción, lo volvió a guardar y me buscó con la mirada por la zona diáfana de la sala de creativos. Le devolví la sonrisa en el momento en el que hicimos contacto visual y desaparecí por el pasillo de camino a mi sitio, instándole a que buscase un instante para nosotros. Rodeada de Gemma y Judith, las dos chicas de Contabilidad que habían conseguido adueñarse del escritorio vacío de Oliver, me sumé a su conversación mientras esperaba la aparición de Alexis. Lo que recibí, en cambio, fue la respuesta a mi correo.

Alexis: Me acabo de volver loco, esas putas medias son mi perdición. ¿Dónde estás? Pienso sacártelas con la boca si hace falta...

No había acabado de leer sus palabras cuando escuché su voz que saludaba a Oliver a un par de metros, con quien decidió extender una charla que podíamos escuchar desde nuestra posición. Hizo referencia a la cantidad de proyectos nuevos que habíamos arrancado con su firma y, ante un Oliver cohibido por primera vez en sacar el teléfono para mostrar fotos de su hijo, Alexis le pidió que le enseñara alguna. Parecía que éramos las siguientes a las que se iba a acercar cuando le sonó el teléfono y entonces saludó con efusividad a lo que con claridad era una mujer y se alejó por el pasillo. Oliver, que se había quedado colgado en la entrada, se acercó a nosotras.

—Vaya peligro que tiene este, ¿no? —señaló Judith refiriéndose a Alexis.

—Se nota tanto cuando habla con sus amantes, solo

hay que ver cómo coge el teléfono... —escuché decir a Oliver.

No pude evitar que se me hiciera un nudo en el estómago y asentí en una mueca, cuando obviamente lo que estaba pensando era: «No llama a sus amantes, no tienen su número personal». De hecho, ni siquiera las roza con la mano en público. Aunque yo fuese la prueba fehaciente de que, en efecto, la imagen de mujeriego era cierta, me jodía que él fuese tan típico, tan etiquetable. Desde la sonrisa hasta la manera de hablar, el pelo... Era muy fácil para esas tres personas que bebían cava a mi lado ilustrar con cuatro pinceladas la visión que tenían de él. En silencio, incapaz de parar de beber de mi copa, fui testigo de sus habladurías: desde la atención que parecía prestar a las mujeres hasta su atuendo desgarbado pero sexi, pasando por la tragedia. ¡Oh, la tragedia! Pobre mujer. Pobre él. Pobres ambos. Es increíble cómo sonríe, si debe de estar destrozado. Juguetes rotos no, gracias...

—Tú estás trabajando mucho con él, ¿no? —apuntó una de las chicas, tras lo que Oliver, por primera vez, atendió a una respuesta relacionada con mi trabajo.

—Sí. La verdad es que todo correcto.

—¿Es un tiracañas? —preguntó la otra.

—Es muy currante... —indiqué yo levantando mi copa vacía y desapareciendo.

Me lo crucé por el pasillo apenas unos segundos; segundos en los que ninguno de los dos se arriesgó a hacer cualquier gesto fuera de lo común.

—Brindaría contigo por las fiestas —le dije—, pero me has pillado de camino a por la séptima copa de cava.

—Si no fuera porque puede pasar cualquiera ahora mismo, te levantaría la falda y me pondría de rodillas.

—Joder... —Le quité su copa de cava de la mano y me

la acabé de un trago—. No me digas eso, hay mucha gente...

—Lo sé. Hoy no parece que vaya a ser posible escaparnos a ningún rincón...

Decepcionada, levanté la vista ante el par de voces que se acercaban por el pasillo mientras Alexis llenaba el momento con frases banales. De nuevo a solas, antes de que pudiera preguntarle, se me adelantó:

—Tengo una cena de la que no me puedo escapar. De hecho, ya tendría que ir saliendo. —No disimulé mi desilusión—. ¿Puedes ponerte otra vez las medias mañana?

—¿Mañana? Depende... ¿Te las mereces?

—Me haré merecedor, te lo prometo.

De nuevo, ante otro par de voces, se inclinó hacia mí y me propinó dos fríos besos de despedida, retomando el camino por el pasillo, por el que desapareció no sin antes darse la vuelta para regalarme una última mirada. Suspiré y me quedé helada, pegando la espalda a la pared, con ganas de seguir levantando el vaso repetidamente, pero sin querer moverme a por otra copa. Me latían hasta los dedos de los pies, notaba electricidad en cada punta nerviosa de mi cuerpo. Estaba enganchada a él, a lo que teníamos.

Al día siguiente, cuando todo el mundo había contado los minutos para las tres de la tarde y había salido corriendo hacia sus vacaciones, yo me quedé ultimando cosas que no quería que me salpicasen a la vuelta. Siendo honestos, podría no haberme ido las siguientes semanas y todo el trabajo seguiría siendo demasiado para una sola persona; siempre tenía algo pendiente a lo que llegaba tarde. Tal vez por eso, aunque atenta a la hora, no me percaté cuando Alexis hizo su aparición a las cuatro de la tarde y tuve que dejarlo esperando en la sala hasta que acabara mis tareas.

—¿Te importa? Sé que si lo dejo para después me pueden dar las tantas...

—No te preocupes —dijo mientras yo cerraba la puerta a mis espaldas y volvía a mi sitio.

No tardó en salir a buscarme para pedirme prestado el cargador de mi móvil.

—No me queda mucho —dejé caer entrando en la sala y buscando el enchufe del suelo pegado a la esquina.

No era la primera vez que aquel enchufe me daba problemas en una reunión y ya le tenía cogido el truco. Sin tiempo a darme cuenta de que la puerta ya estaba cerrada, me puse de cuclillas y me peleé para conseguir que el cargador se anclase.

—Ya está... —dije—. ¿El móvil?

Fue entonces cuando Alexis se agachó para dármelo y, de rodillas y a mis espaldas, coló a gran velocidad sus dedos entre mis bragas justo en el mismo instante en el que yo enchufaba el teléfono a la corriente y la imagen de su hija hacía aparición en la pantalla.

Me rodeó la cintura con el brazo libre para ayudarme a no perder el equilibrio y siguió penetrándome con su mano, pegando su pecho a mi espalda. Gemí sin poder evitarlo, aún con la imagen de su hija presente. Apoyé el teléfono en el suelo tratando de luchar contra aquellas sensaciones contradictorias. No podía evitar pensar en la imagen, una ventana a su mundo, la idea de que tras aquel aparato se encontraba el resto de su vida. Sin embargo, los zarandeos de su mano y las embestidas me impidieron prestarle más atención a aquel pensamiento. Alejé el teléfono con un empujón y apoyé las rodillas y las palmas en el suelo, abriendo mis piernas con sus dedos todavía dentro de mí y poniéndome a cuatro patas.

—La puerta... —gemí.

—Ya está... —susurró él concentrado en desabrocharse el pantalón, dejarlo caer hasta las rodillas y gatear la distancia que lo separaba de mí.

Me bajó las bragas hasta donde mis rodillas rozaban el parqué y, cogiéndome por la cintura, me penetró. Lo noté de golpe todo dentro, casi de manera sorpresiva.

Cuando él empezó a coger más ritmo, mantuve el equilibrio de sus embestidas con una sola mano y me llevé la otra al clítoris empapado, donde empecé a tocarme, mientras notaba su pene entrar y salir, rozando mis dedos. Necesitaba hacerlo porque estaba en una fase del ciclo menstrual que hacía que su penetración tan profunda me molestase en las paredes cervicales. No quería decírselo, pero tampoco quería quedarme sin mi parte de placer. Paseé la mano para poder acariciarlo y volví a acercarme los dedos para agitar mi mano hasta correrme. Lo hice segundos antes de que él saliese de dentro de mí, se pusiese en pie y, jadeando, acabase corriéndose sobre la mesa para no mancharme el vestido.

Mientras me alzaba, desenroscaba mis bragas y bajaba la falda del vestido, vi cómo él alcanzaba un paquete de pañuelos y se limpiaba. Hice el gesto de coger uno para limpiar la mesa, pero me detuvo.

—Deja, ya lo limpio yo.

—Voy a por una toallita o algo —le dije.

Volví del lavabo un par de minutos después con papel húmedo y acabé de pasarlo por la superficie de la mesa. Me había chocado mucho la imagen, por muy ridículo que pudiese parecer. Habíamos hecho de todo allí encima, pero nunca había visto su corrida sobre la madera.

—Perdona —dijo peinándose y apoyándose sobre el borde de la mesa ya limpia—. Sé que querías acabar las cosas que tenías a medias antes de venir...

—No te preocupes —respondí tomando asiento para

recuperar el aliento y frotarme las rodillas, que se habían pelado del roce directo contra el suelo.

Presté atención a cómo se agachaba para comprobar el correo que había entrado en su móvil.

—¿Tienes prisa? —le pregunté.

—No me puedo quedar mucho rato más, tengo que ir a hacer compras.

—Últimamente estás saliendo disparado... —dije riendo, y fue cuando Alexis tomó asiento a mi lado.

—La verdad es que a mí me encantaría quedarme más rato, no te creas.

—O tener tiempo para escaparte a algún otro lado... —dejé caer con tristeza, algo que no le pasó desapercibido.

—Lo tendremos, el año que viene es muy largo. Les pediremos tiempo a los Reyes Magos.

Me reí de nuevo sin poder evitarlo. Me hubiese gustado decirle que no era una niña de seis años, que ya no creía en los Reyes Magos, pero si algo había deseado desde hacía meses era aquel tiempo, el suyo y el mío, así que si para ello hacía falta volver a creer, lo haría.

—De hecho, estaba pensando en regalártelo.

—¿Tiempo? —pregunté dudosa.

—Más o menos. Por Reyes. Una escapada, unas horas, en algún otro sitio, a la vuelta de vacaciones..., ¿qué dices?

—¿De veras?

—Escoges tú. Investiga un poco, a ver qué sitios hay, a dónde podemos ir...

—Eso está hecho —accedí.

Lo vi levantarse, sin tiempo a mucho más. Me acarició los pómulos con los nudillos, instándome a acompañarlo a la salida. Su trabajo allí ya estaba hecho.

—Espero que pases unas buenas fiestas y un buen final de año.

—Tú también —dije antes de abrir la puerta, momento que él aprovechó para inclinarse y darme un beso veloz, rozando mis labios.

—Nos vemos a la vuelta... —susurró.

Lo vi marcharse y esperé a escuchar la puerta del ascensor para deshacer el camino hasta mi mesa. Lo rápido y desenfrenado del encuentro me había dejado, al menos durante un momento, con un frío extraño en el cuerpo.

Las Navidades en casa fueron aquel año más comunes de lo que cabría esperar. Es cierto que hacía tiempo que no sentía ningún tipo de emoción ante las fechas, pero aquellas en especial se me antojaron insulsas. Nico y yo habíamos cogido el tren para pasar en Francia los días señalados con mi familia y el resto se habían ido más o menos entre tardes de sofá, colas en hipermercados, vueltas por el centro de Barcelona abarrotada e impracticable y noches de kebab delante del televisor. Un par de días después del aperitivo de oficina, mientras Nico preparaba *gulasch* en la cocina y yo abría una botella de vino que nos habían enviado sus padres, le hablé de lo frustrada que me había sentido ante la frialdad con la que Oliver se había comportado conmigo. Su felicidad en extremo, la sonrisa por la que se habían colado pequeñas dosis de falsedad. Me había parecido muy injusto por su parte a la par que me había hecho sentir estúpida. Como si cada hora, gestión, esfuerzo de más me hubiesen posicionado en el sitio equivocado de mi vida. Tenía la sensación de que Oliver volvería a desordenar su mesa, Sofía y Noelia sonreirían a su paso, los pósits se seguirían acabando y el tóner de la impresora siempre estaría en las últimas. Nada más, nada diferente.

—Bueno, piensa que él va a ser capaz de admitirlo. —Nico acompañó mis palabras hasta acabar por enunciar en voz alta lo que yo llevaba tiempo pensando—: Creo que, en este sentido, no has tomado las decisiones correctas y por eso te encuentras en este momento así, en un sitio lleno de frustración donde no quieres estar.

—Guau..., ¿tan transparente soy? —dije, no sin cierto tono enojado.

—Emma..., estás constantemente cansada, magullada, irritable... Y eso es consecuencia directa de que no te has sentado con tus jefas a exigirles de una vez una...

—No es tan fácil, Nico. —Me levanté a dejar mi copa de vino sobre la mesa del salón.

—Pues tal vez tendrías que plantearte tu lugar dentro de esa empresa —dijo arqueando las cejas con compasión.

Tal vez, pensé, tenía que plantearme mi lugar en el mundo, un lugar lejos de unas paredes donde cada día odiaba más tener que pasar mis años sin amar lo que hacía allí dentro.

Puede que fuese por el vino, o por su manera directa y resolutiva de tratar el tema y alentarme a planteármelo, pero tras acabar de un trago el contenido de mi copa me senté a horcajadas sobre Nico en el sofá y me lancé a buscar su cuello, su pantalón, una reacción por el contacto. Empezamos allí, pero acabamos en la cama, una cama en la que, de espaldas, pensé en Alexis, en que aquella sería la escena que tendría lugar entre ambos, al fin, en menos de dos semanas.

En la ducha, mientras Nico dormía la siesta, recordé una conversación que había tenido no hacía mucho con Alexis. Aunque no lo hacía a menudo, si era en referencia a él o al sexo, sí que le hablaba de mi situación en casa.

—Cuando conocí a Nico estaba convencida de que el

sexo con él me había arruinado para el resto de hombres. —Alexis se había reído, inclinando el cuerpo sobre el eje de la silla—. No te rías... Estaba convencida de que jamás volvería a compartir algo así con nadie porque me había acostumbrado a ese nivel de compenetración. Sin embargo —Alexis había levantado la vista de sus manos entrelazadas—, ahora... Ahora me imagino que eres tú cuando follamos. Y no solo te visualizo. Cierro los ojos y le hago todo lo que me gustaría hacerte y me temo que no puedo por las circunstancias. Lo araño, lo muerdo sin miedo a dejarle marcas, sin controlar la profundidad de mis uñas. Me lo follo despacio también, con todo el tiempo del mundo. Me aprovecho de la disponibilidad que él tiene y tú no.

No dijo lo que pensaba que diría, pero estaba convencida de que le había encantado saber que, más allá de dentro de mis bragas, me lo llevaba también a mi cama. Al menos es lo que yo hubiera sentido si él me hubiese explicado que pensaba en mí cuando se follaba a su mujer.

Aquellas vacaciones lo vi claro. No había dejado que el *affaire* se colase en una posible crisis espiritual dentro de casa... hasta que lo había hecho de manera natural. El vino de la familia de Nico, las risas en la mesa ante el puré de patata de mi abuela —siempre con demasiada mantequilla—, cómo ella cogía de los hombros a Nico para lograr alcanzar sus mejillas y besarlo. Asistía a todo aquello de lejos, como desde una burbuja, distante. No era capaz tampoco de disimular mi incomodidad en esas situaciones, como si pensase que el *affaire* fuese una manera a la larga de acabar con mi relación y, secretamente, quisiese que todo se fuera a la mierda.

¿Acaso no dicen que las personas infieles son frías, calculadoras, egocéntricas y sádicas, que hacen daño pero siguen adelante? Tal vez yo me había convertido en todo aquello. Tal vez todas esas teorías, por muy lejanas que las sintiese de lo que estaba viviendo, tenían razón, y yo estaba siendo un componente destructor: de mi pareja, del otro, de mí misma. A la vez, estaba alienándome de la realidad, creando otra vida de tipo alucinatorio. Nueva, segregada, incapaz de poner atención a la situación de mi alrededor, había alcanzado una ambivalencia en la que mi relación con Nico, en casa, encarnaba todo lo malo que había en mi vida, y mis encuentros con Alexis, mi amante, eran todo lo bueno a lo que podía aspirar.

Y era injusto, muy injusto hacia la persona que había peleado por mí en todos los aspectos, ignorado mis malas maneras, anteponiendo mi felicidad a la suya en incontables ocasiones. En efecto, las relaciones sin calamidades son la excepción. Sin embargo, pese a tener claro que escoger a la persona con la que pasar nuestra vida es una cuestión de decidir exactamente qué tipo de amargura estamos dispuestos a soportar, Nico había decidido que soportarme a mí era lo idóneo para la suya, mientras yo empezaba a pensar que cada una de sus caricias eran insuficientes. Tenía que acallar la conciencia; no podía dejar que esos pensamientos, entre paseo y paseo o libro leído en la cama a su lado, me inundasen. Tenía que poder compaginar el mundo real con el imaginado y retraerme, centrarme en que las consecuencias no importaban. No había nada más. Me estaba guiando por un instinto de autopreservación: era la única manera de seguir hacia delante. Esa era mi vida ahora.

La semana de enero en que volví a trabajar solo tenía una cosa en mente: él en un hotel. Hice búsquedas y no esperé a que se pusiera en contacto conmigo, sino que le mandé directamente el enlace sugiriendo el lugar que me parecía más idóneo, las ventajas del «protocolo de discreción», por si ello lo dejaba más tranquilo. Su respuesta resultó ser bastante entusiasta: le atraía el morbo del asunto, le parecía lo suficientemente discreto y la sola idea de saber de lo que éramos capaces allí dentro hizo el resto. Elegimos una tarde de la semana siguiente y yo me inventé una visita falsa al dentista para abandonar la oficina a las seis. Había algo sobre la idea de follar en un hotel por horas que me hacía sentir irresponsable. Algo tan clásico, tan cliché, y yo sin embargo alcanzaba esos niveles de excitación ante la idea de una simple cama.

Llegado el día, rescaté lo mejor de mi armario, me exfolié, maquillé y esperé la jornada entera a que fuera la hora. Me subí a un taxi y llegué con veinte minutos de antelación. El recepcionista del hotel me preguntó si quería esperar a mi pareja en la habitación o en una sala de espera. Alterada, pagué la habitación al contado y decidí adelantarme. Limpio, sin ningún tipo de lujo extra, la amplitud del cuarto me recibió tras cerrar la puerta a mi espalda. Me quité el jersey, las botas, y esperé tumbada en la cama, mirando el reloj cada pocos minutos.

Pensaba en Alexis, en su trayecto en moto hasta allí, en cómo entraría por el túnel directo al hotel sin ser visto. Pensaba en cómo se despeinaría al quitarse el casco, en sus manos. Pensaba en él, no en sexo. Como había hecho durante las vacaciones, dudaba si había echado de menos lo que me hacía... o a él. Quería besarlo y no dejaba de pensar en aquella primera vez que me había quitado el mechón de pelo de delante de la cara.

Estaba jodida. Me había enamorado entre las piernas. ¿Cómo dejar eso claro? ¿Cómo separarlo de la palabra que sí daba miedo? Ser adúltero no significaba ser una persona utópica necesariamente, tan solo me hacía ver las capacidades del uso de mi sexo más allá de las convenciones. Entre esas posibilidades, había una terminología delicada. Por ejemplo, aquellas Navidades le había comprado un regalo, un detalle tonto que había encontrado de pasada en una tienda de baratijas. No me había costado más de siete euros, pero, aun así, no se lo quería dar por miedo. Sabía que aquel regalo tenía que ser, por lo pronto, algo explicable, justificable, casi anecdótico e inexistente. No podía ser nada que pudiese llevar a casa, ni tampoco nada cargado de significado; nada que lo hiciese echarse un paso atrás, que hiciese que lo nuestro se acabase porque él creyese que yo me involucraba más de la cuenta.

Ahora que lo pienso, ¿por qué temía constantemente sus reacciones?

Tumbada en aquella cama, jugando con mis pies sobre la colcha blanca, imaginaba cómo sería darle el regalo —que llevaba por si acaso en el bolso—: le encantaría, me besaría, me pondría de nuevo el mechón en su lugar y nos saldríamos con la nuestra. ¿Era ese equilibrio posible?

Miré el reloj: pasaban un par de minutos de la hora prevista. Me levanté y paseé por el lavabo para ver las instalaciones mientras charlaba con él en mi cabeza. No encontraba la manera de dejarle claro que no tuviera miedo, que yo sabía que una relación con él nunca funcionaría. Al menos, esa era la razón por la cual no era necesario que habláramos más de la cuenta. Nos teníamos que gustar lo justo, pero no demasiado como para querer averiguar que podíamos funcionar también en el mundo real. Del mismo modo, mi mente se repetía formando un escudo protector: él no podría hacerle eso a su mujer, él no estaría dispuesto a enfrentarse a la incógnita de cómo sería nuestra vida; era mayor que yo, le esperaba un futuro incierto, lleno de miedos y con mi posible necesidad en el horizonte de ser madre. Aquel pensamiento me asustó. ¿Y si él quisiese todo eso, un nuevo comienzo a mi lado, y fuera yo la que no estuviese segura?

Era mejor ser consciente y estar preparada, nuestras maneras de involucrarnos con los demás implicaban constantes rotaciones. Ese día quería estar allí tumbada, no sabía lo que querría un mes de enero un año más tarde.

Buceando a mucha profundidad en aquellos pensamientos, no me percaté de que pasaban veinte minutos de la hora planeada. Luego treinta. Ni un mensaje, ni una llamada. Sabía su número del trabajo, su correo electrónico, pero no tenía su número personal. Pensé en escribirle, contactarlo, pero tuve miedo de que algo hubiese sucedido y ese mensaje llegase en el peor momento, a un lector erróneo. Si no me había escrito aún, mandarle un correo no iba a tener ningún sentido. Estaba atada de manos. Los minutos pasaban y mi excitación se tornaba gris como una tormenta que explota en verano tras un bochorno horroroso.

En la oficina, en otras ocasiones, Alexis me había hecho algo similar, pero siempre había acabado escribiéndome y pidiendo perdón. Sin embargo, aquello era un punto de inflexión. Habiendo cruzado el *lobby* acompañada de un señor con chaleco y pajarita, rodeada de aquellas paredes con papel pintado, sola y ridícula. A los cuarenta minutos tuve claro que no iba a aparecer, así que me levanté, me desnudé con dejadez, fui al baño, dejé el agua correr y, cuando estaba templada, puse el tapón y esparcí el jabón. Con calma, permití que la espuma creciese primero y desapareciese después sobre la piel húmeda de mis piernas. Podríamos haber sido libres por unas horas, pero él había decidido, fuese cual fuese su justificación, no atender a aquella llamada de libertad. Su ausencia tenía un precio, y algo iba a tener que cambiar.

PARTE 4
LA COMPLICACIÓN

I

No le dije nada. Abrí un par de veces al día siguiente un correo nuevo, pero me quedaba inmóvil frente a la pantalla. No sabía escoger las palabras, no tenía ni idea de qué decirle ni exponerle cómo me sentía. Iba a romper una lanza a favor de su madurez e iba a dar por sentado que sabía que yo no estaría contenta. Alexis podía ser muchas cosas, pero tonto no.

Traté de concentrarme en mi trabajo, aunque sentía como si el enfado se hubiese agarrado a las paredes del estómago. Ningún correo entró en la bandeja y los minutos me acompañaron hasta el final del día cuando, a punto de repasar en el programa de Forecast la lista de tareas del día siguiente, y con intención de apagar la luz de mi rincón e irme, escuché sonar mi teléfono fijo.

—Soy yo —dijo su voz al otro lado. Nada más, directo: «Soy yo»—. Estoy en el coche, llego en diez minutos.

—Estaba a punto de irme —respondí con sequedad.

—¿Me esperas? —insistió.

Me quedé callada. Apretaba fuerte la mandíbula, no sabía si dejar que la rabia se colase ya por el teléfono o esperar a tenerlo enfrente. Quise escupir veneno, mandarlo a la mierda.

—Está bien —cedí.

Dejé la puerta principal entreabierta y lo esperé en la sala de reuniones, desde donde lo pude ver llevar primero la vista a mi escritorio, luego hacia mí. Entró, cerró la puerta, esta vez sin llave, y se sentó al otro lado. No hizo el ademán de acercarse: fue lo suficientemente inteligente como para mantener la distancia. Antes de que pudiese decir nada, me adelanté:

—Lo de ayer sí que no me lo esperaba.

—Venía pensando en qué decirte. Sé que no tengo justificación. —Tamborileó con sus dedos sobre la mesa, aquella mesa, sin levantar la vista—. Lo siento mucho. De veras. Lo que pasó ayer es algo que jamás hubiese hecho en el pasado... Claro que muchas de las cosas que hago y soy ahora no son cosas que se correspondan con mi pasado. De hecho, nunca volveré a ser el mismo. Cuando estás en mi situación haces lo que sea necesario para sobrevivir.

Se me hizo un nudo en el estómago. Nos quedamos en silencio hasta que percibí un cambio en su rictus. Alexis continuó:

—Todo cambia tras la muerte, Emma. Ya te lo dije una vez, desde fuera puedes pensar lo que quieras de mí, pero por dentro no se acerca a ser tan siquiera soportable.

No tenía claro qué iba a pasar, pero la sala se cargó de tensión en aquella pausa. Entonces vi claro que iba a hablarme de ella: iba a hablarme de Lara.

—Es inevitable tener conversaciones en mi cabeza con mi hija, ¿sabes? Incluso retomo algunas que ya tuvimos, otras veces las extiendo. Tonterías que nos decíamos... A veces hago que crezca en mi imaginación, que evolucione en gustos. Le regalo no sé qué mochila o estuche de algún dibujo rosa y ella se enfurruña porque no entiendo que eso ya no le gusta. Proyecto cómo habría sido mi vida con ella de mayor, ¿entiendes? Me atormenta el juego de pensamientos, la suposición me destroza más que la realidad a la que me enfrento.

Dio un ligero golpe con los nudillos en la mesa y tomó aire. Pensé en romper mi silencio, pero no sabía qué decir en una conversación como aquella.

—En días como hoy creo que es mejor dejar su recuerdo sellado y estático, y ceñirme únicamente a lo que pasó —continuó—. Ya está, es lo que hay, y lo acontecido me golpeó ayer, me golpea ahora mismo.

Levantó la vista y me encontró incorporándome para buscar un asiento más cerca. Por muy complicado que fuera el momento, no sentía que fuese un instante para mantener la distancia, no cuando estaba abriéndose a mí como no lo había hecho hasta la fecha.

—No sé cómo explicarlo... No quiero olvidarla, quiero poder vivir en una vida paralela en la cual su existencia continúa. Y no es posible, su ausencia lo llena todo...

Por un momento, aprovechando la ocasión, pensé en preguntarle por su mujer. La verdad sobre ambos, cómo era, qué hacía, cómo se miraban, cómo se tocaban. Pero no tuve el coraje, no me sentí con fuerzas y el nudo en mi garganta se había hecho más grande.

—Vaya chapa te estoy metiendo. Es que hay días en los que estoy harto de simular tanta entereza, perdona si me has pillado en uno de ellos...

—No pasa nada —susurré.

—Tal vez es porque sigo sin entenderlo. Y por eso tampoco comprendo por qué hago las cosas que hago...

Me envolvió una extraña sensación de empatía. No había olvidado lo que me había hecho el día anterior, las horas plantada en aquel hotel, el olor de las sábanas secas, la luz parpadeante. Pero el miedo que sentí durante apenas unos segundos antes de sospechar que él no iba a presentarse no era comparable al tipo de miedo que él vivía cada día, en una forma que yo nunca había conocido. Vi con claridad entre sus palabras que realmente él y yo jamás hubiésemos estado allí dentro, habiendo compartido lo que habíamos vivido, si no hubiese sido por la muerte de su hija.

No podía recrearme en la idea, ni tampoco luchar contra ella, de que su engaño, su infidelidad, era consecuencia directa de su pérdida.

—Espero que todo esté bien entre nosotros —dijo Alexis interrumpiendo mis pensamientos—. No me gustaría que lo de ayer jodiera nada, aunque entiendo y acepto que sea así si tú lo decides.

—Todo está bien —susurré.

Tenía que confiar en él y en mis palabras cuando decía que todo podía ir bien aun sabiendo que era una mentira, que era imposible y que, tarde o temprano, volveríamos a encontrarnos en una situación similar.

—Aunque quizás, la próxima, mándame un mensaje o avísame.

—No creas que te he hablado expresamente de mi hija para que me perdones... —Sonrió con una mezcla de tristeza y su picardía característica, la habitual, a la que estaba acostumbrada.

—¿Sabes? A veces veo muy claro que te follo para que ahuyentes el dolor, solo eso. Solo yo. —No se lo dije a malas, pero una alerta saltó en su cara y traté de acallarla—: No es algo malo. Me siento bien sabiendo que es una de las cosas que te hacen sentir bien, aunque sean quince minutos...

La idea de que el *affaire* existía precisamente para hacerlo sentir mejor no era novedosa para mí, pero, tras aquella charla, me enfrentaba a una nueva fantasía egoísta de salvar a alguien que, tal vez, ni siquiera podía ser salvado. Que hubiese abierto su mente y me hubiese dejado pasear por aquellos extraños caminos de su pensamiento a los que nadie más tenía acceso me había hecho sentir especial. Pude percibir quién era él realmente en el roce de sus manos dubitativas y rabiosas contra la mesa mientras mencionaba a Lara. Entendí por qué hasta entonces no habíamos hablado de todo aquello. Conocerse, revelar lo que estaba escondido, abría una puerta a una verdad a la que yo solo tenía acceso de manera concentrada, en pequeñas parcelas, aquí y allá. Fue por eso, porque la ventana estaba abierta y había sido él quien había sacado el tema, por lo que me atreví a preguntárselo:

—¿Cómo murió tu hija? —Tomé aire tras dejar caer la pregunta, como si tuviese que contener la respiración y no pudiese volver a espirar hasta que él contestase.

—Un accidente. De tráfico. —Noté la pausa con la que había separado aquellas dos palabras, como proyectando en su cabeza la imagen de lo sucedido—. Tenía seis recién cumplidos. El mes que viene hará tres años.

Un accidente. No una enfermedad, un accidente de tráfico.

La verdad sobre Lara me golpeó más de lo que habría imaginado. Había proyectado sus noches frustradas tratando de alcanzar la cintura de su mujer y el rechazo de ella. El plato frío de cena que ella se había molestado en preparar, esperándolo en el microondas mientras él volvía de estar todo el día fuera. Las vacaciones de verano en la montaña, sus paseos en bicicleta, la tristeza en sus pasos, la nostalgia recorriendo el aliento de cada uno de ellos. Como parte de mi proceso, de mi manera de vivir mi relación con Alexis, me había visto en la necesidad de crear la narrativa que me era negada, cubrir los vacíos, rellenar los silencios. Imaginar el resto de minutos y horas de su vida a los que él no me invitaba. Y nunca se habían visto en conflicto —mi proyección con la realidad— hasta que cambié los meses en un hospital por un fugaz y dramático accidente de coche.

Madame Bovary y Alexei Kirílovich Vronsky, nuestros homólogos literarios, dos de los adúlteros más célebres de la literatura universal y unos transgresores compulsivos. Así éramos él y yo. En esas novelas, *Madame Bovary* y *Ana Karenina*, sabemos lo que les pasa por la cabeza a los personajes y podemos juzgarlos por lo que hacen, porque tenemos la información al completo o, al menos, nos fiamos de la que el narrador nos proporciona.

En este caso, yo no la tenía y, como la necesitaba, decidí inventármela.

No sabía si Alexis veraneaba en la Cerdanya o si tenía un cuñado llamado Pol. No sabía si su mujer era rubia o si se había cortado el pelo a lo *pixie* poco antes de la muerte de su hija (había visto fotos de ella en internet, pero habían resultado ser tan solo un destello). Sus viajes lo movían mayormente por mi cabeza, el engaño que mi mente me proporcionaba para hacerme más fácil entenderlo. Tenía que frivolizar su propio personaje, imaginarme quién era el resto del tiempo si creía que lo que había entre nosotros era intrascendente.

Hasta aquel momento, Alexis jamás me había llegado a explicar cómo había muerto su hija. El golpe que había supuesto entonces ver salir de su boca que había perdido una niña y oír la puerta de donde provenía esa información cerrarse me había condenado a rellenar los espacios en blanco, por eso me vi en la necesidad de visualizar los meses de hospital que habían vivido, la salud de ella deteriorándose. Tal vez porque esos temas, los serios, son temas para hablar vestidos, y la intimidad que necesitábamos consolidar para sincerarnos a ese respecto solo llegó una vez que nos habíamos desnudado.

Aunque este no fuera el caso, él había decidido que su vida era irrelevante para lo que estábamos viviendo en el momento en el que había obviado proporcionarme el resto de datos que me ayudaran a entenderle. Y yo quería saber más sobre ello, pero no había sabido cómo sacar el tema... Así que había aprendido a no mencionar la muerte, a no dejar que en aquellos espacios cortos de tiempo él fuese vulnerable de ninguna manera, como estaba demostrando ser cuando hablaba de la muerte de su hija. Era muy probable que lo más inteligente fuese no saber nada más de Lara, de Zoe, tan solo sus nombres y lo que suponían para él. Lo que se te mete dentro cuesta mucho sacar y era mejor mantener las cosas reducidas a algo controlable, un algo que me impidiese vincularme a él. Quizás, más que el sexo en sí, lo que me había atraído de él había sido aquel espacio íntimo donde podía corregir el peso de su vida, el peso de todo lo omitido, el fuera de cámara.

Así como al final del día seguía mi propia regla de borrar toda huella suya, no dejar ningún rastro escrito, olvidar sus palabras, en contraposición había necesitado construir la narrativa de lo que era Alexis fuera de las palabras que me regalaba tan solo a mí. Hasta que los datos de su vida real golpearon mi versión de la historia y la persona que yo creía que conocía como Alexis había pasado a dejar de ser factible.

II

En las semanas posteriores cambiaron pequeños detalles que conformaban el mundo paralelo en el que él y yo existíamos. El hecho de no poder compaginar mi versión de su vida con la real me hizo empujar nuestra relación al ostracismo, a un estado en el que las proyecciones pasadas y presentes debían acabar y reducirse a lo tangible.

Alexis y yo nunca llegamos a compartir cosas comunes: no dormíamos el uno junto al otro, no nos despertábamos ni nos duchábamos juntos, no comprábamos comida, la cocinábamos y la comíamos. Eso estaba reservado para el mundo de las relaciones. En el nuestro, lo habitual era lo sexual, lo instintivo, lo erótico. Para compartir la vida en una relación hacen falta cerebro y sentimientos, para nuestra vida hacían falta piel y genitales. Cualquier cosa normal que nos dijésemos nos recordaría que cada uno tenía una vida real ahí fuera, lejos de nuestra burbuja, una vida a la que a mí cada vez me gustaba menos volver.

Alexis: ¡Hola! Me temo que tengo que anular nuestra «reunión» de hoy. He tenido que salir pitando del despacho para verme con un proveedor. Las circunstancias nos son adversas esta semana. El «documento» a repasar en profundidad deberá esperar un poco más... So sorry!

Emma: ¡Vaya! Quel dommage! Queda aún semana por delante, seguro que encontraremos un hueco... Igualmente, gracias por informarme.

Con razón acabé obsesionándome, si a veces anunciaba su aparición y a veces no, incapaz de dejarme continuar con mi vida, siempre pendiente de poner en pausa todo lo demás para aprovechar aquella oportunidad regalada de verle. Una nunca debería hacer eso con otra persona, así como tampoco deberíamos exponernos de esa manera. Me llevó tiempo entenderlo. En cambio, por aquel entonces, yo solo concluí que hasta aquella charla sobre su hija, hasta el golpe con la realidad, no me había dado cuenta de que no nos conocíamos en absoluto. Y tal vez ahí radicaba su reacción de no haber acudido al hotel: en el miedo a toda esa parte desconocida que no se aventuraba a dibujar ni construir gracias a las partes que sí conocía de mí.

Lo veía salir por la puerta y ya pensaba en la siguiente ocasión en que estaríamos juntos; podría ser una semana, podrían ser dos. Cegada y monotemática, me quedaba incómoda y triste. Hasta aquello había conseguido, que llegase a casa después de habérmelo follado y solo buscase dilatar en mi mente el acto, repetirlo y alargarlo en el tiempo. Era por eso por lo que me lanzaba a por Nico si estaba en casa, reproduciendo posturas y gestos, conduciendo sus manos por donde Alexis las había llevado escasas horas atrás. Los placeres de la barbarie y la ferocidad sexual.

Aquella tarde lo había visto pasar y saludar de manera fugaz y había estado atenta a las idas y venidas de Sofía y de las chicas de Contabilidad para buscar el mejor hueco para colarme, como solía hacer cuando él se las ingeniaba para quedarse a solas trabajando en nuestra sala de reuniones. Volviendo del lavabo, tomé la dirección opuesta y me desvié por el pasillo para ir directa a la sala. Tratando de no llamar la atención, me había llevado una carpeta y mi móvil. Giré el pomo y entreabrí la puerta..., y me topé de frente con Sofía, sentada en una esquina, manipulando la tableta mientras Alexis atendía desde la otra esquina a su proyección en la pantalla de la sala.

—¡Uy! Perdón —susurré borrando la sonrisa de mi rostro sin acabar de abrir la puerta.

—¿Necesitas algo? —La voz seca y borde de Sofía cortó el momento.

—No, venía a hacer una llamada, pensaba que no había nadie...

Sin decirme nada más, la vi girarse de nuevo hacia su tableta con una mueca. Regresé a mi escritorio un poco nerviosa. Por un instante me indigné; ¿por qué no estaba yo en esa reunión? Estaba poniendo muchos esfuerzos en la cuenta como para no estar al tanto de las novedades. Por otro lado, tuve miedo de que, por un ridículo momento, algo en mi mirada, en la familiaridad con la que había abierto la puerta, hubiese desvelado mis intenciones. Me pasé la siguiente media hora con un ojo en la pantalla y el otro en la puerta de la sala, que no tardó en abrirse. Los vi salir juntos y presté atención al modo en que me ignoraban y Sofía acompañaba a Alexis hasta la puerta de salida. Entendí a la perfección que él no me dijese ni hiciese nada: imperaba el disimulo, en especial cuando sus visitas, por cuestiones de agenda, se daban en hora punta y la oficina estaba repleta. Me quedé, no obstante, decepcionada. Pensaba que recibiría en los siguientes minutos un correo por su parte para comentar la jugada, pero no fue así. Su silencio duró los siguientes días.

A veces se me olvidaba que nuestra burbuja era una aventura, no una relación, y que no nos debíamos información el uno al otro, al menos no en una circunstancia como aquella, en la cual él, con toda probabilidad, pasaba de una reunión en nuestras oficinas a otra con otro proveedor y a una llamada con algún potencial inversor internacional. Pero ¿quién decidía aquello? Que yo no tuviera lugar no significaba que no tuviera preguntas. Sin supuestas demandas ni exigencias por parte de ninguno de los dos, yo había conseguido, no sabía muy bien cómo, llegar a jugar un papel casi pasivo en la toma de decisiones de nuestro *affaire*. Dominar las disposiciones, el control de las palabras y los silencios: le había confiado el poder a Alexis, y lo seguía haciendo cuando justificaba en mi cabeza que estaba en su derecho de no responder. Pero ejercer aquel derecho también significaba que, en ocasiones, él no respetaba mi tiempo.

En aquel ridículo balance de poderes, yo había dejado de perseguir algo para verme atrapada a su antojo. ¿En qué momento había consentido quedarme insatisfecha y sin respuesta, aceptando un silencio conveniente para él? Imagino que había empezado a tragarme sus mierdas porque el bien mayor era poder estar allí cuando él volviese a entrar, buscándome. Cuánto poder tenemos sobre las personas que dependen de nosotros. Ojalá hubiese podido denegarle el control. El problema radicaba en que él me gustaba demasiado.

En la evolución de nuestras comunicaciones podría haber sido capaz de trazar el mapa de nuestro declive. Él existía en mi vida, era mi amante, era alguien para mí, con quien yo tenía una vinculación, pero aparecía cuando le convenía y, tan pronto como le era factible, se marchaba. Cuanto más follábamos, menos interactuación le hacía falta. Alexis ya no necesitaba hablar para entrar en mis bragas, por lo tanto, los correos no eran un medio para alcanzar un fin, si acaso un modo de preparar una circunstancia que, pronto averiguó, se iba a dar sí o sí. Pese a que yo todavía buscaba un sistema elaborado para tratar de alejarnos de aquella sala, de camino a aquella habitación de hotel que había parecido posible tiempo atrás, el miedo a que me volviese a plantar hizo que me ahorrase la posibilidad de que me diese largas.

Buscaba en nuestros correos huecos donde flirtear y, si él me concedía el tiempo o estaba de humor, jugaba un rato. Sin embargo, en ocasiones aquello se había tenido que reducir a verlo llegar, follarme, no hablar mucho en el intermedio..., hasta el siguiente hueco de él. No quería seguir aquella senda, no me sentía cómoda: estaba llena de demasiados ecos.

Desde el primer momento aquello había ido más allá de ser tan solo un agujero para él y quería que me tratase como tal. Ridícula Emma, previsible Madame Bovary, que se aferraba a aquella sensación que aparecía cuando Alexis y yo nos quedábamos a charlar tras un polvo. Cuando, después de acostarnos, algo me hacía sentir triste y sola, muy sola, él conseguía encontrar el conjunto de palabras idóneo para alejar aquella terrible emoción y hacerme volver a anhelar estar a su lado.

Era un círculo vicioso: me lamentaba de sus cada vez más frecuentes silencios, las espinas se abrían paso en mis adentros y se clavaban, él aparecía y su cuerpo y sus palabras actuaban como un bálsamo..., hasta que yo encontraba de nuevo el tiempo para pensar. Y, últimamente, era lo único que hacía: pensar en ello. ¿Tal vez siempre había sido así?

A esas alturas, más de diez meses después de trabajar sola en mi ala de la oficina, pude constatar que mi relación con Sofía y Noelia se había ido deteriorando. Lo había notado los últimos meses, ya que, de hecho, con Noelia el contacto era casi inexistente y esta se valía de Sofía como intermediaria para poder utilizarme en tareas sin dar la cara. Sofía y yo, por nuestro lado, cada vez aguantábamos menos tiempo en presencia la una de la otra. En una ocasión en la que, de regreso de las fiestas navideñas, le había sugerido maneras de compensarme económicamente las horas extras, ya que recuperarlas con tiempo de vacaciones no parecía posible, su reacción fue tan desproporcionada —acusándome de haber trabajado todo aquel tiempo porque había querido, «si no mira al resto de trabajadores de la agencia»— que enseguida percibí que se había puesto la careta de tirana y le sentaba de lujo a su piel.

Había pasado de estar eternamente agradecida por mis esfuerzos a importarle bien poco el tiempo que invirtiera, todo por el bien de su empresa. Cierto era que yo no estaba pasando los mejores meses de mi rendimiento, pero no me había hecho gracia alguna atender a una de aquellas conversaciones robadas de café de media mañana en la que alguien se lamentaba de que yo fuese siempre la última en irme y la otra persona citase a Sofía en su respuesta al respecto: «A veces trabajar más no es trabajar mejor».

Por eso, porque sentía la tensión acrecentarse en mi interior, no dudé en hacer partícipe a Alexis de lo desanimada que me encontraba tras un par de desencuentros con Sofía y el cansancio más que acumulado. En medio de la semana, tras unos cuantos días en silencio, Alexis me escribió.

Alexis: ¡Buenos días! Perdona que llevo unos días de culo y desaparecido. ¿Cómo te encuentras de ánimo? La última vez que hablamos no parecías muy allá... ¿Mejor?

Decidí prepararme un té para ganar tiempo antes de responderle. Una de las cosas que empezaba a enrabiarme (de la situación, de mí misma) era que, si bien él podía pasarse días enteros sin teclearme una sola frase, yo perdía la compostura para lanzarme hacia el ordenador cuando recibía algo por su parte. Aquella vez aguanté trece minutos, para ser exactos.

Emma: ¡Hola! No pasa nada. Ya imagino que cuando no das señales de vida no es para hacerte el difícil. De hecho, déjà vu, déjà fait. Estoy mejor de ánimo. Ayer, no. Ayer estaba bastante chof por una crítica que llegó a mis oídos, hubiese necesitado más que nunca de tus atenciones...

Alexis: ¡Vaya! Lo siento. Siempre he pensado que las críticas son absurdas y no deberían tener poder alguno sobre nosotros. Lo único que importa es la satisfacción de uno mismo con lo que hace, y tú estás muy satisfecha y orgullosa con tu trabajo, ¿o no?

No continué leyendo porque me resultó inevitable detenerme en aquella frase y darle vueltas. ¿Lo estaba? ¿De verdad proyectaba esa imagen?

Alexis: En cualquier caso, ya intentaré que por un rato te olvides de las críticas..., y que después te importen un bledo.

—Quiero probar algo nuevo —le dije la tarde siguiente empujando hasta el fondo de la sala la silla de mi escritorio.

—¿Disculpa?

—No te asustes, es que he pensado que esto a lo mejor puede funcionar... Por una vez, quiero ser yo quien te folle.

Cerré la puerta no sin antes comprobar una vez más que, en efecto, la planta seguía en silencio y a oscuras, y le indiqué que se sentase en la silla. Era un poco más ancha que las de madera de la sala y las asideras tenían más facilidad de movimiento, por lo que aquella tarde, esperando su llegada, había contemplado la idea de sentarlo allí y ponerme a horcajadas sobre él con la intención de follármelo.

Lo observé desde la puerta y dejé que prestase atención a cómo me quitaba las medias tupidas poco a poco, mientras las dejaba resbalar. Me arrodillé y a cuatro patas avancé, acercándome a él, notando cómo las tablas del parqué se clavaban en mis rodillas desnudas. Alcancé sus tobillos y levanté la vista, hasta que mis ojos se cruzaron con los suyos, que me miraban con una sonrisa estática, mezcla de deseo y diversión. Llevé las manos a sus pantalones y me deshice de la hebilla del cinturón y de la cremallera. Me incorporé un poco y miré su pene entre mis manos; lo observé segundos antes de llevármelo a la boca. Me lancé a por él con tantas ganas que noté cómo sus manos se clavaban en mi espalda y oí sus gemidos. Me esmeré mientras las rodillas seguían rozándose con el parqué. La saliva me goteaba por las aberturas laterales que quedaban entre mi boca y su pene, gotas que caían sobre mi mano y que ayudaban a lubricarlo más.

El sonido de sus gemidos se intensificó. Llevó sus dos manos a mi cabeza, acompañándola en el movimiento. Aquel gesto, el poder de sus manos sobre la inclinación de mi boca, me dio tal descarga de excitación que me incorporé del todo. Con el antebrazo me deshice de mis propias babas y me quité las bragas para, remangando la falda del vestido, sentarme sobre él y meterla dentro sin más dilación. Sus manos me ayudaron a seguir el ritmo, pero mis piernas no podían aguantar la fuerza arriba y abajo sin que la silla se deslizase.

—Joder... —musité—. Me resbalo.

—Espera... —Alexis se impulsó con las piernas para llevar la silla hasta la pared del fondo y emplearla como tope—. Ahora.

Coló sus manos por la espalda de mi vestido y se deshizo

de este, para dejarme encima de él tan solo con el sujetador, mientras que, sentado, él todavía llevaba la camiseta y los pantalones por las rodillas. Traté de reanudar la actividad, pero mientras lo veía perder el control debido al placer de mis movimientos, yo solo podía sentir cómo los reposabrazos de la silla me rasgaban los muslos, enrojeciéndolos cada vez más, incapaz de poder concentrarme en disfrutar.

—No puedo seguir así...

No dijo nada. Llevó sus manos a mi cintura, me alzó, salió de mí y se incorporó, haciendo que fuese yo la que tomase asiento.

—Quítate el sujetador.

Le hice caso. Lo dejé en el suelo mientras observaba cómo él trataba de calmar su excitación pasando la mano por sus genitales.

Se agachó ligeramente y, mientras buscaba el ángulo idóneo, puso su pene entre mis tetas y las sujetó tratando de crear un surco por el que moverlo. Lo acompañé para ayudarlo, pero tampoco tenía unos pechos tan grandes. Los primeros movimientos fueron fallidos. Notaba la fricción, oía el sonido, sentía sus dedos clavándose en mis pezones, el dolor del roce de aquel pene duro frotando mi esternón con viveza. Llevé mis manos a sus nalgas para tratar de controlar el ritmo de sus embestidas y fue entonces cuando él paró, dejando el pene a apenas unos centímetros de mi boca. Busqué la punta con la lengua. Él llevó sus manos a mi cabeza y se folló mi boca, tratando de llegar cada vez más lejos dentro de ella, mientras yo trataba de encontrar aire para gemir y respirar entre arcadas.

—¿Me... puedo correr... dentro? —gimió.

Levanté la vista con la boca llena; sus ojos esperanzados, la incomodidad de la escena que, en ese instante, me produjo el golpe de placer que estaba buscando.

Cerré los ojos y noté su escalada final mientras yo trataba de encontrar sin éxito la conexión entre mi clítoris y el borde de aquella silla. Alexis se corrió con un gemido. Todavía con los ojos entrecerrados, me saqué su pene de la boca y, completamente fuera de mí, mientras tragaba, me levanté, abrí las piernas y me llevé la mano al clítoris para acabar de acompañar los movimientos que habían resultado fallidos con la silla y poder correrme. Mi mano se movía con fuerza, el coño me palpitaba, el roce era más bruto a cada segundo y yo no podía parar hasta que me corriese, aunque fuese espatarrada en aquella sala, sin su ayuda. Conseguí, con el único sonido de fondo de los dedos golpeando los bordes de mis piernas, llegar a un orgasmo casi doloroso bajo la mirada de Alexis, que recuperaba el aliento.

—¿Estás bien? —preguntó él cuando ambos nos quedamos en silencio y yo busqué una servilleta con la que limpiarme la mano y la boca.

—Sí, sí. —Tomé aire y abrí los ojos como volviendo a la realidad.

Cuando fui al lavabo a limpiarme y arreglarme el pelo, levanté la vista y, al observarme en el espejo, sonrojada y demacrada, con los ojos cristalinos de alguna que otra lágrima, reconocí que aquello se estaba tornando en una adicción dolorosa. Mi propio orgasmo había sido el premio de consolación.

Me lavé las manos con agua caliente y jabón, y regresé con ellas todavía húmedas a la sala. Él me esperaba sentado, ya peinado y vestido, como si nada de aquello hubiese pasado.

—Cada vez se nos va más la olla... —añadió con parsimonia posando la palma de su mano en mi rodilla.

—¿Puedo preguntarte algo? —Asintió con una calma solo posible tras haber echado un polvo—. ¿Cómo eres capaz de hacer esto y luego volver a casa tan tranquilo? Lo pregunto porque yo no logro quitarme de encima estas imágenes nada más salir por esa puerta. Lo que acabamos de hacer se viene conmigo, está en mi mente mientras ceno frente a Nico...

Se tomó unos segundos antes de responder.

—Tengo que compartimentar mi vida, Emma. Si no, haría como tú y sería incapaz. Tú y yo existimos dentro de una burbuja. Esto que hacemos, lo que acabamos de hacer, está en nuestra burbuja. Mi vida es otra, no las puedo relacionar o me comería todo el día la puta cabeza y acabaría estallándome...

—Compartimentar... —repetí—. No sé si yo soy capaz de hacer algo así.

—Es la única manera —declaró señalando la sala, a él y a mí—. Si no, el remordimiento y la responsabilidad harían aparición cada dos por tres y sería incapaz de seguir viniendo.

La famosa responsabilidad en la que tanto se había escudado y que ahora dejaba fuera de la ecuación. Era curioso que él también requiriese de una burbuja para poder vivir con ello, aunque un nuevo pensamiento me asoló aquella noche de vuelta a casa. Si era capaz de hacerle daño de esa manera a su mujer, con quien lo compartía todo, era cuestión de tiempo que me hiciera daño a mí también, sin pensarlo, más allá del terreno físico.

No es que fuese tan ingenua como para creer que yo lo tenía mejor como amante que su mujer por el simple hecho de estar al corriente de lo que pasaba. Pero su concepto expuesto de la burbuja me había empezado a hacer mella. No me gustaba la idea de que yo no fuese su vida real, de que fuese tan descartable.

¿Tocaba él a su mujer y pensaba en mí? Según su compartimentación mental, eso no era posible. ¿Anhelaba yo cosas que no entraban en mi rol de amante, pero que sí pertenecían al mundo real? Tal vez tenía celos cada vez que se refería a ella porque ella no vivía en las sombras como yo.

Si éramos capaces de compartimentar vida y burbuja, matrimonio y adulterio, entonces eso significaba que el mito de la infidelidad como hecho que puede ayudar a limpiar las tuberías atascadas de una pareja era falso. Yo pensaba que mi indiferencia hacia Nico en este caso se debía tan solo a una sencilla explicación: había alcanzado un punto de desinterés tal que el *affaire* había sido el efecto de una causa. Pero ahora que veía que era posible vivir dos vidas sin que ninguna de ellas se viese salpicada por el dolor y la culpabilidad, a lo mejor la razón era sencillamente otra. A lo mejor, no había razón.

III

Pasado el mes de enero ya no iba al trabajo con ganas. Y ya no solo por el trabajo en sí, desde luego. Entrar por la puerta me anudaba el estómago, en especial si tenía la certeza de que Alexis no iba a estar involucrado en mi día. No sabía nada de Oliver, por lo tanto, que mi vida fuese a mejorar o no en cuanto a su regreso a finales de marzo era una incógnita. Había dudado de si hacer un esfuerzo, volver a insistir y retomar la relación para que el reencuentro no resultase, cuando menos, incómodo. Aun así, sin saber muy bien cómo, siempre pasaba algo que se volvía una prioridad y nunca acababa de enviar ese mensaje.

La relación pasivo-agresiva que se había instaurado entre Sofía y yo tampoco me proporcionaba incentivos al respecto. No me hablaba; es más, me ignoraba en una clara táctica de acoso laboral. Cada vez que veía la oportunidad para señalarme un fallo, no dudaba en emplear las palabras que no malgastaba conmigo ni siquiera de pasada (a veces lo hacía por mensaje, después de las once de la noche, invadiendo las pocas horas de descanso o vida privada que me podían quedar). Sofía exigía, recogía, volvía a por más, y yo hacía tiempo que no me preocupaba por estar a la altura de las expectativas de nadie, porque no tenía en consideración ni las mías propias.

Cometí un error, por desdén, por dejadez, por rabia. Fue consecuencia directa de mi último encuentro con Alexis. La última vez que él había aparecido, casi sin previo aviso y más pronto de lo que yo esperaba, no tuve tiempo de dejar los cabos del día atados antes de lanzarme a su cuello en la sala. Por aquel despiste dejé sin enviar un correo electrónico. Se había quedado a medias porque él había entrado por la puerta y las cosas se nos habían ido de las manos. El borrador nunca salió.

—Emma —la voz seca y borde de Sofía retumbó en el pasillo, antes siquiera de que su persona hiciese acto de presencia en mi despacho—, ven un momento, por favor.

No quiso entrar, me esperó en el marco de la puerta sin establecer contacto visual, demandando con el gesto que fuese yo la que saliese a su encuentro. Me llevó al pasillo y solo entonces allí, al desamparo de ninguna pared, abrió la boca y se dirigió a mí:

—Los perfumistas han encontrado otro proveedor que les haga las piezas audiovisuales de la campaña.

No entendí el anuncio, más allá de la gravedad de que se pudiese perder un posible trabajo, cuyo margen no era una gran maravilla al tener que externalizar el servicio.

—¿No tienes nada que decir?

—¿Perdona? —pregunté sin comprender.

Toni, de Digital, y Judith, de Contabilidad, pasaron por nuestro lado de camino a la cocina, atentos al tono de moralina y reprimenda que Sofía había decidido impartir allí, para vista y disfrute del resto de niños de la clase.

—Por lo visto no les mandaste el presupuesto prometido, se han decidido por una alternativa que ha sido más rápida que nosotros y...

—¡Mierda! —musité llevándome la mano a la cabeza, cayendo en la cuenta—. Se me pasó por completo...

—Y, como te decía —continuó como un robot—, el proveedor exige parte del pago de un servicio que no nos va a dar porque le dimos el *okey* a su precio y ya ha comprometido los días del equipo.

Entendía el enfado, el error en el encargo le iba a costar dinero a la empresa, una empresa que hacía casi cerca de un año que me tenía ocupando dos puestos de trabajo por ahorrarse cuatro euros y que era famosa por una rotación infernal donde los sueldos resultaban irrisorios y las quejas eran recibidas con el clásico paternalismo de «Da gracias por que tienes trabajo y te hemos dado la oportunidad».

Las consecuencias de mi último encuentro con Alexis fueron que Sofía, después de aquel toque, llamó a Noelia y ambas se sentaron frente a mí en la sala de reuniones. Distante, con sus pendientes de perla, sus zapatos de salón beis, su reloj caro, regalo de su marido las últimas Navidades, su mirada intensa llena de gravedad, Sofía quiso más público para hacerme saber que aquel error no iba a pasar inadvertido.

—Tu despiste nos va a costar un dinero que no estamos facturando este año —indicó Noelia, asertiva.

«Mentira», pensé. El trabajo había sido el mismo que en el ejercicio anterior, los sueldos se habían congelado y las cuentas de Alexis habían subido la facturación anual que se había cerrado hacía poco.

—Obviamente, nos estamos planteando restártelo del sueldo... —Abrí la boca para rechistar, pero Sofía continuó con su perorata, llamándome la atención como cuando recibía regañinas en el colegio a los diez años—. No lo vamos a hacer porque somos una familia, pero es importante que sepas que es un fallo que no olvidaremos.

Durante un largo cuarto de hora me habló con frialdad sobre responsabilidades, motivación, esfuerzo, el detalle que la empresa había tenido al depositar toda su confianza en mí para hacerme cargo de todo frente a la ausencia de mi compañero. Durante todos aquellos minutos de palabrería yo solo pude pensar que sobre aquella mesa, donde las palmas de sus manos estaban apoyadas, yo me había corrido de mil y una maneras. En aquella silla, contra aquella pared, sobre aquel suelo.

EMMA: Mi jefa es una gilipollas.

No sabía por qué, pero había querido compartirlo con Alexis y, cuando había sido demasiado tarde, ya apretado el botón de enviar, me había arrepentido. No solo porque él tenía con ella una relación laboral por cuyos servicios pagaba un dineral, sino porque la bajada de mi rendimiento también había comenzado a afectar a su cuenta y aquel tema, sin duda, formaba parte de la vida real, esa que no se podía colar en nuestra burbuja. Claro que él —pensé mientras comprobaba que ese correo, en efecto, sí que se encontraba en la carpeta de enviados— no sabía lo que era sentirse un completo fracaso en el terreno laboral.

Siempre tendemos a imaginar que nuestros problemas son muchísimo peores que los de los demás. Aunque sospechaba que Alexis se volcaba en el trabajo para no tener que enfrentarse al hecho innegable que definía su persona en aquel momento, yo imaginaba a un Alexis entusiasmado, entregando horas a su empresa sin importarle que las jornadas laborales le robasen tiempo de vida cada día, porque eso es lo que hacía la gente que amaba su empleo y trabajaba por sus propios intereses. Al menos, esa era la proyección que yo hubiese querido para mí. No sé qué tenía en mente cuando me imaginaba cómo serían mis días a los treinta y cinco años. A lo mejor mi vida era la misma y solo habían cambiado las personas que entraban y salían de ella. A lo mejor mi vida era la que había escogido y simplemente me había dado cuenta de que había tomado el camino inadecuado. A lo mejor, si volviese a vivir, hubiese tomado las mismas decisiones, porque habría estado convencida de que aquello era lo que siempre había querido hacer...

Ya no lo estaba. Hacía tiempo que sospechaba que aquel no era mi lugar, más allá de que el trato de Sofía y Noelia a sus empleados dejase mucho que desear. Mi vida llevaba cerca de un año colgando de un hilo que definía a la perfección lo que era ser un fracaso y no tener la capacidad de enfrentarse a ello. Y no era por mi relación con Alexis, sino que venía de antes: nada de tapaderas, nada de cambiar problemas de sitio ni medir la profundidad de la caída con tal de sentirme viva. Tenía que moverme o morir. Como un tiburón, había detenido mi trayectoria y me estaba hundiendo, ahogándome por asfixia. Debía retomar el movimiento o jamás podría salir de allí. Pero ¿cómo hacerlo si el pánico me tenía inmovilizada?

No es fácil creer que la vida laboral puede combinar estabilidad financiera con plenitud. Siempre llega un punto exacto, que coincide con un alto nivel de madurez, en el que nos damos cuenta de que nuestros sueños se van a ver comprometidos y tenemos pocas opciones: o buscar contentarnos con pequeños oasis que no son más que espejismos (aficiones, evasiones), o hacernos con el timón y reconducir el barco hacia un lugar que nos haga felices cada día de la travesía.

La teoría de girar el barco. Había oído hablar de ella a una pareja en una hamburguesería de Chelsea, en Londres, haría unos seis o siete años, pero hasta aquel instante no había recuperado el pensamiento ni le había visto el sentido. Yo era más joven y todavía creía que mis decisiones habían sido las idóneas; todavía me gustaba lo que hacía para llenar mis días, me sentía realizada. Mientras, aquella chica pelirroja y aquel chico moreno y alto, casi tan alto como Nico, se referían a un cambio posterior mucho más potente. Aparentemente a finales de la treintena, ambos parecían estar de acuerdo en que todo el mundo a su alrededor, incluidos ellos mismos, llegados a aquel estadio de sus vidas, se habían dado cuenta de que las cosas que no funcionaban o que no acababan de hacerles felices eran fruto de la carrera que habían elegido. Y lejos de contentarse, lejos de lamentarse ante la imposibilidad de ser felices o luchar a toda costa por serlo —porque aquello era lo que supuestamente siempre habían querido—, habían decidido girar el barco, tomar un nuevo rumbo. El problema era que el barco, cuanto mayor eres, más grande es, y hacerlo girar implica un movimiento más lento y calculado. Es mucho más fácil tomar una nueva dirección cuando se tienen veintipocos, ya que el barco es más pequeño y fácil de girar. Sin embargo, la visión y madurez para tomar la decisión de girar el barco vienen dadas cuando este es de un tamaño considerable y poner otro rumbo cuesta más. Responsabilidades, hijos, miedos, cargas más pesadas. Por lo tanto, para no vararse y acabar hundiéndose, envejecido y oxidado, había que ser valiente, buscar nuevas alternativas y no tener miedo de ir moviendo gradualmente la dirección. Al principio la decisión sería drástica; luego, la evolución del trayecto, lenta y hasta desesperante. Pero una vez en travesía, el camino y el destino, no solo por suponer un cambio, serían mejores.

La teoría del barco que no había entendido comiendo chips de boniato en aquella hamburguesería parecía ahora tomar sentido. Era como aquello que dicen de que la bebida perfecta no existe, pero, aunque existiese, nunca sería la que tienes entre las manos. Y por eso, porque contentarse acaba frustrando el alma, lo mejor es perseguir la idea, ir en su búsqueda constante.

Había esperado al sábado por la mañana para ir a hacer la colada a la lavandería. El tema de mi lavadora se había convertido en una de aquellas cosas que, como con todo, como con la presencia de Nico, a base de su ausencia me había acostumbrado y me había olvidado de que existía la posibilidad de solucionarlo. Le había cogido cariño a mi dinámica semanal de esperar sentada hora y media en aquel sitio tan ajeno a mi vida, como si ese momento instaurado me proporcionase cierto equilibrio. Alexis podía ir y venir, Nico podía dormir en casa o volar, pero yo siempre necesitaría bragas limpias al final de la semana.

Aquel día, mientras recogía una a una mis prendas, me di cuenta de que no podía dejar de clasificarlas por las que Alexis me había sacado y las que no. Excepto lo más viejo y desgastado, a lo que también daba uso en casa entre semana, él había tirado al suelo la mayoría de mi armario. Doblaba las bragas, las camisas, las faldas, mezcladas con las prendas que Nico colaba en la cesta entre viaje y viaje, y pensaba en cómo serían esas coladas si mi pareja llegase a averiguar lo que yo llevaba haciendo los últimos meses.

Si el tema saliese a la luz, detonaría presente, pasado y futuro. No importaría todo lo que hubiésemos construido, el golpe de la verdad sobre la mesa era lo suficientemente potente como para tirar por tierra todo lo que había encima de ella. Ahí estaba, golpeándome más tarde que pronto: aquello que tenía que perder en consecuencia por mis acciones.

En comparación con Alexis, yo tenía poco construido. Mi «casa» era pequeña. Pensaba en la de él, ya no solo en cuestiones de propiedad, hipotecas, matrimonio. Una casa con el doble de años de recuerdos, con las paredes llenas de tantas cosas y el aire que se respiraba ahí dentro. La altura que alcanzaba y desde donde podía caer. Por un segundo, doblando la colcha en un ejercicio difícil del que salir airosa, entendí su miedo inicial. Esa era la manera en la que pasaban las cosas de verdad: en el mundo real no existe un momento en el que las relaciones se establecen, cambian, mueren; es todo mucho más obtuso. Desde ahí arriba, en su casa en las alturas, sus idas y venidas, sus tambaleos, los movimientos erráticos, la manera en la que sorteaba las curvas, cómo se alejaba y acercaba a mí, todo eso era comprensible y atendía a un miedo a perder lo que tenía que le impedía ver las cosas de otra manera. Yo no quería justificar su comportamiento conmigo, ni pensar en las razones que tenía él para actuar así, pero en cierto modo entendía que Alexis temiera empezar una relación conmigo o estrechar la que ya teníamos, porque las consecuencias podrían ser nefastas; si las cosas no salían bien, entonces quizás yo terminaría arruinando su vida.

Cuando ya había salido por la puerta de la lavandería con mi bolsa azul de Ikea hasta arriba, una mujer menuda me siguió, señalando una pequeña braga negra que me había olvidado en el cesto. Cortada, volví a por ella e, introduciéndola en el fondo de la bolsa, retomé mi camino de vuelta a casa. Recorrí el trayecto rememorando el que había sido mi último sueño. Había soñado con un cuadro grande colgado en una pared que se caía solo. Yo corría a recogerlo antes de que llegase al suelo con la intención de recolocarlo y volver a sujetarlo sobre un triste clavo destrozado y oxidado. Cuando lo hacía, me percataba de que la pared estaba sucia y consumida detrás del cuadro, y por eso era crucial que yo insistiera en ponerlo en su sitio exacto para que ese fondo no se viera. Cuando creía tener éxito en mi labor y me alejaba, el cuadro volvía a caer mostrando el fondo descolorido y podrido. Si lo pensaba, aquel sueño era una metáfora de mi situación. Estaba insistiendo en poner mi vida donde tocaba, de nuevo en su sitio, el sitio al que había pertenecido y donde me había oxidado, cuando a lo mejor no era donde tenía que estar y por eso acababa cayendo por su propio peso. Era increíble la guerra que se libraba entre mi mente consciente y mi propio deseo subconsciente (en este caso de autodestrucción). Este último, sin duda alguna, me estaba tratando de decir algo.

¿Era volver a colgar el cuadro autodestructivo o lo era verlo pudrirse y caer y no hacer nada al respecto?

Recibí un mensaje de Nico nada más despertarme. Lo había enviado desde Estados Unidos antes de irse a dormir, por lo que llevaba unas horas sin ser leído. Me apremiaba a estar atenta al correo durante el día. «Algo está en camino, ¡debería llegar hoy!», decía.

Estaba convencida de que me encontraría el paquete aplastado dentro del buzón o el aviso de recogida cuando volviese del trabajo, pero, minutos antes de salir por la puerta de camino a la oficina, recibí una llamada al móvil. Poco después, el transportista se personó al otro lado de mi puerta con una lavadora nueva.

—¿Dónde la pongo, señora? —interrumpió con su pregunta mi estupefacción.

—En el balconcito al lado de la cocina...

El repartidor, sudando, arrastró con la carretilla el pesado objeto y lo dejó en la galería, justo al lado de la vieja que todavía nadie había ido a arreglar. Firmé el albarán y, antes de que tuviera tiempo de preguntarle qué demonios iba a hacer yo con dos lavadoras, el señor cerró la puerta a sus espaldas y se montó en el ascensor. No fue hasta ese momento que encontré pegada al cartón una pequeña nota dentro de un sobre que decía: «Ánimo en cada día difícil que tengas que pisar esa oficina. Piensa que ahora al menos lo harás con ropita limpia de casa».

Tecleé un mensaje en el metro camino al trabajo, al que llegaba tarde: «Despierta... ¡Estás loco!». Sabía que hasta dentro de seis horas él no me respondería y sabía que hasta dentro de doce, más o menos, yo no tendría que lidiar con aquella lavadora, mover la vieja, leer las instrucciones, tratar de hacerla funcionar. Imaginaba la sonrisa en la cara de Nico mientras encargaba aquel cacharro por internet. Lo conocía lo suficiente como para saber que le hacía más ilusión regalar que recibir y seguro que estaba ansioso de poder despertarse y conocer mi reacción. Mi doble lectura del asunto me hizo pensar dos cosas: que iba a perder mis momentos semanales de reflexión en la lavandería a los que había cogido un cariño especial, y la posibilidad de que para Nico y para mí aquella lavadora fuese algo así como una alegoría de nuestra relación: podíamos seguir lavando la ropa en casa, ya no hacía falta que yo me fuese fuera a buscar la ropa limpia que necesitaba.

Era curioso contemplar la situación en la que Nico y yo nos encontrábamos —contemplarla desde mi punto de vista, claro estaba—: desde siempre la sociedad hubiese dado por hecho que el hombre viajando por trabajo habría sido el infiel y la mujer en casa, esperando sola, la ignorante de los vilipendios del otro lado. Y justamente era del modo opuesto. En un hotel desconocido, a miles de kilómetros, mi pareja esperaba paciente a que yo recibiera un regalo suyo con un mensaje alentador, mostrándome ese cariño y preocupación real que tenía por mí.

Algo me pinchó por dentro al leer aquella nota. ¿Era un atisbo de culpabilidad? ¿Estaba aquella lavadora poniéndome en conflicto directo con la percepción que tenía de mis emociones? La culpa me golpeó un segundo, uno solo, como un latigazo, y noté el ardor el resto del día. Por un instante, el instante de abrir aquella nota, dudé de si me había cargado por completo todo lo que Nico había creado a mi lado: nuestro hogar, nuestra familia, lo mejor que sostenía mi vida a aquellas alturas. Hay maneras de dejar de lado algo bueno si no acaba de ser para nosotros, pero ¿destrozarlo? No era necesario.

Era consciente de que mi silencio pagaba el precio entre hacer las cosas bien y hacerlas mal. Me llevaría solo una frase tirar por tierra toda mi vida, asentada y coherente. Y no estaba siendo inocente al respecto de aquel silencio que evitaba que mi boca destrozase la vida de Nico tal y como él la concebía. En mi mente, sabía que confesarle a Nico la aventura y romper la relación no haría que el problema desapareciera, sino que lo proyectaría en la otra persona... De sincerarme, sabía que el dolor se quedaría conmigo, se iría en mis maletas, seguiría mi camino.

Porque se trataba de una crisis más profunda.

Por eso, aquella —la opción de confesarlo todo— no era tal.

Claro que... ¿qué otras opciones había? Lo fácil era pensar que, si no estaba a gusto con mi pareja, lo lógico era dejarla. Pero ni yo estaba mal con él ni quería dejarlo, porque la paradoja residía en que lo necesitaba para ser infiel. ¿Era mi infidelidad una manera de materializar la separación, un vínculo que ya estaba roto de manera unilateral desde hacía tiempo? ¿Sería capaz de terminar el *affaire* con Alexis y retomar mi vida, seguir feliz en ella como si nada?

Nadie trata de entender por qué nos enamoramos de otra persona; tampoco es necesario trazar el camino de la A a la Z para comprender por qué nos desenamoramos. Sin saberme responsable, destrozaba las cosas entre Nico y yo, boicoteaba la relación, me refugiaba en una aventura opuesta e irreconciliable con la idea de un matrimonio largo y estable. Era obvio que yo no tenía ninguna autoridad moral que ejercer, pero tampoco era justo por mi parte encerrarme en casa y enfadarme con Nico, enfadarme porque yo estaba pasando por una de las crisis más grandes de mi vida y él seguía sin ver nada ni reaccionar. Enfadarme porque lo quería... y, a la vez, ya no lo quería.

Al principio había escogido con cuidado mi ropa. Cada día estaba pendiente de lo que llevaba puesto, iba a la oficina preparada para distintos supuestos: por si Alexis venía, por si una reunión se alargaba, por si nos daba tiempo a estar solos... Pero, pasado un tiempo, empecé a vestirme de manera más informal, o al menos ya no reparaba en el hecho en sí ni me ponía cosas que pudiesen acabar en el suelo en treinta segundos. De todas maneras, él no prestaba atención: le gustaba la sensación de quitar, de que la prenda cayera, revelar lo que había debajo. Lo que yo llevaba encima podría haber sido perfectamente una bolsa y no le hubiera importado lo más mínimo: era la desnudez lo que ansiaba.

Pensé en ello una semana en la que no me quité los vaqueros, combinándolos con blusas en apariencia sencillas. No es que me preocupase que él apareciese de improviso y lo tuviese difícil para bajarme las bragas, es que sabía que Alexis iba a estar unas semanas viajando mucho y no le iba a ver el pelo. Me lo había dicho de pasada: tenía que estar tantas fechas en Londres por la posible adquisición de su *software* más reciente por parte de una empresa británica que hasta se había planteado, según me había dicho, quedarse más tiempo para ahorrarse el ir y venir. Sus silencios cuando estaba lejos me desalentaban —quería seguir sabiendo de él aunque no hubiese en perspectiva un encuentro debido a la distancia—, pero lo normal era que no me escribiese si en la semana en cuestión no nos íbamos a ver. Por eso, cuando lo hacía, sus palabras venían en forma de regalo.

Alexis: Sigo en Londres.

Eso fue lo que respondió a uno de mis últimos correos, en el que le hablaba de la semana de mierda que había tenido y que se intensificaba con su ausencia prolongada en el calendario.

Alexis: ¿No caerás tú cerca por casualidad, una de esas cosas del destino?

Emma: Jajaja, eres muy chistoso cuando quieres. Ojalá, ¡créeme!

Alexis: Es una lástima realmente no poder aprovechar este hotel al que vuelvo solo cada noche...

Emma: Nada me gustaría más...

Alexis: El wifi en las habitaciones es una mierda, y me aburro bastante...

No se me pasó por alto que acababa la mayoría de sus frases con puntos suspensivos, como si quisiese que fuese yo la que abriese la puerta a decir las palabras mágicas. ¿Aburrido? ¿En cuántos otros momentos estaba igual frente a la presencia de su mujer y no me escribía para que lo entretuviera?

Emma: ¿No te has llevado un libro?

Su respuesta, entonces, sí que me sorprendió y me sacó una sonrisa.

Alexis: ¿Con esta erección? Imposible concentrarse en la lectura.

El mensaje venía con una foto adjunta. En efecto, estaba en una habitación de hotel, en la que se había tomado un *selfie* en el espejo, en ropa interior, y con el calentón visible. Me fijé, eso sí, en que había sido cuidadoso a la hora de hacerse la foto y no mostraba su cara en ella.

Alexis: ¿Qué hago yo con esto ahora? Dime. Porque tengo en media hora una cena con el CEO de la empresa interesada en comprarnos y como que no me puedo plantar así. Son británicos, se asustarían.

Emma: Te sorprenderías. Dime, ¿cómo puedo ayudarte? ¿Quieres que te diga lo que haría si estuviese ahí, contigo, de escapada?

Alexis: ¿Ves, Bovary? No sé qué haría sin ti...

El intercambio subió muy rápido de temperatura, sin llegar a ser realmente explícito, y tan pronto como había comenzado, acabó, con Alexis duchado y yendo a una cena y yo con la ilusión en el pecho y con la esperanza de que eso, esa misma imagen que había dibujado con mis palabras, era más que factible.

Las elucubraciones de mi mente ante la idea abrían mil posibilidades. Me imaginaba colándome en el ascensor para subir a su habitación, me veía en una *suite* amplia y elegante, en bragas, saliendo del lavabo, yendo a ojear la carta del servicio de habitaciones mientras él se duchaba. Tumbada sobre la cama, con él desnudo a mi lado, charlando mientras le recorría la piel de los brazos y encontraba alguna cicatriz o una marca de nacimiento entre sus pecas. En la relación imaginaria que creaba las posibilidades por las que podía colarse nuestro *affaire*, yo escribía la historia de mi vida con él, una vida en la que, para que funcionase, necesitaríamos dejar de lado las maneras que nos habían llevado a ella en el primer momento. Me quedaba embobada delante del escáner de la oficina imaginando qué pasaría si él me propusiese, de manera loca, que me fuese a Londres a estar con él. Aunque no se separase, llegaría a un acuerdo para volver un par de veces al mes a ver a su familia y yo, a escondidas, viviría una nueva vida en la capital inglesa.

Perdida en aquel mar de fantasías donde paseaba sola por la ciudad, descubría cafés y librerías, iba a *pubs* a enamorarme de la cerveza..., me di cuenta de que mis ensoñaciones llenaban el día sin él. No necesitaba a Alexis para hacer eso. Podría hacerlo yo, sin más. ¿Por qué pensaba en él si luego fantaseaba con una vida que podía alcanzar dejándolo todo y yéndome a donde quisiera? Sin él, sin nadie más. Tan solo tenía que tomar la determinación y hacerlo.

IV

Él estaba de vuelta en Barcelona, porque lo había comentado en un correo en referencia a la aprobación de un presupuesto extra para un *shooting* no programado en el que yo estaba en copia. Cuando pensaba que ya no me diría nada, me respondió en privado.

Alexis: ¡¡Hola!! ¿Cómo estás?

Emma: Buenas tardes, estimado Alexei. Tema 1: ¿Entiendo que estás de vuelta? Sí que hace tiempo que no nos vemos. Tema 2: Feo. Tema 3: ¿Cómo tienes el resto de la semana? Yo me voy a Francia unos días, me encantaría sacar hueco antes. Tema 4: Feo. Saludos cordiales.

Alexis: Sí, feo, muy feo... Estoy de vuelta, pero por pocos días, estas semanas escaparme va a ser imposible, estoy sin tiempo para nada y hasta arriba de trabajo entre lo de aquí y lo de UK. Terrible. ¿Cómo estás tú, mejor el ambiente? Espero que estés un poco más tranquila. ¿Te parece si me paso el jueves y lo hablamos? Te compensaré por mis ausencias.

Emma: ¡Ey! Ya imagino que con las idas y venidas el cuerpo no te da para más... Te entiendo, no te creas, intento ignorar todo a mi alrededor para que las horas sean más llevaderas, gracias por preguntar. Postdata: Te estaba llamando feo, no solo que la circunstancia fuese fea, que conste.

Dudé qué información darle y cuál no. ¿Me iba a complicar contándole cómo me sentía, mis dudas, el trato con mis jefas, mi desinterés general por lo que hacía? Era obvio que había una delgada línea entre saber qué quería yo y qué podía hacer, y algo me decía que sus preguntas eran por compromiso. En verdad, no lo negaba, yo quería poder contarle mis problemas, que pensara en mí y me escribiera desde el hotel en el que estuviese. Sabía que mis fantasías eran una ridiculez, pero había un lugar intermedio entre el sonido de nuestros cuerpos el uno contra el otro y mi mente esperándolo en un *pub* de Inglaterra. Si solo existía placer entre nosotros, acabaría por llamar por sí solo a la destrucción y la deformación, porque el final natural del placer siempre, por fuerza, es la adicción, una adicción fatal. Cuando ansías placer por encima de todo lo demás, acabas explotando, arruinándote, te vuelves loco.

Me sorprendió la idea, pero me enfrenté a ella: sabía que quería más, por retorcido que fuese; quería encontrar un equilibrio entre el sexo puro al que nos entregábamos, libre de compromiso —un sexo en el que yo era un objeto que él empleaba a su merced y para cuya circunstancia yo me había prestado, cosificada y casi sin agencia, libremente—, y la inevitable sensación de inferioridad y debilidad en la que me situaban los silencios. En ese estadio, me centraba en pensar las palabras que nunca le diría, lo que jamás llegaríamos a hacer por mucho que yo estuviera convencida de que sí tenía cabida dentro del *affaire*. Cruzar las piernas entre las suyas tumbada, girarme hacia su lado de la cama para verlo levantarse e ir al lavabo, agarrarme a la almohada todavía desprendiendo su olor y abrazarla en su ausencia, rozando las sábanas, desperezándome.

En cambio, bajo nuestros términos, cuando él se iba después de usar mi cuerpo, yo solo me quedaba con una sala vacía, condensada, que olía a sexo, no a su calor. ¿Tal vez mi necesidad autodestructiva me había llevado a ser incapaz de revertir una situación en la que empezaba a encontrarme más que incómoda? Nuestra relación era una ficción. La repetía en mi cabeza, me la contaba en voz alta porque sabía que era una fábula.

Era la tarde del jueves cuando Alexis entró en la oficina, en los últimos coletazos de la jornada, para reunirse con Noelia, quien pasó cerca de mí seguida de él, pero ni se molestó en saludarme. Los vi entrar y continué a lo mío. Tenía que ir a pedirle ayuda a Jordi, el informático, pero no quería levantarme y que en ese mismo momento apareciera Alexis. Llamé a Jordi desde mi teléfono, algo inusual porque para eso teníamos el chat de empresa, y el chico aceptó acercarse a ver cuál era el problema. Estaba apoyado en mi mesa cuando vi salir a Alexis de la sala, directo hacia mi despacho. Al comprobar que no estaba sola, cambió el rostro, hizo una mueca bastante graciosa y se desvió con disimulo hacia el lavabo, en la otra esquina. Tanto Jordi como yo lo oímos regresar a la sala murmurando algo que no pudimos comprender y llevé la vista al fondo para verlo gesticular antes de entrar de nuevo a su reunión.

Pasó el tiempo, la oficina se fue vaciando y yo ya no tenía más energías para fingir que podía alargar mis tareas. Quería quedarme con Alexis a solas o irme a casa. La luz allí dentro seguía encendida, al igual que la del despacho de Noelia. Esperé tres cuartos de hora más y, cuando pensaba que ya no era de recibo seguir allí, le mandé un correo.

Emma: Sigo aquí fuera, pero no sé por cuánto tiempo. No he entendido nada de lo que has dicho antes, has pasado más rápido que Flash y completamente inconexo (y gracioso). ¿Te espero? ¿Me voy?

Recogí mis cosas con lentitud por si mi jefa me pillaba en plena marcha, siempre buscando disimular, y mientras lavaba la taza en la cocina, escuché la risa de Noelia que salía de aquella sala, una carcajada acompañada de unos murmullos. Como un rayo, la duda cruzó mi mente mientras secaba la taza en mi mano con el papel. Temblé. No me había sentido asolada hasta aquel instante, pero, tras volver a mi sitio a recoger el bolso y a comprobar el ordenador una última vez, vi la posibilidad tras aquella carcajada: Alexis podía serme *infiel* con otras mujeres. En la pantalla, su respuesta esperaba sin abrir.

Alexis: Joder, no, he pasado precisamente para cumplir nuestro pacto de avisar, pero me ha cortado ver al chico ese. Era para decirte que pinta que Noelia se va a alargar y que en cuanto acabe tengo que irme pitando. Me voy a una cena con un inversor... Y mañana vuelvo a UK.

A paso lento, con mi abrigo sobre el brazo y después de intentar ver algo por las posibles rendijas de aquella puerta, me subí al ascensor estremecida. ¿Y si había otras...? La magia de lo que compartíamos se extinguiría. No me gustaba en absoluto la imagen, que me acompañó en el trayecto de vuelta, en la caminata, el ascensor, la ducha, la cena y el centenar de vueltas a solas que di en mi cama. Admitía al cien por cien la posibilidad de tener celos de su esposa —aunque supiese que ella ya estuviera allí a mi llegada—, pero no soportaba la idea de que hubiera otras mujeres en habitaciones, sobre una cama como la que yo anhelaba.

En general, sobre todo al inicio, cuando Alexis había irrumpido nuevamente en la oficina con sus proyectos, los rumores sobre él siempre versaban sobre cómo tonteaba con las mujeres, las mil amantes que parecía tener. Pero, desde que nuestra relación había avanzado hasta evolucionar de un tonteo más a algo real, en mi cabeza pasé a defenderlo. Desmentía las voces que tenían claro que él era de esa manera y me indignaba por una etiqueta colgada con facilidad. Cuando, irónicamente, yo era la prueba palpable de que todos y cada uno de los rumores podían ser ciertos. Si lo eran, si era probable que yo no fuese la única y con razón siempre decidía él cuándo vernos, de manera controlada, dentro de las mismas paredes, me enfrentaba a la siguiente duda: ¿era mejor preguntarle o ignorarlo y no saber?

Esperé el par de semanas que Alexis tardó en regresar de Inglaterra y en encontrar un hueco a última hora del día para llamar a la puerta de la agencia, en otra de aquellas tardes en las que me había quedado sola. Como en tantas ocasiones, una vez que hubimos recogido nuestra ropa del suelo y dejado libre de manchas la mesa y las sillas, me senté frente a él y saqué el tema con un nudo en la garganta.

—Oye —le dije—, eres libre de hacer lo que quieras. En realidad, no sé si quiero saberlo, pero te lo voy a preguntar igual, porque en el fondo, si es así, me gustaría que me lo dijeras. Más que nada porque tú y yo...

—¿Tú y yo...? —rellenó en el hueco de mi pausa.

—No tomamos precauciones... —seguí diciendo.

—Ah. Creo que ya sé por dónde vas.

—¿Y? —Que supiera a lo que me refería no respondía a la pregunta.

—Apenas tengo tiempo de pasarme por aquí —se defendió—, ¿crees que tengo tiempo para algo más?

—Bueno, pero tus huecos para calentar bragas no faltan nunca.

—¡Eh! —Se rio a la par que jugó a hacerse el indignado, tirándome una servilleta sucia desde su silla.

—Vamos, una gran novedad que al señor le gusta tontear...

—¡No lo niego! Me parece algo natural, lo admito. Me gusta gustar... Pero también sé que muchas veces juego con fuego y que puedo estar cerca de quemarme. Es algo que hago.

Era «algo que hacía», algo que se suponía que una no tenía que tomarse en serio..., pero yo no lo conseguía. Me encontraba en una nueva situación que no me gustaba: la de los celos. Sobre todo, odiaba la sensación de saberme ordinaria. Tenía la imperiosa necesidad de sentirme especial. Todos la tenemos, sin duda, pero en aquel caso yo quería mantener mi estatus; una cosa era no tener claro si iba a quedarme pillada por él o si la situación iba a complicarse, pero otra era perder aquel estatus. Yo, ante todo, quería ser especial para él.

—Mira, me sumaría al clamor popular que defiende que tienes cuatro amantes en cada puerto...

—¿En serio dicen eso por aquí? —me interrumpió—. ¡Qué pesados!

—... si no fuese —continué— por el hecho de que te vi luchar contra ello y reprimirte hasta no aguantar más.

—Pero es que tú me cazaste. Fue muy difícil resistirse... —me acarició las clavículas por debajo del jersey— a esta piel tan suave y tostada.

No sabía por qué tenía que preocuparme por sus posibles infidelidades considerando que yo era la amante. Debía tomarlo como prueba de algo, pero no tenía todavía claro de qué con exactitud. No sabía si el título me hacía sentir especial o una más.

—¿Cuándo te veré otra vez? —le pregunté mientras bajábamos juntos en el ascensor.

—Buf, no sé. Cuando vuelva de Inglaterra te digo algo, ¿vale?

Antes de que las puertas se abrieran, dudó, pero se inclinó y me propició un beso veloz en la boca, duro y seco, con los labios apretados y la tensión de sentirse expuesto.

Le dije adiós con naturalidad cuando nos separamos en el portal y dejé que el inesperado golpetazo de dolor ante aquella despedida, como un disparo, me sorprendiese primero para hacerme efecto después.

La lluvia me azotó en la calle, pero hice el trayecto hasta el metro sin que me importara el haberme olvidado el paraguas en mi escritorio. Había quedado con Eulalia en tomarnos una caña rápida antes de regresar a casa —quería ponerme al día de las novedades ahora que apenas quedaban semanas para su boda—, pero con un mensaje frío acusé un dolor de barriga intenso y me excusé del encuentro.

EULALIA: ¿Te encuentras bien? ¿Seguro que no quieres nada? Si no está Nico, podemos quedar en tu casa y te hago una sopa...

Dejé el comentario en visto y sin responder. ¿Cuándo había ido todo tan mal como para que la náusea fuese mi compañera tras uno de nuestros encuentros? Sentía una fascinación exagerada por él, por el color de su pelo, por el tacto de sus nudillos contra mis pómulos, por el sonido de su nombre en mi boca, el movimiento alveolar de la punta de mi lengua mientras el aire se colaba entre los dientes. Necesitaba pasar mi vida con él, y no haciendo sopa en mi casa con una amiga mientras hablábamos de cosas que a esas alturas me parecían banales. No quería tener que emplear mi tiempo en nada más que no fuese él.

Hecha una bola en el sofá de casa, todavía con el estómago revuelto y paseando por el *feed* de una red social sin prestarle atención, fui consciente. Primero me había volcado en nuestros cuerpos con la posibilidad de que luego pudiese venir la mente, esa mente en la que había jugado a meterme. Sin embargo, el luego ya había llegado. Ya estaba. Me enfrenté a la verdad traduciendo el mensaje que me gritaba mi cuerpo: que ya no se sentía bien con un encuentro sexual apenas; quería la mente, la de verdad.

V

Aquella semana en concreto —una de finales de febrero— no tenía noticias de Alexis ni contaba con verlo, así que cuando sonó mi teléfono y oí su voz al otro lado de la línea, no pude más que sorprenderme.

—¿No te lo esperabas? —me preguntó.

—En absoluto... ¿Ya no andas por tierras inglesas?

—Estoy de regreso por una temporada, sano y salvo. Te llamo desde el despacho. Tenía pensado pasarme hoy, pero quería avisar, por si acaso no estabas...

—Todo un detalle por tu parte —dije no sin cierta ironía.

Ahora que lo pienso, por mucho que me pareciese que estaba teniendo un detalle conmigo, en ningún momento había preguntado si a mí me apetecía o si tenía disponibilidad. Su disposición de mi cuerpo a demanda no estaba jamás en duda.

—Está siendo un día un poco caótico, hasta me he dejado el teléfono en casa hoy —suspiró.

—Pues a mí eso no me suena mal del todo, qué quieres que te diga —dejé caer.

—O, según cómo se mire, puede ser peor.

—¿Llevas un dispositivo de localización debajo del cuello?

—En el culo —respondió divertido.

—Ya había notado yo algo.

—Si quieres, después dejo que lo busques. Y también puedo comprobar que a ti no te hayan puesto uno.

—¿Quieres venir ya a buscarlo? —sugerí susurrando, mirando la hora y pensando en que todavía no eran ni las cuatro de la tarde.

—¡Vale! —Se rio—. Aunque lo mejor sería tomárnoslo con calma, que después la liamos y no te esperas a que tu jefa salga de la sala para entrar...

—No sabía que había que hacer cola ni coger turno... Estás, en efecto, muy ocupado.

—¡Auch! Ahora en serio, no sé si ir directo y meterme en la sala a esperarte...

—Claro, y las chicas de Contabilidad entrando a reunirse y tú dentro medio desnudo.

—Traumatizadas de por vida. —Se rio.

—Y con lo cotillas que son, te convertirías en leyenda a los pocos minutos.

—Con qué poco me disparo... —dijo gracioso.

—Con la cantidad de largas que me das ya te merecerías estar desnudo, esposado a la silla y castigado con que todos pasasen a verte. —Por la libertad que el teléfono me confería, me atreví a burlarme nuevamente de aquellas formas suyas.

—Cuando quieras, pero hoy no. Hoy tengo ganas de ir, que hace mucho que no nos vemos y además llevas días sin dejar que baje...

—El castigo es mejor cuanto más jode, Vronsky. —Hacía, también, semanas que no nos llamábamos por nuestros apelativos.

Una tarde más, alargué la jornada, apagué la luz de mi rincón, dejé el ordenador encendido por si Alexis tenía que comunicarse conmigo y fui al lavabo a retocarme. Cuando salí, vi el portón de la entrada que había dejado ladeado para su llegada ya cerrado, la luz de la sala colándose por la puerta entreabierta, y me dirigí directamente allí con el neceser en la mano. Como en su propia casa, lo encontré dentro con las manos en los bolsillos y de espaldas, haciendo tiempo. Pasé y cerré la puerta.

—¿Todavía estás vestido? —me burlé.

Se giró, sonrió y, sin dejar de mirarme a los ojos, se sacó la chupa y la dejó caer sobre la mesa. En la distancia, sin moverme, tiré de cualquier manera el neceser y me deshice del jersey rojo que llevaba encima de la blusa, cuyos botones no tardé en desabrochar bajo su atenta mirada. Alexis se llevó la mano a la muñeca y en uno de los gestos más sexis que siempre recordaré de él, se soltó la correa del reloj y lo dejó junto al resto de nuestras cosas. Me abrí la blusa, pero antes de decidir quitármela, dejé que prestase atención a mi sujetador y colé el dedo gordo del pie por la parte trasera de los zapatos. Se los lancé. Él se llevó la mano a la espalda, solo una, y en el gesto se sacó por la cabeza el jersey que llevaba, quedándose tan solo en vaqueros. Me regalé la visión de su pecho desnudo y sus hombros pecosos. Trató de lanzarme sus zapatillas deportivas, que cayeron del revés cerca de la puerta, gracias a lo cual vi que tenían un gran agujero fruto del desgaste.

—Cutre.

—Es de la moto... —se excusó deshaciéndose de su cinturón.

—Cómprate unas nuevas. —Me quité la blusa y la sumé a la montaña sobre la mesa.

—Me gustan estas. Soy un tipo clásico.

Nos bajamos los pantalones a la vez y atendimos a cómo cada uno se deshacía de ellos con los pies a la altura de los tobillos, hasta quedar hechos un par de bolas de tela sobre el parqué. Alexis hizo la tentativa de dar un paso hacia mí, pero le indiqué con el dedo que no y le señalé la última prenda que le quedaba en su cuerpo. Cuando estuvo completamente desnudo, me di la vuelta y me incliné de espaldas para bajar con lentitud mis bragas, pasando por las caderas hasta llegar a los tobillos. No tuve tiempo de más, porque al instante Alexis se arrodilló detrás de mí y sacó la lengua.

Nos lamimos, nos mordimos la boca, Alexis me cogió y me sentó sobre el borde de la mesa para levantarme en total verticalidad las piernas, apoyarlas sobre sus hombros y penetrarme. Cuando nos quedamos sin ángulo, y mi zona lumbar se estaba golpeando contra el borde de la mesa, salió de dentro de mí.

—Échate hacia atrás, voy a subir —me dijo.

Me arrastré por la mesa hasta el centro empujando a mi paso todo lo que habíamos dejado encima. Lo vi escalar y acercarse de rodillas hasta mí.

—¿Estás bien? —me preguntó.

—Te vas a destrozar las rodillas... —le dije.

—No me importa.

Volvió a penetrarme y seguimos follando encima de la mesa, yo con mis manos a modo de cojín en la espalda para no hacerme daño. Cuando vi que él no soportaba más la postura, me incorporé y le pedí que se sentase con las piernas estiradas y se apoyase en sus manos. Lo escalé y me senté encima, siendo yo entonces la que pasó a destrozarse los pies y las rodillas por la postura. Nunca habíamos conseguido encontrar la manera de hacer aquello; lejos quedaban mis intentos de ponerme encima de él sobre las sillas. Justo había retomado el movimiento con más velocidad después de encontrar el modo de no dañarme los empeines cuando unos pasos por el pasillo nos alertaron y tanto Alexis como yo vimos el pomo de la puerta de la sala girarse.

El corazón se me hizo una bola y se aposentó en mi garganta. Toda aquella estupidez de la adrenalina ante el temor de ser descubiertos se fue por el retrete ante la realidad del hecho. El pánico se apoderó de mí.

Me llevé la mano a la boca y él se llevó el dedo a los labios, atento al sonido. La mano trató una vez más de girar el pomo y, al no lograrlo, los pasos se alejaron de la puerta. Nos quedamos inmóviles, controlando el sonido de nuestras respiraciones. Incorporándome con dificultad, dejé que Alexis se arrastrase de rodillas hasta el borde de la mesa para saltar desnudo al suelo, acertando a caer en un golpe que apenas hizo ruido. Con una mueca, yo traté de bajarme por el lado contrario. Cada movimiento, cada roce, parecían magnificar el sonido de todo lo que nos rodeaba. Si hasta mis pies descalzos alcanzando el parqué parecían crear un estruendo arrastrándose, ¿cómo habían sido nuestros suspiros y gemidos hasta el momento de aquellos pasos? ¿Se habría acercado aquella persona hasta la sala al ver en la oscuridad la luz que se colaba por debajo de la puerta o la habían atraído nuestros jadeos?

Nos vestimos en el más completo sigilo pendientes de cada sonido proveniente de allá fuera, del mundo exterior.

Mi cabeza intentó ir lo más rápido posible, pensando en todas las posibilidades que podían vincularme con lo que estaba pasando allí dentro: la luz de mi escritorio estaba apagada, el bolso recogido, lo único encendido era mi ordenador, pero, calculando el tiempo que llevaba ahí dentro, por fuerza habría entrado en suspensión y tendría la pantalla apagada. Todo debía estar en orden.

Pensaba salir yo primero e ir a por mis cosas, podría escribirle desde fuera cuando viese que estaba despejado. Con señas le conté mi plan y, gesticulando, Alexis me recordó que no tenía teléfono móvil. Le susurré que volvería a avisarlo y, abriendo el cerrojo y girando el pomo con el más absoluto de los cuidados, entreabrí la puerta y me incliné para comprobar que no había nadie en el pasillo ni en la zona diáfana de ese rincón.

Salí como los ladrones de los dibujos animados de mi infancia: de puntillas, con lentitud, deseando que una de aquellas ramas o sonidos que siempre aparecen debajo del pie del protagonista cuando intenta huir me tuviera hoy en consideración. Llegué hasta mi mesa, me hice con el bolso, dejé en reposo el ordenador para no llamar la atención y volví hasta la sala, donde rocé la puerta con el puño. Estaba dando un par de pasos en dirección al pasillo cuando escuché la cadena del váter a unos metros de mí. Sin tiempo de pensar que tal vez se trataba del servicio de limpieza, me abalancé al final del pasillo para meterme en la primera habitación con la que topé, la del cuarto de la escoba. Desde mi posición, con la puerta del cuartillo entreabierta, vi a unos metros a Alexis alejarse, cerrando con delicadeza la puerta de la sala, cuya luz todavía seguía encendida dentro. Vi el pánico en su cara cuando, de camino a mí, ambos escuchamos el secador de manos, momento en el que Alexis se lanzó a donde yo estaba para entrar. Juntos cerramos la puerta, atentos al sonido de la persona que salía de los lavabos. Allí dentro, a oscuras y pegados debido al poco espacio, tratamos de reconstruir gracias a los sonidos la escena que estaba teniendo lugar a unos metros, mientras yo cruzaba los dedos, rezando por que fuese un compañero que se había olvidado algo y no alguien cuyo trabajo pasase por ir al mismo cuarto donde nos encontrábamos escondidos.

Los pasos se acercaron por el pasillo. Yo estaba convencida de que se dirigían a la sala de reuniones, pero luego deshicieron su camino y continuaron hasta el otro extremo de la oficina. Poco después escuché la puerta del ascensor y la calma posterior que reinó durante unos cuantos minutos.

Espiré con alivio, pero todavía con el corazón en la garganta. Intuí el aliento de Alexis cerca de mi boca y comencé a calmarme al notar que su ritmo se tornaba acompasado. Despacio, nuestras bocas se fueron acercando hasta que se encontraron. No podíamos estar tan cerca y aguantar la tensión. Por el roce con su pantalón presentí cómo su entrepierna cogía forma de nuevo y comenzamos a buscarnos y desnudarnos con la misma ansiedad de siempre, incluso mayor si teníamos en cuenta que habíamos estado al borde del precipicio. Susurrando, en silencio, le bajé el pantalón, me bajó las bragas, me di la vuelta y arqueando la espalda le entregué mis nalgas. Acabamos en apenas unos minutos y en silencio. No me corrí, ni tuve el cuerpo como para pedir más, por lo que nos volvimos a vestir y buscamos la forma de irnos por separado.

Al día siguiente llegué a la oficina pronto y dediqué la primera hora a levantarme e irme a calentar café cada poco para buscar alguna mirada que se posase en mí de manera suspicaz. Todo parecía seguir su curso..., hasta que Sofía me llamó a su despacho para pedirme las últimas inversiones en redes de la cuenta de los perfumistas. Nada más entrar, con la taza en la mano, casi se me detuvo el corazón al ver el reloj de Alexis sobre su escritorio. Me incliné a por uno de los caramelos de frutas que tenía en un bol al lado del calendario, aprovechando la excusa para señalarlo.

—¿Y eso?

—Ah, la de la limpieza se lo encontró esta mañana en la sala de reuniones. ¿Te suena que pueda ser de alguien?

—No, no... Parece caro, por eso.

Me metí el caramelo en la boca y salí en dirección a mi mesa. Nada más sentarme, encontré un correo de Alexis.

Alexis: ¿Cómo estás? ¿Todavía trabajas ahí?

Su broma podría haberme sentado mal —cómo se notaba que era yo la que se jugaba la cabeza y no él—, pero la ignoré y me apremié a responderle.

Emma: Ayer envejecí cuatro años —mínimo— de un ataque al corazón. Estoy dolorida, pero con dignidad, eso sí. Y sí, de momento parece que sigo trabajando aquí, aunque a saber cuánto me queda... Porque MAL. MUY MAL: te dejaste el reloj en la sala. Lo tiene Sofía.

Alexis: JO-DER. Bueno, ya se me ocurrirá algo. Tranquilicémonos.

Emma: Antes de nada, un par de apuntes: 1. ¿Horizontal? Magnifique! 2. Rodillas intactas pese a la complicación gimnástica. 3. Me debes un par de... esos. 4. Los ... del punto 3 que me debes serían geniales en el horizontal del punto 1. Gracias.

Alexis: Apuntado, trataré de cumplir. Yo solo espero que no entre nadie. Aunque la escena de la mesa fue surrealista, sobre todo al ver en pleno apogeo el pomo girándose...

Emma: Totalmente, de cuclillas. «¡Bájate de la mesa!». Y tú saltando cual Tarzán...

Alexis: Jajaja. ¡Ey! Ahora no vale ridiculizar al otro con la reacción.

Emma: ¿Hola? Yo me escondí en el cuarto de las escobas, ejem...

Alexis: Brutal ver cómo asomabas la cabeza por la puerta, por cierto.

Emma: De acuerdo, pasada la taquicardia, y comprobando que no hay daños colaterales, si lo piensas es bastante gracioso. Ahora bien, para que no vuelva a pasar, se me ocurre que mi única opción real será drogarte, secuestrarte y conseguir que despiertes en una cama directamente. De hecho, creo que voy a dejar de hablarte porque la sola idea me ha dado ganas de magrearte nuevamente, y todavía no estoy recuperada.

Alexis: Veremos cómo acaba la semana...

Mi vida en juego y él se resistía a concederme el único deseo que le llevaba repitiendo meses.

Se me había olvidado mandarle a Sofía los datos que me había pedido. Lo recordé de pronto al verla acercarse a la cocina y, de pasada, desviarse hacia mi mesa.

—Emma, ¿las inversiones? —bufó con reproche.

—Sí, lo siento, estaba enfrascada respondiendo correos de clientes. Ahora mismo.

—¡Por cierto! —dijo antes de irse con su taza de vuelta al despacho—. Alexei me ha escrito para preguntarme si teníamos su reloj, decía que lo había perdido y no sabía dónde. ¡Qué casualidad! No me ha dado tiempo de preguntarle a nadie, solo a ti...

—Ah, pues solucionado entonces..., ¿no?

Si la intuición no me fallaba, diría que el tono detrás de las palabras de Sofía ocultaba algo. Esperé concentrada en la pantalla a que se marchase para chasquear la lengua. ¿Y si él se había adelantado y Sofía había atado cabos, dando por hecho que yo se lo había dicho? No sabía si mi paranoia estaba llevando aquella anécdota al siguiente nivel, pero quedaba claro que en las últimas veinticuatro horas me había puesto demasiado en riesgo y que cualquier precaución era poca. Tenía que llevar un mayor control o habría consecuencias..., y no sé si estaba preparada para ellas, por mucho que me las mereciera.

Llevaba semanas bastante perezosa incluso para prepararme el clásico táper con ensalada de pasta que se había convertido durante meses en la clave de mi subsistencia, por lo que había pasado a hacerme con platos de los restaurantes de la manzana. Estaba esperando mi café en la esquina de la barra de uno de ellos cuando vi ponerse a la cola, en un lateral, a Gemma y Judith, las dos chicas de Contabilidad. Me pareció genial que por su ángulo no me vieran, porque no me apetecía nada tener que entablar una conversación banal con ellas mientras esperábamos nuestras bebidas. Observando cómo el camarero calentaba la leche, dejándolas a la espera antes de tomarles nota, escuché de pasada que ellas pronunciaban mi nombre y traté de agudizar el oído a pesar del sonido de la máquina de café.

—¿Emma..., Emma? —le preguntaba una a la otra—. Ella tiene marido, ¿no? O está emparejada.

—Sí, que yo sepa. Vamos, esto a mí me llegó ayer. Pero es un rumor, y ya sabes que con los rumores...

—Me dejas blanca. ¿Y qué sabes exactamente?

—Lo que me han dicho es que se dejó sobre la mesa...

El camarero apoyó mi vaso de cartón sobre la barra y se acercó a preguntarles el pedido, por lo que la charla entre ambas se vio interrumpida. Con un ligero temblor, me hice con el vaso y di la vuelta para poder salir sin llamar la atención de ninguna de ellas.

Volví con el vaso ardiendo entre las manos hasta la oficina sin notar siquiera el calor en mis palmas. Había un rumor. Sobre mí. No sabía si sobre nosotros. No había conseguido obtener todos los datos, por lo tanto, no sabía con claridad qué se decía, si se nos relacionaba. ¿Si no, a santo de qué comentaban mi estado marital? ¿Había sido el reloj, visto sobre la mesa de Sofía? ¿Era eso lo que me había dejado? Nada más regresar a mi escritorio escruté todo lo que había sobre él, por si se trataba de algo que habían visto allí: papeles, pósits desgastados, bolígrafos sin tapa... Abrí los cajones de pasada, reparé en la lata de caramelos vacía que él me había regalado. ¿Podía tener que ver con ello? ¿Sería que alguien nos había visto la última tarde-noche salir de la sala, o por separado, pero había atado cabos?

Los nervios se aposentaron y no abandonaron las paredes de mi estómago en toda la tarde. Me había quemado la lengua al beber el café hirviendo de un trago y no había notado los efectos hasta horas después. Dudé, pero al final, pese a las reticencias, abrí un nuevo correo electrónico.

Emma: ¡Hola! Es posible que el otro día no nos saliéramos con la nuestra como pensábamos.

Su respuesta no se hizo esperar.

Alexis: Estoy en una comida con clientes entre copita y copita, aburrido como una ostra. ¿Qué pasa, Bovary?

Emma: Al parecer hay algún rumor sobre mí y no estoy segura de que no tenga que ver contigo. No sé mucho más. Es obvio que yo no he dicho ni una palabra y entiendo que tú tampoco, así que igual alguien nos vio el otro día. Estoy flipando.

Alexis: Pero ¿cómo es posible? ¿Sobre qué base se sustenta esto? ¿Tiene alguien acceso a tu ordenador o te han podido leer los mails? Es lo único que se me ocurre.

Emma: ¡Qué va! Nadie.

Alexis: Pues ni idea. No creo que hayamos dado pie a nada en ninguna reunión, y más siendo tan prudentes.

Emma: Estoy igual de confusa que tú.

Durante un instante me pregunté, presa del pánico, si él querría detener nuestros encuentros durante una temporada hasta que las aguas se calmasen.

Alexis: Habrá que vigilar más... Y ser más silenciosos.

Esa fue su respuesta. Era probable que aquellas copitas de las que hablaba estuviesen surtiendo efecto. Sin embargo, no pude evitar hacerle contemplar la obviedad entre las obviedades, y le escribí con rotundidad y ligeramente irritada:

Emma: O tal vez habrá que salir de aquí y punto.

No respondió, imagino que porque tuvo que prestar atención a la gente con la que todavía estaba de comida, o quizás porque no le convenía y no encontraba las palabras. Tal vez no lo vio necesario, como yo tampoco vi necesario centrarme en su comentario, sino en el posible alcance de aquel rumor. ¿Estaba aquella oficina al completo atenta para verme pasar por el pasillo y chismorrear? Oliver había sido mi único contacto con la gente al fondo del pasillo, y ahora me sentía más aislada que nunca, incapaz de dirigirme a nadie y entablar una conversación casual para averiguar nada.

Sin conocer la extensión de las habladurías, lo que sí tuve claro fue que aquel rumor sin duda no alcanzaba la profundidad de todo. Si fuese el caso, si la verdad se llegase a averiguar, la gente se ahorraría reducir nuestra relación a un rumor jugoso: probablemente se llevarían las manos a la cabeza. En aquel caso, no solo mi reputación estaría en juego, y las consecuencias podrían ir más allá. Sin embargo, no quería arriesgarme a decirle que no deseaba seguir con aquellos encuentros en mi oficina y que él decidiese entonces, según mi teoría, que ya no le eran convenientes. Su corazón y el mío tenían mucho en común. En mi caso, una vez que lo abría, no lo podía cerrar, y yo estaba abierta en todos los aspectos a él. En el suyo, una vez que se rompía, no se podía reparar, como un jarrón chino. El suyo estaba destrozado, hecho añicos, y había seguido su camino sin tan siquiera recogerlos. Cierto era que yo ansiaba otras cosas y que la manera de conseguirlas quizás pasaba por plantarle cara y darle un ultimátum. Pero la duda ante un posible final me devolvía a la senda de mi adicción, una senda que recorría mientras me imaginaba por dentro las habitaciones de todos los hoteles por los que pasaba. Alzaba la vista para contemplar sus fachadas y no podía evitar visualizar los cuadros, las cortinas, las alfombras, las decoraciones del baño..., y a nosotros dos tumbados, hablando del techo, comentando con la boca pequeña las disquisiciones sobre aquel lugar segundos antes de que él reclamara su momento de marchar. Podría luchar por conseguir todo aquello, pero no lo hacía. ¿Por qué?, me preguntaba por las mañanas cuando me secaba el pelo y aplicaba la crema hidratante por el contorno de mis ojos: «Porque te has pillado, idiota».

Por eso temblaba ante la idea del rumor, ante la idea de seguir como si nada sacudiese mi vida más de lo que ya lo estaba haciendo: porque yo no lo gestionaba como lo hacía él.

VI

Llevaba más de una hora de una insulsa tarde de martes pegada a mis auriculares, escuchando en bucle diferentes versiones de la misma canción. Era mi último divertimento, regalarme en la letra de «He's a tramp», de Peggy Lee; veía a Alexis tan reflejado en cada una de las palabras que me fascinaba que una canción de una película de Disney pudiese definirlo tan bien. Canalla, sinvergüenza, golfo.

Busqué mi favorita, la versión de Liza Minnelli, para tratar de animarme un poco. Llevaba unos días con el ceño fruncido de manera permanente y no de muy buen humor, porque no conseguía descansar bien —la ansiedad se había aposentado en mi pecho— y Nico me había dificultado la tarea de dormir una noche del tirón debido al *jet lag*. Como no me encontraba muy bien del estómago tampoco, me levanté a por un poco de agua caliente con la intención de prepararme una camomila y removí mis cajones a ver si encontraba algo que no fuera té. En la búsqueda, no me percaté de la entrada de un correo electrónico en mi bandeja.

Alexis: ¿Alguna palabreja más sobre ti y sobre mí? Te escribo, pero me mantengo en la distancia, se ha apoderado de mí la vena prudente. Con lo que ya hemos oído, solo falta que les demos leña. ¡Al enemigo, ni agua! Postdata: Antes de que lo preguntes, voy un poco piripi y estoy en una reunión pretenciosa. Me aburro.

Emma: Claro, leña, como que Sofía vino a decirme que el reloj era tuyo... Sospechoso. Postdata: ¿Por qué siempre te emborrachas y nunca conmigo? Villain garçon...

La música seguía sonando en mis oídos: «He gives you plenty of trouble I guess he's just a no 'count pup».

Alexis: ¡MAL! No deberías haberme dicho nada del reloj, fallo, fallo... Castigada. Ahora que el asesor fiscal está distraído con su ordenador, tendrás que pagar una prenda. ¡Quiero una foto!... ¡Ya mismo!

Emma: ¿Qué? ¿Ahora? ¿Por qué vas borracho un martes a las cuatro de la tarde?

Alexis: Mándamela por mail. No hay excusa.

Emma: ¿Y qué recibo yo a cambio? Ah, las fotos se sacan con el teléfono, por cierto, nada de mail...

Alexis: Prometo comerme todo lo que salga en la foto. ¿No tenías el correo personal en el teléfono?

Emma: Eres muy gracioso borracho. Y tienes un morro que te lo pisas también. Veo que voy a acabar caliente y tonta como siempre...

Alexis: Espero que el asesor no lo note. ¡Estoy haciendo que transcribo notas de todo lo que me dice!

Emma: No cambies de tema, sabandija.

Alexis: Hoy es mi cumpleaños. Vaaaaaa...

Quise matarlo, pero era también incapaz de no reírme. Estaba resultando bastante diferente a todas nuestras comunicaciones; desinhibido, descarado, había algo liberador en leerlo de aquel modo.

Emma: ¡Felicidades! Pero no te pienso enviar al ordenador una foto que pueda ver ese señor que desconozco. Búscate la manera, pero lo que tengo que enseñar es solo para ti...

Segundos después su respuesta apareció con tan solo una cosa escrita: su número de móvil personal. Algo saltó dentro de mi estómago. No era su número de oficina, no era un correo personal, era una cosa que había estado meses y meses reteniendo, salvaguardando, protegiendo de mí por razones de seguridad, imaginaba, de control..., y un par de copas a mediodía me lo habían proporcionado. Los nervios me dominaron al teclear aquellos números en mi teléfono y guardarlo. Segundos después apareció en el servicio de mensajería instantánea su foto de perfil: ligeramente más joven, ataviado con unos pantalones cortos, sujetaba a su hija de la mano y miraba a cámara con aquellos ojos que siempre buscaban colarse un poco más lejos de lo que tú les permitías. Le respondí:

Emma: ¿Si te doy mi número mandas también tú una foto de algo que me pueda comer?

Alexis: ¡Hecho! Aunque más tarde, o este caballero pensará que soy una persona de lo más extravagante. Ahora mismo me tomaría uno de aquellos gin-tonics contigo...

Emma: OK, hecho. ¿Alguna petición? (Madre mía, Alexis, yo no estoy borracha, no tengo excusa como tú...).

Alexis: ¡Se ha ido a hablar por teléfono y me ha dejado solo! Aprovechemos. ¿Qué tal una foto bajo la falda, sin ropa interior?

Había mandado aquel correo segundos después de que yo me levantase para ir al lavabo y, dentro del cubículo, buscase el ángulo perfecto para enseñarle mis nalgas expuestas y las bragas colándose por dentro gracias a mi mano. Me mordí los labios y tecleé su nombre, mandándole el mensaje. Con una mueca nerviosa, salí del lavabo y volví a mi mesa, donde leí su correo.

EMMA: Ya me arrepiento de la foto. He improvisado porque no te había leído. Postdata: Asumo que este canal de comunicación es hiperconfidencial, ¿verdad?

Entonces vi su nombre aparecer en la pantalla bloqueada de mi teléfono, la primera vez que pasaba. Había algo de novedoso y peligroso en todo aquello.

ALEXIS: ¿Por qué te arrepientes? ¡Me encanta! Cierto es que pedía algo más «atrevido» o «explícito», peeero... al vicio de pedir (y nunca mejor dicho). Ah, y todo es confidencial.

EMMA: Poco a poco, no me entrego de golpe, como habrás podido comprobar... Y mis bragas son muy bonitas hoy como para no darles su segundo de gloria..., por mucho que tú insistas en que siempre acaben por los tobillos.

ALEXIS: Sí, te resistes mucho, vamos. Llevas la palabra sexo escrita en la mirada... (y en la curva de tu culo, me encanta).

EMMA: Pues como tú, que a la que saludas a las mujeres ya te las estás follando.

ALEXIS: ¿Tú también vas a pasar a meterte conmigo?

EMMA: ¿No soy la única que te lo dice? A lo mejor lo llevas de fábrica...

ALEXIS: No, si al final va a resultar que me estoy tirando a medio mundo sin distinción de sexo, raza o religión. Tendré que ser un borde en general y punto.

EMMA: Si es así, te agradecería que me avisaras, para hacer un club o algo, con carnet de miembro. ¡Sí! Sé borde conmigo. ¿Incluye dentro de ser borde darme azotes? Porque creo que no me importaría...

ALEXIS: Eso no, que hace mucho ruido y tenemos que ser cautelosos.

EMMA: Pues tírame del pelo, que es silencioso.

ALEXIS: PARA, por favor, que cojo un taxi ahora mismo.

EMMA: Hoy es obvio que, aunque te plantases aquí, no podrías hacer nada con eso embriagado que tienes entre las piernas.

ALEXIS: Jajajaja, agradezco la comprensión, la verdad es que me ridiculizarías.

EMMA: No te preocupes, sé de lo que eres capaz, no se me ocurriría. Una lástima, hoy llevo, como has comprobado, un conjunto lencero bastante interesante.

ALEXIS: Bueno, lo que más me gusta está debajo de esa lencería...

EMMA: Soy MUY consciente de ello.

ALEXIS: Aunque ahora mismo no recuerdo cómo es... ¿Me lo podrías refrescar?

EMMA: ¿Con más fotos o en directo?

ALEXIS: Ojalá pudiese ser en directo. Joder, beber me proporciona el efecto inversamente proporcional: a más alcohol más cachondo, pero más inservible. Pero, bueno, entiendo que estás en el trabajo, ya paro de pedir...

EMMA: Solo te voy a pedir que borres todas las fotos, POR FAVOR. Aunque, bueno, por la cuenta que te trae sé que lo harás.

ALEXIS: Una pena, de verdad, pero ¡bueno soy yo para dejar ningún tipo de rastro!

Dejé sin contestar aquel mensaje porque salí de la aplicación para poder abrir la cámara. Volví a encerrarme en el lavabo, me bajé las bragas, me abrí de piernas y me hice fotos desde varios ángulos; mi coño expuesto, mis dedos cerca, las bragas enroscadas a unos centímetros apenas, rozándome la entrepierna. Envié una y me senté en la taza del váter a esperar su respuesta.

Alexis: Acabo de perder los papeles. Dame un par de minutos para que recupere el aliento. Queda a mi criterio lo que haga con estas imágenes (prometo contártelo).

Emma: Es una lástima eso que dices del alcohol, porque a mí me pasa lo diametralmente opuesto: cuanto más bebo, más cachonda... Dame dos copas y te querré hacer de todo.

Alexis: Tengo que dejar de mirar una de las últimas fotos o el asesor —que ha vuelto, ¡mierda!— sí que se pensará que soy especialito.

Emma: No sé cómo puedo hacer esto en mi puesto de trabajo, ¡madre mía! Llevo veinte minutos encerrada en el lavabo.

Alexis: La próxima vez que nos veamos, ¿podrás venir con ese mismo vestido rojo? Quiero hacer realidad la fantasía que estoy teniendo ahora mismo... Me encanta la posición estratégica de esos botones.

Emma: ¿Cuándo será eso? Depende... Soy un poco desastre con mi lavadora...

Los minutos de silencio por su parte se vieron compensados con una imagen de su pene erecto y la mano que lo sujetaba con el reloj de vuelta a su muñeca. Intuí el suelo de un lavabo y sus vaqueros bajados.

Alexis: Lo siento, lo prometido es deuda. Tenía que enseñarte el resultado de lo que has conseguido. ¡Bravo!

Emma: La salvadora del miembro viril flácido y alcoholizado. Lo pondré en mi currículum, entre mis múltiples aptitudes, que quizás lo necesite actualizado dentro de poco.

Alexis: Regresaré a mi reunión un poco más animado. Gracias por este regalo de cumpleaños, Bovary. Un beso.

Antes de salir de mi encierro releí una vez más toda la conversación y, sin poder controlar ni pensar lo que estaba haciendo, sentada sobre la taza con las piernas abiertas, me toqué y ahogué, apenas un minuto después, mi orgasmo en un suspiro silencioso. Borré los mensajes, salí del lavabo, me lavé las manos a conciencia y regresé a mi escritorio fingiendo que me había indispuesto, por si tenía que mentirle a alguien.

Una vez que Alexis puso la siguiente fecha sobre la mesa para vernos, los días previos se me hicieron eternos y me arrastraba por las horas con una excitación creciente. Solo pensaba en sexo: repetía imágenes en mi cabeza ya vividas o proyectaba imaginadas, llevaba de acompañante en tiempos muertos la idea de sus dedos hundiéndose en mis nalgas, sus palmas ajustándose a la perfección a la curva de mis caderas. En especial, pensaba en sus manos, en todo lo que hacían, de lo que eran capaces. Habrá gente que piense en sexo y proyecte de manera automática una parte del cuerpo más obvia o se regale en los placeres de una lengua, pero yo ponía todo mi placer al servicio de sus manos.

Como la espera se me hacía insoportable, una noche en casa, tomando una copa de vino mientras preparaba algo de cenar, me sentí graciosa y alterada como para tratar de seducir a Nico, que salía de la ducha un poco más machacado de lo habitual.

—¿Qué haces? —me preguntó con una media sonrisa dibujada en su cara abatida al verme contonearme.

Me acerqué y le quité la toalla.

—Veo que estás juguetona.

Sin responder, busqué recorrer su espalda, pellizcarle y hasta morderle.

—Anda, dame eso... —Nico recuperó la toalla de encima del lavabo y se terminó de secar, desnudo, de camino al cuarto.

Lo seguí e intenté varias veces más un acercamiento, pese a notar que, reticente, no estaba de humor como para nada más que ponerse el pijama y cenar lo que fuera que yo estaba preparando antes de irse directo a la cama.

—¿No echas de menos un poco de improvisación?

Mi fogosidad, acompañada del ligero efecto del vino, me impidió hacer caso a las señales —o, más bien, no las leí— mientras buscaba el objetivo que tenía mente: resarcir la espera y echar un polvo.

—Emma... No es el día.

De las mejores maneras, me apartó repetidamente mientras yo seguía anclada a su cuello, besándole el pecho, hasta que el enfado se dibujó en su cara; muy pocas veces a lo largo de los años había visto en su rostro aquella mueca.

—¿¡Quieres parar!?

Su tono de voz elevado, algo muy fuera de lo común en él, fue el precedente de la discusión que acabaría por llegar. Él estaba cansado; yo, frustrada. Nada bueno iba a salir de ello.

—¿Desde cuándo te has vuelto tan insistente? Me incomoda. Te he dicho que no estoy de humor.

Cierto era que jamás me exponía de manera tan obvia y buscaba aquel tipo de sexo con él.

—Déjalo... —bufé buscando refugio en la cocina, donde recuperé mi copa de vino, huyendo de él y de sus palabras.

Nico, ya vestido, me siguió.

—No, respóndeme. ¿Qué te pasa? —me encaró buscándome la mirada con el semblante serio.

La pelea derivó a lo que yo quería y él no, a palabras confusas y genéricas, hasta que él atinó un poco más en el tiro.

—Me quieres follar como si no me conocieras, pero luego me ignoras cuando estoy en casa. Ya no hacemos nada juntos y... Y...

—¿Y qué? —grité, enajenada, como si su gesto dubitativo me sacase más de quicio de lo que cabría esperar.

Entonces señaló la lavadora. No tuvo que añadir mucho más: yo no la había usado.

—Ni has hecho el gesto de quitarle el plástico con el que venía precintada.

La tristeza y la pausa en su tono de voz me resultó irritable.

—Dime, ¿qué te pasa? Te noto extraña. —Se acercó a mí y me acarició el hombro con dulzura, buscando complicidad con una calma y un pacifismo tal que no pude hacer otra cosa más que gritarle.

No lo pude evitar. Fue uno de esos casos, de esas putadas, en las que una de las cosas que de manera habitual más te gustan de una persona termina siendo la que empeora la situación, a la que te agarras para permitir que te saque de quicio y se convierta en algo peor. Su calma contra mi crisis. Su fiabilidad contra mi debilidad.

—Pues si ves que me pasa algo, ¿por qué no haces nada? —pregunté gritando.

—Quizás porque no quiero meter el dedo en la llaga, Emma.

Elucubró, pausado, lo que él percibía. Quiso reducir mis reacciones a la frustración que sentía por mi vida laboral, por haberme dado cuenta de que aquello que había construido durante tanto tiempo no era lo que me satisfacía.

—¿Qué puedo hacer para ayudarte?

Entonces rompí a llorar.

No respondí, no pude; rompí a llorar porque ante aquella pregunta lo primero que mi mente pensó fue: «Irte». Quise empujarlo, volver a meterlo en un avión. Hacía tiempo que la circunstancia en casa era como los fluorescentes de la cocina, que al principio parpadeaban, pero a los dos segundos daban paso a la luz. Ahora ya tardaban demasiado, y perdía la paciencia con más facilidad, incluso llegaba a dudar de que lograsen siquiera encenderse. A oscuras, incapaz de ver la luz, perdí en ese momento toda esperanza.

Dudé, esperé, pero acabé rechazándolo.

—Necesito estar sola —acabé por añadir con los brazos cruzados y marcando con mi cuerpo una distancia que no quería que rompiese con sus atenciones.

Dolido, Nico entonces reaccionó alejándose, enfriándose, como había hecho durante años, como habíamos decidido que no haría cuando me viese sensible. El silencio se hizo en el apartamento y ninguno de los dos lo volvió a romper aquella noche.

Me fui al sofá con la almohada, porque más que no querer dormir a su lado, no quise que él durmiera al mío, que era bastante diferente. Quería alejarlo de mí, no yo alejarme de él. No quiso dejarme, quiso ser caballeroso, pero sabía que el sofá era más pequeño que su cuerpo estirado, así que me hice una bola bajo la manta e ignoré su mirada lastimera desde el umbral del salón.

¿Podría él quererme aun sabiéndome un monstruo? ¿Aun sabiendo que yo podía pensar el tipo de cosas que pensaba? No cabía duda: me había cubierto de espinas para que no me quisiese, para que fuese él el que me empujase fuera. La táctica inversa. En vez de irme, en vez de dejarlo, deseaba que fuese él quien hiciese el trabajo sucio por mí. Hasta en eso era deplorable.

Confusa, lloré hasta agotarme el resto de la noche. A lo mejor sí que iba a resultar que alguien infiel quiere romper, pero no lo hace como debe y proyecta esa frustración en su pareja. El adulterio rompía violentamente las reglas que nos definían como equipo a través de la infidelidad, sin duda, y yo había colaborado a proyectar la fragmentación interna de manera externa, refugiándome en Alexis en vez de participar en mi vida cotidiana. Me sentía impedida, inmóvil. Solo podía paralizarme y no moverme por si lo hacía en la dirección errónea. Era incapaz de separarme, pero era incapaz de lamerme las heridas y dar margen para que cicatrizaran. Había tantos asuntos desplazados que no sabía ver con claridad por qué estaba haciéndolo todo mal. Al final sí que iba a resultar que era una traidora, una rata, escoria tramposa. La villana de la historia.

La noche siguiente, cuando Nico y yo nos reencontramos al volver del trabajo, yo pensaba hacer algún gesto para romper aquella distancia, aunque fuese con la intención de que comprendiese que yo no entendía nada, que no me entendía a mí misma. Pero fue él quien dio el paso, todavía desde la frialdad, para acercarse y hablar:

—Te informo de que voy a encadenar los dos siguientes viajes a Asia directamente, en vez de regresar a casa entre ellos como solía hacer para poder estar contigo. —No respondí, y él añadió—: Así iré más descansado.

Asentí con la cabeza y evité mirarle a los ojos.

—Sobre todo —me indicó—, creo que te va a venir bien para aclararte. Necesitas pensar, Emma.

Quise preguntarle: «¿Y acaso tú no?», pero no dije nada porque, en efecto, era yo la que tenía la tempestad dentro. Un par de días después hizo la maleta para huir de la tormenta.

Si ya no habían sido noches cómodas en el sofá, las enlacé con semanas en las que dormía fatal con Nico lejos. No hablábamos apenas, solo un par de mensajes por mi parte preguntándole si todo estaba bien. Mis noches dando vueltas, pasando del frío al sudor, se traducían en mañanas en las que me quedaba dormida y llegaba tarde al trabajo, muchos días sin duchar debido a la hora. Tenía tal desorden mental que no me veía capacitada para transformar aquel caos, por lo que este se apoderaba de cada pieza de mi vida: por ejemplo, no respetaba los horarios de comida y me hacía con lo primero que pillaba cuando un hambre voraz se apoderaba de mí. Desde luego, no había cogido fuerzas para abrir e instalar la lavadora, pero tampoco me veía arrastrándome a la lavandería, por lo que la montaña de ropa sucia se había acumulado primero en la cesta para acabar sobrepasándola y creando una nueva montaña en el suelo.

Una de aquellas mañanas en las que había fallado en reaccionar a la alarma del despertador, me duché con más o menos acierto a toda velocidad sin tiempo de secarme el pelo y cogí una camisa y unos pantalones de la silla del cuarto donde la ropa todavía aguantaba el tipo. No fue hasta llegar a la oficina que me di cuenta de que la camisa tenía una mancha importante y visible que no supe cómo cubrir. Sofía, desde su despacho, presenció la escena: Emma, atropellada, llegando tarde, con el pelo húmedo, yendo a por café nada más encender el ordenador y luciendo una blusa manchada. Como era lógico, se acercó hasta mí al poco para darme un toque al respecto, no sin cierto regocijo en el acto.

—Entiendo que no te encuentras muy bien estos días, Emma, y no pasa nada si llegas tarde un día o dos, Noelia y yo somos comprensivas. —«Gilipollas», pensé—. Pero, por favor, vigila un poco la vestimenta de cara a los clientes, te lo pido.

Señaló la mancha sin contemplación y no le proporcioné la satisfacción de llevar mis ojos hacia donde su dedo apuntaba, sino que mantuve la mirada fija.

—No me he dado cuenta, no hay nada que pueda hacer ahora que no implique irme a casa a cambiarme. A mediodía bajaré al centro a comprar una nueva.

—¿Tienes alguna reunión antes? —preguntó.

Ambas sabíamos que no.

Y aunque la hubiese tenido, ¿qué coño le importaba mi ropa si siempre estaba relegada a un puto rincón, donde me tenía alejada de la primera vista que tenían los clientes, en la esquina opuesta al resto del equipo? Quise indicarle los motivos por los cuales pensaba que una estúpida mancha no marcaba la diferencia. Quise, también, señalar que la mancha habría quedado invisible o no habría existido directamente si se hubiese molestado en darme un asistente, o un mono a pilas, tan solo, que me hubiese podido ayudar cuando ella se iba a un evento o abandonaba la oficina a las seis en punto para llegar a su clase de *kick-boxing* mientras yo me quedaba hasta Dios sabía qué hora para que tuviese todo a punto la mañana siguiente. La mancha no importaba una mierda si miraba hacia otro lado como había hecho con todos mis problemas el último año, pero sí que era un tema para señalar y hacia el que girarse, claro estaba, aquella mañana en particular.

—Todos somos humanos —añadí con una mueca desafiante, sin dejarla marchar con la última palabra.

—Por supuesto... —Sonrió con falsedad, una falsedad que había visto desplegarse en centenares de ocasiones, y regresó por el pasillo a su despacho.

Aunque hubiese podido enfrentarme a aquel incidente con dignidad, no significaba que estuviese siendo capaz de tratar mi frustración, que se me acumulaba y me bloqueaba. Necesitaba resolver aquellos conflictos, poner en orden mis ideas, en cajas, por departamentos, tener una perspectiva general y limpia para no sentir que me estaba descomponiendo lentamente, átomo por átomo.

Regresé de mi incursión al centro, donde me había hecho con la prenda más barata e insulsa que había encontrado para salir del paso, cuando vi un correo de Alexis en el que me decía que se iba a pasar por la oficina a última hora tras una reunión que tenía por el Eixample. Hacía más de diez días que no sabía nada de él. Crees que tu vida gira en torno al dinero, a la estabilidad laboral, a tu pareja y la casa que compartes con ella, al conjunto de una estructura que lo sujeta todo, hasta que te acuerdas de que en verdad todo se reduce al sexo.

Después del encuentro de aquella tarde, Alexis percibió con claridad algo diferente. Sabía que ya no venía cada semana, como había hecho antaño, y que cuanto más estiraba sus apariciones, más ansiedad me producía. No podía culparlo de todos mis males, sin duda, pero cuando me preguntó si me pasaba algo, me salió una mueca de tristeza y evité mirarlo.

—Me destrozas... En todos los sentidos.

No buscaba enfadarlo ni ningún tipo de reacción por su parte, pero percibí cómo la tirantez se apoderaba de su cuerpo y la sonrisa de confianza que siempre parecía lista en el borde de sus labios se desdibujó.

—Entonces, ¿por qué seguimos haciendo lo que hacemos? Si te destrozo, como dices...

—Porque ya estamos rotos, ¿no lo ves? —Sonreí nuevamente y levanté la vista, buscando suavizar la tensión que parecía trazarse por instantes—. Y porque aquellos que nos hacen daño están ellos mismos doloridos.

—¿Crees eso de mí? —preguntó con seriedad.

—Durante un tiempo llegué a creer muchas cosas de ti que no sé si son verdad..., y ahora empiezo a creerlas de mí.

Me aclaré la garganta y acerqué mi mano, recolocando el pelo rebelde de su tupé que siempre buscaba caerse por el lateral de su frente. ¿Tenía sentido hablarle de nuestra relación desigual, completamente destructiva? No merecía la pena, no en ese momento.

—No me hagas caso, no estoy pasando buenas semanas, ni aquí ni en casa.

—¿Qué pasa? Si puedo preguntar... Y si quieres contestar, claro. —Entendía que yo estaba haciendo referencia a algo fuera de la burbuja y que había confianza a esas alturas como para tratar temas así.

—Creo que no sé cómo responderte...

—¿Tú estás bien? —preguntó acariciando mi rodilla.

—Sí —mentí—. Sospecho que estoy pasando por una de esas crisis definitivas.

—Las crisis no son agradables, aunque a veces son necesarias. No sé quién fue el que dijo que «la crisis se produce cuando lo viejo no acaba de morir y cuando lo nuevo no acaba de nacer».

—Brecht, es una cita de Bertolt Brecht —le indiqué.

Quise poder inclinarme y besarlo, pero no me salió, no sabía cómo. Él y yo no hacíamos eso. Podíamos estar pegados, yo con mis piernas cruzadas encima de su abdomen y él paseando las palmas de sus manos por mis muslos, pero no entendía el camino que tenía que recorrer para poder besarlo, besarlo de verdad.

Allí, acariciándome y preocupándose por mi bienestar, citando a Brecht sin saberlo, ya no tenía claro si era un cabrón o solo una persona casada y fragmentada que me había ofrecido una cosa sin ser capaz de darme más.

Nos separamos y me sentí ridícula y predeciblemente triste. Pensé que verlo en aquellos días me daría un chute de energía y placer que tambalearía mis ánimos, pero lo noté como un pie que hundía un poco más al fondo el conjunto desordenado de mi persona. Aquel cariño enmascarado de preocupación no hacía otra cosa que recordarme la distancia a la que me encontraba de Alexis, como si hubiese conseguido abrir una puerta real el día que me había contado cómo se sentía por Lara y luego la hubiese vuelto a cerrar, recordándome algo parecido en cada caricia. Sabía que nunca tendría acceso a esa parte de él. A cómo sentía, qué pensaba. Durante un tiempo había parecido que la puerta estaba entreabierta, con acceso a los trozos en los que me imaginaba que estaba despedazado. Los visualizaba por dentro, como piezas de un puzle desperdigadas, pero incapaz de encontrar las pistas para poder recomponerlas. Siempre había sentido que si podía averiguar realmente cómo había sucedido y vivido la pérdida de su hija eso me ayudaría a entenderlo mejor, a gestionarlo mejor, a comprender que yo no era la segunda opción en su vida tras su mujer, sino que todos éramos, incluidos su esposa y su trabajo, la sombra de aquella niña. Pensaba que si tenía acceso a todo de él, sabría lo que sentía y pensaba de mí y tal vez sería capaz de contar la historia de manera apropiada, ordenarla en mi cabeza, darle sentido y comprender la imagen general. Pero a lo mejor, para poder ver esa imagen general, lo que tenía que hacer era alejarme.

Me encerré en casa y fui directa a desnudarme, tirando la ropa sobre la montaña del suelo, y a cobijarme bajo la manta. No me gustaba salir frustrada de mi relación sexual con Alexis; me angustiaba fallar en eso también. Era como si todas las facetas de mi vida se hubiesen ido resquebrajando lentamente, formándose grietas en las cornisas primero, imperceptibles en su fachada, y ahora los bloques enteros fueran cayendo uno a uno. Esa era la realidad: sentía una gran frustración por la vida que había construido y, ahora que veía que se estaba derruyendo poco a poco, en vez de entenderlo como una oportunidad para edificar algo completamente nuevo a mi gusto, lo único que podía sentir era que me vertía como agua por una mesa. Incontrolable, brotando por los bordes, estaba alcanzando el suelo.

PARTE 5

EL SILENCIO

I

Salí de la ducha aquel sábado y me regalé bastantes minutos delante del espejo; no tenía prisa por llegar a ningún lado, nadie me estaba esperando. Crucé el pasillo con la toalla enroscada para alcanzar mi ropa interior y me topé con la montaña de ropa sucia; quise ignorarla, pero lo siguiente que encontré en mi camino fue la nota que había ido pegada a la lavadora y que había caído de una de las estanterías de libros del pasillo. Me agaché a recogerla y regresé al lavabo, donde recorrí los poros de mi cara, limpiando y vaciando espinillas, palpando las ojeras y las manchas de la piel con los dedos. Extendí el repaso al resto de mi cuerpo. Hacía meses que me notaba más pálida de lo normal. Nunca había prestado atención a la pronunciación azul tras la piel del recorrido de mis venas, pero en ese momento lo seguí con la yema del dedo. Me topé con un arañazo rojo a la altura de la cadera, probablemente resultado de aquel último encuentro con Alexis, y, no mucho más arriba, la sombra de lo que había sido uno de sus dedos: las marcas del dolor.

Me acompañaba desde aquella última charla la extraña sensación de que había pasado mucho entre nosotros y que, de repente, algo iba a dejar de pasar. Los días se habían ido enfilando y pude ver trazado en los acontecimientos que mi sensación tenía una razón de ser. No era un final, pero lo parecía. Nunca nos habíamos besado mucho, y quizás nos habíamos olvidado de que podíamos hacerlo. No hablábamos ya, pese a aquellas charlas puntuales; de habernos hablado a diario, hubiéramos encontrado numerosos huecos para descubrirnos..., y hablar lo hubiera empeorado. O no. Hablar era una complicación para él y, como con muchas cosas, yo la había aceptado como una decisión conjunta. Tal vez era en parte porque yo le gustaba por lo que realmente él no quería que lo nuestro fuese más allá (o quizás ese era mi propio convencimiento al respecto). Desde luego, la mejor cura para dejar de interesarse por alguien es conocerlo. Escondidos podían estar en cualquier rincón los detalles y datos de cada uno de nosotros que disparasen la posibilidad en la cara y la matasen a sangre fría, de un solo tiro. Porque no nos conocíamos, podíamos seguir viéndonos con el mismo frenesí después de tantos meses. Fantaseaba listando cuáles podían ser las cosas que averiguar de él que me hiciesen desengancharme, dejar de ansiarlo.

Algunas relaciones están bien para una noche o dos, o puede que durante un tiempo más largo, pero sin mirar al frente ni ir juntos a sitios. Así era como dibujaba yo en mi cabeza la intimidad: cuando se curaba la necesidad de tener enfrente a la otra persona y se podía estar al lado, sentados en un coche, por ejemplo. Me había despertado con esa imagen aquella mañana antes de ir a la ducha: él conduciendo, en silencio, concentrado, y yo a su lado, vestida —y no era una tontería, porque nunca nos hallábamos en contextos para estarlo—, mirando hacia delante. Había un simbolismo en aquella imagen, dos personas que van en la misma dirección. Pero Alexis y yo estábamos lejos de mirar al frente, estábamos incluso lejos de mirarnos el uno al otro a través de una mesa, en un bar, como hacen las parejas que se conocen, como habíamos hecho Nico y yo en su día. Me di cuenta peinándome y desenredándome la melena de que nunca había visto comer a Alexis. Podía sonar trivial, pero la imagen me golpeó. Algo tan común, tan terrenal. Otra gente, en cambio, sí que había tenido acceso a algo tan básico como aquello. Sofía, por ejemplo, en comidas de trabajo con él. Me gustaba estar celosa de aquella manera estúpida: envidiosa de que mi jefa pudiese sentarse a su lado y en público, y yo no. Era una sensación de pertenencia ridícula. Recorría aquellos bares y restaurantes en un viaje mental. Él delante de su caña de cerveza y al otro lado de la mesa una mujer, una cualquiera, siempre diferente. ¿Y si él ya había hecho todo aquello antes? Las comidas, las copas, las mujeres sonrientes... Tal vez yo era la única que le confería la tristeza a la imagen tras la muerte de Lara como razón para justificarlo, pero él siempre había estado al otro lado de esas mesas. ¿Hasta qué punto él ya era así antes?

Llevé la vista al interior de todos los restaurantes a pie de calle con los que me topé aquel finde y la semana siguiente. El regreso de Nico se acercaba, el silencio de Alexis se extendía y yo pasaba de enfocar a esas personas tras el cristal bebiendo y charlando, levantando sus copas con una intimidad básica pero prohibida para mí, a prestar atención a mi propio reflejo. Me autoexaminaba, tratando de reconocerme, de volver a pensarme, y la idea acudía a mi cabeza en cada cristalera: esto se va a acabar, esto se va a acabar. Un final sin final.

Sabes que algo se ha acabado, sabes que es el final, en el momento en el que empiezas a pensar en el inicio. Y el inicio eran sus correos, sus llamadas, su fragancia en el pasillo, el sonido de sus zapatillas por la entrada, tras escuchar el clic de la puerta cerrarse, los golpes del casco contra sus pantalones, la galantería de bar, las miradas penetrantes. Repasaba, por contra, la última vez que había recibido un correo suyo, y tenía que bajar el puntero en la pantalla con dificultad. Salía del lavabo en el pasillo y asomaba la cabeza por la puerta de la sala, escuchando el espacio que él dejaba cuando no estaba. Y ese espacio se había extendido, era un espacio vacío, oía el eco. Estaba preparado y dispuesto, esperando a que el hacha cayera. Si esperas lo suficiente, todo cambia, por fuerza. También había sido Brecht quien había dicho que «porque las cosas son como son, las cosas no se quedarán tal como están». Era cuestión de tiempo, y cada día tenía más claro que no estaba lejos; sus ausencias y silencios intercalados eran una manera de leer el mensaje, un mensaje que no estaba preparada para escuchar, que quería ignorar.

Empecé a cuestionarme absolutamente todo lo que Alexis y yo habíamos vivido, la veracidad de cada uno de los movimientos que habíamos hecho en dirección al otro. La veracidad incluso de lo que había imaginado, lo que había pensado o lo que había podido pasar en realidad. ¿Había interpretado las cosas de la manera que no eran? Tal vez me había contado la historia a mí misma de modo diferente, tergiversando hechos y fantasía. Tenía la sensación de que siempre había dado demasiado, que me quedaba poco para mí misma. No había sido lo suficientemente egoísta, lo cual suena raro, porque el adulterio casi se conforma de esa palabra, pasa por pensar en los deseos de uno mismo por encima de los del otro. Dejándome arrastrar por la dirección del viento que Alexis hacía correr, no estaba velando por mis intereses.

Perderlo o enamorarme, nadar o asfixiarme como el tiburón. Yo no tenía energía para ninguna de esas opciones: solo quería volver a mi guarida al final del día, rodearme de todas las cosas que había acumulado pero que en aquel instante no me servían para nada, agarrar con una mano una copa de vino tinto que casi me costaba tragar y con la otra el mando del televisor. Solo quería descansar, apartar con los pies las cosas a mi paso hasta el instante de reorganizarlas y restablecer mi vida. Pero para eso tenía que encontrar el momento idóneo, y ese momento nunca parecía la noche en la que me hallaba.

El desencadenante, obvio como pudo resultar, llegó por sí solo. No fue el regreso de Nico de Asia a casa, no fue la siguiente aparición de Alexis por la puerta a última hora de un día entre semana.

—El lunes se reincorpora Oliver —me dijo Sofía de pasada, sin tan siquiera llamarme para reunirnos en el despacho o hablar en profundidad sobre el nuevo funcionamiento de mis tareas.

—¿En... serio? —pregunté sorprendida.

—Las semanas de la baja más un año sabático, ya lo tenemos de vuelta, sí. Pensé que lo sabrías.

Su suposición hubiese tenido lógica un año atrás, pero no tal y como habían ido las cosas. Recordé mi voluntad de haberle contactado y cómo había caído en saco roto. Me entristeció la idea de que él tampoco hubiese pensado en escribirme para hacerme saber que volvía a mi lado. Contemplé enviarle un mensaje para no hacerme mala sangre, pero no tenía ganas de prepararme el desayuno ni lavar mi ropa, lo último que iba a encontrar era la energía para teclear un mensaje falso.

Como una botella de cava a punto de descorcharse, a los pocos minutos de la marcha de Sofía, un nervio en el estómago me urgió a ir al lavabo y, nada más encerrarme, comencé a llorar sin poder controlar el ritmo de mi respiración. La noticia me trastocó de una manera que no acababa de entender, ni supe qué significaba; no tenía la capacidad de pensar con claridad debido a la velocidad con que se movían los pensamientos por mi cabeza. Lo sentí como si un anzuelo, clavado en mis entrañas desde hacía tiempo, por fin me hubiese liberado y, tras unos segundos de alivio, hubiese sido sustituido por un nuevo tipo de angustia. Venía la caballería, el peso ya no recaía sobre mí, Oliver entraba de nuevo como un agente estabilizador, y mi primer pensamiento, entre llantos, había sido confuso. Me sentí enfadada y liberada a partes iguales.

Estaba demasiado intoxicada de aquellas paredes, de haber dejado en el camino las ganas de aportar y sentirme útil para convertirme en una máquina de tareas desmotivada que ejecutaba y entregaba. Volver allí cada día, anclada a mi despacho, me producía angustia, pero coger mis cosas e irme me daba miedo. La comodidad y el confort nos hacen débiles. No somos tan valientes como pensamos. Yo creía que podía aguantar el ritmo por una recompensa, por sentirme al final de aquel ciclo un escalón por encima, avanzando hacia algún lado. Había fantaseado con la idea de que Sofía me aumentase el sueldo, me premiase de alguna manera el titánico esfuerzo, pero su desprecio los últimos meses junto a mi desmotivación pusieron frente a mí en letras claras, dentro de aquel lavabo, aquella mañana tras la noticia, la opción de irme.

Era, al fin y al cabo, hacia donde me habían empujado. Había cometido multitud de errores y estaba arrastrándolos, responsabilizándome, cargándolos, cuando en verdad lo que quería hacer era impedir que me definieran.

Me llevó un rato recuperar el aliento, frotar para tratar de borrar el rastro de mis lágrimas en el rostro y regresar por el pasillo hasta mi puesto. Sofía no tendría la desfachatez de preguntar y los demás no tendrían la valentía, por eso lucí las manchas rojizas de mis mejillas y del contorno de mis ojos con la cabeza levantada, sin poder ni querer ocultarlas. Había que ser valiente para ser débil y frágil, y no tenía sentido disimular que estaba desquebrajada desde hacía tiempo.

Preparé en las siguientes horas el relevo y el modo en que íbamos a repartirnos las tareas Oliver y yo. No tenía un plan ni indicación alguna por parte de dirección, solo quería estar lista para cuando entrara por la puerta el lunes y volviera a ser la Emma que había sido cincuenta y cuatro semanas atrás, antes de su marcha. Antes de tomar ninguna decisión, quise comprobar si podía deshacer el camino, regresar al punto en el que Oliver se sentaba en la mesa de al lado y retomar aquella senda. Era lo mínimo que me debía, o al menos eso creía. Mientras de manera mecánica hacía listados de estatus de cada una de las cuentas y ponía en orden todas las carpetas para sentarme con Oliver a su llegada, me enfrasqué en un pensamiento que me había atravesado una y otra vez durante las semanas de la ausencia de Nico: ciertas cosas han de ir mal casi de manera perpetua para poder ir bien después. Alexis había tenido razón citando a Brecht para definir las crisis. Para empezar de cero antes se necesita destrozarlo todo, y es lo que había hecho yo lentamente, semana tras semana, el último año de mi vida. Demoler y dejar espacio para construir algo nuevo.

Llegué a casa aquel viernes con la idea de poner orden y preparar también la llegada de Nico, que aparecería de madrugada cuando yo estuviese dormida. Limpié tazas y tenedores, sacudí trapos, ahuequé cojines y me planté delante de la lavadora sin desprecintar. En efecto, no se puede arreglar lo que no está roto, es imposible limpiar algo que no está sucio. Tuve que explotar para vaciarme, estaba en esos momentos sacándolo todo, liberando espacio. Y aquella liberación pasaba por recuperar los suelos de mi casa, desenvolver y enchufar esa maldita lavadora, meterlo todo, absolutamente todo dentro, para que el agua y las sacudidas me devolviesen un poco de claridad.

Cuando me desperté, un poco confusa por el sonido de la cafetera en la cocina, recorrí la estancia a la luz del día, brillante y ordenada, para encontrar a Nico sacando bollos de una bolsa de la pastelería.

—¿Llegaste muy tarde? No me enteré.

—No mucho, pero tengo *jet lag* y no he podido dormir —dijo girándose para darme los buenos días.

Ver su espalda larga y ancha en la cocina, como miles de mañanas antes, me dejó un poco más tranquila de lo que había pensado, porque por un momento sentí que, aunque me reconfortaba verlo, no lo había necesitado para hacerse cargo de mí.

En otro caso, agobiada, hubiese contado con la fiabilidad de las decisiones de Nico, su resolución, la seguridad de que su presencia siempre me iba a poner en el buen camino. Pero aquella mañana, aunque me hubiese alegrado verlo y algo en él me hiciese notarlo diferente tras tantos días alejados, la calma había aparecido por una vertiente inesperada.

Podía apañármelas sin él, tenía que estar a cargo de mi propia mierda de forma individual, no afrontándolo todo como una pareja. Era posible que las cosas cambiasen, pero contemplando la estancia, las paredes que me habían rodeado aquellas semanas, la distancia medida con Nico y mi calma, vi claro que el cambio podía ser mejor de lo que me había planteado en un primer momento.

—Adivina... —dije, ya con el café en las manos y sentada al otro lado del sofá.

—¿Novedades?

—Vuelve Oliver.

—Guau... ¿Ya ha pasado un año?

Asentí y compartí con Nico, de manera natural, mis dudas sobre la reincorporación de mi compañero. Era lo único que podía poner sobre la mesa en aquel momento.

Sin duda, interpreté aquel pensamiento como un orificio dejando entrar un poco de luz entre los escombros, y comprobar que a Nico le parecía un movimiento en la dirección correcta fue la mano estirada desde arriba no a la que agarrarse, pero sí indicando dónde estaban los cimientos, dónde el cielo y hacia qué dirección empezar a escarbar.

Me serví otra taza de café y reorganicé los libros de las estanterías del pasillo. Nico deshizo su maleta y estrenó la lavadora con la ropa acumulada de sus viajes. Cerca del mediodía fuimos al mercado, hicimos compra con la idea de que fuese para toda la semana y, al volver, comimos. Contemplé cómo Nico por fin caía dormido, acurrucado en el sofá, mientras desde el sillón yo me quedaba viendo una película en TCM y pensé que aquel sábado estaba siendo lo que hubiera sido un día normal de nuestras vidas..., y aquello, por un instante, me hizo sentirme tranquila, en paz, como si todo estuviese en su sitio de nuevo.

El filme llegaba a su fin y en los instantes previos a caer yo también rendida en el sillón, me hice con la manta sobrante a los pies de Nico, me cubrí con ella y, mientras los ojos se me entrecerraban, cabeceé con la vista en los créditos pero la mente en mi futuro. Temí, por un instante, que la idea que barajaba de dejar eventualmente mi trabajo conllevase, por fuerza, un nuevo tambaleo, una duda más incierta que todas por las que había pasado los últimos meses. Una cosa era liberarse de lo que no son más que cargas que no nos dejan avanzar, barrer hasta la puerta y hacer hueco. Mi trabajo era, sin duda, una de ellas. Otra muy distinta era contemplar la nada, el vacío, como yo me lo imaginaba, y el miedo posterior, el consiguiente: «¿Y ahora qué? Ahora que tienes la elección delante y sabes lo que no quieres hacer..., ¿qué es lo que sí quieres hacer con tu vida?».

II

El mismo día del regreso de Oliver, el equipo tuvo una reunión global en las oficinas de Alexis para que nos presentasen un nuevo proyecto de cuyo lanzamiento nos encargaríamos. Al ver a mi compañero, Alexis se paró a saludarlo, tal como era él, con efusividad, desprendiendo cariño aunque llevase casi tres años sin tratar profesionalmente con Oliver. La reunión se alargó cerca de dos horas y al partir, camino de la agencia, Sofía decidió dejar la cuenta de nuevo en mis manos y aludió a un evento como excusa para que me encargara de los flecos.

Entre las idas y venidas, sus paseos, saludar a todo el mundo, contarles cómo se encontraba e ir a comer, Oliver y yo apenas tuvimos tiempo de sentarnos para ponernos al día, y yo no pude usar la excusa de explicarle en lo que había estado trabajando en su ausencia como toma de contacto. Fue extraño notar de nuevo a alguien en el rabillo del ojo, volver a escuchar sonidos provenientes de su escritorio, ver a gente acercándose a nuestro rincón para hablar con él, un rincón que llevaba tiempo sin ser perturbado por la presencia de nadie.

Cerca de las seis de la tarde salí de una reunión con el equipo en busca de Oliver para aprovechar aquella oportunidad y ponernos al día, además de hablarle de las cuentas que imaginaba que compartiríamos, pero encontré su mesa vacía. No mucho más tarde, Alexis apareció y, con toda la parsimonia y familiaridad del mundo, me hice con una libreta y me dirigí hacia él. A solas, nos adentramos en la sala.

—No cierres con llave todavía, creo que queda alguien... —le indiqué.

Esperamos los minutos de rigor, cada vez más cerca el uno del otro. Antes de dejar que pasase nada, siempre con cautela, fui a limpiar mi taza a la cocina para poder recorrer la oficina casi al completo y comprobar que todos se hubieran ido. Volví con la taza llena, disimulando por si se me escapaba algo, y cerré la puerta.

Aquel polvo fue distinto. Follamos en el mayor de los silencios, nunca habíamos alcanzado tal nivel de sigilo. Tratamos de medir el aire que cogíamos y expulsábamos, la potencia con la que apoyábamos las manos en el cuerpo del otro; él me penetraba con lentitud, cogiendo ritmo en algunos momentos y volviendo a la cadencia lenta cuando intuíamos que la mesa podía hacer algún ruido. Una vez más no me corrí, no pude estando tan callada. Cada entrada y salida, cada gesto suyo me hacía sentir todos los poros del cuerpo, pero aquellos microrgasmos se ahogaron en un final sin clímax porque no fui capaz de mantenerme callada y correrme a la vez. De nuevo, no se lo dije. El silencio nos había conferido, a la par, un mayor orden, por lo que enseguida retomamos la calma y volvimos a sentarnos, como habíamos hecho en la reunión horas atrás, como si nada.

—¿Así que tienes a Oliver de vuelta? Estarás aliviada —comentó con su característico gesto de pasarse la mano por el pelo.

—Bueno, más o menos... —dejé caer.

—¿Qué significa eso?

—No lo sé. Tendremos que volver a adaptarnos el uno al otro, eso es todo.

No extendí más la conversación porque no quería pararme a pensar en supuestas dudas. Quedamos en que fuese él quien saliese primero y yo me quedase un poco más en mi ordenador.

Con la puerta entreabierta se asomó de nuevo, me alzó el mentón con sus dedos y me besó.

—Nos vemos —dijo.

Lo vi marcharse por el pasillo y me dirigí hacia mi mesa, convencida por sus palabras de que él se preocupaba por mí, o al menos así me lo hacía creer. Mientras apagaba el ordenador y observaba la silla vacía de Oliver, me incliné y observé a mis espaldas el cruce frente al chaflán, por donde podía estar la moto de Alexis girando y subiendo la calle.

Conseguí reunirme con Oliver, Sofía y Noelia un par de días después. Sentía la responsabilidad de llevar el hilo de la reunión para hacer una especie de traspaso y, con la supervisión de ellas, volver a poner orden sobre quién llevaría qué. Le había dedicado bastantes horas los días previos con la intención de recolocar y redefinir mi posición, buscando una opción más cómoda que me permitiera no continuar con la carga de trabajo que me había llevado a aquella situación. Pero no fui yo la que abrió la reunión y, desde luego, no fui yo la que llevó el tema de la manera que deseaba:

—Estamos muy contentas de tener a Oli de vuelta. —«Oli, ¿desde cuándo?», pensé. Desconecté de su palabrería porque a Sofía le gustaba mucho extenderse en discursos corporativistas, hasta que retomé el hilo con un mensaje que no acabé de comprender—: Hace tiempo que Noelia y yo estamos pensando en ampliar uno de los departamentos para poder ofrecerles a los clientes un mejor servicio. Tras hablarlo las últimas semanas, Oliver va a pasar a encargarse de *Hospitality* y arrancar directamente las tareas en ese puesto.

—Pensamos que no tenía mucho sentido que volviera a coger las responsabilidades de antes si, tarde o temprano, iba a acabar allí —añadió Noelia—. Así que, Emma, sigues como *account manager*, y Oli va a arrancar *Hospitality*. A ver si podemos ponerle un becario antes de que acabe el mes para que le eche una mano con todo el trabajazo que esperamos que se nos venga encima.

—La verdad es que yo estoy eufórico —comentó Oliver extasiado.

—No entiendo —espeté yo rompiendo con el ambiente de celebración de la sala.

El hacha, el sonido del hacha al caer.

—¿Qué no entiendes, Emma? —preguntó Sofía con el rictus serio que ya la caracterizaba cuando se dirigía a mí—. Para ti las cosas van a seguir como hasta ahora, o sea, que los cambios digamos que los van a sufrir Oliver y el nuevo departamento.

—Ah... Cojonudo.

—¿Cómo? —se indignó Noelia.

—Nada, nada... —La cólera se apoderó de mi estómago y comenzó a escalar el esófago, incapaz de detenerse, al borde de alcanzar mi boca—. Ya veo por dónde va la cosa.

—«La cosa» no va por ningún lado —apuntó Sofía amenazante—. Nos ha parecido que has podido manejarlo todo más o menos sin alteraciones durante la baja de Oliver y por eso...

—Año sabático —apunté.

—¿Perdona? —me espetó Oliver con indignación.

—Bueno, técnicamente ha sido un año sabático, ya que estamos llamando a las cosas por su nombre.

—Qué fuerte me parece... —susurró él con mala leche.

—Esta es nuestra decisión —recalcó Sofía con frialdad.

—¿Tienes algún problema? —Fue Noelia la que preguntó aquello con fiereza.

—Sí. Lo tengo.

Cerré la libreta, que había quedado sin ninguna nota, me levanté, recogí mis cosas y salí de allí bajo la estupefacción de los tres. Por fin había podido despejar las dudas y tomar una decisión. De hecho, aunque sus reacciones hubiesen sido de sorpresa, había tenido la sensación de que tanto Noelia como Sofía me habían estado empujando con su actitud hacia la puerta de salida.

A veces solo necesitas unos segundos de locura, de no pensar y dejar que tu cuerpo tome la decisión, como antes de saltar de un acantilado o tirarse en paracaídas. El borde está cerca, notas la brisa, el miedo aposentado en tus pies, pero si piensas no saltas. Así que no pensé... y salté.

Por eso tomé aire, esperé a que Sofía y Noelia volvieran a sus despachos y, bajo la mirada de Oliver, a quien no quise ni dirigir la palabra, me planté delante de mi jefa para decirle que me iba.

—Habría estado dispuesta a intentarlo —le indiqué—, a ajustarme, a luchar por mi puesto y no rendirme, porque creía que era lo que debía hacer, lo correcto. Pero me habéis tomado el pelo...

—Emma, no vayas por ahí —me interrumpió Sofía, furiosa, levantándose de su sillón.

—Bueno, al menos es como me ha sentado vuestra decisión: como un bofetón en la cara. —Un bofetón que todavía sentía caliente en mi mejilla.

—No creo que estés en posición de dar lecciones de cómo hemos de llevar nuestro negocio —apuntó cruzándose de brazos, desafiante.

—Ah, desde luego que no. Es más, estoy segura de que

Oliver va a poder hacerse cargo de todo hasta que encontréis un sustituto para mis puestos... —Hice una pausa—: Sí, en plural.

—¿Qué me estás diciendo, entonces? —Sofía frunció el ceño—. Sé clara, por favor.

Con una templanza que no supe de dónde salía, le transmití lo mucho que había trabajado, la incomodidad con la que me había encontrado y lo difícil que me parecía volver a poder estar a gusto allí. Le dije también que estaba convencida de que nos íbamos a poder entender en mi salida, y que yo, a diferencia de ellas, estaba dispuesta a hacer las cosas bien: les iba a dar hasta final del mes de abril que estábamos arrancando para que Oliver no estuviera a ciegas por mi culpa.

—Porque lo creas o no, soy buena persona —recalqué—. Pero hasta las buenas personas tenemos un límite, y yo lo sobrepasé hace tiempo.

No hablé con Oliver los siguientes días, tan solo me dediqué a hacerle llegar resúmenes y documentos en correos electrónicos y tuve una breve reunión con él, en la que la tensión fue la principal invitada, para aclararle unas dudas. Sofía y Noelia, de manera sorpresiva, estuvieron mucho más amables conmigo los últimos días —seguramente se sintiesen liberadas con mi decisión— y me hicieron la salida bastante fácil.

En mi último día, cuando ya había entregado toda la documentación, me dediqué a despedirme uno a uno de todos los rincones que Alexis y yo habíamos compartido. Abriendo y cerrando puertas, rememoré los encuentros en el cuarto de la escoba, la charla en el pasillo, la única vez que lo vi esperando en la salita cuando intentaba todavía mantenerse alejado de mí, y la sala de reuniones. No recordaba cuántas veces o qué habíamos hecho con exactitud, pero sí estaba cargada de un peso mayor, de todas nuestras charlas, de nuestros besos, nuestros gemidos. La marca de la silla en la pared no era del todo perceptible, pero fui capaz de notar la alteración en la pintura cuando pasé mis dedos por ella.

Las imágenes se agolpaban en mi cabeza y, ya sí, tuve la certeza de que jamás volvería a pasar nada allí dentro entre nosotros. Volví a mi escritorio, donde guardé mi taza en el bolso, recogí las últimas cosas que había acumulado y me quedé mirando el chaflán por última vez. Ahora yo iba a pasar a pertenecer al mundo de allí abajo.

Le había escrito un correo, un último correo desde la cuenta del trabajo, con mi dirección personal en copia, un correo cuya redacción había acabado por empañarme los ojos de lágrimas.

Emma: Querido conde Vronsky, han sido unas semanas muy complicadas y confusas que han dado paso a una decisión que he tenido delante durante mucho tiempo y que no he visto clara hasta hace poco. Me voy de la oficina, hoy es mi último día de trabajo. Me voy con el miedo de que aquí dentro, además de dejar los últimos años de mi vida, también te deje a ti. Es obvio que estás en tu derecho de hacer lo que creas conveniente, pero por mi parte esto no ha acabado, no acaba aquí. Para mí no nos unía tan solo una relación laboral, así que, si quieres, ya sabes dónde encontrarme. Fdo.: Madame Bovary.

Aquella fue mi manera de lanzarle la oportunidad de decidir, de proporcionarle la opción de cerrar lo que había comenzado casi medio año atrás, si era lo que eventualmente tenía que pasar.

Volví a casa y me bebí un vermut; me bebí otro el viernes por la noche, el sábado por la mañana en el balcón, y el domingo, en una plaza soleada acompañada de Eulalia, entre berberechos, riadas de gente y arboledas que con mayor o menor acierto jugaban a burlar mis gafas de sol, tratando de hacerme a mi nueva vida mientras mi amiga ponía a parir a mis ya exjefas e insistía en que yo valía más de lo que allí me tenían en cuenta (como toda buena amiga ha de hacer en una situación similar).

Recordé entonces una de nuestras primeras conversaciones: Alexis me había dicho que le gustaba sacar la lima del vaso —siempre lo pedía con lima— y chuparla cuando los hielos ya comenzaban a desvanecerse. La visión me había parecido de lo más erótica y la imagen me acompañó todos los días que, en ausencia de su respuesta, con el temor a cada movimiento, yo levantaba el vaso.

El lunes por la mañana, a solas en casa, no reprimí las ganas de llorar bajo el chorro de la ducha. El miedo no parecía querer irse por el desagüe junto a la espuma.

Cuando salí y me senté al borde de la cama aún con la toalla enrollando mi cuerpo, vi un correo con su nombre en la pantalla de mi móvil.

Alexis: Perdona que no haya contestado hasta hoy, estaba de viaje y no podía escribirte. Laboralmente hablando, es una lástima el hecho de que no te hayas podido (o querido) quedar, pero lo entiendo. Mi empresa pierde una gran colaboradora. En cualquier caso, a título personal, cuento con que nos seguiremos viendo, aunque sea fuera de allí... (¡que sí, que lo conseguiremos!). Besos, Bovary.

Respondí con un simple: «*Yes, we can*. Tengo "horario flexible" y tú una agenda que cuadrar», y di por hecho que tenía que esperar a que él, como hacía siempre, diese el siguiente paso.

Las semanas siguientes a mi marcha fueron una mezcla de alivio y tristeza. Estaba a la espera, pero no tenía muy claro de qué. Había habido una gran diferencia entre rendirse y saber que era suficiente, y yo había alcanzado aquel tope, había salido huyendo de aquella explotación laboral, pero no sabía muy bien hacia dónde. ¿Cuál sería mi ruta? Tenía claro que no me había rendido. El problema residía en que los seres humanos aguantamos mucho más de lo que nos pensamos, y es por eso por lo que podemos encontrarnos en una ciénaga sin habernos dado cuenta de cómo hemos llegado hasta allí. No es que yo me hubiese perdido en el camino, es que había llegado al destino, me había decepcionado y ahora tenía que redefinir la dirección de mis pasos.

En ocasiones el silencio entre dos personas puede dibujar complicidad, puede significar confianza, bienestar, confort. Menos en este caso. Su silencio se extendió, no hubo ningún correo después de aquel acuerdo según el cual conseguiríamos vernos. No hubo ni el intento, tan solo vacío, que llenaba las semanas que copaban el mes de mayo en el calendario. Su desaparición, el hueco de sus palabras presidía cada día, y cada día comprobaba en el teléfono que seguía siendo así, que parecía que iba a ser un estado permanente. A medida que pasaba el tiempo, daba por hecho que un correo suyo desenfadado llegaría como siempre con una disculpa y toda la bilis que había ido acumulando se dispersaría con sus palabras. Pero Alexis había desaparecido y a mí solo me quedaba mantener la dignidad mientras vivía el mono de quien se desengancha de una droga y necesita un chute más. El dolor, la ausencia, su silencio parecía ser la manera con la que él había dejado morir nuestra relación. Lo que pudo haber estado al alcance de la mano pero que él decidió que no iba a ser. ¿Cuánto más habría llegado a durar si yo no me hubiese marchado? ¿Un par de meses? ¿El resto del año? ¿Tendría que haber sido yo la que hubiera puesto el punto final cuando rompí con todo? Le había otorgado repetidamente la posibilidad de hacerlo, de dignificarlo de manera sencilla. Dos veces le había abierto la puerta para que saliera sin tener que volver a entrar, pero él no había querido tomar ninguna decisión en caliente: había preferido dejar aquella puerta abierta.

Su elección, pobre, cobarde, no estaba a la altura de lo que habíamos vivido. Con un gesto tan simple como permanecer callado, cada día que pasaba sin noticias suyas destrozaba un poco más todo lo que habíamos creado.

Me sentí una ilusa debido a ese silencio; pensaba que no podía ser la engañada en un *affaire*, pero me hizo poner en duda la veracidad de todo. Me hizo enfadar, como si le faltase al respeto a todo lo que habíamos compartido, cuando era tan sencillo como abrir un correo y teclear unas palabras más o menos ordenadas sobre complicación y responsabilidad. Él sabía bastante de ello, no tenía ni que inventarse nuevos términos para dejarme. Pero no me estaba dejando, estaba desvaneciéndose, como el día que pierde la luz en el ocaso, a poca velocidad, de manera paulatina. Intentaba ponerme en su lugar y defender su decisión, empatizar con que el silencio le era más fácil. No me parecía justo, ya no me valían las justificaciones que durante mucho tiempo tracé en mi cabeza. Jamás había entendido que tardase días en contestar, cuando lo que le reclamaba yo entonces —y ahora, mientras esperaba— era un gesto que le llevaría menos de un puto minuto.

Había estado convencida de que él me había tenido en consideración, pero comencé a vacilar: a lo mejor había conseguido engañarme a ese respecto. A lo mejor aquel hombre era incapaz de sentir nada, alguien roto y destrozado incapaz de empatizar conmigo como yo lo había hecho con él.

Cada mañana me levantaba, buscaba mi cara en el espejo, recorría las horas del día y llegaba hasta la noche con una nueva jornada en silencio, dedicando momentos a enfurruñarme, a veces con él, a veces conmigo misma. ¿Había sido una buena persona o un encantador de serpientes? Sus últimas palabras habían sido «Lo conseguiremos», y lo único que estaba consiguiendo yo era regodearme en el fango de pensamientos, sintiéndome dominada y dependiente. Hasta callado ejercía sobre mí un poder que no se merecía. No me escribía porque no quería, tan solo era eso. Yo sentía que merecía ser dignificada, pero me negaba a ir detrás de él, me negaba a sentirme mal por algo que no era capaz de gestionar. Me había visto forzada a decir adiós sin haber querido, a renunciar a algo en contra de mi voluntad, de manera unilateral.

Tras un mes, él se había evaporado casi del todo. Nada en mi casa, en mi cuerpo, en mi vida podría haber probado que nuestro *affaire* había existido alguna vez. Aquel oasis de placer en medio de un mar de mierda se había volatilizado y no encontraba justificación alguna para el vacío. Por mucho que arrastrase su pasado, en aquel instante no era más que el tío que me había engañado diciéndome algo que no era y había acabado siendo rastrero y convirtiéndome en rastrera a mí también, obsesionada, irreversible. No era un final feliz, tan solo era un final.

Limpiando las estanterías del baño, con la cabeza en Babia, detuve mis movimientos automáticos cuando levanté de la balda el frasco de perfume que había comprado uno de los primeros días que me había acostado con Alexis, para quitarme su olor. Apenas le quedaban unas gotas; me pareció irónico que el *affaire* hubiese durado lo mismo que un frasco de perfume. Comencé a apretar el puño cada vez más fuerte sin ser capaz de soltar el frasco, inundada por una rabia y una ansiedad que no reconocía. Recordé mi regreso a casa la primera vez que Alexis y yo habíamos follado. Un perfume no había conseguido cubrir lo sucia que me había sentido, la grasa, la mierda, los trazos de la ciudad que había tenido que arrastrar conmigo para camuflar lo que había hecho. Muchos meses después, volvía a sentirme igual de sucia, pero por otro tipo de traición, y ninguna fragancia iba a poder disimular aquello, así que apreté un poco más fuerte el puño y, con la respiración agitada, lancé el frasco contra la pared del baño.

No fue hasta que barrí y tiré a la basura los restos que me percaté de las heridas en mis manos producidas por los pequeños cristales. Lo único que podía hacer era esperar a que se curasen y que con el tiempo el olor de aquel frasco se disipase de donde había causado el impacto.

¿Qué hice después? Nada. Seguí pese a tener miedo, miedo a volver a caer, miedo a quererlo demasiado y llegar a comprenderlo en su ausencia. Sobre todo, tenía miedo a tener que enfrentarme al olvido, a forzarme a pasar página, a borrarlo de mi mente. Me daba pánico recorrer según qué calles de Barcelona porque podía encontrármelo, aunque si algo me daba miedo era precisamente lo opuesto, la idea de no volver a verlo. De tener que jugar en mi mente con las imágenes que me había regalado y repetirlas hasta la saciedad, imposibilitada de crear nuevas.

Una de las cosas de las que no estaba orgullosa era de mi manía de entrar a ver su foto de perfil en la aplicación de mensajes del móvil. La misma foto, su mirada, saber que existía al otro lado mientras se actualizaba la última hora en la que se había conectado. En un momento de lucidez, y como gesto en mi tentativa de pasar página, estaba en un bar a las dos de la mañana bebiendo un *gin-tonic* tras otro en la despedida de soltera de Eulalia cuando, tras unos cuantos chupitos cortesía de la casa, decidí borrar su número. Fui al lavabo, me encerré y entre la luz parpadeante y el suelo mojado, en un instante de debilidad, no sé si debido a la ingesta de alcohol, al anhelo de su cuerpo o a la desesperación de echarlo de menos, contemplé su imagen en la pantalla mientras me bajaba los pantalones, apartaba las bragas y me masturbaba contemplándolo. Un par de minutos después, mareada y triste, lavé mis manos, me abroché el pantalón y traté de manipular con cuidado la pantalla para no llamarlo accidentalmente. Después de eso, borré su número.

Con resaca, y con Nico dando vueltas por la casa la mañana siguiente, antes de salir disparado a algún recado, recogí del tendal la ropa seca e hice espacio para poner una nueva lavadora. Recogiendo y doblando, guardé en su cajón una braga de color borgoña que Alexis nunca había tenido tiempo de quitarme. Había muchas así. Muchas cosas que no llegaron a existir, que se quedaron como posibilidades. ¿Cuál era el objetivo de un pensamiento como ese si sabía que, a no ser que hubiese querido estar a su lado de manera permanente, siempre existiría ropa nueva, ropa por quitar, cosas por hacer? A lo mejor él había alcanzado aquel pensamiento también. ¿Cuál era el objetivo de lo nuestro... si él acabaría siempre tumbado al lado de su mujer, con el recuerdo de su hija entre ambos, sin querer salir de aquella situación? Tenía que dejar de soñar con esa persona fabricada por mi imaginación que mi nostalgia me hacía añorar e idealizar. Tenía que abandonar por el camino la ridícula esperanza de que su silencio se fuera a romper en cualquier momento. La melancolía estaba resultando ser un trastorno que no me permitía enfrentarme al hecho de que la desilusión había estado escrita en el guion de nuestra historia desde el principio, justo al lado de la palabra «fin».

III

Como la determinación de abandonar mi trabajo se había precipitado, había tenido que dejar en espera otros aspectos de mi vida. Las cosas en casa siguieron su curso. Nico y yo dormíamos el uno junto al otro en la misma cama, nos seguíamos pasando la toalla en la ducha, preparando una taza de café para el otro y comentando nuestros días al caer la noche. Tenía más tiempo para mí y aquello había introducido pequeños cambios en nuestra rutina; cuando Nico estaba en la ciudad habíamos empezado a ir al cine entre semana, yo había comenzado a buscar recetas y probar cosas en la cocina, le traía libros de la biblioteca que creía que le podían gustar para sus viajes y aprovechaba para leer todo aquello que me había pasado meses relegando a una montaña en la mesita de noche.

—¿Te apetece ir esta noche a ver la ganadora del último Festival de Cannes? —me sugirió una tarde de la primera semana de junio.

—Pensaba que madrugabas mañana.

—Sí, pero me voy a comer cambio horario y me vendría bien no descansar mucho.

—Vale... —acepté.

Haciendo cola en el cine, nos dividimos y, mientras él compraba las entradas, yo fui a por palomitas. Nuestros gestos eran mecánicos. A efectos prácticos seguíamos siendo una pareja, pero no podía huir de la sensación que tenía de sentirnos como meros compañeros de piso. Aunque nuestra separación no era física ni estaba determinada como tal, yo hacía tiempo que me sentía a años luz de él y esperaba, con cautela, a ver por qué derroteros nos iba a llevar el camino de reajuste que estaba tomando.

Me había planteado el giro del barco, lo había empezado a mover para evitar que se encallara, pero todavía no sabía el rumbo. Ese era el siguiente destino en mi agenda, aunque no tenía prisa por decidir cómo enfrentarme a mi vida con Nico. Porque volvíamos a estar en un punto tibio y porque precisamente habíamos atravesado mucho juntos, aquello tenía que ser fácil para ambos. Y también porque el amor, el amor de verdad que compartes durante años, no pierde sus hojas ni muda con tanta facilidad.

A mitad de la película, Nico estiró el brazo y apoyó su mano en mi rodilla, acariciándola unos instantes para dejarla allí, reposando. No sé por qué, pero en aquel gesto, en todos aquellos momentos nuevos que compartíamos por mi desempleo, me convencí de que Nico fantaseaba con una posible reconciliación —por llamarlo de alguna manera—, o con la idea de que pudiésemos volver a enamorarnos.

Sin embargo, mientras posaba la palma de mi mano sobre la suya y le devolvía el gesto, no sabía si sería justo para él seguir al lado de alguien que le había hecho todo aquello, aunque lo ignorase. Él, pasivamente y relegado al desconocimiento, también se había visto envuelto en el *affaire* y había salido dañado, aunque fuese un daño invisible.

No sabía si podía volver a enamorarme de Nico, como tampoco sabía si me había llegado a enamorar de Alexis. Enamorarse me parecía algo grande, atado a una idea de continuidad, pero también algo mundano. Es fácil enamorarse siempre, de todo, cada cinco minutos. De las caras de la gente por la calle, de cualquiera, de un gesto, de una mirada. Del actor de la pantalla, del revisor que nos indicó la salida que debíamos tomar al final de la película.

Luego siempre llegan los indicios de los defectos e imperfecciones que nos llevan a decidir si ese algo nos obsesiona más o, por el contrario, nos produce repulsión. Cualquier persona que podamos conocer puede resultar radicalmente perfecta o imperfecta, y en aquel instante de mi vida la familiaridad y el equilibrio que me aportaba Nico me parecían razonables. Lo conocía, era una presencia afable, su olor y el mío se perdían y entremezclaban con facilidad, nos adelantábamos a nuestros movimientos...

Cuando pasas por una mala etapa, lo principal es la supervivencia, y Nico al otro lado del sofá en semanas alternas me ayudaba a sobrevivir. Lo fructífero florecería cuando estuviese estable, cuando la crisis se alejase con la tormenta y mis decisiones no pendiesen de un hilo. De momento, me valía que aquella fuese mi vida: no me preocupaba caer en la parsimonia ni la comodidad. Nada amarra a nadie, estamos donde queremos porque las personas se van y siguen su propio camino cuando el momento es el correcto. A veces coincidimos, otras centramos nuestro tiempo en algo que no es el otro. Dejar marchar a una persona es con toda probabilidad una de las cosas más duras y difíciles de hacer; lo sabía de primera mano porque, a mi manera y de modo diferente, era lo que estaba haciendo yo. Cuando entendemos esto, por mucho que el proceso de duelo vaya a ser inevitable, todo se ve mejor.

Nico continuó viajando; salía, volvía y salía nuevamente, me mandaba mensajes desde la otra punta del mundo, y yo permanecía habitando aquella casa sola. Con todas las horas del día disponibles, había pasado, ahora sí, a acostumbrarme a una vida sin él, pero llena de mí, sin tener que escalar la cama, sin dormirme sobre el libro cada noche perdiendo la hoja, sin ropa sucia ni comida precalentada de táper. El primer tramo de giro del barco había sido aquel. Emma y nada más.

Solía pasar la jornada ocupada para conseguir llegar al final del día inalterada por pensamientos ni recuerdos, pero el silencio de Alexis seguía retumbando alto. Era la confirmación de una verdad de la que no podía huir: me había quedado sola. Si me había sentido frustrada cuando sus respuestas tardaban en llegar en el pasado, sin duda no se podían comparar a aquel vacío, que me había hecho sentir peor *a posteriori*. ¿Me había compensado todo aquello?

Trayendo libros de la biblioteca una tarde se me había caído uno de la bolsa y el lomo de tapa dura me había rozado el brazo, dejándome una marca roja. Hacía cerca de dos meses que no tenía ni un solo arañazo ni morado: aquel era el primero en mucho tiempo. La marca en mi cuerpo me había conducido a Alexis de manera inevitable. Le había permitido hacerme cosas, de todo, le había dejado tratarme como su consolador humano, pero, sobre todo, le había permitido hacerme sentir más de lo que pensaba. Si solo nos habíamos querido para follar, ¿para qué me había liado? Desde luego, él no se merecía que alguien pensase tanto en su vida como había hecho yo.

No pensé que Alexis se convertiría en una de esas personas a las que saludar en la distancia, con una mirada, nunca con la intención de dar el paso y acercarse a hablar. Tenía ensoñaciones diarias con su manera de hablarme al inicio, cuando todavía no sabía lo que era que me lamiese, cuando todo lo hacía con los ojos. Anhelaba esas miradas, su intensidad, el efecto de su presencia, el cosquilleo que me brotaba de los pies y viajaba hasta mi entrepierna cuando oía su voz o acertaba a discernir el sonido de sus zapatillas por el pasillo. Ahora que no tenía aquello, sentía una dependencia mayor que cuando lo tenía. Lo sabía porque me daba un vuelco el corazón cuando una combinación de letras similar a la de su nombre aparecía en mi vida, cuando una mano se posaba donde él lo había hecho. Había leído que el contacto físico de una persona que nos agrada reduce la tristeza en un sesenta por ciento, y me parecía irónico que su tacto, razón de mi pesar, pudiese ser también la cura. Todos somos adictos de un modo u otro a algo que se lleva por delante nuestro dolor; el mío tenía seis letras en el nombre y el cabello entre pelirrojo y canoso.

Batallaba internamente en días oscuros contra aquel sentimiento. Tenía la intención real de desintoxicarme, aunque sospechaba que podría caer en él de rebote en cualquier momento, porque realmente sentía que había perdido la batalla. Sentía de manera idiota la debilidad apoderándose de mí en los escenarios posibles que dibujaba en mi cabeza: cuando él escriba, porque lo hará, no responderé; no responderé al principio, pero acabaré por contestarle; le diré que me ha dejado rota; acabaré por querer decírselo a la cara; lo veré; nos acariciaremos. Insisto, tenía la intención real de desintoxicarme, pero mi mente fantaseando me hacía volver a caer, así que jugaba con las posibilidades.

Tardé en darme cuenta de que estaba menos rota de lo que creía cuando aquella crisis contundente me golpeó. De hecho, vi claro que poniéndome en sus manos lo único que había conseguido había sido dejar que él me rompiese más. Alexis había entrado en mi vida como un alivio y había salido de ella dejándome enganchada, una maldita yonqui sexual destrozada y desdibujada.

Cuando lo conocí no sabía que estaba rota por dentro.

No lo sabía porque no era capaz de verlo, y ahora lo estaba aún más, tratando de volver a juntar todos los trozos para recomponerme. Me había metido yo solita allí dentro y lo había destrozado todo con tal de darme la razón, de demostrarme que controlaba mi vida (y un poco también para estar a su altura). Cuando conseguí tomar distancia y salir, comparé y vi *a posteriori* que había sido peor el caos causado.

Algo cambió, sin embargo, cuando tuve una visión en la cocina un mediodía. Había movido las piezas en el frutero buscando una lima y había dado con una naranja podrida al fondo. Mientras sacaba y comprobaba qué frutas se habían salvado de la masacre y cuáles se habían podrido junto a la naranja, me di cuenta de que estar con Alexis había sido como ser un par de naranjas en un frutero. Un día de improviso me había girado para descubrir que tenía la mitad del cuerpo podrido. No me había dado cuenta antes porque Alexis hacía tiempo que no era una naranja, sino el polvillo gris y oloroso que se agarra al fondo del recipiente. Así que poco más tenía que hacer que salvar aquella naranja que era yo, cortar la parte afectada con un cuchillo y cruzar los dedos para que el resto de la fruta pudiese ser aprovechado y su sabor no se hubiese visto contaminado.

Aquella imagen me dio pena, me inundó de lástima y, sin embargo, me pareció claramente reveladora. Necesitaba quitarme de encima la parte gris, cortar aquel trozo podrido, deshacerme de él por lo sano. Con la rodaja de una naranja en un vaso con hielo y vermut, encendí el ordenador y, sin más dilación, abrí un nuevo correo electrónico con su nombre en la casilla de destinatario. Aquel correo iba a ser mi carta de aceptación y la manera de cerrar la puerta a los pensamientos de los cientos de «¿Y si...?» que lograban colarse en mi mente.

Emma: ¿Cómo estás? No hace falta que lo digas, imagino que liado, con el cohete siempre en el culo. Interesante silencio el de estos últimos meses, ¿no crees?

Intenté sonar casual, adelantándome a su poco glamurosa excusa perenne. Sin embargo, disparé a discreción pero con elegancia:

Emma: No me gustaría dejar las cosas así, no me parece que esto se merezca un final de «si te he visto no me acuerdo». No es mi estilo, no pensaba que fuera el tuyo tampoco, la verdad... El caso es que creo que somos mayorcitos (no diremos edades) y me parece una tontería pensar algo y no decirlo. Por eso te escribo. Porque no me quiero quedar con la sensación de que esto iba a acabar y, en vez de enfrentarnos a un final más o menos abrupto y llamarlo por su nombre, lo dejamos morir en silencio como quien no quiere la cosa. Ya me conoces, sabes que soy más bien directa.

La nostalgia se apoderó de mí tras haber tecleado aquel par de párrafos y cogí distancia, releyendo una vez, dos, diez. Estaba pasando página, cerrando el libro, un libro que me había machacado, pero que también me había dado momentos que jamás sería capaz de olvidar, un libro que se había acabado no por voluntad propia, al que volvería, rememorando una y otra vez pasajes, contándomelo a mí misma. Estaba siendo difícil empujar la puerta y mirar por el hueco, que se cerraba a medida que decía adiós.

Emma: Me queda eso que dicen en las películas de que al menos «fue bonito mientras duró». Un beso.

Un beso, Alexis. Adiós. Pensé ya para mis adentros.

El 14 de junio llegó con la más que esperada boda de Eulalia. Todas las promesas iniciales de mi amiga de no querer hacer nada grande, de que la celebración fuera «un evento casual, una cena más, pero con muchos invitados» se habían visto secuestradas por la palabra en sí: «Boda». La ceremonia y el convite eran clones de las decenas de bodas que veía en las redes sociales de amigos lejanos y conocidos.

—¿Y esto para qué sirve? —me preguntó Nico rescatando de nuestros asientos un tubo transparente con el nombre de los recién casados y la fecha del enlace.

—Es un tubo para hacer pompas de jabón —le expliqué—. Entiendo que es para no usar arroz.

—Qué original —sugirió él.

—No tanto, la verdad.

Los centros de flores naturales, el logo con los nombres de Eulalia y Juan en todos lados, sus iniciales en gigante a la entrada del banquete, los neones para que los invitados nos hiciésemos fotos, los discursos entre lágrimas..., y hasta el blanco del vestido de Eulalia, ese color que dijo que jamás llevaría puesto cuando se casara. Un vestido que bailaba a ritmo de Queen mientras los invitados agitaban (agitábamos, mejor dicho) las servilletas y ellos entraban en la sala, pletóricos.

—Eulalia parece que vaya chutada —le indiqué a Nico cuando la vi acercarse a la mesa de al lado, en su ruta por el convite, para entregar regalos a familiares y amigos tras la copiosa cena—. Mira, la sonrisa se le ha hecho mueca. Le debe de doler y todo...

—No seas cínica —me animó él apoyando su mano en mi brazo—, está feliz y...

No pude escuchar lo siguiente que Nico quería decirme

porque los invitados irrumpieron con gritos y clamores pidiéndole a la feliz pareja un beso.

—¿Qué decías?

Nico no llegó a responder. Tan solo lo vi ponerse en pie y hacerme un gesto con la mano. Todo pasó tan rápido que no me di cuenta de lo que estaba sucediendo: Eulalia y Juan se habían parado para entregarnos un regalo. El regalo que nos bautizaba como los futuros novios, la siguiente pareja en pasar por el altar.

Nico sujetó la caja de madera personalizada con nuestros nombres que contenía un par de copas de vino grabadas, mientras que yo sujetaba a Eulalia por la cintura, la besaba, en estado de *shock*, y posábamos juntas para los fotógrafos (en plural). Uno de ellos, con ninguna otra intención más que la de hacer su trabajo, nos pidió posar a los cuatro juntos, y luego a Nico y a mí solos con el regalo. La mesa de invitados pidió un beso para la cámara. Nico se inclinó con un gesto cómico, como si no tuviésemos más remedio, y rio antes de juntar sus labios con los míos.

En ese instante lo supe. No sentí nada.

Lo tuve claro mientras Eulalia y Juan continuaban su camino, nosotros cogíamos asiento y la gente nos felicitaba. ¡Qué romántico se suponía que estaba siendo todo aquello! Y qué rechazo me estaba produciendo. Quizás era lo que esperaban ahora de nosotros, «Ser los siguientes», «¿Vuestra boda para cuándo?». En cambio, cada poro de mi piel me estaba diciendo que así no era como terminaba mi historia de amor con Nico.

Ya lo había sospechado, pero creo que no fui plenamente consciente hasta ese momento. La nuestra no era la típica historia romántica donde la pareja se conoce, se enamora, ambos luchan por acabar juntos y todos sonríen en su boda al final. Mi relato, pensaba mientras todos levantábamos las copas de cava, había sido a la inversa. La mía era una historia de desamor y, en mi caso, la lucha no era por acabar juntos o no: la dificultad residía en acomodarse o dejarlo. Y ahora lo veía claro: por más que hubiese estado tranquila los últimos meses y necesitase de la estabilidad de Nico, el clímax nunca daría paso a una resolución feliz.

Y él no tenía la culpa, el sentimiento lo llevaba yo dentro, igual que lo lleva dentro quien se enamora de alguien en una fase inicial: tú solo cargas con la intención y la emoción, lo demás no es control ni elección. Lo mejor que podía hacer por alguien a quien realmente había querido y con quien había compartido todo era apartarme de su camino, en vez de dilatar el mal que ya le había hecho. No quería ser la tormenta en su vida.

Horas después llegué a casa borracha, con la caja de copas de vino con mi nombre y el de Nico serigrafiados y una idea en el horizonte que, de momento, tan solo era una sombra. Un destino al que no sabía cómo llegar, como cuando el héroe de la comedia lo ve todo borroso, hasta que recuerda aquel detalle del primer acto que le da la pista para recuperar a la chica. En mi caso, en cambio, la chica no iba a recuperar al chico. Tan solo se iba a dar un poco de margen para hacer las cosas bien y no causarle más dolor del que ya le había infligido.

Barbara Lewis estuvo sonando en bucle durante esas últimas semanas. Sí, a estas alturas debo reconocer que en según qué tipo de cosas dejo que la intensidad se apodere de mí, y en cuestiones musicales no puedo evitarlo. Dejé que la buena de Barbara y su «Baby, I'm yours» me acompañasen en todo el viaje de camino a Toulouse. Tras dar vueltas por mi ciudad hasta saciarme, el calor del incipiente verano aquel mes de junio empezó a enclaustrarme en casa, así que cogí la maleta y me «subí» a casa de mi abuela; tenía una idea, una petición, y ella siempre había funcionado a modo de brújula en mi vida. Había algo cotidiano en regresar a la vieja casa en un pueblo de las afueras, como cuando era pequeña y mis padres conducían más allá de la frontera.

El tren traqueteaba y yo pensaba que llevaba poca ropa en mi mochila para tratarse de un viaje tan solo de ida. Mi abuela, bastante mayor aunque siempre moderna, había respetado mis silencios y me había acogido en diferentes etapas de mi vida. Sabía que tenía que dejarme espacio y yo acabaría yendo a ella.

Era curioso que *mamie* fuera en aquel momento —lejos de poder narrarle hasta el último detalle de mi crisis— la persona a la que acudir. Si lo pensaba, había llevado todo aquello sola, cargando con mis pensamientos, incapaz de abrir la puerta y confiárselos en una terraza de un bar a Eulalia en la decena de oportunidades que se me habían brindado a lo largo del medio año durante el que se había extendido mi relación con Alexis. Tal vez había sido porque mis amigos eran los amigos de Nico, porque toda la gente que conocía, o bien cercana, o bien de pasada, no me concebía sin Nico y, por lo tanto, no iba a entender que yo pudiese hacerle algo así.

Había estado atada de manos, me había visto silenciada, incapaz de encontrar al oyente perfecto donde vaciar mis comeduras de cabeza por miedo a ser juzgada. ¿Quién sabe? A lo mejor si hubiese machacado y analizado hasta la saciedad las idas y venidas de todo lo acontecido con una visión externa, con mi amiga entre cervezas y bravas, habría tenido mucho más claro mi sitio en el esquema de las cosas y no las hubiera llevado tan lejos.

Fue la voz de Cher la que me acompañó en la última parada del tren, donde decidí apagar el teléfono y dejar que mi abuela me abrazase en aquel sofá tapizado que no había cambiado (ni empeorado) desde 1989.

—¿Qué quieres hacer? Algo habrás pensado ya —me dijo mi abuela tras haber acabado el desayuno la mañana siguiente en la terraza, con su chaqueta de lana de oveja sobre mis hombros debido a las bajas temperaturas que acariciaban el aire a aquellas horas.

—No quiero precipitarme tampoco —le confesé—, pero creo que tengo una idea de por dónde tirar. Ha cogido sentido estas semanas. Si luego no resulta... O no me gusta...

—Pues seguimos buscando, ¿no? —respondió ella con obviedad—. No estará mal mientras sea lo que tú creas mejor para ti en este momento.

—¿Y si no sale? —dudé en voz alta.

—*Bon!* ¿Y qué? —Me vio encogerme, agarrada a mi taza de café ya vacía pero cuya porcelana mantenía el calor—. ¿A qué tienes miedo?

—A perder el tiempo, a equivocarme. A tener que rectificar.

—¿Pero es que acaso ganas un premio por llegar al final de tu vida sin un solo fallo? Estamos constantemente en construcción, incluso tú. ¿Quieres saber la cantidad de veces que me he equivocado yo? Porque tengo ochenta y tres años...

—No es tan fácil, *mamie*... —le dije—. Si te equivocas puedes acabar en circunstancias desagradables, peor de lo que estabas, sin un duro, compartiendo piso con Erasmus, ¡yo qué sé!

—Bueno, pues por eso tienes la suerte de no estar sola, y si llegas a verte apurada puedes contar conmigo, con tu familia, con Nico...

No quise decirle nada, solo levanté la ceja. Sutil pero obvio para sus ochenta y tres años.

—*Oh, je comprends* —afirmó al captar mi gesto—. ¿Y qué vas a hacer? ¿Quedarte quieta por miedo? ¿Conformarte? Qué suerte tenéis hoy en día, que podéis hacer y decir lo que queráis. Nadie os ata... Nadie, ¿me oyes?

—Tienes razón. Igualmente, no es fácil.

—Eso es otra cosa —continuó—. Pero sacúdelo, agítalo, ¡fuera! Todo fuera, todo lo que sobra, a la hoguera. ¡A quemarlo! Cargamos con mucha *merde* a lo largo de nuestras vidas para nada.

Nos quedamos calladas y acabó por lanzarme un trozo de pan que estaba secándose sobre la mesa a medida que pasaban los minutos.

—¡Habla, va! —me espetó.

—He estado contemplando hacer un máster profesional de edición literaria. Le he estado dando vueltas y tiene todo el sentido. Siempre ha sido mi otra pasión y creo que sería buena en ello. Además, sería por las tardes a partir de octubre, podría ir tirando con el paro hasta las prácticas, si son compatibles, y luego empezar como becaria.

«Una becaria de treinta y cinco años», pensé. Comencé entonces a derrumbarme ante la idea, echándome atrás. Pero mi abuela se metió el trozo de pan seco en la boca y habló:

—¿Cuánto? *Hein!* No rechistes, no malgastes mi tiempo, que tengo poco. Di cuánto y está hecho.

—*Mamie*... —le dije.

—Tiene todo el sentido del mundo —me interrumpió—. A *papy* siempre le gustaron mucho los libros, como a ti... —Fue lo único que añadió antes de recoger el plato y entrar con él a la cocina—. ¿Más café?

Mientras brotaba vapor de la cafetera, recorrí la estancia,

cuyas paredes estaban cubiertas de los libros de mi difunto abuelo, buscando algo que poder ponerme a leer aquella mañana, hasta que me topé con un poemario de Sylvia Plath, autora que me había obsesionado con su única obra en prosa, *La campana de cristal*, nada más comenzar la universidad. Saqué el volumen en francés y me lo llevé a la terraza. Al pasar las páginas reparé en los últimos versos de un poema, «Dame Lazare», que mi abuelo había subrayado: «Je sors de mes cendres / Avec mes cheveux rouges /Et je dévore les hommes comme l'air».

«De las cenizas, con el cabello rojo me levanto y me como a los hombres como aire». Todo, fuera, ya lo había dicho mi abuela. Tocaba quemar los restos, tocaba resurgir de las cenizas como el fénix y resucitar.

IV

En el camino de redefinir quién eres has de saber con qué cosas te quieres quedar y qué cosas no te gustan de tu vida. ¿Qué quería hacer yo? Para tomar la senda con confianza tuve que hacer un gran ejercicio de examinación personal y atreverme a conocerme de verdad. Habría seguido con todo, como si nada, si no hubiese visto ligeramente la luz y me hubiese dado cuenta de que no estaba haciendo las cosas bien.

Nada más regresar de Toulouse hice las gestiones pertinentes, los pagos de matrícula, y acabé siendo aceptada en el máster justo antes de que comenzasen las «vacaciones» de verano. Tuve que alejar de mi mente las dudas relacionadas con lo que me podía encontrar allí: básicamente, con gente mucho más joven que se distanciase de mí, que no quisiese relacionarse con lo que ellos, recién salidos de la universidad, podían considerar un fracaso.

Se me hacía raro, por una vez, estar sin hacer nada, tener las veinticuatro horas del día para mí. Lo había olvidado, pero hubo un tiempo de mi vida en que aquello había sido así y no me había parecido extraño. Sin prisa por abalanzarme hacia el mundo de los adultos, me había tomado con calma los primeros pasos en mi juventud; había pasado meses y años sin tener que cumplir un horario, una jornada laboral, dedicando las horas a lo que me hacía feliz, buscando, investigando. Hasta aquel par de meses que tenía por delante antes de comenzar de nuevo un horario pautado no había recordado lo que era no ser una hormiga, abrir los ojos a la vida que existía más allá de la que marcaba mi trabajo.

¿En qué momento se había hecho incompatible ser adulto, trabajar para ganarse la vida, con seguir disfrutando, dedicando tiempo a redefinir prioridades? Me tomé en serio aquel tiempo para mí y no me forcé a nada, la premisa fue cuidarme. Ya era hora. Dormir todo lo posible y descansar, comer bien, sentirme bien. Eso era lo importante: volver a una senda donde darme cuenta de que mi cuerpo y mi mente iban a la par y ambas necesitaban de mi tiempo.

Empecé por ahí y aquello me ayudó a sentirme reconstituida y encaminada. Caminar, que me diera el aire, leer, comer a horas fijas, a veces algo más elaborado, a veces un capricho, echarme la siesta..., hasta comencé a hacer deporte, o al menos a moverme y ser más activa, lo cual me pareció un gran salto.

El cambio estaba siendo mental y físico, y en cuestiones de mi cabecita, sin duda, la claridad iba asomándose entre las nubes a medida que las despejaba alejando a Alexis de mi mente. Ya no hacía el ejercicio de pensar qué le podía estar pasando por la cabeza cada día, y así tendría que haber sido desde el principio. Más valía tarde que nunca. Lejos estaban mis elucubraciones sobre cómo sería su vida, qué estaría haciendo a cada instante, con qué llenaría su tiempo; a quién le entregaría, desde que yo había desaparecido, las miradas que llegaban tan lejos. No podía evitar pasear de vez en cuando por la duda de si notaría mi ausencia como había notado mi presencia, la cual había alterado, de manera inevitable, su vida a ratos el último medio año.

El pensamiento, también, venía acompañado por una cavilación más genérica, no necesariamente sobre él, y en presente. Una vez que algo como aquel *affaire* acaba y pasa a morar el pasado, ¿existe todavía en el presente el eco de sus consecuencias? ¿Tiene el poder de seguir doliendo? ¿Hace daño?

Era aun así inevitable dedicarle parte de aquel tiempo libre, en el que reflexioné bastante sobre lo que había sucedido. Le di vueltas a la gravedad de nuestros actos, ahora que parecían encontrarse en el pasado. Pensé en la diferencia entre las consecuencias de la aventura mientras había tenido lugar y sus coletazos una vez terminada; me imaginaba las posibles reacciones de Nico si me sentase frente a él y, bien le dijese: «Me acuesto con alguien que no eres tú», o bien: «Me acostaba con alguien que no eras tú». La enunciación en pasado daba a entender que iba a volver a mi rincón para tratar de no romper las reglas, como si los acontecimientos, ya finiquitados, fuesen más leves e implicasen arrepentimiento; el acto se contaba como uno, un *affaire*, sin ser cuantificable ni reducible a las decenas de veces que Alexis y yo habíamos follado. Y no era así: su golpe tenía la misma potencia sin importar el tiempo verbal ni el número de encuentros. La única diferencia residía en que ya no sucedía, habían pasado cosas en medio y yo había puesto dirección hacia otro lugar, lejos de aquello; no me lo había llevado conmigo. Pero ¿acaso importaba eso si no había sido mi elección?

Una tarde del mes de julio, después de comer, decidí pasear por el centro mientras esperaba que llegase la hora a la que había quedado con Eulalia y su prima para tomarnos algo en una terraza que no estuviese abarrotada y que la recién casada nos contase qué tal había ido su viaje de novios. Tras un rato enfrascada, mirando libros y cachivaches para casa, cogí el teléfono para comprobar que iba bien de tiempo.

Fue cuando vi en mi pantalla su nombre: un correo de respuesta que había entrado veintiún minutos antes y que llevaba aquel tiempo cargando en el bolsillo de mi pantalón, en la mayor de las ignorancias. Un espasmo me golpeó el estómago al leer su nombre. No me esperaba aquello: había dado por hecho que su silencio no se iba a ver alterado tras mi correo. Estaba convencida de que cumpliría la tarea de hacerle agachar la cabeza y sentirse mal el par de minutos que le llevase abrirlo y leerlo. No contaba con que pensaría una respuesta y que esta me llegaría semanas después, una tranquila y apacible tarde, en mi itinerario entre la librería La Central y la heladería artesanal más cercana.

Me dispuse a leerlo sentada en un banco bajo la arboleda mientras transeúntes y ciclistas se cruzaban delante de mí.

> **Alexis:** Hola. Sí, perdona, estoy totalmente de acuerdo y reconozco sin excusas mi parte de culpa. Pero, ya sabes, cuando me dejo llevar por mi conciencia me vuelvo un poco cretino y acabo cayendo en el silencio. Eso no quita que he pensado muchas veces en escribirte para, de verdad, proponerte vernos (y, ¿por qué no reconocerlo?, dejarnos llevar). Pero me ha frenado la «complicación» de organizarlo, me ha vuelto a inundar el miedo y el riesgo de «salir» ahí fuera, al mundo real. Teniendo nuestro refugio en la agencia era todo fluido, sencillo y ágil... Me sentía cómodo allí dentro. Era la operativa habitual y estaba, más o menos, bajo control.

Tomé aire. Quise leerlo todo de golpe, seguir sabiendo qué decían el resto de palabras, pero se aturullaban ante mis ojos, mis ansias de devorarlas impidiéndome siquiera procesarlas. Levanté la vista a la luz que se colaba por las rejas de los jardines de la Universitat de Barcelona que tenía a mis espaldas y cogí fuerzas.

Alexis: No te puedo negar que tengo muchas ganas de verte, y no solo para hablar… Y muchas, son muchas. Pero imagino que volver a mi vida normal sin tu presencia, sin la tentación, con la posibilidad de detenerlo, ignorando tu existencia si no salía a buscarte, también ha influido en mi contención a la hora de proponerte vernos. Es más fácil seguir un régimen si se evita pasar por delante de la pastelería.

Claro. Hasta su cobardía tenía sentido. Se le había complicado y ambos sabíamos que no era amigo de enfrentarse a las dificultades por un objetivo que podía obtener de manera fácil.

Alexis: Dicho esto, y siempre que no estés muy enfadada conmigo, creo que efectivamente nos merecemos vernos, al menos, una vez más. ¿Qué opinas?

Una vez más. Merecernos. Quise acabar el correo antes de releerlo hasta la saciedad y vagar por la ciudad con la mente de nuevo puesta al cien por cien en un sitio del que había buscado huir los últimos meses.

Alexis: A todo esto (y perdona de nuevo, porque he ido directo a la respuesta y he construido el correo al revés), ¿cómo estás? ¿Estás trabajando ya en algo que te gusta? ¿Eres feliz? ¡Me alegró mucho recibir tu mail! Un beso.

Dejé que un par de lágrimas se acumulasen dentro de mis párpados tras leer aquel último párrafo. La maldita preocupación, lo que siempre había inclinado la balanza a su favor en la duda entre saberlo un cabrón o alguien complicado.

Alexis: ¿Eres feliz?

Posé mi vista ahí más tiempo que en el resto de sus palabras y me llevé la pregunta conmigo en el recorrido que tracé hasta Plaça Universitat para encontrarme con mis amigas en la mesa de una terraza que hacía esquina un par de calles más abajo. Hice esfuerzos por seguir su conversación y el carrusel de las decenas de fotos de las Maldivas. Me ardían las ganas de confesar, de sacarme de dentro todo lo que había sucedido en el último año e interrumpir la narración del inicio de una vida de ensueño para compartir con Eulalia y su prima mis dudas de qué podía hacer después de un mensaje como aquel.

Sentí el peso en el pecho de haberlo dejado entrar dentro de mí una vez más. «¿Eres feliz?». Aquella pregunta. Tan genérica, tan basta y vacía. Tan potente proviniendo de él. Se había asegurado de ponerla, estaba convencida, para recordarme que no era un canalla, que tenía que hacer el ejercicio de plantearme que no lo era. «He's a tramp».

Dudaba de si iba a ser capaz de hacer lo correcto, que hubiese sido ignorar su correo. Debería haberlo ignorado. La rabia había sido mi primera respuesta: el enfado, la indignación, la irritación de que hubiera encontrado la manera de justificarse incluso admitiendo toda la culpa.

No sabía muy bien qué había ganado yo con aquella respuesta, además de obtener su aceptación de culpa. Su atención, probablemente. Sin embargo, a medida que pasaban las horas sospechaba que iba a volver a caer; que, en el fondo, el objetivo de mi correo había sido darle una reprimenda para que volviese a mí, para tener la razón. Podía aprovechar que no nos veíamos desde hacía tiempo y que sus efectos sobre mí se habían atenuado para cerrar la herida, pero la curiosidad se apoderaba de mí.

Quería verlo. No tenía sentido mentirme, no había nadie más invitado a aquella discusión, tan solo estaba yo al cargo de la decisión. Fantaseaba con la idea de vernos y por fin tachar de la lista aquello que tenía pendiente con él: averiguar cómo seríamos sobre una cama, con todas las posibilidades a nuestro alcance. Me convencí en cuestión de horas y le di vueltas a las consecuencias, a volver a tenerlo rondando mi mente los siguientes días y meses; quería que me respondiese a todas las dudas que me habían asolado, quería poder preguntarle a la cara por qué no me había dicho todo aquello que había conseguido ordenar con claridad y lógica en un correo cuando había tenido la oportunidad, en vez de arriesgarse y, en efecto, convertirse en un cabrón.

Una semana más tarde, pese a tenerla redactada desde el día posterior a haber recibido su correo, le mandé mi respuesta:

Emma: Pues, para no perder la costumbre, voy a empezar el correo al revés. ¡Estoy bien! Mejor, que es decir mucho. ¿Feliz? Relativo, es muy complicado responder a una pregunta de ese calibre. ¿Más feliz? Sin duda. Al menos he activado el cerebro, he reflexionado, me siento con posibilidades y el cambio es impresionante.

No esperaba que me respondieras. Contaba con que este silencio continuase de manera permanente y ya daba el tema por zanjado. Tu correo me ha pillado pasando página. Así que estoy sorprendida, gratamente, me atreveré a decir, porque de este modo no puedo asegurar que seas del todo un capullo (suena mal, pero, en serio, es algo bueno. Piénsalo).

¿Enfadada? No. Bueno, un poco sí. Decepcionada quizás es más correcto. La imagen que tenía de ti no cuadraba con semejante desplante. Ya estaba preparándome para llamarte cobarde. Aun así, aunque soy incapaz de entender las formas, puedo entender las razones.

Vale, veámonos. Como despedida, como reencuentro único, lo que tenga que ser. Podría ser esta mi debilidad..., mentiría si te dijese que no tengo ganas de verte y dejarme llevar. ¿Cómo lo organizamos?

La comunicación se reanudó de manera fluida una vez que ambos enterramos el hacha de guerra y concretamos que, por encima, estaban las ganas de volver a vernos. La duda de dónde podía tener lugar nuestro encuentro nos invadió como aquella primera vez que habíamos intentado quedar en un hotel. Me negaba a visitar el mismo sitio en el que había acabado pasando la tarde sola esperándolo, así que abrí la web con una nueva excitación, pero sin recrearme tanto, y encontré una alternativa de la misma cadena.

Emma: Si no te has arrepentido, he llevado a cabo una nueva investigación de posibles sitios para vernos y creo que este (link adjunto) podría valer.

Sí, había sido yo la que había escrito primero. Pero en aquel contexto me sentí mucho más cómoda, como si ser la primera en hablar me otorgase independencia y poder de decisión. Sentí que algo había cambiado, quizás porque ahora yo ya sabía qué esperar y qué no.

Alexis: Nada de arrepentimiento. ¡Me dejo sorprender! Me parece muy bien tu elección, aunque un poco cerca de mi casa..., pero parece discreto. Tendré que asumir la cuota de riesgo. Estoy seguro de que me lo compensarás. Tengo mucha curiosidad por saber de lo que somos capaces más allá de una mesa.

Emma: Ahora solo falta el cuándo y el cómo. Y creo que quien tiene que compensar aquí eres tú...

Alexis: ¿El jueves? ¿A las 19.30 allí directamente? Creo que deberíamos reservar, no sea que lleguemos y nos digan que no hay sitio, ¿no? Postdata: ¿Alguna petición especial? ¿Cuero? ¿Sin calzoncillos?

Emma: Si no hubiese sitio nos iríamos a un bar a hablar. Creo que alguna vez ya lo hemos hecho (hablar, digo...). Lo de vernos en público, eso sí, no creo que lo lleves nada bien. Postdata: ¡Cuero! Tu chupa siempre ha sido uno de tus mayores valores. Mi única petición ya está en la lista de comodidades del local. Solo necesito una cama. ¿Y tú?

Cabrón hasta para aquello, para conseguir con el intercambio de un par de correos que volviese a subirme por las paredes ante la idea de mi mano colándose por el borde de su pantalón y alcanzando directamente su pene.

Alexis: Me volvería loco por volver a desenroscarte las medias, son mi debilidad... Postdata: Ganas de hacerte todo lo que tengo en mente.

No respondí por no perder el control. Tan solo esperé las menos de cuarenta y ocho horas que quedaban para el encuentro y traté en el intervalo de regresar a mi vida.

El día en cuestión reaparecieron unos nervios similares a los que se habían apoderado de mí la primera vez que había salido de casa con la intención de ir a un hotel por horas; claro que en esta ocasión el encuentro llevaba una mayor tensión añadida: hacía cerca de tres meses que no veía a Alexis. Me planté delante del armario y pensé en él, en sus manos, en su mirada, en su modo de fruncir los labios cuando tocaba una parte de mi cuerpo que le excitaba sobremanera. Me debatí entre cumplir su petición pese a que hacía un calor atroz en Barcelona aquella semana, o dar un golpe sobre la mesa con una elección diferente. Acabé por ceder y ponerme las finas medias, una falda ajustada que él ya me había sacado en contadas ocasiones y un top cortito que dejaba entrever el moreno de mi cintura. Incluso sentí una suerte de regresión, como si me hubiese vestido de la Emma del pasado.

Con los labios pintados de rojo, los tacones a juego con el carmín y las gafas de sol como aliadas para cubrir mi inquietud, mis emociones contradictorias se acumulaban, caóticas y sin dirección alguna. Estaba excitada a la par que alterada y, por mucho que respirase y tratase de hacerme con el control de la situación, no lo lograba. No me gustaba volver a sentirme así. Fue muy fácil darme cuenta de que llevaba meses mucho más equilibrada y calmada, alejada de aquella vorágine a la que Alexis me arrastraba.

Llegué primero y decidí esperarlo en el vestíbulo, un sitio neutro y protegido de toda posible mirada del exterior. Hacía calor, y el roce de mi cuerpo con el sillón de felpa donde había tomado asiento no me estaba ayudando. Apareció por la puerta tan despampanante como siempre, guapo a rabiar, con sus zapatillas deportivas, una camiseta de manga corta de estas que parecen de segunda mano pero que seguro que valen una pasta, despeinado y con el casco de la moto en una mano y la chupa en la otra. Me sonrió y se acercó a mí mientras yo me incorporaba. Quiso inclinarse y besarme, pero no lo dejé. Me aparté.

—¿Me acompañan? —dijo el empleado indicándonos el camino hasta el ascensor.

—Mira lo que nos obligas a hacer... —me susurró dándole forma a su tupé frente al espejo del ascensor.

Gracias a la distancia que me había proveído el tiempo, logré ignorar su comentario, con el que —igual que antes— pretendía hacer que la responsabilidad de todo recayese en mí.

—Para ser alguien a quien le gusta llevar siempre el tupé bien arreglado, no tiene mucho sentido que seas motero, ¿no? —le espeté para soltar la tensión que se había acumulado en mis hombros.

Sonrió. El empleado nos llevó hasta la habitación y pagamos en efectivo, como hice yo cuando me dio plantón. El silencio se instauró entre nosotros una vez que entramos en la habitación y la puerta se cerró.

—¿Cómo estás? —me preguntó apoyando el casco en el sofá, mirando a nuestro alrededor.

—Bien, ¿y tú? —Eché un vistazo para comprobar que las dependencias de aquella habitación no distaban mucho de las del otro hotel.

«El baño sí que es más cutre que el otro», pensé, pero no dije nada porque no quería hacerme mala sangre. No sabía muy bien cómo iba a funcionar aquello o para qué habíamos subido sin apenas hablar antes. Él acabó el recorrido de su mirada en mí y rompió la distancia sin prisa, comiéndose el espacio entre nosotros con un par de pasos.

—Estás guapísima...

Lo esperé en el borde de la puerta del baño, apoyando la

espalda en la pared. Se detuvo a escasos centímetros de mi boca, rozando su camiseta contra mi top primero, sintiendo el acercamiento de nuestros cuerpos. Tomé aire como si estuviera a punto de hundirme bajo el agua. Nos besamos. Lo primero que hice fue meter mis manos por dentro de su camiseta, tocar los pelos de su pecho, volver a sentir su piel, el calor de la misma, la suavidad, los lunares y prominencias en su espalda.

Me escurrí de entre la pared y su cuerpo para sacarme el top y quitarme los tacones. Me senté en el borde de la cama y, recogiendo mi falda hasta la cintura, me estiré y levanté las piernas, señalando las medias. Él se sacó la camiseta y se inclinó para llevar sus manos hasta mis caderas y arrastrar las medias hacia mis talones. Me deshice de la falda y me quedé tan solo con el conjunto de ropa interior mientras él se desabrochaba el cinturón. Llevé mi mano al botón de sus vaqueros y dibujé el contorno de la cintura con el dedo, colándolo dentro, buscando sin éxito su ropa interior. De pronto me di cuenta: estábamos en una cama. Yo estaba estirada y él, de rodillas; se iba a inclinar sobre mí en cuestión de segundos.

Me hubiese gustado decir que el polvo resultó regular o que me dejó indiferente, pero nada de eso sería verdad. Se cumplió todo lo que había imaginado, todo lo que había proyectado cada vez que estaba en una cama y soñaba que la compartía con él. Las vueltas, las posturas, las posibilidades. Yo sobre él, él detrás de mí, yo estirada de cara, de espalda... Me corrí como me merecía, por todas aquellas veces que mi placer se había quedado en la casilla de salida.

Acabamos desnudos, tumbados sobre la cama, subiendo el aire acondicionado y sacándonos el sudor con una toalla que pusimos en medio para compartir. Era la primera vez en muchísimo tiempo que después de follar no teníamos que vestirnos corriendo. Había algo íntimo en ello que se nos había prohibido hasta aquel instante. Me giré y me abracé a un cojín mientras él tomaba aire y estiraba su mano, jugando a seguir la forma de mi cadera hasta la cintura.

Hablamos, hablamos casi más tiempo del que nos había llevado echar el polvo. Nervioso, repitió las mismas justificaciones que había dado en el correo: la oportunidad de alejarse de mí, de recuperar la responsabilidad en su vida...

—Siempre ha habido algo que me ha gustado de nuestra relación. Siempre ha sido... —empezó a decir.

—¿Sencilla? ¿Fácil? —lo interrumpí no sin cierta ironía.

Dejó de mirar al techo para inclinarse hacia mí.

—Sin exigencias —respondió—. Sin complicaciones. Nunca nos hemos exigido nada el uno al otro.

—Pero eso no quita que no hubiera responsabilidad por parte de cada uno de nosotros hacia el otro... —apunté todavía sonrojada por el esfuerzo, haciéndome una pequeña coleta despeinada—. La responsabilidad que tenías de decirme que esto estaba acabado si era lo que querías, en vez de quedarte callado.

—Tienes razón. Pero es que no quería que se acabara... —Llevó su mano a mi pecho y jugó a acariciarlo antes de apoyar la cabeza bajo sus brazos—. Bueno, el caso es que aquí estamos, ¿no?

Me había echado de menos, lo veía. No me lo tuvo que decir, lo noté en su modo de mirarme, en sus palabras al decirme que estaba guapa, en la comodidad con la que se había tendido a mi lado, el nerviosismo de enfrentarse a la charla, la tranquilidad con la que había respirado al poder tocarme otra vez. No dijimos mucho más que fuera realmente memorable. Aun así, la charla se extendió sobre las cosas que habían pasado en medio de nuestra separación y el reencuentro. Me puso al día de cómo estaba el ambiente por mi antigua oficina, mi marcha en palabras de Sofía, Oliver, su becaria y mi sustituta. El cotilleo estaba bien para saciar la curiosidad, pero poco me importaba ya cómo fuese la vida allí dentro. Había salido y cogido aire, no pensaba volver a ahogarme ni un segundo pensando en ellos.

Al rato nos levantamos. Alexis ojeó la hora en su reloj sobre la mesita de noche y nos vestimos dando vueltas por la habitación. Mientras lo veía entrar y salir del lavabo, me ajusté las medias y me senté al borde de la cama.

—Así que... ¿esto ha sido una despedida? —le pregunté.

Se asomó por el borde de la puerta sonriendo, ajustándose la correa del reloj en la muñeca.

—Puede ser lo que nosotros queramos que sea.

Lo vi cómodo, decidido. Era obvio que había probado lo que era aquello, le había gustado, había comprobado que se podía ajustar a aquella cantidad de riesgo y tenía pensado arrancar lo nuestro de nuevo.

Acabé de vestirme y llamamos al empleado del vestíbulo para que nos acompañase hasta la salida (uno de los protocolos de privacidad del hotel). Bajamos en silencio hasta que el botones nos dejó en la puerta. Nos despedimos en las escaleras.

—Salgo yo primero, ¿vale? —dijo con el casco en la mano.

—Vale.

—Hablamos... —dijo.

Se inclinó y, antes de ponerse el casco, me besó. No como todos aquellos besos en forma de pico, duros y fríos. Había entreabierto la boca, se había relajado, había pegado su cuerpo al mío y, por fin, me había dado un beso que podía sobresalir de entre todos los demás, resaltar, valer como beso individual. Un buen beso. Sin embargo, aquel gesto me dejo más fría que nunca. De hecho, me resultó irónico que el beso de despedida —el que él creía que sería solo un beso temporal pero que resultó ser el definitivo— fuese el mejor de todos.

Lo vi marcharse con el casco y esperé a escuchar el sonido de su moto para inclinarme y empujar la puerta; entonces volví al mundo real, saliendo de la nueva forma que había cogido nuestra burbuja aquella tarde. Caminé por la calle del hotel y decidí volver a casa andando, aunque estuviese en la otra punta de la ciudad.

Sabía que no lo iba a volver a ver. Lo supe en cada paso que daba de regreso, en la sensación que me acompañaba, en los pinchazos que me había proporcionado mi estómago a modo de aviso. Sí, habíamos follado como nunca, de eso no había duda. Las expectativas de la cama se habían cumplido y el encuentro había estado a la altura, pero su presencia y la intimidad con la que él había conseguido volver a amarrarse a su posición de poder sobre mí me habían dejado removida e incómoda. Ya no me gustaba la sensación. Pude notar enseguida que aquel nuevo desarrollo de nuestro *affaire* no funcionaría. Él seguiría estando roto, seguiría moviéndose en sus márgenes de comodidad sin importarle qué lugar ocupaba yo en ellos, y yo llevaba meses trabajando en pegar mis pedazos porque aún podía, porque no era demasiado tarde para mí, y no quería abandonar la senda que me estaba llevando a conseguirlo. Estaba claro que no quería dejarlo marchar, pero tampoco quería salir de aquello aún más herida. No era una posición excelente en la que encontrarse, que digamos. Me gustaba cómo me estaba reconstruyendo a mí misma y definiéndome en el camino, y lo vi claro paseando por las calles de Barcelona aquella noche de verano: Alexis no formaba parte del proceso.

V

La sensación con la que recorrí las calles de la ciudad no me abandonó los siguientes días, por lo que decidí abrazarme a ella y confiar en mi instinto. En una cafetería, con el portátil desplegado en la mesa junto a una porción de tarta y un buen capuchino, comencé a redactar un mensaje para él. Lo guardé en un documento de texto tras releerlo y me dediqué a devorar la tarta tratando de centrar mis esfuerzos en acabar el libro que estaba leyendo, uno que, sorprendentemente, no había leído hasta la fecha: un ejemplar en francés de *Madame Bovary* que había rescatado de las estanterías de mi abuelo. No tenía muy claro el momento, no sabía tan siquiera si llegaría a enviar aquel correo, pero al menos había vaciado todo lo que llevaba dentro mientras todavía lo sentía latir en mi garganta.

Recibí un correo suyo unos días después. El tono era por completo familiar y coqueto. La distancia entre nuestro encuentro y aquel mensaje hubiese sido alarmante en su día, pero por suerte yo ya estaba lejos de dejarme influir por aquella ansiedad que meses atrás había dominado mis semanas. Alexis había encontrado un nuevo espacio seguro donde continuar nuestra relación, y para él no parecía haber ningún cambio al retomar el *affaire*:

Alexis: ¿Cómo estás? Llevo días pensando en que nos desenvolvimos a las mil maravillas sobre la cama. Me muero por repetir, has vuelto a descubrirme todo un mundo. Tengo el mes liadillo, para variar, y luego desaparezco del mapa en agosto, pero lo veo y te aviso en cuanto planifique. Algo encontraremos, ¿no? ¡La cuestión es querer! Y de eso nos sobra... Un beso.

Sentí lástima. Vi colarse la pena en cada palabra, en las imágenes que ellas mismas ofrecían de su vida, de la intención que tenía de emplear las horas muertas conmigo, en aquel uso que tan bien le había trazado yo cuando me había hablado de su hija por primera y única vez. Imaginé que hasta aquel entonces siempre le había funcionado ese método, porque yo no me había dado cuenta antes de lo que estaba distinguiendo con tanta claridad al leer aquel correo. Si me quedaba alguna duda tras el encuentro en el hotel, sus palabras acabaron por enterrar la posibilidad.

¿Habría sido mi vida diferente si hubiera respondido a su mensaje como siempre, como la Emma que él conocía? ¿Le hubiera dado pie a seguir viéndonos fuera, a hablar, a mirarnos a los ojos en horizontal, a dormir juntos y a, eventualmente, conocernos de otra manera? Enamorarnos era lo de menos, la historia siempre tenía el mismo final, la mirase por donde la mirase.

No respondí a aquel correo porque no sabía qué decir. En cierto modo, pensé en devolverle la pelota, hacer lo mismo que él me había hecho cuando yo me había marchado de la oficina y me había dejado caer en el olvido. Silencio, no responder, nunca. Callarme lo que pensaba, cómo me sentía, dejarlo morir en el olvido. Sin embargo, a medida que pasaban los días, le daba vueltas a mi mensaje, aquel que había escrito nada más separarnos tras el reencuentro. Lo que Alexis y yo habíamos vivido no se merecía un final enterrado en un correo olvidado en la bandeja de entrada. Yo no era como él y, aunque hubiese recibido ese trato por su parte, él no se lo merecía por la mía. Se lo había dicho desnudos en la cama: somos responsables de los vínculos que creamos con otras personas, tanto en las relaciones que abrimos como en las que cerramos. Y yo, una vez más, tenía que cerrar aquello de la mejor de las maneras. Iba a estar a la altura.

Emma: Tal vez lo último que esperas es un correo de este tipo, especialmente después de que los encuentros hayan parecido retomarse. Pero ya tenía dudas incluso antes de reencontrarnos; las he barajado estas semanas, pensaba exponértelas a la cara, pero he pensado que nunca voy a conseguir decírtelo, no en el contexto en el que nos vemos, el único que conocemos. No puedo hablar mientras mis manos recorren tu cuerpo.

«¡La cuestión es querer! Y de eso nos sobra...», decías en tu correo. No es que no quiera, Alexis, he ahí el dilema... Es que no debo. Verte, escribirte, retomar lo que sea que hay entre nosotros. Ya vi claro en su día que yo no era capaz de abstraerme sin que el mundo exterior me afectase, que la burbuja, como la dibujamos, te hacía servicio a ti, pero no a mí. Creo que hace tiempo que esto no es solo sexo para mí. O al menos no se reduce solo a eso: todo cuerpo y cero mente. Esa mente es la que he decidido pasar a cuidarme, a la que tengo que prestar atención ahora, después de tanto tiempo centrándome en darle placer al cuerpo.

No soy capaz de seguir follándote sin pensar(te). Sin pensar en que siempre se me ha quedado en poco, que no soy tan fría como para callarme hasta el siguiente encuentro y seguir la senda que marcas..., cuando eso no es lo que he querido nunca y, desde luego, no es lo que me conviene ahora. Por fuerza acabaría anhelando cosas que no tenemos, cosas que tuvimos la oportunidad de tener al inicio y que se perdieron por un camino diferente al que tomamos, un camino que yo hubiese elegido seguir. El tonteo, el flirteo del día a día, el conocerte... Yo me subí al carro por los tira y afloja, por nuestras miradas, por nuestra tensión previa al sexo, por la posibilidad de lo que podía pasar entre nosotros. Pero acabó tomando una dirección con la que, poco a poco, dejé de sentirme cómoda (todo lo que pasó entre nosotros, cada segundo de nuestros encuentros, fue algo que no creo que olvide jamás).

Ignorar que tenías una vida no era tan difícil, de verdad, pero cuanto más tiempo ha pasado, cuantos más vínculos se han creado entre nosotros, cuanto más te he conocido, más cosas había que esconder bajo la alfombra. Y volver a verte ha supuesto darme cuenta de que la alfombra está poblada de montoncitos: es una alfombra sobre la que ya no soy capaz de caminar con normalidad sin prestarles atención.

El otro día pensé que no sé cómo eres sentado a una mesa, comiendo, sujetando la jarra de cerveza con la que te he imaginado en decenas de ocasiones, emborrachándote conmigo en el rincón de un bar oscuro de la ciudad. Sé cómo eres lamiendo, agarrando y mordiendo..., pero no sé cómo eres masticando. Qué curioso, ¿no? Muchas cosas que no sé de ti y que, en cierto modo, me hubiese gustado saber, pero nunca diste pie a ello (y en tu derecho estabas).

Me había conformado con ese rol, y lo había anhelado en tu ausencia, en tu silencio, como el animal condicionado que he sido. Pero es muy poco inteligente por mi parte callarme el hecho de que me vinculé emocionalmente a ti por encima de lo que tú has podido esperar. Tal vez lo poco inteligente fue dejarme pillar hasta ese punto, permitirme el preocuparme, el hablar, el pensarte. No me gusta la sensación con la que me separo de ti tras follarnos. Quería tus polvos, pero también quería correos de respuesta, preocupación por tu parte, quería un mensaje tonto de «que pases buen fin de semana»..., y no sentir que un correo tuyo o, en su defecto, una respuesta a uno mío, fuese un premio. Quería sentir que ligarme no había sido solo el medio para llegar a un fin, sino una senda que hubiésemos tenido que recorrer, oliéndonos, encontrándonos, descubriéndonos. Tal vez quería que te enamorases de mí, no lo sé. Qué estúpida, ¿no?

Lo que estoy haciendo con estas palabras es acabar con lo que tenemos, con la idea de volver a vernos y retomar nuestro *affaire*, y de paso enterrar esta posibilidad ficticia, si es que ha existido alguna vez. ¡Las manos a la cabeza! Y tú que pensabas que lo nuestro no era complicado ni nos exigíamos nada... Como sé que no hay ninguna opción, lo que tengo claro es que voy a pedirte que no me respondas; no hace falta, no te lo quiero poner más difícil, ni obligarte a que te comas la cabeza para encontrar qué decir. Será más fácil para ambos: tú puedes volver a tu vida tal cual la tengas montada (ignoro por completo cómo puede ser), y yo puedo empezar a reconstruir la mía.

Quiero que sepas que posiblemente este sea uno de los correos más difíciles que he tenido que enviar. Somos seres contradictorios, en realidad nunca he querido tener que decirte adiós (ojalá pudieses inventar una palabra o una respuesta locuaz para que no fuese así, ¡va!). Ojalá pudiera abstraerme y separarte como una pegatina del fondo, quedarme solo contigo en la mano, a placer, como hacías tú conmigo. Sin embargo, me temo que ha llegado el punto en el que mi pegatina, de tanto despegarla y recolocarla, ya no pega: el adhesivo se ha desgastado. Es momento de volver a mi sitio, al fondo; de dejar de jugar y encontrar el lugar al que pertenezco. Todavía estoy averiguando cuál es. Si algo tengo que agradecerte —eso sí— es haberme ayudado a ver que eso era lo que tenía que hacer.

Mientras escribía el correo, en mi cabeza resonaba el recuerdo de las palabras de Flaubert en *Madame Bovary*:

«Emma trataba de saber lo que significaban justamente en la vida las palabras *felicidad*, *pasión*, *embriaguez*, que tan hermosas le habían parecido en los libros». Era como si el escritor francés las hubiera escrito para mí, y me inspiré en ellas para terminar el *mail*.

Emma: Bovarismo es no estar contento con la realidad, es un anhelo de una vida construida sobre ensoñaciones.
Tuya, para siempre, Madame Bovary.

EPÍLOGO

Es miércoles por la mañana, ahora sí que lo sé con certeza. Me he levantado antes de que sonara el despertador, cosa bastante inusual, y cuando han dado las ocho ya me había duchado. Está nublado, así que me cambio las sandalias por las zapatillas deportivas, que todavía están tiradas en la entrada de casa con los cordones atados. Me voy a volver a hacer tostadas con mermelada de arándano como ayer, pero, antes de que me traigan el recuerdo de Alexis, ya me encargo yo de pensar de nuevo en él mientras extiendo la mermelada, procurando cargarlas bien con la intención de acabarme el bote de una tacada.

No me importan las circunstancias, era impredecible que el arándano me lo trajese de vuelta. Lo que importa es que acabaré el bote, bajaré el vidrio al contenedor y en un par de días conseguiré volver a mi vida normal, esa donde él ya no tiene cabida. ¿Cuánto tiempo suele llevar superar algo así? Hay muchas fórmulas: el poder de voluntad es una de ellas. El día que decides que se acaba, se acaba, aunque luego, una mañana en el desayuno, vuelvas a pensar en él.

Me preparo para salir y, por si acaso, meto el paraguas en el bolso. Cojo el metro en la Diagonal y entro una de las primeras de mi planta; formo parte de un sello pequeño dentro del grupo y he congeniado a la perfección con las chicas con las que comparto cubículo. Ya que soy la becaria, mi jornada reducida no me permite hacer más horas allí, por mucho que hayan descubierto que les hago más falta de la que pensaban y que, en cuanto se acabe el convenio, es más que seguro que me ofrezcan un puesto en plantilla como editora júnior. Estoy haciendo algo que probablemente hubiese hecho un chaval de veinticinco años, pero me gusta creer que son la edad y la experiencia, a mis treinta y seis años, las que me han proporcionado la posibilidad de que después de verano pueda pasar a trabajar a jornada completa en un sitio al que adoro venir cada mañana.

Esta es mi vida ahora: becaria por las mañanas, dedicada al proyecto final de máster por las tardes, lectora por placer por las noches. La incertidumbre no lo hace todo tan bonito como parece; todavía tengo que agarrar las ruedas a la carretera y subir la marcha, pero el viaje me está encantando y poco a poco me voy sintiendo más cómoda en él.

No quiero fantasear con mi vida futura, no quiero elucubrar con las posibilidades; solo quiero, cada mañana que me levanto, tener la suerte de repetir el día si ha sido bueno. He desordenado los puntitos, he jugado a tacharlos en el sentido que no toca. Muchos de ellos se han bajado de la lista, otros han aparecido sin haberlos planeado. Supongo que es así como nos enfrentamos a los giros impredecibles de la vida, derruyendo y reconstruyendo el camino a tramos.

Hace más de quince meses que no trabajo en la agencia con Sofía, Noelia, Oliver y los demás, y han pasado diez meses desde que Nico se fue de casa. Puso su vida en cajas. Yo lo ayudé, al igual que lloré las noches que veía sus huecos vacíos, las noches que la soledad no me parecía tan ventajosa como había pensado en un principio. Diez meses vacíos, solo copados por mí, por quien pretendo ser ahora.

Hace un año que Alexis me hizo caso y no respondió a mi correo, volviendo al silencio al que acabó perteneciendo. No sé si de aquí a unas semanas, meses puede, volveré a comprar otro bote de mermelada y este me recordará a él cada vez que desayune tostadas por culpa de un estúpido engaño de mi mente. Imagino que llegaré a olvidar su olor, olvidaré los sitios de mi cuerpo donde había dejado marca, olvidaré sus palabras, esa mirada. Dejaré de acordarme de él cuando vea las letras de su nombre en un contexto aleatorio. Lo imagino, pero no lo sé, porque olvidar es un acto involuntario. Lleva mucho tiempo acostumbrarse a una vida sin secretos. Incluso cuando lo has dejado a tus espaldas y lo has conseguido bloquear por completo del pensamiento, todavía temes resbalar y caer en el recuerdo; piensas que pasado el tiempo ya no tiene relevancia, pero la verdad es que fue y es secreto, y siempre seguirá siéndolo: el tiempo no lo cambia, solo lo relega al silencio.

Es posible que esté a cuatro semanas de tontear con un hombre en un bar y traérmelo a casa, tomar café con él por la mañana y despedirlo en la puerta para no volver a verlo.

Es posible que me encuentre a tres meses de tener un trabajo fijo que me haga sentir completa y que con el tiempo me lleve a abrazar mi verdadera vocación.

Es posible que me encuentre a un año de volver a enamorarme de alguien, a dos de vivir con esa persona y hacerles hueco en casa a sus cosas, a tres de ser madre de gemelos y a cuatro de enterrar a mi abuela, que habrá llegado a conocer a mis hijos y se habrá lamentado de que no tengan nombres franceses.

Todo esto es posible, pero mi trabajo, mi pareja, mis hijos no existen aún. Lo que sí me acompaña son los libros que leo por las noches y coloco en la estantería, la ropa que lavo, seco y recojo del tendal para volver a ensuciar, los planes que tengo en mente, las cosas que anhelo y por las que lucharé cuando llegue el momento. Una vez, semanas antes de que Nico y yo rompiéramos, mi abuela me dijo por teléfono: «Imagina finales para esta historia y elige el que creas mejor para ti». Este es el que he elegido, este es mi final.

AGRADECIMIENTOS

A Belén López, Raquel Gisbert y Leo Felipe Campos por confiar en esta historia, y en mí, y darle un hogar tan especial como NdeNovela.

A Laura Franch, Natalia Aróstegui, Laia Manchón y al resto del equipo del Grupo Planeta: maquetación, diseño gráfico, *marketing* y comunicaciones, a Cris Baquerizo por la corrección y a toda la gente involucrada de principio a fin en la creación de este libro.

A Pablo Álvarez, David de Alba y toda la familia Editabundo.

Qué sería una escritora sin sus lectores cero, esos que no dudan en lanzarse a sus páginas y que siempre ayudan a hacerla crecer. Gracias infinitas a Wini, Pau, Ebha, Sheila, El Guapo, Marta y Eli (y Rizzo) y a Guillem (a quien también le debo el maravilloso título de esta novela).

La lista es larga, vosotros sabéis quiénes sois y por qué estáis en ella: Jud, Gemma y Laura; Rebe e Iratxe; Clara, Gigi, Tania y Carles; Mar y Almu; toda esa gente que tiene buen aspecto —y que fueron tan amables de brindarme mil y un sinónimos de las partes íntimas femeninas cuando estaba en apuros—; burbujas opacas; Rosa de Tortosa; Pere i Rut; Pablo y Cynthia; Alena y Laia; Marielle.

En el terreno de las musas, gracias a Silvia Ropero y a Montse Martín por inspirarme y darle forma a Emma en mi cabeza.

A todos los que siempre me preguntan por el siguiente libro, y a toda la gente que le dio cariño a este en su versión audiolibro. A Estel, Jordi e Iván por haberle puesto voz a mis personajes.

A toda mi familia; a mamá y papá por su apoyo constante; a mi hermana y mi cuñado, que no querían que le prestase el nombre de mi sobrina a la protagonista de una historia así; a mi hermana putativa; a los que ya no están.

A Miquel, por lanzarse a mis páginas desde el día uno.

A Bethie, Arthur y Joyce.

A David, por arrastrarme a Francia en el verano de 2017, por las noches de queso y vino y las elucubraciones sobre el libro.

Y, por último, a mi abogada Anna, mi doctora de cabecera Cristina, mis psiquiatras de la Seguridad Social, mi psicólogo Nico (y al más simpático dúo de mujeres que hay en la recepción): *it takes a village... to bring one back from the hole.*

SUMARIO

Prólogo 11

1. La duda 15
2. La muerte 83
3. El sexo 137
4. La complicación 233
5. El silencio 309

Epílogo 371
Agradecimientos 375